W0317837

BASTEI
LÜBBE
TASCHENBUCH

Weitere Titel des Autors:

Isch geh Schulhof

Titel auch als Hörbuch und E-Book erhältlich.

Über den Autor:

Philipp Möller, Jahrgang 1980, unterrichtete nach dem Studium der Erwachsenenbildung zwei Jahre lang an Berliner Grundschulen. Über die Erfahrungen, die er dort machte, schrieb er den Bestseller ISCH GEH SCHULHOF. Als Pressereferent der Giordano-Bruno-Stiftung engagiert er sich für Humanismus und Aufklärung. Philipp Möller lebt mit seiner Familie in seiner Heimatstadt Berlin, wo er besonders gut für sein neues Buch recherchieren konnte.

Philipp Möller

BIN ISCH FREAK, ODA WAS?!

Geschichten aus einer
durchgeknallten Republik

BASTEI
LÜBBE
TASCHENBUCH

BASTEI LÜBBE TASCHENBUCH
Band 60758

1. Auflage: Januar 2014

Das vorliegende Buch beruht auf Tatsachen.
Zum Schutz der Persönlichkeitsrechte wurden Namen und Details verändert. An einigen Stellen wurden zudem aus dramaturgischen Gründen reale Erlebnisse des Autors mit fiktiven Schilderungen verwoben. Zusammentreffen mit Personen des öffentlichen Lebens haben sich aber stets wie geschildert zugetragen.

FSC
www.fsc.org
MIX
Papier aus verantwortungsvollen Quellen
FSC® C014496

Dieser Titel ist auch als E-Book erschienen.

Bastei Lübbe Taschenbuch in der Bastei Lübbe AG

Copyright © 2014 by Bastei Lübbe AG, Köln
Textredaktion: Lisa Bitzer
Titelbild: © missbehavior.de
Titelillustrationen: © shutterstock/Maridav,
© shutterstock/Pachanon
Umschlaggestaltung: Pauline Schimmelpenninck
Büro für Gestaltung, Berlin
Satz: hanseatenSatz-bremen, Bremen
Gesetzt aus der Candida
Druck und Verarbeitung: GGP Media GmbH, Pößneck
Printed in Germany
ISBN 978-3-404-60758-7

Sie finden uns im Internet unter
www.luebbe.de
Bitte beachten Sie auch: www.lesejury.de

Für meinen Sohn

»Was wir brauchen, sind ein paar verrückte Leute; seht euch an, wohin uns die Normalen gebracht haben.«

George Bernard Shaw

»**Freak** [fri:k], der; -s, -s ‹amerik.› (jmd., der sich nicht in das bürgerliche Leben einfügt; jmd., der sich für etwas begeistert)«

Duden

INHALT

1

SCHOOL'S OUT – UND NUN?

Eine sanfte Sommerbrise weht mir um die Nase, als ich das Schultor durchschreite und im doppelten Sinne auf der Straße stehe. Das war's dann also. Meine Zeit als Vertretungslehrer ist ein für alle Mal vorbei.

Vom Schulhof dringen die Stimmen meiner Kollegen zu mir herüber, mit denen ich im Anschluss an das jährliche Sommerfest gerade noch auf die großen Ferien angestoßen habe – und auf meinen Abschied. Wenn das kein Grund zu feiern ist: nie wieder Grundschule. Nie wieder Ersatzlehrer. Nie wieder Sechstklässler unterrichten, die auf dem Leistungsniveau von Viertklässlern sind. Keine ausgebrannten Kollegen mehr, die eigentlich nur noch auf die Pensionierung warten. Nie wieder versiffte Toiletten, gegen die ein altes Bahnhofsklo wie ein Sanitärpalast wirkt. Und nie wieder Elfjährige beruhigen, die blind vor Wut auf ihre Mitschüler einprügeln wollen. Oder auf mich.

Leicht beschwipst und ein bisschen wehmütig spaziere ich an den Gitterstäben entlang, die den verrückten Schulhof von der normalen Welt trennen, und sehe meiner wiedergewonnenen Freiheit nicht ganz ohne Sorge entgegen. Denn sosehr mich der Job als Lehrer an meine emotionalen Belastungsgrenzen gebracht haben mag – immerhin *hatte* ich ein Job! Immerhin durfte ich eine tägliche Aufgabe erfüllen, mit der ich nicht nur meine Familie ernähren, sondern auch das Bedürfnis stillen konnte, etwas gesellschaftlich Relevantes zu tun. Außerdem war bei all der Anstrengung nicht zu leugnen, dass ich immer wieder einen Heidenspaß mit den Kids hatte. Aber all das ist nun vorbei, und bislang bin ich ziemlich ratlos, welche neue Beschäftigung das Loch in meinem Alltag und in meinem Lebenslauf füllen soll.

»Züüüüsch, Herr Müllа!«, werde ich plötzlich von hinten angesprochen. »Warum hängst du noch hier rum?«

Als ich mich umdrehe, steht mein ehemaliger Schüler Khalim mit einem Skateboard unterm Arm vor mir. Seitdem klar ist, dass er die sechste Klasse wiederholen muss, ist seine Laune ziemlich im Eimer.

»Wir haben bloß noch auf die Sommerferien angestoßen«, erkläre ich, »und auf meinen letzten Tag als Lehrer.«

»Vallah, du hast's gut, ja? Musst nisch mehr Schule gehen …«

»Dafür muss ich jetzt zum Amt, mir einen neuen Job suchen.«

»Is doch voll cool!«, meint er und schaut sich dann zum Schulgebäude um. »Sch'würde viel lieber Job suchen, als noch ein Jahr hier bleiben. Bei diesen ganzen Opfern!« Er zuckt mit den Schultern, lässt sein Skateboard auf den Boden fallen und gibt mir zum Abschied die Hand. »Viel Glück, Herr Mülla!«

»Danke, dir auch, Khalim.«

Glück kann ich gut gebrauchen, denke ich, als er davonrollert. Doch bevor ich in Selbstmitleid versinken kann, tritt der Mann aus dem Schultor, der mich in den letzten zwei Jahren am häufigsten zum Lachen gebracht hat: Geierchen. Ein sportlicher Mittfünfziger mit schulterlangen blonden Haaren, strahlend blauen Augen und einer kleinen Wohlstandswampe. Geierchen, der eigentlich Rolf Geier heißt, unterrichtet Sport und Naturwissenschaften an der Schule, in der ich die letzten vierundzwanzig Monate gebuckelt habe. Gemeinsam mit ihm habe ich im letzten Jahr eine sechste Klasse geleitet, die wir mit dem heutigen Tag, dem letzten des Schuljahrs, in die Oberschule entlassen. In dieser Zeit lernte ich seine etwas ungewöhnlichen, aber stets unterhaltsamen Unterrichtsmethoden kennen und lieben – und es verging kaum ein Tag, an dem er mir nicht in aller Deutlichkeit sagte, dass ich mich beruflich auf dem Holzweg befände.

Nachdem sich Geierchen eine Kippe angesteckt hat, schaut er sich kurz nach rechts und links um und setzt dann ein breites Grinsen auf, als er mich erblickt. »Kiek ma eena an«, ruft er mir zu, »der jescheiterte Aushilfspauker!«

Wie gewohnt beendet er seinen Satz mit einer kratzigen Lache, die so ansteckend ist, dass ich das ängstliche Grummeln in meinem Bauch für einen Moment vergesse und lächelnd in seine Richtung schlendere. Breitbeinig stiefelt er auf mich zu und haut mir dann so kameradschaftlich auf die Schulter, dass ich fast im nächsten Gebüsch lande.

»Hab ick's dir nich jesacht?«, beginnt er und zieht erneut an seiner Fluppe. »Reißt dir hier zwee Jahre den Hintern uff – und am Ende treten se dir noch rinn …«

Ach, Geierchen, denke ich, wenn ich doch nur auf dich gehört hätte … Dann wäre ich um so viele Sorgenfalten ärmer – aber auch um tonnenweise wertvolle Lebenserfahrung und um die Bekanntschaft mit dem wohl außergewöhnlichsten Lehrer der Welt.

»Du findest schon wat«, muntert er mich auf unserem Fußweg zur U-Bahn auf, »hast ja zwölf Monate Zeit.«

»Bis?«

»Na, bis die Hartz-IV-Falle zuschnappt«, erklärt Geierchen und schaut mich prüfend über die Ränder seiner rosafarbenen Lesebrille an. Dann nimmt er das 2-Euro-99-Gestell ab und lässt es an der Goldkette um den Hals baumeln. »Aber hier warste eh uff 'n falschen Dampfer, hab ick dir ja von Anfang an jesacht. Also lass dir diesmal nich wieder so 'ne Notlösung andrehen. Haste jehört?«

»Ja ja, du hast wahrscheinlich recht«, seufze ich und zucke mit den Schultern. »Aber irgendwie vermisse ich die Chaos-Kids jetzt schon. Zumindest ein bisschen. Zwischendurch haben wir doch echt viel gelacht ...«

»Stimmt schon, aber fast jedet Mal isset uns anschließend im Halse stecken jeblieben«, beendet er meinen Satz und grinst dann. »Kannste dich an Jack inne Werkstatt erinnern?«

Oh ja, das kann ich! Im vergangenen Frühling plante Geierchen mit unserer Klasse den Bau eines Vogelhäuschen. Deshalb fanden wir uns jeden Dienstag für eine Doppelstunde in der Schulwerkstatt ein, in der die siebenundzwanzig Schüler über Hammer und Nägel, Säge und Feile frei verfügen konnten. Immer, wenn sich der ohnehin schon ohrenbetäubende Geräuschpegel in der Klasse zu einem Höllenlärm hochschaukelte, schnappte sich Geierchen einen Besenstiel und schlug ihn der Länge nach auf eine der Werkbänke. Das knallte noch lauter als das Lineal, das ich zu Beginn meiner kurzen Paukerkarriere auf dem Lehrerpult zerschmettert hatte. »Wenn hier eena brüllt, bin ick dit!«, donnerte Geierchen jeden Dienstag pädagogisch wertvoll nach dem Schlag mit dem Besenstiel. Und dann wandte er sich wieder denen zu, die als Sechstklässler anscheinend zum ersten Mal ein Werkzeug in der Hand hielten, und zeigte ihnen geduldig, wie man den Nagel auf den Kopf trifft.

Zu genau diesen Schülern gehörte Jack. Als Rolf und ich uns eines Tages seiner Werkbank näherten, stand er in gebeugter Haltung davor und schlug lustlos mit dem Hammer auf ein Stück Holz.

»Wat machst du denn da?«, wollte Geierchen von Jack wissen, der ganz überrascht hochschaute, als er uns neben sich stehen sah.

»Schau'n Nagel rein.« Mit offenem Mund starrte Jack zuerst die beiden Lehrkörper vor sich und dann das Holz an und schien dabei erstmalig zu bemerken, dass er bei seiner Aktion einen nicht unerheblichen Gegenstand, den Nagel, vergessen hatte. Schließlich trug Rolf mir auf, mich des Jungen anzunehmen, und so unterstützte ich Jack, so gut es eben ging, bei seiner Aufgabe, zwei Holzplatten zu einem Spitzdach zu formen und mit ein paar Nägeln auf einer weiteren Holzplatte zu befestigen.

Als Geierchen eines Tages vorbeikam, um das Ergebnis zu inspizieren, fehlten ihm für einen Augenblick die Worte. Von allen Seiten betrachtete er das windschiefe Gebilde, aus dem zahlreiche Nagelspitzen herausragten. Dann schüttelte er langsam den Kopf.

»Dit soll 'n Vogelhaus sein?«, wollte er von Jack wissen, der daraufhin zu Boden blickte und auch ich kratzte mich verlegen am Oberarm. »Und wat soll da für 'n Vogel drin wohnen?«, hakte mein Kollege nach. »Der sojenannte Kackvogel, oder wat?«

Kopfschüttelnd pfefferte Geierchen das handgefertigte Trauerspiel auf den Altholzhaufen in der Ecke und ließ den Jungen von vorne anfangen.

»Drei Monate hamwa an den Häuschen jearbeitet«, sagt Geierchen jetzt, als wir uns von dem Lachanfall wieder einigermaßen erholt haben, und starrt in den sommerlich blauen Himmel. Dann verschwindet das Lächeln plötzlich. »Und am Ende hamse die Dinger uff'm Schulhof zertreten.« Sein Blick verliert sich in der Ferne. »Is doch allet für die Katz.«

Was für mich eine frustrierende Erinnerung ist, ist für Rolf nackte Realität – immerhin war er schon als Lehrer unterwegs, als mein Lebensinhalt noch maßgeblich von Schnullern und abwaschbaren Bilderbüchern bestimmt wurde. Nach Aussage vieler Kolleginnen hat die Bildungskatastrophe zwar erst in den letzten zehn, vielleicht fünfzehn Jahren solch dramatische Ausmaße angenommen, aber eine Besserung ist seitdem keineswegs in

Sicht – ganz im Gegenteil: Die sträfliche Vernachlässigung des Bildungswesens durch Politik und Gesellschaft wird die ohnehin schon pikante Personalsituation in den kommenden Jahren noch verschärfen. Inklusion und Reformschule sind damit vermutlich genauso zum Scheitern verurteilt wie alle vorherigen Reformansätze auch.

»Lang mach ick dit nich mehr mit«, seufzt Geierchen, als wir am Eingang des U-Bahnhofes ankommen. Dann schüttelt er kurz den Kopf und grinst mich breit an: »Aber zu Ferienbeginn woll'n wa keen Trübsal blasen, wa?«

»Genau«, stimme ich ihm zu, »wahrscheinlich sollte ich einfach froh sein, diese Freak-Show hinter mir zu lassen und ...«

»Hinter dir?« Geierchen legt den Kopf zur Seite, kneift die Augen zusammen und kommt mir ganz nahe. »Pass ma uff: Schule is 'ne Miniaturlandschaft der Jesellschaft. Und wenn de denkst, Möller, die Minifreaks war'n schon crazy – denn schau dir die Exemplare ma in Originalgröße an!«

»Wie meinst du das?«

Als Geierchen gerade Luft holt, hält in der Schlange, die sich nur wenige Meter von uns entfernt vor einer roten Ampel gebildet hat, ein Hundeschlitten auf Rädern zwischen den Autos an. Vor das Gefährt sind sechs waschechte Huskys gespannt. Ein großer Mann mit Vollbart, Regenjacke und Lederhandschuhen steht auf dem Aluminiumgestell des Schlittens und bemerkt unsere Blicke. »Was denn«, fragt er genervt, »noch nie 'n Tandemgespann gesehen?!«

Geierchen und ich schauen uns einen Moment verwundert an. »Doch, doch«, meint mein Kollege dann und steckt mich wieder mit seiner krächzenden Lache an. »Aber nur im Fernsehen. Reiseberichte über Grönland und so«, kichert er.

»Nun sein Se mal nicht so verbohrt!«, ruft der Mann zu uns rüber, der ohne Weiteres als Doppelgänger von Reinhold Messner durchgehen könnte. »Meine CO_2-Bilanz ist unschlagbar«, schiebt er dann hinterher und unterstreicht dabei jede Silbe des letzten Wortes mit wilden Handbewegungen. Einen Moment später schaltet die Ampel auf Grün, und nach einem unverständlichen Befehl in einer fremden Sprache nimmt das Gespann hechelnd Fahrt auf.

»Äckt globill, sink lokill!«, ruft uns der Hundeführer mit einem harten deutschen Akzent noch zu, während Geierchen ihm lachend nachwinkt.

Sprachlos schüttele ich den Kopf.

»Ick sachet ja«, wiederholt Geierchen auf der Treppe zur U-Bahn. »Dit janze Land is voller Freaks – und weil in Berlin die meisten rumspringen, sinn wa och Hauptstadt jeworden.«

Da mein lieber Exkollege in die andere Richtung fahren muss, wird es Zeit für den vorläufigen Abschied. Als seine Bahn kommt, nimmt er mich so fest in den Arm, dass mir fast die Luft wegbleibt.

»Möller, wir bleiben in Kontakt, wa?«, sagt Geierchen, und es sieht ein bisschen so aus, als hätte jetzt auch ihn der Abschiedsschmerz gepackt.

Doch für Sentimentalitäten bleibt keine Zeit, denn als sich die Türen der U-Bahn öffnen, können es die Ersten am Bahnsteig kaum erwarten, den Waggon zu betreten. Ohne Rücksicht auf Verluste drängeln sich die Passagiere, die bislang friedlich neben uns standen, an einem kleinen Mann mit Karohut und Aktenkoffer vorbei, der offensichtlich aussteigen will. Mit hochrotem Kopf versucht er sich unter Einsatz seines überschaubaren Körpers durch die hereinströmende Menschenmasse nach draußen zu quetschen. »Erst aussteigen lassen!«, blafft er schließlich ein paar Unschuldige an, die brav gewartet haben. Dann schiebt er sich rabiat an meinem unbeteiligten Kollegen vorbei und verpasst ihm mit dem Aktenkoffer einen saftigen Pferdekuss.

»Aua!«, ruft Geierchen und hält sich den Oberschenkel. »Bisse bekloppt, oder wat?!«

»Selbst schuld, was stehen Sie auch hier herum?«, schnaubt der Herr mit Hut und mustert Geierchen dabei von oben bis unten. »Die ganze Stadt ist voller Spinner!«, schimpft er dann, zupft seinen senfgelben Blouson zurecht und eilt mit trippelnden Schritten davon.

»Dit sind mir die Liebsten«, sagt Geierchen, noch bevor sich die Türen der Bahn schließen und er vorerst aus meinem Leben entschwindet. »Die Spießer-Freaks!«

2

DER COUNTDOWN LÄUFT

Als auch meine U-Bahn kommt, ergattere ich einen Sitzplatz und schotte mich dank der Kopfhörer zügig von der Umwelt ab. Dann zücke ich mein Smartphone, wähle einen Song aus meiner Playlist und öffne die blaue Zeitfresser-App mit dem weißen f. Hier erfahre ich, was meine sogenannten Freunde – Menschen, denen ich teilweise noch nie begegnet bin – der Welt mitteilen wollen: Tina hat einen Bagel mit Rucola zu Mittag gegessen, Konstantin war mit seinem Hund spazieren, Jessica ist langweilig, und Tunç möchte mit mir einen Bauernhof gründen. Nach mehreren Jahren Mitgliedschaft in diesem nicht immer nur sozialen Netzwerk überfliege ich die Meldungen meist nur noch aus Langeweile und wundere mich nicht selten über die unfassbare Irrelevanz der sogenannten Neuigkeiten. Dennoch haben es mir die kleinen roten Zahlen am oberen Rand der App irgendwie angetan, die mich über Freundschaftsanfragen, Likes und sonstige Mitteilungen informieren, und so erwische ich mich immer wieder dabei, vollkommen sinnfreie Minuten in diesem virtuellen Freundeskreis zu verbringen. Wahrscheinlich hat Geierchen also mal wieder recht: Das Land ist voller Freaks – und mitten unter ihnen muss ich nun einen Platz für mich finden.

Schöne Aussichten sehen irgendwie anders aus …

Im Hausflur kommt mir auf halber Treppe mein Vermieter Herr Graufuß entgegen, der seine mehrstöckige Altersvorsorge gemeinsam mit seiner Frau bewohnt, verwaltet und instand hält. Aus der Brusttasche seiner grünen Latzhose lugen ein Schraubenzieher, ein Bleistift und ein Kugelschreiber, die er der Länge nach sortiert hat. Die Ärmel seines Karohemds sind fein säuberlich bis zu den Ellenbogen hochgekrempelt und die Schnürsenkel seiner Sicherheitsschuhe mit den großen Stahlkappen zu identischen Doppelschleifen gebunden. Zwei Stufen über mir hält er inne und spricht mich an. »Herr Möller«, beginnt er vorwurfsvoll und atmet dann einmal laut aus. »Meine Frau musste mal wieder feststellen, dass zwischen Ihren Papiermüll ooch Plastik dabei sein tut.«

»Ehrlich? Aber woher wissen Sie denn, dass ...«

Er unterbricht mich, indem er mir demonstrativ einen Briefumschlag mit meinem Namen darauf zeigt. Durchsucht der Typ tatsächlich meinen Müll? Hält er mir demnächst vielleicht die Windeln unserer Tochter vor die Nase und verlangt, deren Inhalt gesondert in der Biotonne zu entsorgen?

»In diesen Hause tun wir allagrößten Wert uff Riehzaikling legen«, erklärt er mir. »Ick erwarte mehr Sorgfalt von Ihnen, ja?«

Weil mein Tag für heute bescheiden genug war, nicke ich ihm nur kurz zu und überlasse ihn dann sich selbst. Im dunklen Flur unserer Wohnung kommt mir Sarah auf Zehenspitzen entgegen und gibt mir einen Kuss. »Klara ist gerade eingeschlafen«, flüstert sie mir ins Ohr und zeigt auf das Zimmer unserer fünf Monate alten Tochter.

Leise verkrümeln wir uns auf den Balkon, wo sich meine Freundin eine Tasse Stilltee eingießt. Dann nimmt sie meine Hand und lächelt mich sanft an. »Na, wie war dein letzter Tag in der Schule?«

Seitdem Sarah einen Lehramtsstudienplatz in Potsdam

bekommen hat, verfolgt sie meine beruflichen Ausflüge ins Schulhaus ganz genau. Ich berichte ihr also von meinem letzten Auftritt als Musiklehrer auf dem Sommerfest, von den Bierchen mit dem Kollegium und der Betriebsrätin unserer Schule. Die wollte nämlich auch den letzten Tag nicht ungenutzt lassen, um mir noch einmal mitzuteilen, wie sehr sie die Entscheidung der Senatsverwaltung begrüße, Vertretungslehrer wie mich endgültig vor die Tür zu setzen.

»Ist das dreist!«, entfährt es Sarah. »Drei Tage vor Ablauf deines Vertrages erfährst du, dass er doch nicht verlängert wird – und die Trulla würgt dir noch eins rein ...«

»Na ja«, gebe ich zu bedenken, »man muss sich ja schon fragen, ob jemand ohne Staatsexamen wirklich eine vierte Klasse leiten sollte.«

»Ach komm«, entgegnet Sarah energisch, »du hast deine Sache doch gut gemacht. Außerdem gibt es mehr als genug schlechte Lehrer *mit* passendem Studium!« Nach einem Blick in Richtung Kinderzimmer senkt sie ihre Stimme wieder etwas. »Und wenn ich an meine bisherigen Seminare denke, weiß ich langsam auch, warum die meisten so schlecht auf den Schuldienst vorbereitet sind.«

Bis wir merken, dass wir all diese Dinge in den letzten zwei Jahren schon ausgiebig diskutiert haben, vergehen ein paar Minuten. Immer wieder haben wir in den vorigen Monaten festgestellt, dass nicht jeder, der den Lehrberuf ergreift, auch dazu geeignet ist. Und manch einer von denen, die geeignet scheinen, wird aufgrund politischer Entscheidungen nicht zugelassen. Oder zu katastrophalen Bedingungen, wie beispielsweise in meinem Fall: Dreimal habe ich darauf hoffen müssen, dass die Senatsverwaltung meinen befristeten Vertrag verlängert, und dreimal habe ich erst wenige Tage vor Vertragsende erfahren, dass es klappt. Dementsprechend bin ich also auch bis vor Kurzem davon ausgegangen, im nächsten Jahr weiterhin beschäftigt zu werden – zumal die Schulleitung mir das längst versprochen hatte. Aber mündliche Zusagen sind eben keine richtigen Zusagen, und so stehe ich nun doof da: eben noch Lehrer, jetzt schon auf Jobsuche.

»Darfst du denn überhaupt verreisen, wenn du auf Jobsuche bist?«, fällt Sarah plötzlich ein.

Stimmt ja: der Urlaub! Ich schlucke, denn immerhin ist die Ferienwohnung längst gebucht und bezahlt – damals konnte ich ja nicht ahnen, dass das Schuljahr ohne Job und festes Gehalt enden würde.

Am nächsten Morgen muss ich meinen Kopf vor dem hohen tristen Gebäude weit in den Nacken legen, um das große weiße A im roten Kreis zu erblicken. Durch eine rasant rotierende Drehtür gelange ich in eine riesige Empfangshalle, in der unzählige Menschen stumm auf eine Anzeigetafel voller Namen und Wartenummern starren. Ich stelle mich dazu und suche nach meinem Namen. H, I, J, K, L, M, N, O … kein *Möller?* Dabei habe ich doch einen Termin! Nur einen gewissen Herrn *Müller* kann ich finden, aber an diesen Namen habe ich mich ja während meiner Zeit als Lehrer schon gewöhnen müssen. Na gut, dann probier ich es einfach mal als Herr Müller.

Ich bewege mich an den Rand der Halle und steige in den gläsernen Lift, der mich in Windeseile in die schwindelerregende Höhe des siebten Stocks katapultiert. Während der Fahrt werden die Menschen unter mir immer kleiner und kleiner, bis sie zu einem einzigen wuseligen Ameisenhaufen zusammengeschrumpft sind.

Im siebten Stock angekommen, gleiten die Fahrstuhltüren langsam auf. Ich steige aus dem Lift und stehe in einer grell beleuchteten Wartehalle, in der rote Metallstühle in mehreren Reihen aneinandergeschraubt stehen. Auf ihnen sitzen Menschen verschiedener Altersgruppen und starren auf einen großen Fernseher, der vor ihnen an der Wand hängt. Unter Protest einer Gruppe junger Typen in abgewetzten Klamotten drängele ich mich auf einen der letzten freien Plätze und nehme neben einer Dame mit tadelloser Frisur und schmalen Lippen Platz. Dann schaue ich mir das Video an. Es zeigt eine Gruppe attraktiver Männer und Frauen, die in Zeitlupe auf die Kamera zugehen. Sie tragen Aktenkoffer oder Handtaschen, sind in feine Anzüge und Kostüme gekleidet und strahlen den Zuschauer mit perfekten Zähnen an. »Zeitarbeit«, spricht eine tiefe Stimme aus der Glotze, als die Models an der Kamera vorbeilaufen. Dann taucht hinter ihnen ein älterer und sehr seriös wirkender Herr im Dreireiher auf und fügt hinzu: »Ihr Job! Ihre Zukunft!«

Als der Clip ein paar Mal in Schleife gelaufen ist, wird er für eine Anzeige unterbrochen. *Herr Müller, bitte zu Beratungsplatz zwei für Akademiker kommen,* steht dort in weißen Lettern auf rotem Hintergrund. Das Publikum schaut mich böse an, als ich mich erhebe und wieder aus der Reihe drängele. Ich blicke an mir herab und stelle erschrocken fest, dass ich mit Anzug und Krawatte für diesen Termin offenbar komplett overdressed bin. Ja, genau, denke ich mir. Der Pseudo-Yuppie darf vor euch allen dran, der hat nämlich einen Termin. Der ist schließlich Akademiker. Auch wenn der Anzug von H&M und seine berufliche Zukunft kohlrabenschwarz ist.

»Herr Müller, bitte!«, ruft nun eine Stimme aus dem Lautsprecher, als ich mit großen Schritten an einer Gruppe finster dreinblickender Männer in blauen Latzhosen vorbeilaufe, von denen einer sogar seine geballte Faust in der anderen Hand reibt.

Ein paar Meter weiter öffne ich eine schwere Holztür mit einer gelben Zwei darauf. Hinter einem massiven Eichenholzschreibtisch sitzt ein Mann, der deutlich jünger ist als ich. Die Haare hat er penibel zurückgekämmt und mit viel Pomade an den Schädel geklatscht. Durch eine große Hornbrille starrt er mich an, während er auf einen freien Holzstuhl vor dem Tisch weist. »Bitte setzen«, sagt er streng. »Sie sind doch dieser Herr Müller, oder?«

»Möller«, korrigiere ich ihn, »mit Ö wie Ökonom.«

»Natürlich. Und Sie sind also arbeitslos, Herr Müller?«, will er von mir wissen und schlägt eine lederne Mappe auf, die vor ihm auf dem Tisch liegt. Vorsichtig ziehe ich die schwere Tür ins Schloss und schleiche zu dem Stuhl vor seinem Tisch.

»Wie konnte das denn passieren?«, fragt er.

Tja, gute Frage. Als ich gerade meine kleine Geschichte des gestrandeten Aushilfslehrers zum Besten geben will, hebt er seinen Zeigefinger und hält mit zusammengekniffenen Augen ein Blatt Papier in die Höhe. »Ich habe hier Ihren Lebenslauf vorliegen. Sie haben doch in der Uni gelernt, berufliche Weiterbildungsmaßnahmen für Erwachsene zu gestalten – und sind dann Lehrer für Kinder geworden?«

Offensichtlich ist die Frage rhetorisch, denn ohne den Blick von den Unterlagen zu heben, fährt er fort. »Außerdem waren Sie Pressesprecher einer Werbekampagne für Atheismus?«, fragt er zuerst nachdenklich, erhebt dann aber plötzlich die Stimme und sieht mich vorwurfsvoll an: »Damit haben Sie sich für einen Job bei der Caritas wohl disqualifiziert!« Kopfschüttelnd schiebt er einen großen Stapel Unterlagen an den äußersten Rand des großen Tisches.

»Ja, wenn Sie das so …«

»Tut mir leid«, unterbricht er mich, schlägt die Mappe wieder zu, nimmt die Brille von der Nase und reibt sich entnervt die Augen. »Aber mit einem solchen beruflichen Werdegang sehe ich ehrlich gesagt ganz schwarz für Sie.«

Dann bekreuzigt er sich und murmelt etwas in seine gefalteten Hände. Aus dem Bücherregal hinter ihm öffnet sich plötzlich eine Tür, durch die überraschenderweise Sarah in den Raum tritt. Ihr Kopf ist mit einem weißen Tuch bedeckt, und unter einem langen Kleid schauen ihre nackten Füße hervor. Geräuschlos schreitet sie auf den Schreibtisch zu und macht davor einen höflichen Knicks. Mit beiden Händen schiebt sie den Schleier beiseite und legt dabei eine blau schimmernde Tätowierung im Dekolleté frei. Sie zeigt die Zahlenfolge 08:30. »Und führe ihn nicht in Verschlafung!«, spricht sie dann mit blecherner Stimme, »sondern erlöse ihn von dem Dösen!«

Wie bitte? Von dem Dösen?

»Philipp, du hast verschlafen!«, ruft Sarah plötzlich mit klarer Stimme und rüttelt an meiner Schulter. »Es ist halb neun! Du musst in 'ner halben Stunde beim Arbeitsamt sein. Steh jetzt auf!«

Ich blinzele ein paar Mal, hebe meinen Kopf aus dem Kissen und greife hektisch nach meinem Wecker. Halb neun?! Eine Wagenladung Adrenalin schießt mir durch die Adern und katapultiert mich aus dem Bett, sodass ich nur elf Minuten später geduscht und angezogen die Treppe herunterpoltere.

»Keine Zeit!«, rufe ich Frau Graufuß entgegen, die sich mir vor ihrer Wohnung im zweiten Stock in den Weg stellt.

»Aber in Ihrem Müll …«

»Sortiere ich!«, rufe ich ihr aus dem ersten Stock zu und renne weiter zum Bahnhof.

Schon von der Straße aus sehe ich die S-Bahn einfahren, also gebe ich auf den Stufen zum Gleis noch einmal Vollgas. Mit einem Hechtsprung schmeiße ich mich gerade noch zwischen die Türen, die sich mit einem tutenden Signal schließen und dabei meinen rechten Fuß einklemmen. Vor den Augen einiger untätiger Fahrgäste stemme ich die Türen mit letzter Kraft ein paar Zentimeter auf und ziehe meine Tasche hinterher. Geschafft!

Nachdem sich mein Puls wieder halbwegs stabilisiert hat, entdecke ich einen freien Sitzplatz in einer Viererbank, finde darauf allerdings einen Aktenkoffer vor. Den zwei Punks gegenüber wird er wohl kaum gehören, also kommt als Eigentümer des edlen Gepäckstücks eigentlich nur der Herr auf dem Platz neben dem Koffer infrage. Hinter einer Ausgabe der *Financial Times* kann ich von ihm allerdings nur die Nadelstreifen und die glänzenden Lederschuhe sehen.

»Entschuldigung, ist das Ihr Koffer?«

Raschelnd nimmt Monsieur die Zeitung herunter und bringt seine feinen Gesichtszüge zum Vorschein, die durch einen akkuraten Seitenscheitel eingerahmt werden. Anstelle einer Krawatte ragt der lockere Knoten eines weinroten Tuchs aus seinem Hemdkragen. »Weshalb fragen Sie?«, will er wissen und schaut mich durch eine rahmenlose Brille an.

»Weila da sitzen möchte, du feiner Pinkel«, mischt sich der Punk vom Sitz gegenüber ein und schaut ihm unbeirrt in die Augen.

»Also, ich muss doch sehr bitten!«, echauffiert sich der feine Herr und faltet die Zeitung zusammen.

»Deinen Koffer da wegnehmen, dit musste!«, korrigiert ihn der Punk und nimmt einen Schluck aus seinem Weinkarton. Dabei hält er dem Blick seines Kontrahenten weiter stand und nickt schließlich, als dieser seinen Koffer wegnimmt, ihn umständlich auf seinen Oberschenkeln platziert und sich erneut hinter seiner Zeitungswand verbarrikadiert.

»So kannze dich im Rolls-Royce uffführen«, hat der junge Mann mit dem grünen Haar noch zu sagen, »aber stell dir vor: Hier inna echten Welt jibt's noch andre Leute!«

»Danke sehr«, sage ich in Richtung Zeitung, nicke den Punks zu und setze mich.

»Keen Ding. Ick bin Sterni, und dit is meene Braut Kröte.« Er zeigt auf die junge Dame neben sich, die mit halb offenem Mund an seiner Schulter lehnt.

»Haste 'n Euro?«, will sie wissen. »Oder 'ne Kippe?«

Lächelnd händige ich beiden eine Zigarette aus und

versuche dann, mich auf mein bevorstehendes Gespräch beim Arbeitsamt zu konzentrieren. Aus gegebenem Anlass kommt mir dabei jedoch ständig Geierchen in den Sinn, denn schon wieder befinde ich mich zwischen etwas sonderbaren Zeitgenossen: das fleischgewordene Statussymbol, das auf zwei Quadratmetern lachsfarbenem Zeitungspapier die Aktienkurse studiert, und zwei waschechte Punks, die eng ineinander umschlungen versuchen, zwischen Tetrapakwein und Springerstiefeln eine Art Romantik entstehen zu lassen.

Leben wir also wirklich in einer Freak-Republik? Wandeln wir eher zwischen Exzentrikern, Übertreibern und Paradiesvögeln durch die sechzehn Bundesländer als zwischen kultivierten Dichtern und Denkern? Und was meint dieser Begriff eigentlich: Freak? Glücklicherweise sind die Zeiten ja vorbei, in denen siamesische Zwillinge, Frauen mit Vollbärten oder körperlich beeinträchtigte Menschen als Zwerge, Riesen oder Dreibeinige im Zelt eines Wanderzirkus ausgestellt wurden. Wohin hat sich dieser Begriff also entwickelt? Was bedeutet es inzwischen, ein Freak zu sein?

Eines haben die drei um mich herum schon mal gemeinsam: Rein äußerlich fallen sie vollkommen aus dem Rahmen. Aber ist es wirklich nur das Äußere, das mich von den Punks oder dem Herren in Nadelstreifen unterscheidet, oder ist es eher das Verhalten, das den schmalen Grat zwischen *Homo normalus* und *Homo freakus* ausmacht? Und wer von ihnen ist dahin gehend eigentlich schräger: der wie aus dem Ei gepellte und offenbar sehr gut etablierte Typ, der für seine großflächige Lektüre und sein Gepäckstück zwei Sitzplätze beansprucht, oder die gepiercten und ungewaschenen Schnorrer, die zwar gruselig aussehen, mir aber letztlich weniger auf den Keks gehen als mein Sitznachbar?

Die Frauenstimme der S-Bahn reißt mich aus meinen

Gedanken und bewahrt mich so davor, die Station zum Arbeitsamt zu verpassen. Ein kurzer Fußweg führt mich zu dem Gebäude, das zum Glück ganz anders aussieht als in meinem Traum. Innen erwarten mich auch keine Menschenmassen, keine Anzeigetafel und kein gläserner Fahrstuhl, stattdessen fordert ein kleines Schild dazu auf, sich unaufgefordert beim Empfang zu melden. Linker Hand befindet sich ein Schalter, an dem zwei junge Frauen anstehen. Eine von ihnen wird gerade nach vorne gebeten, als ich mich hinter der anderen einreihe. Ihr rotes gelocktes Haar steht in alle Himmelsrichtungen vom Kopf ab, und während sie in ihrer Tasche herumwühlt, brabbelt sie auf Englisch leise vor sich hin. Schwungvoll dreht sie sich plötzlich zu mir um. Ihr stupsnäsiges Gesicht ist voller Sommersprossen. »Excuse me«, beginnt sie mit feinstem britischen Dialekt, »do you speak English?«

Nach genau dieser Frage hat mir meine ehemalige Schulleiterin damals einen Job als Englischlehrer angeboten, aber so etwas wird wohl kaum ein zweites Mal passieren. Ich nicke. Daraufhin erklärt mir die Lady in Höchstgeschwindigkeit, dass sie einen Job in Berlin suche, dabei aber bisher unter anderem an den Sprachkenntnissen der hiesigen Sachbearbeiter gescheitert sei.

Warum überrascht mich das nicht?

Noch bevor sie mich um Hilfe bitten kann, wird sie an den Schalter gerufen und legt die Unterlagen vor, die der Mann hinter dem Tresen mit steinerner Miene prüft. »Sie benötigen eine vom Vermieter gegengezeichnete Meldebescheinigung in Original und Kopie sowie das Kündigungsschreiben mit Zugangs- bzw. Absendenachweis oder den Aufhebungsvertrag des letzten Arbeitsverhältnisses«, erklärt der Mann am Pult in einer solchen Monotonie, dass ich mich für den Bruchteil einer Sekunde frage, ob der Typ wirklich aus Fleisch und Blut oder vielleicht doch ein Android ist.

Hilflos dreht sich die kleine Britin zu mir um. »What does he want?«

»It seems you are missing the …« Dann fehlen auch mir die Worte. »Some documents to receive money«, fasse ich die Aussage des Schalterbeamten zusammen.

»I don't want money«, erwidert sie energisch. »I want a job!«

Nun schaut der Mitarbeiter mich an und streicht seinen Schnurrbart zurecht. »Wat willse?«

»Eine Arbeit«, übersetze ich und frage mich, ob hier vielleicht doch wieder ein Quereinsteigerjob auf mich wartet. Eigentlich könnte ich ja schon morgen als Dolmetscher einsteigen, denn inzwischen weiß ich ja, wie leicht man in öffentlichen Einrichtungen eine Stelle findet – leider aber auch, wie schnell man wieder vor die Tür gesetzt wird.

»Ju wont dschobb, sen ju fill aut sis«, wendet sich der Schnauzbartträger an die Britin und händigt ihr zwei mehrseitige Formulare aus. »… änt sis. Der Nächste!«

Mit hängendem Kopf verlässt die junge Frau den Schalter und stopft die beiden Anträge in eine Klarsichtfolie zu einem riesigen Stapel anderer Papiere. Nach Nennung meiner Kundennummer verrät mir der Herr hinterm Tresen, in welchem Warteraum ich Platz nehmen soll, und dreht sich dann zu einer Kollegin um, die hinter ihm am Kopierer steht. »Kann ick ja leiden: Keen Deutsch können, aber 'n Job wollen …« Routiniert wendet er sich dem leeren Raum hinter mir zu. »Der Nächste!«

Nach einem kurzen Sprint erreiche ich gerade noch den Fahrstuhl, in dem die Engländerin bereits vor Wut aus den Ohren dampft. Unterwegs nach oben lässt sie ihrem Frust freien Lauf und legt mir während der Fahrt in den zweiten Stock die kurze und erfolglose Geschichte ihrer Jobsuche in Berlin dar. Im Wartebereich besorge ich zwei Becher Mineralwasser und nehme neben ihr Platz.

»Oh, you Germans«, meint sie mit einem Blick auf die

sprudelnde Flüssigkeit, »you have to drink everything with Kohlensaure?« Nach einem kleinen Schluck schüttelt sie die roten Locken, verzieht das Gesicht und stützt beim Anblick der Mappe auf ihren Knien den Kopf in beide Hände. »And you really love Anträge, Bescheinigungen and Formulare, don't you?«

»Jess: Wellkamm tu se hohm of Bürokratie-Freaks!«, antworte ich, richte mich zackig auf und schließe den obersten Knopf meines Hemdes. »In Dschörmenie we lahf Präzision, Effizienz and Bratwurst!«, füge ich im Tonfall des Herrn am Eingang hinzu und salutiere dabei, woraufhin endlich ein Lächeln über ihr Gesicht huscht.

»By the way: I'm Debbie«, sagt sie und reicht mir die Hand. »Nice to meet you!«

Weil ich die Außenperspektive auf Deutschland spannend finde, lasse ich mir von Debbie ein paar typisch deutsche Macken aufzählen, und so gestaltet sich die Wartezeit mit Geschichten über Hausschuhe, Apfelschorle, Schrebergärten, Autowaschanlagen und Versicherungen aller Art angenehm kurzweilig. Bevor meine Wartenummer auf dem Display erscheint, kann ich ihr gerade noch die wichtigsten Fragen zu den Anträgen beantworten und ihr viel Erfolg beim Gespräch wünschen, dann durchschreite ich das Großraumbüro, bis ich am Tisch meiner Sachbearbeiterin ankomme. Nach der Begegnung mit dem Bürokratieroboter am Empfang und dem Albtraum von letzter Nacht mache ich mich auf das Schlimmste gefasst.

»Guten Tag, Herr Möller«, begrüßt mich die junge Frau hinter dem Schreibtisch und bittet mich, Platz zu nehmen. »Ich bin Sabrina Schneider, Ihre Beraterin. Möchten Sie einen Kaffee?«

Aus dem Ausschnitt der jungen Frau, die mir gegenübersitzt, rankt ein Tattoo über die Schulter bis an ihren Hals. Das dunkelblonde Haar zieren weißblonde Flecken, und ihre rechte Augenbraue ist doppelt gepierct.

»Gern.«

»Zucker? Milch?«

»Beides.«

Nach einem kurzen Moment, in dem ich den ersten Schock der Begegnung verarbeiten kann, ist sie mit einer Tasse frischem Filterkaffee wieder da und kommentiert meinen überraschten Gesichtsausdruck mit einem freundlichen Lächeln.

Als ehrlichen Einstieg in das Gespräch gebe ich zu, dem Termin nicht gerade freudig entgegengeblickt zu haben, woraufhin Frau Schneider schmunzelt und ein Foto mit zwei blonden Mädchen zurechtrückt, die ihr verdammt ähnlich sehen. Auf dem ordentlichen Schreibtisch befindet sich ein brandneuer, superflacher Monitor, Maus und Tastatur liegen kabellos davor. Offenbar bin ich in der Businessclass der Arbeitsagentur gelandet, denn bei meinem Blick durch die Büroetage entdecke ich fast nur lächelnde Sachbearbeiter, die mit relativ entspannten Klienten sprechen.

»Na ja«, beginnt Frau Schneider leise, »als Akademiker befinden Sie sich ja hier sozusagen in der Ersten Klasse der Arbeitsagentur. Aber jetzt erklären Sie mir doch mal, was Sie eigentlich zu mir führt.«

Zwar habe ich in den unzähligen Stunden, in denen ich eine solche Situation durchgespielt habe, eher die Personalbeauftragte eines Unternehmens statt die Beraterin der Arbeitsagentur vor mir gesehen, dennoch fällt es mir leicht, meinen beruflichen Werdegang nachzuzeichnen. Also berichte ich von dem Pädagogik-Studium, der begleitenden Arbeit als studentische Hilfskraft am Max-Planck-Institut für Bildungsforschung und der Anstellung bei einem süddeutschen Automobilkonzern, bei dem ich als Werkstudent meine Diplomarbeit verfasst habe. Meine Funktion als Pressesprecher einer bundesweiten Werbekampagne, mit der ich vor zwei Jahren für ein Leben ohne

Gott geworben habe, lasse ich nach meinem Albtraum lieber weg – wer weiß, welche Türen ich mir damit vorschnell verschließen würde. Den längsten Teil meiner Geschichte nimmt jedoch das berufliche Abenteuer ein, auf das ich mich zuletzt eingelassen habe. »Und nach über zwei Jahren als Lehrer«, beende ich meine bisherige Lebensgeschichte, »wurde mein Vertrag dann kurzfristig doch nicht verlängert – und hier sitze ich nun.«

»Also, erstmal bin ich sehr zuversichtlich, dass Sie schon bald wieder in Lohn und Brot stehen«, erklärt mir Frau Schneider zu meinem größten Erstaunen, jedoch sei sie dazu verpflichtet, mich auf die begrenzte Laufzeit von zwölf Monaten hinzuweisen, in der das Arbeitslosengeld I ausgezahlt werde. »Danach müssten Sie dann im Jobcenter Arbeitslosengeld II beantragen«, sagt sie und fügt dann in ernsterem Tonfall hinzu: »Auch als Hartz IV bekannt.«

Ihrem Blick wage ich zu entnehmen, dass dort kein Kaffee serviert wird. Außerdem muss mir Frau Schneider eine Sperrfrist wegen verspäteter Meldung aussprechen, sodass ich nach der Genehmigung des Antrags trotzdem erst in vier Wochen Geld bekomme. Die feste Zusage der Schulleitung für die Verlängerung meines Arbeitsvertrages kann dabei leider nur bedingt geltend gemacht werden, obwohl ich mir von meiner alten Schulleiterin schriftlich habe bestätigen lassen, wie kurzfristig die sichere Zusage meiner Vertragsverlängerung zurückgezogen wurde. »Wichtig ist jedenfalls, dass der ausgefüllte Antrag auf Arbeitslosengeld spätestens im Laufe der nächsten Woche vorliegt.«

Nächste Woche? Verdammt – da war doch noch was! Ein Kloß macht sich in meinem Hals breit. »Äh, dazu hätte ich noch eine Frage«, beginne ich vorsichtig und erzähle ihr von dem geplanten Sommerurlaub.

»Natürlich können Sie Urlaub nehmen«, beruhigt mich Frau Schneider. »Wann soll's denn losgehen?«

»Am Montag.«

Ihr Lächeln verfliegt. Sie schaut in den Kalender und schüttelt den Kopf. »Ausgeschlossen!«

Ein Stechen in meiner Magengrube kündigt das gleiche Gefühl an, dass sich Anfang der Woche eingestellt hat, als ich meinen Job verlor. Wochenlang haben Sarah und ich uns auf den ersten Urlaub mit unserer Tochter gefreut, haben ein hübsches Appartement in Kroatien gebucht, die Route geplant, Einkäufe getätigt und die letzten Tage gezählt, bis es endlich losgeht – aber klar: Warum sollte ein Arbeitsloser auch verreisen dürfen?

»Es sei denn ...«, überlegt Frau Schneider laut, dann greift sie nach dem Telefonhörer. »Da muss ich mal meinen Chef ... Hallo Herr Piefkowitsch? Hören Sie, ich hab hier einen Sonderfall«, beginnt sie das Gespräch und dreht mir die Rückenlehne ihres Bürostuhls zu. In den folgenden Minuten, die mir wie eine halbe Ewigkeit vorkommen, male ich mir Sarahs Reaktion auf die schlechten Nachrichten aus. Als mir zu allem Übel auch noch einfällt, dass ich zu geizig für eine Reiserücktrittsversicherung war, stehe ich kurz vor einem inneren Wutausbruch.

»Die schriftliche Bestätigung Ihrer Schulleitung ist Gold wert«, meint Frau Schneider plötzlich und lächelt mich an. »Können Sie den ausgefüllten Antrag bis Samstag in den Briefkasten werfen?«

Ich nicke.

»Na dann ...«, sagt sie und reicht mir die Hand, »... wünsche ich einen schönen Urlaub und gute Erholung!«

3

OH, WIE SCHÖN IST FREAKISTAN

»Ich krieg die Krise!« Sarah stemmt die Hände in die Hüften und schüttelt den Kopf. »Das passt doch niemals alles ins Auto!«

Mit zerzausten Haaren stehen wir im Flur unserer Wohnung und begutachten mit kritischem Blick das Ergebnis unserer Reisevorbereitungen. So sieht es also aus, wenn junge Eltern erstmalig mit ihrem Nachwuchs in den Urlaub fahren: drei große und zwei kleine Koffer, vier Taschen mit Babyutensilien, drei Baumwollbeutel, ein Kinderwagen, ein Sonnenschirm, zwei Strandmatten, die Fototasche und unsere Wertsachen in einem Rucksack. Wenigstens bin ich dem Rat meines autoreiseerprobten Vaters gefolgt und habe eine Dachbox gemietet.

»Das wird schon«, beruhige ich uns. »Jetzt lass uns erstmal schlafen, wir haben morgen eine lange Fahrt vor uns!«

Am nächsten Tag schlägt der Wecker um halb fünf Alarm, und während sich Sarah um unser Töchterchen kümmert, bin ich für das Gepäck zuständig. Bei diesem 3D-Puzzle freue ich mich über meine jahrelange Erfahrung mit Tetris – im Gegensatz zu meinen Eltern habe ich nämlich damals schon gewusst, dass manche Computerspiele keine Zeitverschwendung sind. Bevor wir uns aber mit dem voll beladenen Golf auf die 1150 Kilometer lange Autofahrt begeben, muss der Antrag noch zum Arbeitsamt geschickt werden. Als Sarah den großen Umschlag in den Briefkasten an der Straßenecke schiebt, schaut sie mich ernst an. »Bist du dir ganz sicher, dass alle Unterlagen dabei sind?«

Ich nicke ihr vom Fahrersitz zu und verstehe den zufallenden Deckel des gelben Kastens als endgültigen Startschuss für den lang ersehnten Sommerurlaub: Kroatien, wir kommen!

»Sarah, kannst du mal kurz gucken, ob ich …«

Es ist gerade sechs Uhr, als ich bemerke, dass beide Mitfahrerinnen schon wieder eingeschlafen sind, und so kann ich den Anfang unseres Roadtrips dazu nutzen, meinen Gedanken freien Lauf zu lassen. Immerhin waren die letzten Wochen aufreibend genug, sodass ich mich nun tierisch darauf freue, ein bisschen Abstand zu gewinnen. Endlich kann ich die Hauptstadt der Freak-Republik hinter mir lassen, diesen Ort, zu dem ich vor allem in den letzten zwei Jahren ein etwas gespaltenes Verhältnis entwickelt habe. Meine heimatliche Hassliebe speist sich aus zwei Aspekten, die in Berlin mit voller Wucht aufeinanderprallen. Auf der einen Seite gibt es das Kernstück des Hauptstadtfeelings: die Freiheit. Dieses hart erkämpfte, bundesweit beliebte Kulturgut ermöglicht es seinen Bewohnern nämlich, genau so zu sein, wie sie wollen. Keine unnötigen Vorschriften, keine ungeschriebenen Gesetze oder Manieren behindern das Streben nach einem glücklichen und erfüllten Leben. Es gibt kein dörfliches Geläster, keine spießige Kleiderordnung, keine Sperrstunde, keine Kehrwoche – in Berlin kann jeder machen, was er will und wann er will.

Doch genau hier, auf dem schmalen Grat zwischen Freiheit und Rücksichtslosigkeit, entstehen am laufenden Band Konflikte. Leider haben viele noch nicht verstanden, dass persönliche Freiheit zwangsläufig begrenzt sein muss: nämlich dort, wo die Freiheit der anderen beginnt. Dementsprechend gestaltet sich das Zusammenleben der 3,5 Millionen Einwohner immer wieder als schwierig: Ständige Ruhestörungen, Straßenschlachten im Berufsverkehr, Sperrmüll auf den Bürgersteigen, Rumgeschreie in der U-Bahn und motzig-maulige Miesepeter habe ich jedenfalls kein bisschen vermisst, als ich während meines Studiums ein Auslandssemester in einer bayerischen Kleinstadt absolviert habe.

Aber muss man diese Dinge vielleicht in Kauf nehmen, wenn man in einer echten Metropole leben will? Sind das eben die ganz normalen Schattenseiten einer Stadt, deren Lebensgefühl in ganz Deutschland einzigartig ist? Und müssen sich junge Eltern, die das Schöne an Berlin nicht gegen ein Dasein zwischen Jägerzaun und Gartenzwerg eintauschen wollen, einfach damit abfinden, ihrem Nachwuchs höchstwahrscheinlich eine katastrophale Schulbildung zukommen zu lassen? Noch immer frage ich mich nämlich, wie eine Metropole dieser Größe und politischen Bedeutung die katastrophalen Zustände ihrer Schulen so vehement ignorieren kann. Arm, aber sexy? Als wenn man sich auf ein marodes Schulsystem etwas einbilden könnte! Wissen vielleicht einfach zu wenige, was wirklich auf den Schulhöfen abgeht? Ließe sich daran etwas ändern, wenn die Zustände bekannter wären?

Meine Laune sinkt schlagartig, als ich an all die Grundschüler denke, die jeden Tag ohne Perspektive, Plan und Pausenbrot in die Schule kommen, deswegen schiebe ich die Gedanken an die Bildungskatastrophe meiner Heimatstadt mit Nachdruck beiseite. Es ist Urlaub, verdammt noch mal, und ich habe mir ein paar Tage Abstand von alldem redlich verdient! Zuerst fällt es mir zwar schwer, das Thema so bewusst zu ignorieren, doch mit jedem zurückgelegten Kilometer spüre ich, wie sich die Sorgenfalte zwischen meinen Augenbrauen etwas mehr lockert.

Nach und nach weichen auch die düsteren Fantasien in Anbetracht der bevorstehenden Arbeitssuche der hellen Freude auf zwei Wochen Ferien an der Adriaküste. Außerdem erinnern mich Autobahnfahrten immer an die vielen Sommerurlaube, die meine Eltern mit mir und meinen Geschwistern unternommen haben, sodass sich zu meiner Freude über vierzehn Tage Müßiggang eine nostalgische Roadtrip-Romantik gesellt. Die Distanz zu den ganzen durchgeknallten Vögeln, die im Luftraum meiner Heimat herumflattern, wird mir guttun. Nach dem Urlaub, da bin ich mir sicher, werde ich den Herausforderungen meines neuen Alltags wieder mit vollem Akku begegnen können.

Da die meisten Familien wohl am ersten Ferienwochenende etwas länger schlafen, bevor sie in den Urlaub starten, ist die Autobahn an diesem Samstagmorgen wie leer gefegt, und so kann ich die vereinzelten Lkws mit entspannten 130 Stundenkilometern überholen. Als wir nach zwei Stunden am Leipziger Flughafen vorbeifahren, meldet sich Klara kurz zu Wort, schläft jedoch sofort weiter, nachdem Sarah sie wieder mit ihrem geliebten Nuckel verplombt hat. Erst als wir nach knapp dreihundert Kilometern die Grenze zwischen Thüringen und Bayern überqueren, werden die Damen an Bord langsam wach.

Schon ein paar Mal haben wir inzwischen Deutschlands berühmtestes Verkehrsschild passiert: Weiß, rund und mit grauen Diagonalen erinnert es mich immer wieder daran, im Land der unbegrenzten Geschwindigkeiten unterwegs zu sein. Inzwischen ist die Autobahn deutlich voller, doch das scheint die Fahrer einiger Fahrzeuge nicht davon abzuhalten, mit Vollgas über die linke Spur zu brettern. Während die Einwohner unserer Raserrepublik bei den Nachbarn als humorbefreite Spaßbremsen bekannt sind, wird auf der Autobahn eher ungebremster Spaß gelebt. Nicht umsonst heißt eines der bekanntesten Lieder der Neuen Deutschen Welle ja auch »Ich will Spaß, ich geb Gas« und nicht etwa: »Ich will Spaß, ich halte den Sicherheitsabstand ein«.

Während ich in Bayern meine Diplomarbeit geschrieben habe, musste ich gelegentlich über die A9 fahren, und die gilt zwischen München und Nürnberg anscheinend als inoffizielle Teststrecke für die neuesten Flitzer der bajuwarischen Automobilkonzerne. Regelmäßig konnte ich dort die Duelle auf der Überholspur beobachten, die meist jenseits der 200-Stundenkilometer-Grenze ausgetragen wurden. Also mache ich mich darauf gefasst, auch auf dieser Fahrt in den Genuss riskanter Überholmanöver in guter alter Formel-1-Tradition zu kommen.

Wenige Kilometer hinter Nürnberg ist es so weit. Weil zwei Laster miteinander Schneckenrennen spielen, reihen sich dahinter ein paar schwarze Luxuslimousinen ein, deren Fahrer in Lauerstellung darauf warten, endlich wieder die Höchstleistung ihrer Motoren auszureizen. Auch Sarah, die nach der letzten Pause das Steuer übernommen hat, ordnet sich nun links hinter den Kolossen ein, schaut aber schon wenige Sekunden später erschrocken in den Innenspiegel.

»Was ist das denn für 'ne krasse Karre?«, will sie wissen.

Ich lehne mich nach vorne, schaue in den rechten Außenspiegel und entdecke kurz über dem Asphalt einen runden Scheinwerfer, den ich ohne jeden Zweifel der Firma Porsche zuordnen kann. Hier macht also ein ganz besonders prächtiges Exemplar des deutschen Asphaltkönigshauses Hochgeschwindigkeitsjagd auf uns.

»Lass dich nicht provozieren«, rate ich ihr. »Die paar Sekunden wird er wohl warten müssen.«

Die Limousinen vor uns brettern weiter, als sich der Lkw rechts vor seinem Kollegen eingeordnet hat. Doch über Sarahs Entscheidung, auch den zweiten Laster noch zu überholen und nicht etwa zwischen den beiden Kolossen einzuscheren, ist der Fahrer des weißen Gefährts mit den zwei roten Längsstreifen auf der Motorhaube nicht besonders glücklich. Ähnlich dem hektischen Flug einer Wespe fährt er nun in leichter Slalomfahrt hinter uns her und schießt uns mit den grellen Blitzen seiner Xenonscheinwerfer ab. Weil ich mich inzwischen vom Beifahrersitz nach hinten umgedreht habe, kann ich das Grinsen des jungen Mannes mit der schnittigen Sonnenbrille aus nächster Nähe betrachten. Bei deutlich mehr als 150 Stundenkilometern hat er sich unserem Heck inzwischen so weit genähert, dass nicht einmal mehr das Wappen mit dem scheuenden Pferd in seiner Mitte zu sehen ist.

»Ist der geisteskrank?«, ruft Sarah, bleibt aber cool und steuert unseren heulenden Wagen so schnell wie möglich wieder auf die rechte Spur. Mit einem Höllenlärm und ausgefahrenem Heckspoiler zieht die Zuffenhausener Rennmaschine an uns vorbei und verabschiedet sich mit ausgestrecktem Mittelfinger, den der Fahrer in unsere Richtung reckt. Als ich die Rücklichter des Rasers davonfliegen sehe, fällt mir eine Geschichte ein.

»Kannst du dich an Turbo-Rolf erinnern?«, frage ich Sarah. »Der geisterte doch vor einigen Jahren durch die Presse.«

Im Jahre 2003 war der Typ als Testfahrer für den DaimlerChrysler-Konzern mit 476 Pferdestärken unterwegs und drängte auf der A5 bei Karlsruhe eine junge Frau von der Autobahn. Mit ihrer zweijährigen Tochter an Bord verlor die Fahrerin damals erst die Kontrolle über den Kleinwagen und beim Zusammenstoß mit mehreren Bäumen hinter der Leitplanke schließlich das Leben.

»Und die Tochter?«, fragt Sarah und schluckt.

»Auch. Auf der Stelle tot.«

Turbo-Rolf wanderte für lächerliche achtzehn Monate ins Gefängnis, bekam seine automobile Lizenz zum Töten jedoch am Tag seiner Entlassung wieder ausgehändigt. Leider wurde über das Thema nur so lange diskutiert, bis die nächste Schreckensnachricht auf den Titelseiten der Republik auftauchte und Turbo-Rolf samt seinen beiden Opfern in der medialen Versenkung verschwand.

Nach ein paar Schweigekilometern stockt der Verkehr erneut, diesmal ist jedoch kein Laster involviert. Der Grund dafür ist aber ebenfalls ein echter Klassiker unter den Autobahnfreaks: der gemeine Linksschleicher. Mit einer Geschwindigkeitsdifferenz von schätzungsweise drei Stundenkilometern zur rechten Spur fährt das Exemplar vor uns auf einem zweispurigen Streckenabschnitt konsequent auf der Überholspur. Keine Lichthupe und kein Drängeln der Limousinen dahinter bringt ihn – oder sie – von dem riskanten Fahrstil ab. Und auch als die rechte Spur frei ist, macht der grüne Kombi keine Anstalten, sich an das Rechtsfahrgebot zu halten. Unserem jungen Flitzer im Porsche reicht es bald: Ohne Blinker wechselt der weiße Rennwagen auf die rechte Spur und überholt dort die gesamte Kolonne, die sich hinter dem Schleicher gebildet hat. Zwei weitere Drängler befinden seine Idee offenbar für gut, wobei der hintere schneller ist und einen Crash bei 130 Sachen nur durch ein Ausweichmanöver auf die Standspur verhindern kann.

Auch im folgenden Streckenabschnitt sehen wir zahlreiche Kandidaten, die während der Theoriestunden in der Fahrschule offenbar tief und fest geschlafen haben: konsequente Mittelspurfahrer, die wohl glauben, der rechte Fahrstreifen sei grundsätzlich nur für Laster da; Leute, die erst die Spur wechseln und dann blinken; andere, die sich bei 140 Stundenkilometern mit einem Abstand von zehn Metern vor uns einordnen. Wir sehen Fahrer, die am Anfang des Beschleunigungsstreifens mit 70 auf die rechte Spur einscheren und Laster damit zur Vollbremsung zwingen; Autos, deren Scheibenwischer auf Höchstgeschwindigkeit wischen – obwohl es nicht regnet; Nebelschlussleuchten bei strahlendem Sonnenschein im Juni; Leichtsinnige, die uns mit 170 Sachen überholen und dabei SMS schreiben; Kurzentschlossene, die mit vollem Tempo von der Mittelspur auf die Ausfahrt zur Raststätte ziehen; einen aufgemotzten Kleinwagen, auf dessen Heckscheibe steht: *Fehlende PS durch Wahnsinn ersetzt!*; haufenweise Autofahrer, die die Funktionsweise eines Reißverschlussverfahrens nicht kennen, daher allesamt zwei Kilometer vor dem Hindernis auf die rechte Spur wechseln wollen und sich dann darüber ärgern, wenn man sich vor ihnen einordnet; und natürlich: Ängstliche, die sich in schmalspurigen Baustellenbereichen nicht trauen, Laster zu überholen, aber 23 Kilometer lang versuchen, diese Angst zu überwinden.

Zwischen Ingolstadt und München meldet sich unser Töchterchen zu Wort und will gefüttert werden. Kurz vor einem Stauende steuern wir also die nächste Ausfahrt an und sehen auf dem Parkplatz prompt einen alten Bekannten wieder: den weißen Porsche mit den roten Streifen auf der Motorhaube. Neben der offenen Fahrertür sitzt der schmächtige Fahrer mit aerodynamischer Sonnenbrille auf einer Bank, trinkt Kaffee und liest die kleine Zeitung mit den großen Buchstaben. Das kommt also dabei heraus, wenn materieller Reichtum und geistige Armut aufeinanderprallen.

Ein paar Meter weiter finden wir einen Parkplatz, und während sich Sarah um die Fütterung unseres Nachwuchses kümmert, begebe ich mich auf die Suche nach Kaffee. Auf meinem Rückweg von der Raststätte werde ich von einem Mann überholt, der schimpfend an mir vorbeiläuft und sich plötzlich umdreht. »Da is der weiße Porsche!«, ruft er jemandem hinter mir zu, woraufhin ich von einem zweiten Mann überholt werde.

»Bist du wahnsinnig, du kleiner Wichser?«, schreit der erste und stampft auf den Porschefahrer zu.

Irritiert schaut der aus seinem zeitungsähnlichen Druckerzeugnis hoch und streift dann in Höchstgeschwindigkeit seine Brille ab. »Kennen wir uns?«, fragt er den aufgebrachten Mann mit hoher Fistelstimme.

»Und wie!«, brüllt der Angesprochene zurück. »Ich bin der rote VW-Bus, den du eben abgedrängt hast!«

Der Raser zuckt mit den Schultern und begeht dann einen großen Fehler: »Hören Sie mal, über mein Reisetempo entscheide ich immer noch ganz allein.«

Wer hat doch gleich gesagt, dass die Freiheit der Faust dort endet, wo die Nase des anderen beginnt? Ich habe es vergessen, aber selbstverständlich gilt die Maxime auch für die Freiheit des Boxermotors, die an der Stoßstange des Vordermanns aufhört. Offenbar ist diese Erkenntnis jetzt auch im Hirn des Rasers angekommen, und langsam merkt er, dass an seinem Statement irgendetwas nicht stimmt. Angesichts des Bullyfahrers ist das auch kein Wunder, der hat inzwischen nämlich Schaum vorm Mund.

»Willste mich verarschen?«, brüllt er und geht auf den PS-Freak los, wird aber von seinem Kumpel fest- und damit davon abgehalten, in einem Anfall von Selbstjustiz Rache mit Recht zu verwechseln.

»Karl, reiß dich zusammen!«, ruft der Anstandsmann. »Das bringt doch ...«

»Der Typ war kurz davor, meine Familie ins Jenseits zu befördern«, brüllt Karl, »und erzählt mir hier noch was von eigener Entscheidung!« Tränen schießen ihm in die Augen, als er mit aller Kraft versucht, sich aus dem Griff des Freundes zu befreien. »Ich hab drei kleine Kinder im Auto! Willst du die auf dem Gewiss...«

Weiter kommt er nicht, die letzten Worte bleiben ihm vor Wut im Halse stecken. Dann wandelt sich seine Rage in Verzweiflung. Er wendet sich ab, atmet ein paar Mal tief ein und aus und wischt sich schnaufend über die Augen. Nur noch die Housemusik, die aus der offenen Tür des Porsche wummert, ist zu hören.

Aus ein paar Metern Entfernung beobachte ich mit den Kaffeebechern in der Hand die Szene und ringe um meine Zurückhaltung. Ob ich mich als Zeuge anbieten und eine gemeinsame Anzeige gegen den Turbofritzen vorschlagen soll? Zwei Aktionen könnte ich ja immerhin zu Protokoll geben. Wäre das dann spießbürgerliches Denunziantentum oder angebrachte Zivilcourage?

Während sich mein Hirn noch in rechtsphilosophischen Dilemmas übt, scheint der Daddy etwas lösungsorientierter an das Problem heranzugehen. Mit einem Blick signalisiert er seinem Freund, ihn loslassen zu können, dann geht er langsam auf den Raser zu. »Nächstes Mal polier ich dir die Fresse«, erklärt er ihm in einem sehr ruhigen Tonfall und stößt dann den Kaffeebecher um, dessen brauner Inhalt dem Porschefahrer auf die helle Hose läuft. »Du kleiner Pisser, du!«

Als die beiden Männer abziehen, hinterlassen sie einen leise fluchenden Yuppie, der ohne seine 400 Pferdestärken und mit einem großen Kaffeefleck im Schritt einen ganz anderen Eindruck hinterlässt als auf der Rennbahn.

Ich reiße mich von dem bizarren Anblick los und gehe zu Sarah, der ich die Szene so brühwarm erzähle, wie ich mir das scheußliche Raststättengesöff in meinem Becher gewünscht hätte.

»Krieg«, sagt Sarah kopfschüttelnd. »Auf Deutschlands Straßen herrscht automobiler Krieg!«

Ich übernehme wieder das Steuer, und bis München halten wir uns erfolgreich aus allen Straßenschlachten heraus. Hinter dem Stadtverkehr der Bayernmetropole wartet die A8 Richtung Salzburg auf uns. Im geschwindigkeitsbegrenzten Österreich beruhigt sich der Verkehr allmählich, sodass wir auf die linke Spur wechseln und uns jetzt wunderbar über diejenigen aufregen können, die konsequent zu langsam fahren.

Alles also nur eine Frage der Perspektive?

Schon nach wenigen Kilometern merken wir: Im Nachbarland fahren wir dank der Maximalgeschwindigkeit von 130 Stundenkilometern sehr viel entspannter – selbst auf der linken Spur. Auf Sarahs Frage, warum es in Deutschland eigentlich keine durchgängige Geschwindigkeitsbegrenzung gibt, zucke ich mit den Schultern. »Manche Menschen fühlen sich wahrscheinlich eingeschränkt, wenn man ihnen das Recht nimmt, mit 300 Sachen über die Piste rasen zu können.«

German Autobahn – ein weltweites Gütezeichen für die vollkommene Fehlinterpretation des Freiheitsbegriffs? Derlei Missverständnisse schafft sonst nur noch die Partei mit der schwedischen Farbgebung … Woher kommt eigentlich das deutsche Grundrecht, dass jeder so schnell fahren darf, wie seine Karre es hergibt? Als es Politiker im Zuge der Ölkrise wagten, laut über ein Tempolimit nachzudenken, reagierte der ADAC prompt mit dem Motto: *Freie Fahrt für freie Bürger!* Damit sprach der Auto-Lobbyist der aufstrebenden Bundesrepublik und ihrer höchst erfolgreichen Automobilindustrie wohl aus der Seele. Seitdem riskiert jede Partei massive Einbrüche bei den Wählerstimmen, wenn sie ein Tempolimit vorschlägt, das in all unseren Nachbarländern vollkommen selbstverständlich ist. Die Liebe zwischen den Deutschen und ihren Autos ist und bleibt also ungebrochen – und wer bringt es schon übers Herz, die geliebten Pferde zu zügeln …

Als der Tageskilometerstand gute neunhundert Kilometer anzeigt, überqueren wir die Grenze nach Slowenien. Auch hier bietet sich ein vollkommen anderes Verkehrsbild als daheim, was uns eine entspannte Weiterreise nach Kroatien ermöglicht. Inzwischen sitzt Sarah bei unserer Tochter auf dem Rücksitz, denn obwohl Klara ihre erste lange Autoreise bisher bestens mitgemacht hat, wird sie langsam quengeliger.

Zwei Stunden später fahren wir über eine lange Brücke, und dann ist endlich unser Urlaubsziel zu sehen. Umschlossen von türkisfarbenem Wasser liegt die grüne Insel Krk vor uns, der einzige mir bekannte Ort, der komplett ohne Vokale auskommt.

»In 300 Metern: Sie haben Ihr Ziel erreicht«, verkündet das Navigationsgerät grammatikalisch einzigartig und beendet damit unsere gut zwölfstündige Autofahrt. Es ist sieben Uhr abends, und wir sind endlich am Ziel angekommen!

Vor dem Gartenzaun des dreistöckigen Hauses, in dem wir für zwei Wochen ein Appartement gemietet haben, steht ein älterer Herr. Er trägt nichts außer einer Jeans, die so kurz abgeschnitten wurde, dass die weißen Hosentaschen heraushängen und einen kräftigen Kontrast zu den stark gebräunten Beinen und dem beinahe schwarzen Oberkörper bilden. Seine Haut wirkt ledrig, ganz so, als würde er seit vielen, vielen Sommern seinen drahtigen Körper in der kroatischen Sonne ausführen. Genau so wird es wohl auch sein, denn von Chrissi, meiner ehemaligen Kollegin, die mir das Appartement empfohlen hat, weiß ich, dass Herby nach dem Verkauf seiner Firma vor mehr als zehn Jahren aus dem Schwabenland ausgewandert ist – nur eben nicht wie viele seiner Landsleute nach Prenzlauer Berg, sondern nach Kroatien. Auf seiner Nase sitzt eine Brille mit Drahtgestell und runden Gläsern. Abgesehen von einem schmalen Kranz langer grauer Haare, die er zu einem Zopf gebunden hat, ist der Großteil seines Schädels kahl und voller Leberflecke.

Als er unser Nummernschild erkennt, hebt er die dünnen Arme und winkt uns in die Auffahrt des Hauses, das wir bereits von seiner Homepage kennen: die Villa Herby. Zwischen Schubkarren, kleinen Sandhügeln, ausrangierten Heizkörpern und einer überquellenden Mülltonne parken wir unser Auto.

»Hallöle«, ruft uns der Hausherr in feinstem Schwäbisch freudig zu, »i bin der Herby!« In seinem braun gebrannten Gesicht bilden sich zahlreiche Falten, als er uns lachend die Hand schüttelt.

Beladen mit der quengelnden Klara und den wichtigsten Gepäckstücken folgen wir unserem Vermieter auf einer Außentreppe ins oberste Stockwerk der weißen Villa, wo er einen Schlüssel unter der Fußmatte hervorholt und eine Milchglastür aufschließt. »Willkomme in de Adria-Suite«, ruft er feierlich beim Betreten der offenen Wohnküche, an die eine Dachterrasse mit Meerblick grenzt. »Des isch eua Heimat für de nächschte zwei Woche, und i tu euch verschpreche, hier wolled ihr ned mehr weg!«

In der Tat hat Chrissi nicht übertrieben: Die Bude ist der Kracher! Wer könnte sich hier nicht erholen? Auf Terrakottafliesen stehen gepolsterte Korbmöbel, daneben üppige Zimmerpflanzen vor der Fensterfront zur Terrasse, an der Decke rotiert ein Ventilator, der die warme Luft umwälzt und so ein etwas kühleres Klima als draußen schafft. Auf der linken Seite der blitzblanken Wohnung führt ein Korridor an einem geräumigen Bad vorbei ins Schlafzimmer, das einen eigenen Zugang zur Terrasse hat. In Birkenstocksandalen führt Herby uns durch die gesamte Wohnung und schließlich auf die Terrasse, wo er einen Sonnenschirm aufspannt und uns die Aussicht auf die Adria präsentiert.

»Des isch der Weg zum Strand«, erklärt er und zeigt auf einen verschlungenen Pfad, der sich hinter der Villa bergab zwischen den kleinen Häuschen des Dorfes verliert, »und im Gadde gibt's a Grill und a Planschbegge im Schadde.«

Nachdem ich den Mietvertrag unterschrieben habe, überreicht mir Herby den Schlüssel und verabschiedet sich in seine Wohnung im Erdgeschoss.

»Meinte deine Kollegin nicht, der Typ wär voll der schräge Vogel?«, fragt Sarah, als ich mit einer weiteren Ladung Gepäck wieder oben ankomme.

»Keine Ahnung, wirkt ganz normal – für einen Deutschen.«

Sarah und ich beschließen eine kluge Aufgabenteilung: Sie packt aus und füttert schon mal Klara, ich begebe mich auf die Jagd nach Nahrungsmitteln. Natürlich könnten wir es krampfhaften Kritikern der traditionellen Rollenverteilung recht machen und tauschen, aber weil Sarah langsamer zu Fuß ist und ungern schwere Tüten schleppt und ich mich bei allem, das mit Ordnung zu tun hat, unfassbar blöd anstelle, würde die Angelegenheit dann doppelt so lang und viermal so stressig werden – worauf wir gerne verzichten.

Eine halbe Stunde später streife ich ziellos durch die Supermarktgänge. Inspiriert von den fremden Produkten lasse ich mich durch die Reihen treiben und versuche, die auf den Packungen abgedruckten Worte zu dechiffrieren. Spätestens vor der Frischtheke wird klar, dass Kroaten offenbar gern viel Fleisch essen und sie in ihrer Sprache nicht ganz so viele Vokale verwenden wie wir.

Im nächsten Gang mache ich eine beunruhigende Entdeckung: Nutella. Und wo Nutella ist, können Eingeborene der Freak-Republik nicht weit sein. In der Tat: Nur wenige Augenblicke später steht ein Mann in Outdoorsandalen vor mir und zieht aus der Seitentasche seiner knielangen Cargo-Hose einen sauber gefalteten Zettel. Mir schwant Übles, als er tief Luft holt, seine Hand trichterförmig an den Mund hält und dann durch den ganzen Laden brüllt: »Dörte, Nutella hab ich! Hast du das Müsli schon gefunden?«

»Nei-hänn!«, tönt es aus der Reihe nebenan. »Und linksdrehenden Joghurt auch nicht!«

»Entschuldigung«, spricht mich der Mann plötzlich an, »wissen Sie, wo das Müsli steht?«

Ich zögere einen Moment. Wozu habe ich mich und meine Familie eigentlich über tausend Kilometer nach Süden verfrachtet? Um jetzt schon wieder unter Deutschen zu wandeln? »I'm sorry«, beginne ich so akzentfrei, wie nur irgend möglich, und setze ein grenzdebiles Lächeln auf. »I don't speak … your language.«

»Oh, sorri. Ju luck so dschörmän!« Der Wanderer zieht von dannen und lässt mich mit der Packung Spaghetti, der Dose Tomatensoße und einer geballten Ladung Frust stehen. Ich sehe also dschörmän aus? Ernsthaft?!

Auch die Dame an der Kasse scheint mir meine Herkunft an der Nasenspitze anzusehen und wünscht mir auf Deutsch einen schönen Abend. Kroatisch lernen muss ich also schon mal nicht – schade, denn bekanntlich wachsen wir Menschen ja an Herausforderungen. Auf meinem Rückweg fallen mir nun ungleich mehr meiner Landsleute ins Auge als auf dem Weg zum Supermarkt. Deswegen höre ich hier also kaum ein kroatisches Wort, sondern fast nur Fränkisch, Pfälzisch, Bayerisch und Sächsisch. Ob die tagsüber etwa auch alle an den Strand wollen?

Bis wir am nächsten Morgen die benötigten Utensilien für den Weg zum Wasser zusammengesucht haben, ist es schon fast Mittag. Erfreulicherweise finden wir an der zerklüfteten Küste keinen Massenstrand vor, stattdessen bietet die Promenade Zugang zu unzähligen kleinen Buchten. Auf den dicken Kieselsteinen vor dem flachen Wasser haben es sich jedoch schon so viele Sonnenanbeter bequem gemacht, dass wir auch nach einem langen Spaziergang durch die beginnende Mittagshitze keinen einzigen Platz mehr finden. Ein Großteil der Fläche ist allerdings nicht persönlich belegt, sondern mit Handtüchern reserviert, auf denen ich weitere Hinweise auf meine Landsleute entdecke: Rätselblöcke, Bierdosen und die Gala.

Zwischen zwei Lagern finden wir dann doch eine Lücke, die genug Platz für unsere zwei Schaumstoffmatten, die wir in Vorbereitung auf die Kieselküste besorgt haben, bietet. Mit einer dicken Schicht Sonnencreme – Lichtschutzfaktor fünfzig! –, einem Sonnenhut und einer Schwimmwindel kann auch Klara das Bombenwetter genießen, und so kommt unterm Sonnenschirm erstmalig Entspannung auf. Das Rauschen der Wellen, das Geschrei der Möwen und der Geruch des Salzwassers lassen endlich Sommerurlaubsstimmung entstehen. Nach wenigen Minuten döse ich ein, werde allerdings gefühlte Sekunden später von Sarahs Stimme geweckt.

»Das konnten wir doch nicht wissen«, sagt sie zwar ruhig, aber nicht ohne gereizten Unterton. »Als wir hier ankamen, war der Platz jedenfalls frei.«

»Mei, wos heißt hier frei?«, widerspricht der Herr ihr umgehend. »Mir hamm extra gekennzeichnet, wo mir seit zwei Wochen liegen tun!«

Offenbar sind wir unbewusst in bayerisches Territorium eingedrungen. Ich reibe mir die Augen, schiele vorsichtig durch meine Finger und entdecke Sarahs Gesprächspartner: einen Bauch auf Beinen. Über zwei dünnen Stelzen thront der gigantische Wanst, haarig und eher kastenförmig als rund.

Ich spiele kurz mit dem Gedanken, dem Meckerer vorzuschlagen, für seinen nächsten Strandurlaub einen Maschendrahtzaun mit eingebauten Bewegungsmeldern einzupacken, überlasse diesen Teil dann aber doch lieber meiner Freundin. Meine diplomatischen Fähigkeiten sind erfahrungsgemäß begrenzt – vor allem im Umgang mit Strandplatzreservierern.

Auf blauen Gummisohlen zieht die wandelnde Wampe schließlich ab und lässt sich motzend ein paar Meter weiter nieder.

»Wie lang hab ich denn geschlafen?«

»Über zwei Stunden«, sagt Sarah und zeigt mir die Uhrzeit auf ihrem Telefon. »Und sei froh – die Sachsen von der anderen Seite haben auch schon genörgelt.«

Ich nicke und atme tief durch. Mal eben zwei Stunden gepennt? Den Urlaub hab ich anscheinend doch nötiger als gedacht … Aber wen wundert's? Die geplante Übernahme des vierten Jahrgangs, die letzten Wochen mit Geierchens Chaosklasse und der ständige Lärmpegel im Klassenzimmer sind mir doch sehr an die Substanz gegangen – von der Hiobsbotschaft am Ende mal ganz abgesehen! Ganze dreizehn Tage bleiben mir nun also, um mich zu erholen und mein inneres Gleichgewicht wiederzufinden – mal schauen, was angesichts des anwesenden Publikums daraus wird.

»Ich geh mich mal abkühlen«, beschließe ich und entkomme somit gleichzeitig der Volksmusik, die inzwischen aus der portablen Stereoanlage unserer Nachbarn dudelt. Etwas verschlafen schlüpfe ich in meine Aquashoes, balanciere über den Kies und wate bis zum Bauchnabel in das kalte und glasklare Salzwasser. Dann lasse ich mich in die sanft wiegenden Wellen gleiten, tauche ein paar Züge und treibe dann auf dem Rücken durch die Bucht, die Arme zu den Seiten ausgestreckt und den Oberkörper der wärmenden Sonne zugewandt. Weil meine Ohren unter Wasser sind, herrscht endlich Ruhe. Ich bin im Urlaub!

»Dööörte!«, reißt mich eine mir bereits bekannte Stimme aus meiner paradiesischen Wunschvorstellung. Beinahe wäre ich gegen meine Supermarktbekanntschaft getrieben, die nun lautstark mit der besseren Hälfte am Ufer Kontakt aufnimmt: »Döööööörtäääää!«

»Jaaaahhaaaa«, brüllt Dörte zurück. »Ich komm gleich! Ich geh noch mit der Jolanda beim Eeeeeismaaaann!«

Wie um alles in der Welt soll ich angesichts solcher Typen *nicht* zum Misanthropen werden? Die Lust aufs kalte Nass ist mir jedenfalls komplett vergangen, also paddle ich langsam zum Ufer zurück. Ob es irgendwo auf der Welt einen Urlaubsort gibt, an dem keine schwarz-rot-goldenen Spinner herumlaufen?

Als ich aus dem Meer steige, steht Sarah schon bereit und hält mir unsere Tochter entgegen. Mit Klara auf dem Arm begebe ich mich zum nahe gelegenen Imbiss und reihe mich dort in die Warteschlange ein.

»Mir hätte jään zwei Kölsch!«, höre ich den Mann am Anfang der Schlange in bester Rheinkultur sagen, die Verkäuferin zuckt aber mit den Schultern und schüttelt den Kopf.

»Walter, bis du jeck? Die sprisch vielleisch kein Deutsch, du Blötschkopp!«, wirft seine Frau ein, deren Kopf unter einem Hut mit riesiger Krempe vollständig verschwindet.

»Wat is? Nä, do leckste mich am Aasch! Un jetz?« Walter stützt die Hände ins Hüftgold und überlegt. »Pivo!«, fällt ihm dann ein, dazu hält er zwei Finger hoch und reibt sich schließlich die Hände, als die junge Frau ihm zwei Dosen eiskalten Gerstensaft reicht. Aus der Gürteltasche, die er weit über dem Bauchnabel trägt, befördert er eine Lederbörse zutage und inspiziert jede der kroatischen Münzen ganz genau, bevor er sie über den Tresen reicht. »Viiie-len Daaank«, sagt er dann ganz langsam und möglichst dialektfrei zu der Frau, »und eeei-nen schööö-nen Tag noch!«

Ich versuche krampfhaft eine Erklärung für die Szenen zu finden, die ich seit unserer Ankunft in Kroatien erlebe. Zwei Möglichkeiten scheinen mir plausibel: Entweder habe ich mich bei der Zieleingabe ins Navi vertippt, und wir haben die Grenzen der Freak-Republik nie überquert, oder aber wir sind versehentlich in die Dreharbeiten für einen neuen Film von Helge Schneider geraten. Da ich mich aber bestens an unsere Fahrt erinnern kann und weit und breit keinen Regiestuhl entdecke, muss ich der bitteren Wahrheit wohl ins Gesicht blicken: Das hat man eben davon, wenn man nicht weit genug vor der deutschen Heimat flieht!

Auf dem Rückweg zur Ferienwohnung besorgen wir Getränke, Grillwürste und Kartoffelsalat, und als es gegen achtzehn Uhr endlich etwas kühler wird, begeben wir uns in den Garten und schmeißen den Grill an.

»Des isch a guade Idee«, ruft Herby plötzlich aus seinem Fenster. »I komm au glei dazu …«

Der Tag geht, Hippie-Herby kommt. Immerhin trägt er noch seine selbst geschneiderten Hotpants, ansonsten scheint ihn Kleidung eher zu stören. Im Schneidersitz nimmt er fast nackig neben uns Platz, legt die Hände auf den Knien ab und schließt die Augen. In dieser Stellung verharrt er ein paar Minuten, in denen Sarah und ich uns mehrmals schulterzuckend anschauen. Dann überrascht er uns mit verschiedenen Dehnübungen und schließt seine Choreografie mit zehn Kniebeugen ab, bei denen er laut durch den Mund ein- und ausatmet.

»So«, sagt er danach und öffnet sich ein Bier, »erscht die Arbeit, dann des Vergnüge!« Mit einem Bier in der Hand nähert er sich mir und inspiziert meinen geröteten Arm. »Luagamal, du hascht aber an leichte Sonnenbrand, gell?«, sagt er und drückt ein paar Mal prüfend auf mir herum.

Das war ja klar: Obwohl ich alte Kalkleiste mich im Urlaub stets penibel eincreme und meist wie ein Vampir unterm Sonnenschirm verstecke, kann mich alle Welt schon nach einer einzigen Strandsession als frisch angereiste Kartoffel identifizieren.

»Wart amol, ich hab da oin subba Trick«, sagt Herby, steht auf und hüpft mit leichtem Schritt zu einer Pflanze, deren Blätter so spitz sind, dass ich sie am liebsten mit dem Eckenschutz aus der Family-Abteilung von IKEA abkleben würde. Hab ich's doch gewusst, dass uns im Urlaub bloß Gefahren erwarten. So ein riskantes Gewächs würde zu Hause niemals durch den TÜV kommen – zu Recht!

Herby knickt einen der dunkelgrünen Zweige ab und kommt damit wieder zu uns zurück. »Des schmierschd jezz amal uff doi Arm und ins G'sicht, und in wenige Minude wirschd du schpüre, wie subba des wirge dud.«

Mit einem einzigen Blick bittet mich Sarah darum, nicht lauthals nach einem Dolmetscher zu rufen, stattdessen folge ich Herbys väterlichem Rat und reibe mich mit dem grünlichen Gel ein, dass der Hobbyheiler aus dem Pflanzenblatt drückt. Und tatsächlich: Schon beim Auftragen spüre ich eine angenehme Kühle, die von der Substanz ausgeht, und als ich am nächsten Morgen in den Spiegel blicke, sehe ich viel weniger deutsch aus, als befürchtet. Auch musste ich mir nachts keine kalte Badewanne einlassen, um meinen glühenden, juckenden und stechenden Körper darin abzukühlen. So wie in der Türkei. Oder in Italien. Oder auf Mallorca …

Die folgenden Tage ähneln einander wie die Kiesel am Strand unseres Urlaubsorts. Am frühen Morgen geht's auf zum Strand, gute Plätze klarmachen, während der teilweise unerträglich heißen Mittagstunden ab in die Wohnung, um dort eine Kleinigkeit zu essen und gemeinsam mit Klara ein Nickerchen zu machen, und am Nachmittag wieder runter ans Wasser. Gegen fünf Uhr gehen wir dann meist einkaufen und verspeisen im Anschluss unser Abendbrot auf der Terrasse, wo wir einen spektakulären Ausblick auf den Sonnenuntergang und Herbys Dehnübungen genießen, bei denen ihm gelegentlich der ein oder andere Hoden aus der bodenlosen Hose baumelt.

Als der Urlaub sich langsam dem Ende neigt, entdecken wir auf dem Weg zur zweiten Strandschicht ein neues Fahrzeug auf dem Parkplatz im Hof der Villa Herby. Auf der Heckscheibe des gelben Familienbusses verraten zwei Aufkleber die Namen der Kinder, die wir aus dem offenen Fenster des Appartements neben uns bis in den Hof kreischen hören: Auf der linken Seite prangt in rosa Serifen *Frikka-Carmen*, rechts in Blau *Rouwen-Fiete*.

Über das Phänomen des sogenannten Chantalismus – auch Kevinismus genannt – bin ich ja als Lehrer schon gestolpert: Eltern strafen ihre Kinder mit pseudoexotischen Namen ab und brandmarken Jeremy, Ryan-Jason oder Jaqueline-Chayenne-Chantalle damit ein Leben lang als Mitglieder ihres Milieus. Wer allerdings glaubt, nur dieser abschätzig belächelte Teil unserer Gesellschaft sei zu derlei Auswüchsen bei der Namensgebung in der Lage, der ist mächtig auf dem Holzweg, denn auch akademisch geprägte Tageszeitungsabonnenten etikettieren ihren Nachwuchs anscheinend gern mit entsprechenden Labels. Selbstverständlich bedienen sie sich dabei nicht am englischen oder französischen Fundus, sondern orientieren sich an der Heimat des europäischen Öko-Adels: Skandinavien. Anders als der Kevinismus wird dieses Phänomen aber wohl kaum in den Feuilletons überregional erscheinender Zeitungen auftauchen und dort als Thørbenismus oder Gretaismus verspottet werden – schließlich wollen sich die werten Autoren bei der zahlenden Leserschaft nicht unbeliebt machen.

Aus der Wohnung im ersten Stock kommt schreiend ein Mädchen gerannt, das von einem etwas kleineren Jungen verfolgt wird. Beide haben ein Kissen in der Hand, mit dem sie sich eine lautstarke Schlacht liefern, und auch als wir am frühen Abend vom Strand zurückkehren, ist das Geschrei noch immer zu hören. Bei unserer allabendlichen Terrassensession können wir ab sofort also eine pädagogische Fallstudie durchführen: Die zwei Kinder mit den vier Namen brechen im Garten fröhlich Äste aus der Hecke, und während sich ihre Eltern auf zwei Gartenliegen ausruhen und lesen, bricht schon bald ein handfester Schwertkampf zwischen den Kids los.

»Komm, spiel jetzt nicht wieder die Super-Nanny!«, beruhigt mich Sarah, als ich irgendwann Luft hole, um in guter alter Lehrermanier meinen Unmut kundzutun. »Misch dich doch nicht in deren Erziehung ein!«

»Welche Erziehung? Außerdem mischen die sich in

meine Urlaubsruhe ein«, protestiere ich, reiße mich dann jedoch zusammen. Mit einem Blick auf die Eltern frage ich mich allerdings, ob sie ihre Kinder tatsächlich für Narren halten – oder warum gewähren sie ihnen sonst Narrenfreiheit?

Als Frikka-Carmen einen schweren Treffer am Hinterkopf einstecken muss, rennt sie heulend zu ihrer Mutter. »Mama, Rouwen haut mich schon die ganze Zeit!« Weil Mama nicht umgehend reagiert, brüllt Frikka sie aus voller Kehle an, während der Junge im Hintergrund noch einen Gang hochschaltet und seinen Stockkampf nun mit der Aloe-vera-Pflanze fortsetzt.

»Dein Bruder Rouwen-Fiete«, sagt die Mutter dann mit einem Finger im Buch, »braucht Bewegung, junge Dame. Das ist wichtig für seine psychomotorische Entwicklung. Verstehst du das?«

»Aber seine Motorwicklung tut mir weh! Manno!«

»Dann sag ihm das, ja? Ihr müsst lernen, Konflikte unter euch zu regeln.«

Mit diesem Ratschlag verschanzt sich die Dame wieder hinter ihrem Schwedenkrimi, Frikka dagegen nimmt den pädagogischen Freibrief mit Wonne entgegen und zieht ihrem Bruder von hinten den Ast über den Schädel. Während der darauf folgenden Rauferei wenden Sarah und ich uns kopfschüttelnd ab und versuchen, das Panorama zu genießen. Nach wenigen Minuten hat Sarah das Gebrüll von nebenan offenbar schon verdrängt und berichtet mir ausführlich von einer SMS ihrer besten Freundin. Ich dagegen ärgere mich mit jedem Schrei der unerzogenen Nachbarskinder mehr über die Rücksichtslosigkeit der Eltern – und über meine Unfähigkeit, den Terror einfach auszublenden.

Sarah unterbricht ihre Story plötzlich und schaut mich von der Seite an. »Hörst du mir noch zu?«

»Warum passiert das eigentlich immer mir?«, denke ich

laut und wende mich dann ihr zu. »Kannst du dich noch an unser Camping-Wochenende an der Ostsee erinnern?«

»Ach bitte, Philipp!« Sarah nimmt meine Hand und streichelt sie. »Wir beide wissen, wo das hingeführt hat.«

Oh ja, ich erinnere mich bestens. In der Absicht, mit einem befreundeten Pärchen fern der lärmenden Großstadt ein ruhiges Wochenende an der Ostsee zu verbringen, schlugen wir damals – lange vor Klaras Geburt – am Nachmittag unser Lager auf einem Familienzeltplatz auf. Die Sonne schien, ich hatte ein kaltes Bierchen in der Hand, um uns herum spielten ein paar friedliche Kinder, ansonsten herrschte eine idyllische Stille – genau so hatte ich mir das vorgestellt. Aber natürlich war es zu schön, um wahr zu sein: Schon nach wenigen Minuten wummerte aus einem benachbarten Dauercampergrundstück laute Musik mit dem grausamen Text: *Hey, was geht ab? Wir feiern die ganze Nacht, die ganze Nacht!* Eine kurze Analyse der Situation bestätigte meine Befürchtung: Auf dem gesamten Campingplatz herrschte himmlische Ruhe, aber ausgerechnet neben mir, dem sensiblen Geh-mir-nicht-auf-den-Keks-Freak, feierten die Dauercamper eine Hochzeit. Dazu hatten sie Hunderte kleiner Likörfläschchen, Zigarettenstangen und einen ganzen Mob saufwütiger Freunde aus Berlin angekarrt und waren im Begriff, das Motto ihres barbarischen Hochzeitslieds Wirklichkeit werden zu lassen. Nachdem der Song eine halbe Stunde in Schleife gelaufen war, hatte ich Sarah und unsere Freunde mit meinem Ärger über das Trinkvolk so sehr genervt, dass sie mich zur Beschwerde nach drüben schickten. Dort angekommen, war die Ansage der Berliner jedoch klar: »Wir tun hier seit '91 Dauergäste sein, du hast uns janüscht zu sagen! Sei mal nich so spießig, trink een' mit uns – oder verpiss dich!«

»Leute, ich bin mehr als drei Stunden hergefahren, um meine verdammte Ruhe zu haben«, erklärte ich der angeheizten Gesellschaft in möglichst ruhigem Tonfall. »Warum feiert ihr nicht in Berlin, wo ihr niemanden stört?«

Als der Bräutigam mir für diese Frage aufs Maul hauen wollte, verließ ich fluchtartig das Wohnwagenvorzelt und gesellte mich wieder schimpfend zu meinen Freunden. Die waren jedoch schon bald genervter von mir als von der Party nebenan, also verkrümelten wir uns an den Strand und genossen dort den Sonnenuntergang.

Bei unserer Rückkehr zum Zelt hörten wir schon aus der Ferne, dass noch immer – mittlerweile also schon seit mehreren Stunden – derselbe Song lief und von der Hochzeitsgesellschaft mitgegrölt wurde. Sofort stieg mein Blutdruck und ließ tonnenweise Stresshormone durch meine Adern pulsieren.

Zu meiner Beruhigung stellte ich jedoch fest, nicht der Einzige zu sein, der sich darüber ärgerte, dass eine Gruppe von dreißig Betrunkenen einen ganzen Campingplatz wach hielt. Junge Eltern mit weinenden Kindern standen ratlos vor ihren Zelten und berichteten mir von den erfolglosen Versuchen, die Kleinen über den dicken Beat hinweg in den Schlaf zu singen. Ein klarer Fall für Philipp Möller, den erfahrenen Ruhestörungsexperten! Die erste Beschwerde bei der Campingplatzleitung blieb ergebnislos, die Party ging unverändert weiter. Bei der zweiten Beschwerde wurde immerhin die Musik leiser gedreht, gepöbelt wurde aber immer noch, und an Schlaf war für niemanden im Umkreis von hundert Metern zu denken. Erst bei der dritten Beschwerde wurde den Saufbolden der Strom abgedreht, es gab einen Rieseneklat, und die Party wurde endlich aufgelöst.

»Und, bist du jetzt zufrieden?«, wollte Sarah wissen, als endlich nichts zu hören war außer dem Zirpen der Grillen und dem entfernten Rauschen des Meeres.

Ja, ich war zufrieden, und trotzdem regte ich mich innerlich noch so sehr über die dreiste Rücksichtslosigkeit dieser Menschen auf, dass ich die halbe Nacht nicht schlafen konnte.

Sarah schaut mich aus ihrem Korbstuhl an und zieht eine Augenbraue hoch. »Hast du noch mal die ganze Ostsee-Story Revue passieren lassen, oder was?«

Ich schaue zu Boden und nicke.

»Mal ganz ehrlich«, fährt sie fort, »ich glaube, als Oppa wirst du mal so ein richtiger Spießer!«

Ich atme tief durch und lächele sie an. »Ist ja gut, ich werde dran arbeiten. Aber bei rücksichtsloser Ruhestörung gehen mir einfach die ...«

»Philipp?«

»Schon gut, schon gut!«, lenke ich ein und massiere mir lächelnd die Schläfen. »Lass uns schlafen gehen.«

Als wir am nächsten Morgen unsere Wohnung verlassen, ist mein Unmut vorerst vergessen, die beiden Streithammel aber sind wie gewohnt in voller Lautstärke unterwegs. Diesmal liefern sie sich eine Schlacht mit Kieselsteinchen, die sie vom Boden der Einfahrt aufsammeln und sich gegenseitig ins Gesicht werfen. Den Geräuschen entnehme ich, dass auch unser Auto einige der Kiesel abbekommt, und obwohl die Kiste schon ein paar Beulen hat, hört der Spaß spätestens hier auf. Wenigstens *eine* deutsche Macke werde ich mir wohl erlauben dürfen ...

Gerade will ich Luft holen und den beiden endlich die Grenzen setzen, nach denen sie in den vergangenen Tagen vergeblich gebrüllt haben, da betritt Herby die Szene. »Was isch des hier?«, fährt er die beiden Krachmacherkinder laut an. »Ihr habt 'se doch ned mehr alle! Middie Schtein wird net g'worfe, klar?«

Mit offenen Mündern stehen Frikka und Rouwen im Hof und schauen den halb nackten Vermieter großäugig an. Sein weißes Haar weht im leichten Sommerwind, und mit der Muschelkette um den Hals und dem Jeansslip gibt er nicht gerade das typische Bild des heldenhaften Retters der Ruhelosen ab, als der er sich gerade entpuppt. Offensichtlich sind auch die Kinder überrascht. Erschrocken lassen sie die Kiesel fallen und rennen heulend in die Wohnung, aus der sie einen Moment später mit ihrer Mutter an der Hand wieder herauskommen.

Wutentbrannt stampft die blonde Dame nun auf Herby zu, der mit hinter dem Rücken verschränkten Händen auf dem Hof steht und sie anlächelt. »Was haben Sie zu meinen Kindern gesagt?«, will sie erbost wissen.

»Ich had dene verbode, middie Schtein zu werfe. Nix weida.«

»Jetzt hören Sie mir mal gut zu«, faucht sie, »um die Erziehung meiner Kinder kümmere ich mich selbst, klar?«

»Ebbe net«, meint Herby. »Des isch ja des Problem!«

So einfach kann's also sein. Manchmal sind die ehrlichsten Worte die besten. Die Mutter der beiden scheint hinlänglich beeindruckt, denn mehr oder weniger sprachlos lässt sie den Vermieter stehen und verschwindet kopfschüttelnd mit ihrem Nachwuchs in der Wohnung.

Als wir an diesem Nachmittag in unser Feriendomizil zurückkehren, finden wir dort himmlische Ruhe vor – schade, dass es unser letzter Abend ist. Am nächsten Morgen nimmt Herby uns zum Abschied in den Arm und gibt uns ein Töpfchen Aloe vera mit. Etwas wehmütig gestehen wir ihm, das gute Wetter, die Küste und die tolle Wohnung vermissen zu werden.

»Ach komm, alles had sei Vor- un Nachdeile«, schwäbelt er und zeigt lachend auf die überquellende Mülltonne in seinem Hof. »Im Heimatland der Regeln und Vorschrifde wird wenigstens de Müll pünktlich abg'holt!«

4

RUHIGE KÜGELCHEN

Ja, in der Tat: Alles hat seine Vor- und Nachteile, und als notorischer Optimist versuche ich stets, mich eher über Erstere zu freuen, als mich über Letztere zu ärgern.

Beim Durchforsten verschiedener Jobbörsen im Internet gerät meine Grinsebackenmentalität jedoch immer wieder an ihre Grenzen, denn seit Wochen lese ich Stellenausschreibungen, in denen »einschlägige Berufserfahrung in der Erwachsenenbildung« gefordert wird – auf eine Möglichkeit, diese Erfahrung irgendwo zu sammeln, bin ich bis jetzt aber leider nicht gestoßen. Und angesichts der kürzer werdenden Tage und der nach und nach abfallenden Temperaturen höre ich den Hartz-IV-Countdown immer lauter ticken. Inzwischen sind immerhin schon drei Monate vergangen, ohne dass sich auch nur irgendetwas getan hätte.

Sarah tritt an den Schreibtisch heran und schaut über meine Schulter auf das aktuelle Bewerbungsschreiben. *… halte ich mich für geeignet, die von Ihnen ausgeschriebene Stelle zu besetzen, weil …* Dahinter blinkt der Cursor. Meine Freundin legt mir ihre Hände auf die Schultern und gibt mir einen Kuss auf die Wange. »Und, kommst du voran?«

Ich schüttele den Kopf und erkläre ihr, an genau dieser Stelle einfach nicht weiterzuwissen.

»Willst du denn überhaupt da arbeiten?«

Wieder schüttele ich den Kopf.

»Also, wenn du mich fragst«, beginnt sie und setzt sich auf meinen Schoß, »dann warst du am glücklichsten als Pressesprecher der Werbekampagne vor zwei Jahren. Es gab da doch diese Stiftung, die euch unterstützt hat – frag doch mal bei denen an.«

Keine schlechte Idee. Eigentlich sogar die beste, die ich zu dem ganzen vermaledeiten Thema gehört habe!

Während Sarah unser Töchterchen fürs Babyschwimmen fertig macht, setze ich eine Mail an den Vorstandssprecher dieser Stiftung auf. Mit dem habe ich mich damals schließlich sehr gut verstanden, und wer weiß: Vielleicht gibt es ja eine Chance, dort unterzukommen. Denn eines muss ich mir immer wieder vor Augen halten: die Einsicht, dass ich die vielen Jahre meines zukünftigen Berufslebens nicht nur in bare Münze verwandeln will. Stattdessen wird der Drang in mir immer stärker, mit meiner Arbeit auch etwas Sinnvolles zu tun.

Gespannt klappe ich nach dem Absenden der Mail den Rechner zu und und stehe auf. »Warum müssen wir eigentlich bis nach Prenzlberg fahren«, rufe ich in Richtung Kinderzimmer, »nur um an einem Schwimmkurs teilzunehmen? Gab's nichts bei uns in der Nähe?«

Sarah lacht laut und kommt mit Klara im Arm auf mich zu. »Du warst doch derjenige, der bis vor Kurzem täglich frustriert aus der Schule im Kiez gekommen ist und sein Kind nicht in solchen Zuständen aufwachsen lassen wollte«, erinnert sie mich.

Ich bezweifle zwar, das jemals *so* gesagt zu haben, aber immerhin ist der Prenzlauer Berg bundesweit für seine ausgesprochene Kinderfreundlichkeit bekannt. Außerdem sei ihr der Kurs von einer Kommilitonin empfohlen worden, erklärt Sarah, und bei den bisherigen Treffen habe sie dort total nette Leute kennengelernt, mit denen sie danach immer noch ins Eltern-Kind-Café gegangen ist.

Das stimmt mich milde, denn solange ich guten Kaffee

bekomme, bin ich mit nahezu jeder Lokalität glücklich. Ein bisschen gespannt bin ich ja schon auf das Kontrastprogramm zu meinen unerhörten Geschichten aus dem Grundschulalltag, und so lasse ich mich kurze Zeit später auf den Beifahrersitz fallen.

»Schau dir das an«, meint Sarah, als wir neben einer Bushaltestelle zum Stehen kommen, an der eine junge Frau mit Kinderwagen wartet und eine Zigarette raucht. »Ob die wenigstens in der Schwangerschaft 'ne Qualmpause eingelegt hat?«

In diesem Moment fällt mir Sebastian ein, der Junge, der Geierchens und meine Klasse besuchte. Von seiner Mutter hat man sich an der Schule erzählt, dass sie bis kurz vor der Geburt ihrer Söhne noch ganz andere Sachen als Nikotin konsumiert hat.

»Gab es da nicht auch mal ein Mädchen, dessen Mutter ohne Schuhe und sternhagelvoll auf dem Schulhof auftauchte? Die hat den Klassenkameraden ihrer Tochter doch sogar Prügel angedroht ... Was war da noch mal los?«

»Ach, die hatten das Facebook-Passwort der Mutter geknackt und all ihren Freunden krasse Schweinereien geschickt.«

Sarah schüttelt den Kopf. »So viel auch über die typischen Prenzl-Muttis gelästert wird«, denkt sie laut, »lieber Chinesischunterricht für Dreijährige als eine Mutter in der Entzugsklinik! Oder barfuß auf dem Schulhof.«

Während der weiteren Fahrt frönen wir unserer gemeinsamen beruflichen Leidenschaft und diskutieren die Vor- und Nachteile frühkindlicher Förderung. Nach ein paar Minuten hält Sarah jedoch inne und schaut mich von der Seite an. »Was meinst du: Sind wir auch schon so Eltern-Freaks?«

Wir erinnern uns an Frikka und Rouwen auf Krk und versprechen uns hoch und heilig, Klara stets das pädagogische Versprechen zu erfüllen, das wir ihr und ihrem Umfeld schuldig sind: Grenzen setzen.

»So lange uns Klara später nicht beim Vornamen nennt«, fällt mir dabei ein, »ist doch eigentlich alles in Ordnung.«

»Wieso?«, will Sarah wissen. »In meiner Familie kommt das auch vor. Was ist daran so schlimm?«

»Schlimm ist daran gar nichts«, lenke ich schnell ein. »Ich find's bloß ... ungewohnt.«

Diese Angewohnheit stammt meines Wissen aus einer Zeit, in der Eltern nicht auf die Rolle als Mutter und Vater reduziert, sondern von ihren Kindern als vollwertige Individuen betrachtet werden wollten – was sich meines Erachtens keineswegs ausschließt. Bei mir zumindest ist die Angewohnheit, Mama und Papa zu sagen, so tief verwurzelt, dass ich die Vornamen meiner Eltern auch heute noch kaum über die Lippen bekomme – und trotzdem ist mir natürlich klar, dass sie auch während meiner Kindheit ein Leben außerhalb ihrer Rolle als meine Erziehungsberechtigten hatten.

Auf unserer ausgiebigen Parkplatzsuche am Helmholtzplatz gehen Sarah und ich noch ein paar weitere Spielarten freakiger Eltern durch. Dazu fällt uns die absurde Angewohnheit mancher Leute ein, sich auch in Abwesenheit der Kinder gegenseitig als Mama und Papa – oder wie es im Osten heißt: Mutti und Vati – zu bezeichnen. Und dann wären da noch die Kinder, in deren Elternhäusern weder Süßigkeiten noch Fernsehen existieren. Bei Freunden plündern die Nachkommen solcher Tabuisten natürlich umgehend sämtliche Schokovorräte und setzen sich so lange vor die Glotze, bis sie viereckige Augen haben. In Diskussionen über die Helden der coolsten Comicserien verstehen solche Freilandkinder nur Bauernhof – kein Wunder, haben die Eltern ihnen doch jegliche Chance genommen, einen maßvollen Umgang mit solchen Verlockungen zu erlernen.

Vor einem Bioladen finden wir endlich einen Parkplatz und erleiden schon beim Aussteigen einen kleinen Kulturschock. Im Gegensatz zu unserer Wohngegend springen hier deutlich mehr Kinder auf dem sauberen Gehweg umher. Das allein ist nicht das Bemerkenswerte, sondern eher das, was dem Betrachter (vor allem dem aus anderen Stadtteilen) beinahe schlagartig ins Auge springt: Fast alle Kinder sind blond.

»Tjorven«, ruft eine Mutter, die ganz in der Nähe auf einer Bank sitzt und dem Nachwuchs beim Toben zusieht, »möchtest du noch einen Apfelring?«

Aus ihrer Baumwolltüte holt sie aber nicht etwa einen der sauren Gummiringe, die ich mit diesem Begriff verbinde, sondern ein Stück Trockenobst. Und zu meiner großen Überraschung ist Tjorven auch gar keine Junge, sondern ein Mädchen, das sich das gedörrte Stück Obst nun genüsslich einverleibt, bevor es auf seinem Laufrädchen aus Holz weiterdüst.

Während Sarah auf den Rücksitz unseres Dreitürers krabbelt, um Klara aus der Sitzschale zu befreien, baue ich den Kinderwagen auf und beobachte dann eine Frau, die mit einer Papiertüte in der Hand aus dem Bioladen kommt. Aus der riesigen Ledertasche am Gelenk des anderen Arms fischt sie einen Schlüssel und richtet ihn auf das schwarze Fahrzeug neben uns, das sich mit einem Klacken öffnet. Nach einem weiteren Tastendruck schwingt die gigantische Heckklappe des Straßenkreuzers auf, der der Kategorie Full-Size-SUV zuzuordnen ist.

Ende des letzten Jahrtausends importierte der nach seinem Selbstverständnis prestigeträchtigste Autokonzern unserer Republik ein Modell dieser Straßengiganten aus den USA, und seitdem vermehren sich die sogenannten Sports-Utility-Vehicles auf unseren Straßen wie die Karnickel zur Osterzeit.

»Das ist mal 'n Familienauto«, stellt Sarah leise fest und

beobachtet die junggebliebene Fahrerin mit der eleganten Sonnenbrille im Haar dabei, wie sie die Papiertüte im Kofferraum neben dem zusammengeklappten Kinderwagen platziert.

»Das ist kein Familienauto«, korrigiere ich sie, »sondern ein sogenannter Hausfrauenpanzer.«

Auf Zehenspitzen betätigt die Dame einen Knopf am Kofferraumdeckel, der sich daraufhin geräuschlos schließt und mir einen Blick auf die Motorenbezeichnung erlaubt, neben der ein Anti-Atomkraft-Sticker klebt.

»Fünf Liter Hubraum und Vierradantrieb«, flüstere ich, als die Fahrerin die Kommandobrücke besteigt, »damit könnte man einen Lkw abschleppen.«

»Oder drei Biotomaten zum Yoga transportieren«, meint Sarah und tippt sich an die Stirn.

Vorbei an Feinkostläden, französischen Boutiquen und Antiquitätengeschäften spazieren wir gemütlich zum Schwimmbad, in dessen Eingangsbereich Sarah ein paar Mütter grüßt und mit ihnen in der Damenumkleide verschwindet. In der Herrenumkleidekabine bin ich zuerst allein, dann öffnet sich jedoch langsam die Tür, und ein schlaksiger Mann mit drei Taschen und einem Babykorb schiebt sich rückwärts durch den Rahmen. Ich eile ihm zu Hilfe und halte ihm die Tür auf, woraufhin er seine Siebensachen abstellt und mir mit vorgebeugtem Oberkörper aus zwei Metern Entfernung seine Hand entgegenstreckt.

»Du, danke, du«, beginnt er und legt grinsend seine obere Zahnreihe frei. »Echt supiklasse, hey. Ich bin der Dieter. Biste auch in Elternzeit, ja?«

»So ähnlich«, weiche ich seiner Frage aus und hoffe darauf, dass er meine Hand bald wieder loslässt. Dabei inspiziere ich seine Kleidung, mit der er ohne Weiteres zu einer spontanen Wanderung aufbrechen könnte. Von der Fleeceweste über das kurzärmlige kleinkarierte Hemd, die auf Kniehöhe abtrennbaren Hosen bis zu den wasserfesten Goretexschuhen überlässt Dieter wohl nichts dem Zufall. Fein säuberlich legt er seine Funktionskleidung zusammen und zieht dabei immer mal wieder eine Grimasse, über die sich sein Töchterchen köstlich amüsiert. Als ich aus der Dusche komme, sitzt er in einem weißen Männerslip auf der Bank und wühlt in einer der Taschen.

»Ich geh dann schon mal rein.«

»Ja, klärchen, bis bälde!«, trällert er und schaut mich dann an, als hätte er gerade seinen Lieblingswitz erzählt und warte nun auf meine Reaktion. Pflichtbewusst lächle ich ihm zu und verlasse die Umkleide.

In der Schwimmhalle habe ich das Gefühl, gegen eine Wand aus schwüler Hitze zu laufen. Rund um das Becken stehen so viele Mütter mit ihren Babys auf dem Arm, dass ich Sarah erst erkenne, als sie mir zuwinkt. Vor der beschlagenen Fensterscheibe zum Hof liegen zahlreiche Wickelunterlagen, auf denen die Mamas und Muttis ihre Kinder in Schwimmwindeln verpacken, doch außer meiner Wenigkeit kann ich in dem stark beheizten Raum vorerst keine weiteren Männer entdecken.

Dabei fällt mir wieder mein Kumpel ein, der als Arzt in einem Krankenhaus arbeitet. Als ich ihm kurz vor Klaras Geburt berichtete, während ihrer ersten zwei Lebensmonate in Elternzeit zu gehen, schüttelte er lachend den Kopf und meinte, sein Chef würde ihn dafür eiskalt abservieren.

»Aber die Elternzeit steht dir doch gesetzlich zu«, gab ich zu bedenken.

»Na und?«, erwiderte der Arztfreund. »Wochenende und Ruhezeiten nach 48-Stunden-Schichten stehen mir gesetzlich auch zu – aber dit interessiert die Halbgötter in Weiß 'n feuchten Kehricht!«

Eine der Mütter schaut plötzlich mit großen Augen zu der Tür, aus der auch ich eben gekommen bin, und stößt die Frau neben sich mit dem Ellenbogen an. Vorsichtig drehe ich meinen Kopf und erblicke Dieter, der nun in Neoprenschuhen und einem weißen Badeslip am Beckenrand entlangläuft. Um den Hals trägt er eine Schwimmbrille und nickt allen Damen, an denen er vorbeiläuft, hektisch zu.

»Das ist der Dieter, du«, kläre ich Sarah leise auf, »mit seiner Tochter, der Bianca.«

»Du, ich kenn den Dieter schon, du«, antwortet sie mit einem Grinsen und drückt mir Klara in den Arm, »der ist echt suuuuupinett, hey!«

Als Dieter mich erblickt, kommt er zu uns gestakst, legt Bianca auf einer mitgebrachten Wickelunterlage ab und kramt eine Schwimmwindel aus seiner Tasche. Während er seine Tochter umständlich anzieht, erzählt er mir von seinem Chef im Ingenieurbüro, dem Dieters Entscheidung, in Elternzeit zu gehen, gar nicht gefallen hätte. Das sei Dieter aber egal gewesen, weshalb er nun ein komplettes halbes Jahr mit seiner Frau und seiner Tochter verbringen könne.

»Du, der Bianca tut das total gut, hey«, meint er und wiegt das Baby in seinem Arm hin und her. »Und auch meine Frau, die Wencke, die kann mal so richtig die Seele baumeln lassen. Echt supiklasse!« Während er spricht, bewegt er seinen Kopf konstant vor und zurück, sodass ihm seine blonden Locken ständig ins Gesicht fallen. »Kommste auch mit ins Wasser?«

Leider muss ich ihn enttäuschen, denn während des Kurses soll immer nur ein Elternteil mit ins Becken, und das übernimmt Sarah, ich dagegen bin heute erst einmal für die Fotos zuständig und werde das Spektakel vom Beckenrand aus verfolgen.

Als sich Dieter zu den anderen ins Wasser gesellt und auch Sarah mit Klara dazusteigt, neigen sich plötzlich fast sämtliche Köpfe zur Tür der Damendusche. Weil die Kids im Wasser alle deutlich jünger als ein Jahr sind, kämpfen wohl noch einige anwesende Mütter damit, ihr altes Gewicht wiederzuerlangen. Dieses Problem scheint die großflächig tätowierte Frau, die nun unter den prüfenden Blicken der anderen das Schwimmbad betritt, nicht zu haben. Mit elegantem Hüftschwung bewegt sie ihre Bikinifigur leichtfüßig am Beckenrand entlang und bindet dabei ihre feuerroten Haare zu einem Pferdeschwanz. Bis auf Dieter scheinen ihr dabei alle zuzuschauen. Aus der Männerdusche betritt nun ein Typ die Szene, dessen gebräunter Körper mit ähnlich vielen Rosen, Totenköpfen und Schriftzügen verziert ist wie der seiner Frau. Auf seinem Arm trägt er ein lachendes Baby, dazu tief hängende Bermudashorts und Flipflops.

Die Frau nimmt ihm den Jungen ab und steigt ins Wasser, während er eine analoge Leica-Kamera aus einer Baumwolltasche holt und sich neben mich an den Beckenrand stellt. Nachdem er ein paar Bilder seiner kleinen Familie geknipst hat, nickt er mir zu. Sein langer Zopf und der Kinnbart sind grau meliert, unter den Haaren schauen Ohrmuscheln hervor, die bis zum oberen Rand mit verschiedenen Arten von Ringen durchstochen sind.

»Sindwa wohl die einzigen Kerle hier«, merkt er mit rauer Stimme an und stellt sich mir dann als Piet vor, der heute ebenfalls zum ersten Mal dabei ist.

Als ich ihn auf Dieter hinweise, der sich mit Schwimmbrille im Gesicht grunzend über seine Tochter amüsiert, krault sich der Rocker grinsend die Brusthaare. »Ich mein doch echte Kerle! Und du bist Freiberufler – oder warum haste Zeit, den Muttis hier beim Planschen zuzugucken?«

»Nee«, antworte ich und schaue mir dabei geschäftig die Fotos auf meiner Digicam an. »Ich hab bis vor Kurzem als Lehrer gearbeitet und suche jetzt …«

»… eine neue Herausforderung?« Piet lacht laut.

Ich nicke und habe dann wenig Probleme damit, das

Gespräch von mir abzulenken. Von Fotograf über Barbesitzer bis Gitarrist und Tätowierer, berichtet Piet ausschweifend, habe er in seinem Leben alles ausprobiert, was Spaß und Geld gebracht habe. Mit vierzig sei dann jedoch das Burn-out gekommen, und seitdem kümmere er sich fast nur noch um seine Mädels.

»Tja, mit Erschöpfungsdepressionen ist nicht zu spaßen«, stimme ich zu und erinnere mich an die Häufigkeit dieser Berufskrankheit in meinem ehemaligen Kollegium.

»Erschöpfungsdepression?«, fragt Piet und schaut mich mit gerümpfter Nase an. »Das klingt ja mega unsexy, Alter! Hab das mit Homöopathie und Kinesiologie jedenfalls super in den Griff bekommen …«

Homöopathie und was für 'n Ding? Keine Ahnung, was Ersteres in Piets Fall bringen und Letzteres überhaupt sein soll, aber man muss ja auch nicht alles wissen – Hauptsache, es geht ihm gut.

Nach einer guten halben Stunde ist das Babyschwimmen vorbei und wird von der Schwimmlehrerin mit einem Lied beendet, bei dem die Eltern ihre Kinder in die Mitte eines Kreises halten und laut mitsingen sollen. Dieter hat sich die Aufforderung offenbar besonders zu Herzen genommen, was seine Tochter genauso sehr freut wie Piet und mich. Miteinander ins Gespräch vertieft steigen Sarah und die Rockerbraut mit den Kids auf dem Arm aus dem Becken.

»Hi, ich bin Betty«, stellt sich mir die rothaarige Amazone vor, während sich auch Sarah und Piet die Hände schütteln. »Hab schon mit Sarah abgemacht, dass wir mit den Kids noch 'nen Kaffee trinken gehen.«

»Supi – da sind wir doch dabei!«, sagt eine Männerstimme hinter uns plötzlich, und weil die Einladung ja eigentlich eher an Sarah und mich gerichtet war, drücken sich alle erfolgreich um eine Reaktion. »Ich bin übrigens der Dieter«, stellt sich der große Mann dann vor und reicht

Betty die Hand. »Ihr habt ja echt voll coole Tattoos«, fügt er hinzu und lacht grunzend, als er auch Piets Hand schüttelt.

Als sich Dieter und Piet in die Augen blicken, habe ich für einen Moment das Gefühl, die Zeit bleibe stehen. Hier prallen gerade zwei derart unterschiedliche Welten aufeinander, dass das Gleichgewicht des Universums jeden Moment ins Wanken geraten könnte. Vor meinem inneren Auge wird die unendliche Weite des Kosmos in wenigen Momenten von einem schwarzen Loch verschluckt, das sich anschließend mit einem ploppenden Geräusch verschließen und nichts als einen weißen Raum hinterlassen wird. Meine astronomische Endzeitvision tritt natürlich nicht ein, stattdessen geht's unter die Dusche. Dort kann ich schon wenige Minuten später mein bisher sehr begrenztes Wissen über Intimpiercings deutlich erweitern, als Piet neben mir das Wasser aufdreht.

Nach zwanzig Minuten treffen wir die Damen vor dem Schwimmbad wieder, wobei einmal mehr deutlich wird, dass Kleider Leute machen. Auf der einen Seite befindet sich also das Rockabilly-Pärchen mit dem Retro-Kinderwagen, den großen Sonnenbrillen, dem kurzen Rock, der kaputten Jeans und den schweren Stiefeln, und auf der anderen Seite der urbane Wandersmann mit dem Sportkinderwagen, der sich mit ein paar Handgriffen zum Fahrradanhänger umfunktionieren lässt. Als wir den gemeinsamen Spaziergang zum nahe gelegenen Elterncafé antreten, wippt Dieter bei jedem Schritt so stark auf und ab, dass der Schlüsselbund, der mit einem Karabinerhaken an seiner Gürtelschnalle befestigt ist, noch lauter klimpert als die Kette, die Piets Portemonnaie mit seinem Nietengürtel verbindet.

So nähern wir uns rasselnd und in oberflächliche Gespräche vertieft dem Elterncafé, das schon von außen als solches erkennbar ist. Auch hier schlägt mal wieder die

Liebe meiner Landsleute zu Gegenständen mit vier Rädern durch, wenn auch ganz anders als auf der Autobahn. Im Vorgarten steht ein ganzer Fuhrpark aus Kinderwagen, Buggys und Bollerwagen verschiedenster Aufmachung. Von klassisch bis modern ist alles dabei – nur eines, das weiß ich aus eigener Erfahrung, haben alle gemeinsam: den hohen Preis. Doch wie bei den motorisierten Varianten auch scheint den Eltern in der Freak-Republik jeder Preis für die Fortbewegung ihres Nachwuchses angemessen.

Im Eingang des Cafés bleibe ich kurz stehen und lasse meinen Blick durch den Raum schweifen, in dem mindestens zwanzig junge Mütter zwischen Bauklötzen, Spielbögen und Stoffbüchern auf Matratzen sitzen. Ihre Babys haben sie auf dem Arm, der Matratze oder an der Brust abgelegt. Im mittleren Teil des Raumes wischt die hochschwangere Kellnerin gerade eine weiße Flüssigkeit auf, weiter hinten werden zwei Babys gewickelt. Eine entsprechende Aromamischung aus Pflegetüchern, Babybrei und Kaffeebohnen liegt in der Luft. Gemeinsam mit unseren neu gewonnen Freunden staksen wir zwischen Spielzeugen und Krabbelkindern auf Socken zu einer freien Matratze und legen unsere drei Babys in die Mitte. Als die Kellnerin zu uns kommt, sitzen wir zu fünft im Schneidersitz um unsere Kids herum. Weil Klara noch gestillt wird und Sarah unter einer Laktoseintoleranz leidet, fragt sie nach einem entkoffeinierten Latte macchiato mit Sojamilch.

»Einmal Decaff-Soy-Latte, gern!«, notiert die Frau, woraufhin Betty das Gleiche möchte.

Beim Bestellen meines Cappuccinos muss ich mich zuerst zwischen einer großen und einer kleinen Tasse, dann zwischen Kuh- und Sojamilch und zuletzt zwischen der milden und der kräftigen Röstung entscheiden.

»Aber mit Koffein?«, will die Kellnerin sicherheitshalber noch von mir wissen, was ich mit einem Nicken beantworte und darauf hinweise, schließlich kein Baby stillen zu müssen. Das gefällt den Männern. Piets Lachen schallt durch das ganze Café, dann ringt er mir einen High-Five ab, den ich unter den kritischen Blicken einiger stillender Mütter nur zögerlich erwidere. Auch Dieter grunzt laut, dann bestellt er sich eine kleine Fanta.

»Aber ohne Eis!«, fügt er hinzu.

»Sorry, aber das haben wir nicht«, entschuldigt sich die Kellnerin und zählt alternativ Bionade, naturtrübe Apfelschorle und Rhabarberschorle auf.

»Dann nehm ich einen Becher Kakao«, unterbricht er sie, »aber nur lauwarm. Sonst krieg ich Bauchschmerzen.«

Piet, der aus meiner Perspektive hinter Dieter sitzt, wird knallrot und hält sich die Hand vor den Mund, beruhigt sich aber schnell wieder. Dann unterhalten sich Betty und Sarah aus gegebenem Anlass über Brustwarzenentzündungen, wobei Betty einen heißen Tipp für meine Freundin hat. »Calendula D24«, erklärt sie und kramt eine weiße Tube aus der Tasche.

Jetzt ist es Dieter, der sich schlapp lacht. »Ihr glaubt doch nicht etwa an Homöopathie?«

Stille kehrt in unserer kleinen Gruppe ein. Vor nicht allzu langer Zeit haben Sarah und ich eine solch medizinische Debatte zwischen zwei befreundeten Pärchen mitbekommen und halten uns daher besser raus.

»Das hat nichts mit Glauben zu tun«, verteidigt sich Betty. Piet pflichtet ihr bei und erwähnt seine erfolgreiche Globulitherapie beim Burn-out. Außerdem, fügt er hinzu, müsse man ja nicht gleich jede Kleinigkeit mit schweren Medikamenten angehen, sondern könne einfach mal auf die Kraft der Natur vertrauen.

»Moment mal«, entgegnet Dieter, »Phytomedizin, also die Nutzung der Heilkraft von Pflanzen, und Homöopathie sind zwei vollkommen unterschiedliche Dinge.«

Weil die beiden Rockabillys nun gemeinsam und lautstark auf ihn einreden, schließt Dieter die Augen und schweigt. Als sich Betty und Piet beruhigt haben, will er von ihnen wissen, ob sie eine Ahnung davon hätten, auf welchen Prinzipien das Geschäft mit den Zuckerkügelchen beruhe – darauf findet jedoch keiner von beiden eine Antwort.

»Nun gut«, beginnt Dieter und erzählt die Geschichte des Arztes Samuel Hahnemann, der im 18. Jahrhundert eine Alternative zu damals gängigen Methoden wie Aderlässen und Holzhammerbetäubungen entwickeln wollte, wobei die Homöopathie entstanden ist. »Hahnemanns Glaube beruht auf drei Grundsätzen: Gleiches mit Gleichem heilen, weniger ist mehr und, am wichtigsten: Wasser hat ein Gedächtnis.«

Um also beispielsweise Kopfschmerzen zu heilen, führt Dieter weiter aus, werde eine extrem verdünnte Lösung dessen verabreicht, was beim Patienten Kopfschmerzen verursache, und dies würde nach Hahnemann deshalb funktionieren, weil sich das Wasser, in dem das Mittel aufgelöst werde, die feinstoffliche Struktur des Wirkstoffes merke.

»Nach dieser unlogischen Herangehensweise müsste entkoffeinierter Kaffee euch um ein Vielfaches stärker aufputschen als das, was Philipp und Piet gerade trinken«, schließt Dieter.

Der Buchstabe D, erklärt er weiter und nimmt Betty die Tube aus der Hand, stehe im Falle der von ihr empfohlenen Salbe für eine Verdünnung im Verhältnis von eins zu zehn, wobei die Zahl 24 in der Potenz an die zehn gehängt werde.

»Kapier ich nicht«, gibt Betty zu und schüttelt den Kopf.

Dieter schaut sich kurz um, springt auf und schleppt eine Spielzeugtafel an, die in der Ecke des Cafés steht. Darauf schreibt er mit blauer Kreide eine Null, dahinter ein Komma gefolgt von vierundzwanzig weiteren Nullen. »So viel Gramm Wirkstoff befindet sich in deiner Salbe«, schließt er seine Lektion ab, als er hinter den Rattenschwanz voller Nullen noch eine Eins schreibt. »Rein rechnerisch ist das so, als würdest du eine Ringelblume – denn nichts anderes ist Calendula – in die Ostsee schmeißen, dann an die Westküste der USA fliegen und in der Bucht von San Francisco ein Fläschchen Wasser entnehmen, das du dir dann auf die Brustwarze tröpfelst.«

»Jetzt reicht's aber!«, empört sich Piet. »Woher willst du das denn alles wissen?«

»Ich hab mich eben informiert. Bevor ich meiner Tochter irgendwelche Kügelchen gebe, will ich doch wissen, was da genau drin ist.« Dann erklärt uns Dieter, dass der Wirkstoffgehalt in homöopathischen Mitteln so gering sei, dass sich darin kein Element mehr nachweisen lassen könne. Auf Bettys Frage, warum die Kügelchen dann helfen würden, hat er eine einfache Antwort: »Tun sie nicht – du glaubst es nur und fühlst dich deshalb besser.«

»Aber bei unserem Sohn hat's auch schon geholfen – und der kann sich das doch noch gar nicht einbilden!«

»Aber du«, entgegnet Dieter, »du kannst dir einbilden, dass die Zuckerkügelchen etwas bewirken. Ob's ihm wirklich besser geht, kannst du schließlich gar nicht wissen.«

Den besten Beweis für die Wirkungslosigkeit der Globuli, erklärt Dieter, hätten tragischerweise die Mitglieder des Nazi-Regimes geliefert, weil sie der »verjudeten« Schulmedizin, wie sie es nannten, etwas entgegensetzen wollten und großflächig Homöopathie einsetzten. »Die Leute sind damals wie die Fliegen an den einfachsten Krankheiten gestorben«, meint Dieter. »Dabei hätte man sie mit einfachsten Medikamenten heilen können. Homöopathie hat über den Placeboeffekt hinaus keinerlei Wirkung.«

Aufgebracht erzählt Betty nun die Geschichte einer Nagelbettentzündung, die dank Globuli schon drei Tage später abgeklungen sei, woraufhin Dieter wieder laut lacht und ihr erklärt, dass fast jede Entzündung nach ein paar Tagen wieder verschwinde. Betty und ihr Mann rücken von ihrer bemerkenswerten Beratungsresistenz jedoch nicht ab, sondern ziehen stattdessen ihren letzten homöopathischen Trumpf.

»Wer heilt, hat recht!«, sagt Piet entschlossen und verschränkt die Arme vor der tätowierten Brust.

Doch Dieter lässt sich nicht abwimmeln. »Wer recht hat, heilt«, entgegnet er gelassen und gibt einen kurzen Einblick in das, was er evidenzbasierte Medizin nennt. Als Folge der systematischen Überprüfung des Heilerfolges therapeutischer Maßnahmen sei schließlich nicht nur die Lebenserwartung, sondern auch die Lebensqualität der Menschen gestiegen. »Eigentlich ist es doch ganz einfach«, fasst er zusammen, »was nachweislich wirkt, heißt Medizin, und alles andere nennt sich Alternativmedizin.«

Eine kurze Gesprächspause entsteht, dann gerät Piet in Rage und regt sich über die Pharmaindustrie und deren mafiöse Machenschaften auf, die jedes Jahr mehrere Milliarden Euro mit der sogenannten Schulmedizin verdiene.

»Stimmt absolut!«, räumt Dieter ein und schlürft an seinem Kakao. »Aber ganz umsonst sind eure Kügelchen ja auch nicht. Und wenn man bedenkt, dass die ausschließlich aus Zucker bestehen, ist die Gewinnspanne …« Weil Betty und Piet anscheinend nicht mehr zuhören, bricht er seinen Satz ab. »Na ja, schaden kann es ja auch nicht«, versucht er dann zu retten, was noch zu retten ist. »Hauptsache, ihr verzichtet zugunsten der Globuli nicht auf wirksame Medikamente.«

Versöhnlich schüttelt Piet schon den Kopf, doch leider legt Dieter noch einen drauf: »Oder auf Impfungen.«

»Leute, bitte«, schalte ich mich ein, als ich Bettys Blick sehe, »lasst uns nicht auch noch darüber streiten!«

Als die kürzliche Debatte unserer Freunde an diesem Punkt angelangt war, verließ eines der Elternpaare den Raum und wollte das andere nie wieder sehen – genau das scheint uns nun auch bevorzustehen. Im Einklang mit ihrer restlichen Auffassung von Medizin erklären die beiden Moderocker nämlich auch Impfungen für gefährlich und meinen, es sei immer noch ihre Entscheidung, ob sie ihr Kind diesen Gefahren aussetzen.

»Das ist keineswegs nur eure Entscheidung«, sagt Dieter nun aufgebracht, »weil ihr damit die Gesundheit anderer aufs Spiel setzt!« In den allermeisten Ländern, erklärt er lauthals, seien die schlimmsten Krankheiten längst ausgerottet, nur dort, wo Impfgegner ihre Ideologie verbreiteten, würden diese wieder epidemisch ausbrechen. »Und wer als ungeimpfter Erwachsener die Masern bekommt«, schließt er sein Statement wütend ab, »hat gute Chancen, daran zu krepieren!«

»Deswegen gehen wir mit unserem Sohn demnächst auf eine Masern-Party«, versucht Piet ihn zu beruhigen, »damit er sich ansteckt.«

Jetzt fällt Dieter alles aus dem Gesicht. »Ihr habt sie doch nicht mehr alle!«

»Komm jetzt, Piet«, meint Betty plötzlich, »das müssen wir uns nicht bieten lassen.«

»So etwas Verantwortungsloses!«, schaltet sich plötzlich eine Mutter von weiter hinten in die hitzige Diskussion ein, woraufhin Betty ihr mehrere sehr unanständige Wörter an den Kopf schmeißt und dann mit ihrem Sohn im Arm auf Socken aus dem Café stürmt.

Dann herrscht Stille. Unter den Blicken der Anwesenden sammelt Piet wortlos die Klamotten seiner Familie ein, nickt mir kurz zu und folgt dann seiner Frau.

Als die beiden weg sind sind, atmet Dieter schwer durch und entschuldigt sich für seinen Auftritt. »Jetzt muss ich nur noch die Schwimmschule über die potenzielle Maserngefahr informieren«, meint er, trinkt hastig aus und packt seine Sachen zusammen.

Nachdenklich verabreiche ich Klara ihren Mittagsbrei, dann begeben wir uns zum Auto, in dem sie einschläft, noch bevor wir losgefahren sind. Sarah wirft mir den Autoschlüssel zu und lässt sich erschöpft in den Beifahrersitz sinken. Während der Fahrt kommen mir die vergangenen Stunden immer schräger vor.

Sollte es nicht vielleicht doch Bettys und Piets Recht – ja vielleicht sogar ihre Pflicht? – sein, über die ärztliche Behandlung ihrer Tochter selbst zu bestimmen? Das meint doch der Begriff Selbstbestimmung: dass man *selbst bestimmt*. Aber eben auch nur *über sich selbst*, nicht über Unbeteiligte. War Dieters sonderbarer Auftritt also gerechtfertigt? Und wie sieht es mit dem Einsatz von homöopathischen Mitteln aus, wenn diese statt Medikamenten mit nachgewiesener Wirksamkeit gegeben werden? Könnte – oder müsste? – ein Richter im Falle des Folgeschadens einer Krankheit, die sich beispielsweise mit Antibiotika hätte leicht behandeln lassen können, vielleicht sogar von unterlassener Hilfeleistung sprechen?

In diesem Zusammenhang bin ich mal wieder froh, mit Klara bei einem Kinderarzt gelandet zu sein, der seine Praxis vor fünfundzwanzig Jahren von seinem Vater übernommen hat und auf Grundlage dieses Erfahrungsschatzes die stoische Ruhe eines Felsens in der Brandung ausstrahlt. Er war derjenige, der uns von Anfang an geraten hat, uns nicht von Freunden, Bekannten und Verwandten verrückt machen zu lassen. »Entgegen allen Befürchtungen«, hat er uns bei unserem ersten Besuch grinsend erklärt, »werden sie alle groß. Lasst euch nix von den aufgescheuchten Weleda-Muttis erzählen: Ihr kennt euer Kind am besten.«

Dann gab er uns seine Handynummer, auf der wir ihn bis heute jederzeit anrufen können, und genau dies ist –

neben dem bewussten Einsatz von wirksamen Medikamenten in Maßen – vielleicht das Geheimnis erfolgreicher Ärzte: ihre aufrichtige Zuwendung zum Patienten.

Zu Hause angekommen, lässt sich Klara schlafend bis ins Bettchen tragen, und auch ihre Mutter nutzt die Gunst der Stunde, um ein bisschen Energie zu tanken. Ich dagegen schleiche mich ins Wohnzimmer und klappe den Laptop auf. Bei meiner Recherche nach Impfgegnern, Wirksamkeitsstudien zu homöopathischen Mitteln, nach sogenannter Komplementär-, Alternativ- oder Traditionell Chinesischer Medizin stoße ich zwar auf extrem gegensätzliche Aussagen, lerne aber auch, dass es – wie bei der Religion – anscheinend zwei verschiedene Lager gibt: die einen, die ihre Behauptungen in allen möglichen und unmöglichen Varianten wiederholen, und die anderen, die genau diese Behauptungen systematisch auf Herz und Nieren überprüfen.

Am besten gefällt mir die Aktion eines englischen Skeptikerverbands, dessen Mitglieder sich vor laufenden Kameras der anwesenden Presse homöopathische Mittelchen in angeblich tödlicher Dosis verabreicht haben. Obwohl natürlich alle von ihnen überlebt haben, so der Bericht, würde das britische Gesundheitssystem noch immer mehrere Milliarden Pfund in die Produktion und Verschreibung von Globuli fließen lassen – geändert hat sich trotz des handfesten Beweises der Unwirksamkeit homöopathischer Mittel also nichts. Vielleicht sollte ich das bei Gelegenheit mal dem Dieter erzählen.

Bevor Klara wieder wach wird, checke ich noch schnell meine Mails, und siehe da: Michael Schmidt-Salomon, der Vorstandssprecher der Giordano-Bruno-Stiftung, welche die atheistische Buswerbekampagne einst unterstützt hat, hat schon geantwortet. Die Spannung steigt, als ich die Mail öffne, doch schnell entdecke ich das Wörtchen *lei-*

der. So freundlich, wie ich Michael in Erinnerung habe, schreibt er mir, dass die Stiftung über keine Kapazitäten für Festanstellungen verfüge, verspricht mir aber dennoch, die Augen offen zu halten. Außerdem gebe es immer mal wieder kleinere Aufträge im Nordosten der Republik, bei denen ich ihn vertreten und ihm so die lange Reise aus Trier ersparen könne. Das ist doch ein Anfang …

5

GEILE NUMMER

Der Mensch, so sagt man ja, ist ein Gewohnheitstier. Noch bis vor einigen Wochen wurde ich jeden Tag pünktlich um 6:44 Uhr wach und schaltete den Wecker eine Minute vor dem eigentlichen Alarm aus, um rechtzeitig zum Unterricht zu erscheinen. Diese Routine hatte sich so stark eingeschliffen, dass ich eines Tages um kurz vor acht mein Fahrrad vor der Schule abstellte und erst vor den verschlossenen Toren feststellte, dass ich hätte ausschlafen können – weil Samstag war.

Eines der schönen Dinge an meinem alten Beruf war ja, dass die Frage nach dem Arbeitsbeginn erst gar nicht aufkommt. Spätestens ab 7:59 Uhr ist die Anwesenheit des Lehrkörpers zwingend erforderlich – der Lehrgeist darf ruhig ein bisschen später eintrudeln –, denn jede einzelne Minute, ja vielleicht sogar wenige Sekunden ohne die Präsenz eines Erwachsenen können fatale Folgen haben: Von harmlosen Wasserschlachten auf dem Flur über handfeste Schlägereien bis hin zum Tanz am offenen Fenster des vierten Stocks ist in der Schule grundsätzlich alles denkbar.

Weil Klara am heutigen Samstag offenbar ausschlafen möchte, nutze ich nun schon zum vierten Mal die Schlummertaste meines Weckers und grabe mein Gesicht erneut ins Kissen.

Dann höre ich Sarah nach ihrer Uhr greifen. »Ist heute nicht dein Vorstellungsgespräch im Callcenter?«

Oh Mann, wenn ich Sarah nicht hätte ... Ich dusche in Höchstgeschwindigkeit, hole mein Fahrrad vom Hof und trete kräftig in die Pedale. Dabei bin ich in der Lage, den ersten sinnvollen Gedanken des Tages zu fassen, der über »Zähne putzen« und »Schuhe binden« hinausgeht.

Was hat mir Frau Schneider vom Arbeitsamt doch gleich geschrieben? Die Stelle, die sie mir anzubieten hat, werde vermutlich nicht meinen Wunschvorstellungen entsprechen, sei aber vielleicht eine Möglichkeit, meine Jobsuche erst einmal zu beenden. Das mag stimmen, aber aktuell kann ich mir eigentlich nichts Schlimmeres vorstellen als den Job, um den ich mich gleich bewerben werde: Callcenteragent in einem Markt- und Meinungsforschungsinstitut. Doch vermutlich hat meine Beraterin recht, denn von einer festen Anstellung aus wird es wohl leichter sein, sich um eine anständige Beschäftigung zu bewerben. Auf dem Arbeitsmarkt, so kommt es mir inzwischen vor, scheinen ganz ähnliche ungeschriebene Gesetze zu gelten wie auf dem freien Markt der Liebe.

Wer sich als Single auf die gezielte Suche nach einem paarungsbereiten Gegenüber macht, bekommt oft einen deutlich geringeren Marktwert zugeschrieben als jene, die sich in einer stabilen Beziehung befinden und entsprechend versorgt sind, weshalb sie vollkommen entspannt auf die attraktivsten Exemplare ihrer Spezies zugehen können. Der dahinterliegende Mechanismus ist klar: An Singles muss ja quasi irgendetwas nicht stimmen, während die Vergebenen so schlecht nicht sein können – immerhin gibt sich ja irgendwer mit ihnen ab! Aus dem gleichen Denkmuster heraus werden die Mitglieder unserer manchmal sogar recht klugen Gattung auch lieber lange auf einen Tisch in einem vollkommen überfüllten Restaurant warten, statt sich an einen der freien Plätze bei der schlecht besuchten Konkurrenz gegenüber zu setzen.

Jobtechnisch gesehen bin ich nun also das schlecht besuchte Restaurant, das Neukunden erst einmal mit günstigen Preisen anlocken muss, beziehungsweise der Single, der sich erst einmal nach oben arbeiten und daher nun die nervige Trulla angraben muss, die sich wenigstens mit mir blicken lässt. Einige meiner Kumpels dagegen, die sich ihren Weg in die Welt der Wirtschaft teilweise über jahrelange Praktika oder ähnlich erniedrigende Einsteigerjobs erkämpft haben, werden inzwischen von Headhuntern mit unglaublichen Angeboten versorgt – bekommen also quasi eine Einladung von einem smarten Supermodel mit einer Tischreservierung im besten Lokal der Stadt.

Skandalös? Nicht im Geringsten. Es ist nicht mehr und nicht weniger als das wichtigste Gesetz der freien Marktwirtschaft: Wer über viele Ressourcen verfügt, kann sie – vollkommen unabhängig davon, wie er an sie herangekommen ist – ohne viel Mühe vermehren. Wer dagegen über wenig Ressourcen verfügt, muss eben zusehen, wo er bleibt.

Wo ich vorerst bleiben könnte, wird mir bei der Ankunft vor einem etwas in die Jahre gekommenen Gebäude klar, in dem der Bewerbungstermin stattfinden soll. Weil es sich dabei um einen Job als Telefoninterviewer handelt, konnte ich die erste Hürde bereits in einem längeren Telefonat nehmen, sodass mich heute eine Mischung aus Schulung und Aufnahmetest erwartet. Den Fahrstuhl teile ich mir mit einem Mann in den Fünfzigern, dessen Kleidung, abgesehen vom Hemd, komplett aus schwarzem Leder besteht – was sich in der kleinen Kabine auch geruchlich niederschlägt. Seine langen grauen Haare hat er zu einem Pferdeschwanz gebunden.

»Gehse au sum Tess?«, fragt er mich, als die Türen sich schließen, und blinzelt dabei ungefähr zweimal pro Sekunde.

Wie will jemand mit einer solchen Aussprache einen Job als Telefonist ausüben? Da könnte sich auch jemand ohne Führerschein als Busfahrer oder ein Analphabet als Schriftsteller bewerben. Oder eben ein Erwachsenenbildner als Grundschullehrer …

Ich kann gerade noch mit einem Nicken und einem Lächeln antworten, da hält der Fahrstuhl schon an. Durch eine Glastür betreten wir den Eingangsbereich des Callcenters, in dem Männer und Frauen verschiedener Altersgruppen sitzen. Einige von ihnen schauen uns kurz an und grüßen leise. Auf der linken Seite führt ein beleuchteter Korridor um die Ecke, rechts kann ich im Halbdunkel einen großen Raum mit langen Tischreihen entdecken.

»Seita summ Tess da?«, fragt mein Fahrstuhlfreund in die Runde, woraufhin ein Mädchen stumm nickt und der Ledermann einen der zwei freien Sitzplätze belegt.

Der andere befindet sich neben einer jungen Frau, die mich Kaugummi kauend aus stark geschminkten Augen anschaut. Ihre Haut unterscheidet sich farblich kaum von der weißen Wand hinter ihr, dafür ist alles andere tiefschwarz – vom Lippenstift über die Fingernägel, ihre komplette Kleidung sowie ihre asymmetrische Kurzhaarfrisur. Eines ihrer langen Beine hat sie gegen den Snackautomaten gestemmt, der schräg vor ihrem Stuhl steht, und mit dem Oberkörper ist sie so weit in den Sitz gerutscht, dass ihr Hintern kaum noch das Stuhlpolster berührt. Mühevoll nehme ich neben ihr Platz, ohne sie dabei zu berühren, und tue dann so, als würde ich etwas in meinem Telefon nachschauen. Smartphone sei Dank. Was haben die Menschen eigentlich getan, als sie noch keinen internetfähigen Hosentaschencomputer mit sich herumgetragen haben, auf dem sie herumspielen konnten, wenn sie nichts mit sich anzufangen wussten?

In dem Wartezimmer ist es so ruhig, dass ich vom hellen Ende des Korridors her leises Stimmengewirr hören kann. Dann nähern sich von dort schnelle Schritte, bis ein Mann, der ungefähr in meinem Alter sein muss, mit zackigen Bewegungen das Wartezimmer betritt. An der Brusttasche seines grauen Nylonhemdes prangt ein Schild mit dem Firmenlogo, an den Seiten seiner Dreiviertelhosen sind Taschen aufgenäht. Wortlos schaut er sich einmal in der Runde der Wartenden um, nickt meiner Sitznachbarin zu und geht mit ein paar Münzen in der Hand zum Automaten. Als einige eingeworfen sind, beugt er leicht die Knie und lässt den Kopf vor der Auswahl an Süßigkeiten, Chips und verschiedenen Salamivarianten hin- und herschweifen. Alle Augen sind auf ihn gerichtet, als sich eine der Metallspiralen laut in Bewegung setzt, doch dann passiert, was passieren muss: Der Schokoriegel bleibt auf den letzten Zentimetern hängen.

»Verflucht!«, zischt der Mann und holt mit der Faust aus, atmet dann aber nur tief durch, anstatt auf den Automaten einzuschlagen. »Du verdammtes Sch…« Schnaufend verschluckt er den Rest der Beleidigung und stemmt sich dann mehrmals mit Anlauf gegen das mannshohe Gerät, bis der Schokoriegel klappernd in der Auslage landet und der Mann damit schimpfend im Korridor verschwindet.

»Thomas zieht einfach zu viel Speed«, kommentiert meine Nachbarin den Auftritt leise und kaut laut ihren Kaugummi weiter. »Ich kenn den Laden schon. Mach die Scheiße hier zum zweiten Mal mit. Hab zu oft Mist gebaut«, meint sie schließlich und stellt sich mir dann als Nina vor, die schon seit zwei Jahren hier arbeitet, aber beim Telefonieren so viele Fehler gemacht hat, dass sie in dieser Schulung noch mal beweisen muss, die hohen Qualitätsstandards des Instituts einhalten zu können. »Als hättste die Pappe verloren und musst 'se noch mal machen«, erklärt sie mir.

»Herzlich willkommen beim Institut für Markt- und Meinungsforschung, kurz: Imameifo«, unterbricht uns der Mann im Nylonhemd plötzlich, der unbemerkt wieder den

Raum betreten hat, und wischt sich die Schokoladenreste aus den Mundwinkeln. »Ich bin Thomas«, fährt er fort und wippt dabei vor und zurück, als würde von irgendwoher Technomusik erklingen, »und ich leite die heutige Schulung. Kommen Sie bitte mit!«

Wie ein Schwarm Entenküken folgen wir ihm durch einen dunklen Korridor und landen in einem riesigen Raum mit langen Tischreihen und unzähligen Computerarbeitsplätzen. Brummend schalten sich die Neonröhren an der Decke ein, dann bittet uns Thomas, in den vorderen Reihen Platz zu nehmen, und stellt sich neben einen Overheadprojektor. Neben mir pfeffert Nina ihre Tasche auf den Boden und lässt sich lustlos in den Stuhl fallen. Während Thomas uns über den Ablauf des Tages informiert, holt sie einen Block mit Sudoku-Rätseln heraus und macht sich an die konzentrierte Arbeit. Nach der ersten halben Stunde weiß ich, dass ich mit etwas Pech schon bald zu denjenigen gehören werde, die ich selbst am Telefon immer abgewimmelt habe, weil sie mich zu meiner Meinung über Politik, meinem Fernsehverhalten oder meinem Erfrischungsgetränkekonsum befragen wollten.

»Eigentlich ist es ganz einfach«, meint Thomas irgendwann und kratzt sich am Hinterkopf. »Befolgen Sie bei den Testinterviews immer alle Anweisungen auf dem Monitor – dann haben Sie den Job sicher.«

»Ab hier kannste auf Durchzug schalten«, flüstert mir Nina zu. »Nicht denken – vorlesen! Mit der Devise kannste hier ab morgen Geld verdienen. Wenig, aber immerhin steuerfrei.« Sie zwinkert mir zu und widmet sich wieder den Zahlenrätseln.

In den folgenden vier Stunden zeigt uns Thomas an den Computern die Befragung, die wir später mit den Menschen, die er konsequent als »Zielpersonen« bezeichnet, durchführen werden. Der Lehrstoff wird dabei so idiotensicher erklärt, dass ich währenddessen Zeit habe, mir über die rechtliche Situation des Jobs so meine Gedanken zu machen – denn offenbar bewegt sich das Beschäftigungsmodell des Imameifo irgendwo zwischen Scheinselbstständigkeit und Niedriglohnjob. In der Tat klärt uns Thomas wenig später darüber auf, dass wir hier pro Interview bezahlt werden und von dem Geld, das wir dann erhalten, selbstständig Steuern und Sozialabgaben abführen müssen.

Nach der Mittagspause werden wir in die Geheimnisse der computergestützten Telefonie eingewiesen, die im Wesentlichen darin bestehen, das Headset aufzusetzen, per Mausklick den Wählvorgang zu starten und in einem Menü auszuwählen, warum die Person am anderen Ende der Leitung nicht mit uns sprechen will. Daraus werde der Hauptteil meiner Arbeit bestehen, versichert mir Nina.

Wir werden zu Testanrufen verdonnert, in denen wir unsere Tauglichkeit für den Job unter Beweis stellen sollen. Sobald das Interview laufe, erklärt Thomas weiter, werde er das Gespräch mithören und uns im Anschluss Bescheid geben, ob wir alles richtig gemacht haben oder nicht.

Als es in meinem Kopfhörer zum ersten Mal tutet, konzentriere ich mich auf meine Aufgabe, einen wildfremden Menschen um seine Zeit anbetteln zu müssen.

»Guten Tag, Möller mein Name vom Institut für Markt- und Meinungs…«, beginne ich mein erstes Gespräch mit leicht zitternder Stimme, doch noch bevor ich weiterreden kann, klickt es am anderen Ende der Leitung. Während sich dieses Trauerspiel bei mir ein paar Mal wiederholt, liest Nina neben mir schon die ersten Fragen vor und schaut dazwischen aus dem Fenster. Fast blind tippt sie ein, ob die Zielperson mit der Nutzung ihres Internetanbieters vollkommen zufrieden, eher zufrieden, eher unzufrieden oder vollkommen unzufrieden ist und welchen der genannten Kandidaten der Angerufene wählen würde, wenn am nächsten Sonntag Bundestagswahlen wären.

Ohne dabei gelangweilt zu klingen, stellt Nina Skalen von eins bis zehn vor: »Eins bedeutet, dass Sie keineswegs zufrieden sind, zehn bedeutet, dass Sie voll und ganz zufrieden sind.« Dabei hört man ihr das leicht bizarre Aussehen genauso wenig an wie den Umstand, dass sie nebenbei fleißig weiter Zahlen in ihren Rätselblock kritzelt. Ich dagegen spiele nun erstmalig mit dem Gedanken, mich nach den Ferien doch wieder als Aushilfspauker zu bewerben.

»Worum geht's denn in Ihrem Interview?«, fragt plötzlich eine Frauenstimme aus meinem Kopfhörer.

»Äähhh, um Verschiedenes«, stammele ich und rufe hektisch die Liste der Befragungsthemen auf. »Politik, Getränkesorten, Internet …«

»Internet?« Meine Zielperson atmet nun schwer in den Hörer und erklärt mir dann aufgebracht, mein Anruf könne kein Zufall sein, schließlich stehe der Buchstabe W im hebräischen Alphabet für die Ziffer 6, sodass die Abkürzung des World Wide Web die Zahl des Teufels sei. »Das Internet ist das Bollwerk des Herrn der Lügen, junger Mann!«, brüllt die Frau in den Hörer, woraufhin ich Thomas vom Rand des Studios lachen höre. »Haben Sie denn schon den Weg zum Herrn Jesus Christus gefunden?«

»Meine Meinung spielt bei der Befragung keine Rolle«, antworte ich wahrheitsgemäß und bitte sie dann erneut um die Teilnahme am Interview.

»Nein!«, brüllt Thomas von hinten. »Die Alte ist weich im Keks, leg auf!«

Glücklicherweise verneint meine Gesprächspartnerin erneut, teilt mir mit, noch heute drei Rosenkränze für mich zu beten, und spricht dann so lange vom Tag des Jüngsten Gerichts, bis Thomas zu meinem Platz kommt und mit einer Tastenkombination das Gespräch beendet. »Keine Interviews mit Geisteskranken«, empfiehlt er mir und wählt in der Suchmaske den Eintrag »Zielperson kann dem Gespräch nicht folgen« aus.

Alle weiteren potenziellen Opfer meiner Anfragen haben wichtigere Dinge zu tun, als mit mir zu sprechen. Eine Dame hat den klassischen Kuchen im Ofen, bei der nächsten wurde der Hund gerade operiert, ein anderer entschuldigt sich mit den Worten, zu nichts eine Meinung zu haben, und wieder ein anderer verabschiedet sich mit der Empfehlung, mir meine Fragen dahin zu schieben, wo nur sehr selten die Sonne scheint. Nach einer knappen Stunde ist meine Frustrationstoleranz am Boden, also nehme ich mein Headset ab und reibe mir die Augen.

Muss ich mir das wirklich antun? Womit habe ich das verdient? Nach fünf Jahren, die ich fast täglich in Seminarräumen, Hörsälen und Bibliotheken verbracht habe, bin ich plötzlich auf einen Job als Befragungsroboter angewiesen? Als ich kurz davor bin, eine Entscheidung zwischen Lachen und Weinen zu treffen, tippt mich Nina an der Schulter an. »Lissin änt lörn!«, meint sie, greift sich mein Headset und setzt es sich auf den Kopf. Kurze Zeit später stellt sie sich meinem nächsten Gesprächspartner als Charlotte Sommer vor, die nur ein paar ganz kurze Fragen hätte. »Danke, Ihre Stimme gefällt mir auch!«, höre ich sie zwitschern, bevor ihre Mundwinkel wieder nach unten fallen und sie den Mann in der Strippe sachlich darüber informiert, ihn nun an einen Kollegen zu vermitteln. Das bin dann wohl ich.

»Nichts zu danken«, meint sie lächelnd, als sie mir meinen Kopfhörer wieder zurückgibt.

Das folgende Interview verläuft vollkommen problemlos. Nachdem Thomas eine Handvoll Seminarteilnehmer zu sich gerufen und sie in ein separates Zimmer zur Feedbackrunde gebeten hat, holen diese kurz darauf ihre Sachen und verlassen das Büro. Darunter ist auch mein Freund aus dem Fahrstuhl, der zum Abschied einen Papierkorb durch die Gegend tritt.

Feierlich erklärt Thomas im Anschluss den Rest der

Teilnehmer zu offiziellen Imameifo-Interviewern und teilt uns unsere vierstelligen Personalnummern mit, die ab sofort wichtiger als unsere Namen sind. Bei Regelverstößen, erläutert Thomas abschließend, würden wir Verwarnungen erhalten, die bei gehäufter Anzahl zu einer Sperre führen können, weshalb wir im schlimmsten Fall noch einmal diese Schulung besuchen müssten. Hinter dem Monitor zeigt ihm Nina den Mittelfinger.

Auf unserer abschließenden Führung durch das Telefonstudio präsentiert er uns die weiteren hundertzwanzig der insgesamt einhundertachtzig Arbeitsplätze, dann dürfen wir nach Hause gehen. Im Treppenhaus bedanke ich mich bei Nina für die Starthilfe und radle dann in Höchstgeschwindigkeit davon: als Diplompädagoge, Ex-Lehrer und Vater einer neun Monate alten Tochter, und, ganz neu in meiner Biografie zu finden, der Callboy mit der Nummer 7856, der Ihnen gern ein paar Fragen stellen würde. Auf einer Skala von 10 »Mir scheint die Sonne aus den Ohren« bis 1 »Ich würde am liebsten im Boden versinken« würde ich momentan die Null wählen – was vermutlich aber nicht den hohen Qualitätsstandards des Imameifo entsprechen würde.

6

DER WAHRSCHEINLICH BESTE CLUB DER WELT

Ganz nett hier, oder?«

»Joa.«

Obwohl der Tisch im Restaurant vor Tapas und Sangria überquillt, will nicht so recht Stimmung aufkommen. Weder bei Sarah und mir noch bei unseren Freunden. Das mag mit dem zweifelhaften Grund unseres Treffens zusammenhängen.

»Auf Philipps neuen Job«, ruft Nuray in die Runde, »in dem er sich nicht mehr mit Chaos-Kids rumschlagen muss!«

Unsere gute Freundin hat ein Lehramtsstudium absolviert und ist inzwischen im Referendariat, weiß also genau, wovon sie spricht. Was sie wiederum nicht weiß, ist der Umstand, dass ich meinen Lehrerjob nach ein paar Tagen im Callcenter ernsthaft vermisse. Wenigsten konnte ich im Klassenraum noch etwas bewegen und Ansprechpartner für die Kids sein, denen außerhalb der Schule kaum ein Erwachsener zuhört. Natürlich war der Job heftig und hat mich nicht nur einmal an den Rand der Verzweiflung gebracht – aber im Vergleich zu der vollkommen sinnfreien Tätigkeit als telefonierender Tagelöhner kommt mir der Lehrerjob in der Retrospektive wie das berufliche Paradies auf Erden vor.

»Mal abwarten, ob du da auch so gute Geschichten erlebst«, ruft Max.

Alle lachen, und auch ich versuche, gute Miene zum bösen Spiel zu machen. Ob sich die Storys vom Schulhof toppen lassen? »Bessere«, verspreche ich dann tapfer.

»Wen ruft man denn so an als Callcenteragent?«, fragt Nuray.

»Neulich hatte ich einen Typen dran, der steif und fest behauptete, ich wäre sein Schwager Theo, der ihm nur einen Streich spielen wolle«, sage ich. »Schließlich hat er versprochen, mich beim nächsten Familientreffen untern Tisch zu saufen.«

Danach berichte ich von der älteren Hamburgerin, die unser Interview auf dem Balkon führte und während des Gesprächs mehrmals von Möwen attackiert wurde.

»Im Frageblock zu politischen Einstellungen konnte mir ein junger Mann aus Bochum partout nicht sagen, welche Partei er wählen würde, wenn am nächsten Sonntag Bundestagswahl wäre, weil er weder von der SPD noch von der CDU, der CSU, der FDP, den Linken oder den Grünen je gehört hatte. Stattdessen sollte ich die deutsche Autofahrerpartei für ihn ankreuzen.«

Dann fällt mir noch die Beamtin aus Trier ein, die unbedingt Günther Jauch als Kanzlerkandidaten vermerkt haben wollte. Schließlich gehe ich zum Themenkomplex Haustiere über und erzähle die Geschichte von dem Lehrer aus Augsburg, der angab, er lebe mit zweiunddreißig Wellensittichen zusammen, deren Voliere sein Wohnzimmer sei.

»Am besten hat mir allerdings der Psychologe aus München gefallen«, schließe ich meinen kleinen Bericht ab, »der behauptete, seine zwei Deutschen Doggen ausschließlich vegan zu ernähren.«

Zu meiner eigenen Überraschung gibt der Job doch ein paar nette Storys her, und auch Sarah sieht mich verwundert an – immerhin kennt sie bisher nur mein Klagen über die öde Arbeit und die schrägen Kollegen.

Als sich die eingelegten Oliven, die marinierten Scampi-Spieße und das Aioli dem Ende neigen, verabschiedet sich der erste Teil der Gruppe. Auch Sarah zieht ihren Mantel an.

»Müssen wir etwa schon los?«, will ich überrascht wissen.

»Ich denke schon«, sagt sie, »immerhin ist heute Babysitterpremiere. Ich will deine Schwester nicht so lange warten lassen.«

»Aber Sophia hat nicht ein einziges Mal angerufen«, versuche ich mein Glück, denn so richtig gern möchte ich noch nicht nach Hause. »Scheint doch alles okay zu sein.«

»Bleib du ruhig noch ein bisschen«, meint Sarah und gibt mir einen Kuss. »Aber denk dran: Klara ist morgen ab sechs Uhr wach!«

Ein paar Gläser später verabschieden sich auch Nuray und ihr Mann, den morgen wieder eine Frühschicht im Krankenhaus erwartet, und so bleiben nur noch Max und ich sitzen. Während des Studiums entschieden wir uns oft gegen den Hörsaal und stattdessen für eines der Studicafés. Dort gelangten wir bei unseren langen Gesprächen nicht selten zu mehr Erkenntnisgewinn als auf den Holzbänken. Zumindest in unserer Wahrnehmung.

»Ach, mein lieber Max«, sage ich leicht weinselig, als der Kellner uns zur letzten Runde auffordert. »Ich vermisse die Schule echt! Das war zwar superanstrengend, aber wenigstens sinnvoll – im Gegensatz zu diesem Schwachsinn im Callcenter.«

»Warum machst du's dann?«

Ratlos schüttele ich den Kopf. »Weil ich mir einbilde, von dort aus was Besseres zu finden?«

Max lächelt mich an. »Was hältst du von einem Abstecher ins Nachtleben? Gegen die schlechte Laune.«

Ich zögere einen Moment. Auf der einen Seite gab es den Hinweis von Sarah, die glücklicherweise meist vorausschauender ist als ich: Ab sechs will Klara wieder beschäftigt werden. Auf der anderen Seite erwartet mich ab Montag wieder der schnöde Alltag – und ein bisschen Party könnte mich tatsächlich mal wieder auf andere Gedanken bringen.

»Na gut!« Ich hebe mein Glas für den letzten Schluck. »Aber wirklich nur ein Abstecher …«

»Also: Ab ins Berghain«, beschließt er.

Ich nicke und proste ihm zu: »Auf die alten Zeiten!«

Während der Taxifahrt freue ich mich schon darauf, Geierchens Freaktheorie mal wieder an der Wirklichkeit überprüfen zu können. Schon zu Studienzeiten haben Max und ich im Berghain, das damals vom renommierten DJ MAG zum besten Club der Welt gekürt wurde, die schrägsten Vögel angetroffen. Unübertroffen blieb aber die Erzählung eines Kumpels, der dort eine komplett nackte Frau auf der Tanzfläche gesehen haben wollte.

Nach etwa einer Stunde in der Schlange vor dem Club, für die wir uns vorsorglich mit ein paar Wartebieren ausgestattet hatten, trete ich unruhig von einem Bein aufs andere, während die von Tattoos übersäte Kassenfrau in aller Seelenruhe mein Wechselgeld heraussucht. Zwei massive Silberringe ziehen ihre Unterlippe nach unten und geben so den Blick auf die dahinterliegende Zahnreihe frei. »Wiemunwreifif Euro furück«, bringt sie mühsam hervor. »Und wann wekommft du noch 'n Ftempl.«

»Wann bekomme ich was?«

Mein sehnlicher Wunsch nach einer Toilette erschwert die Kommunikation mit der gepiercten Kassenfrau zusätzlich, doch weil sie für lange Diskussionen offenbar auch keine Zeit hat, verdreht sie nur kurz die Augen, greift nach meinem Handgelenk und hämmert mir dann die Belohnung für sechzig Minuten Wartezeit auf die Pulsader: den Clubstempel.

»Viel Fpaf«, nuschelt sie und widmet sich dann den nächsten Gästen.

Ich eile Max hinterher, der es offenbar kaum erwarten kann, das ehemalige Heizkraftwerk zu betreten, in der sich das Berghain und die Panorama Bar befinden. Während er sich mit unseren Jacken an der Garderobe anstellt, kenne ich jetzt nur noch ein Ziel: die Toilette. Bis dahin habe ich kaum Augen für meine Umgebung und atme erst auf, als ich endlich ein freies Pissoir gefunden habe. Mit geschlossenen Augen genieße ich den Moment der Erlösung und freue mich auf die Musik, die aus dem ersten Stock donnert, und auf das Spektakel, das uns bevorsteht. Schon in der Warteschlange waren wir umringt von bärtigen Muskelmännern in Bomberjacken und schwarzen Lederhosen, von Spaniern, die zu fünft sechs Joints geraucht haben, und von Mädels, deren Kleidung mehr enthüllte, als sie verbarg.

Zwei sonore Stimmen reißen mich aus meinen Träumen, und als ich die Augen wieder öffne, haben sich die Schatten zweier Muskelgiganten links und rechts neben mir aufgebaut. Zwischen ihnen komme ich mir trotz meiner Körpergröße von eins neunzig augenblicklich winzig vor.

»Scheiß Hipster!«, meint der linke, dessen baumstammförmiger Oberarm sich auf meiner Kopfhöhe befindet. »Ich hoffe, die verkrümeln sich alle schön in den zweiten Stock.«

Ich denke darüber nach, ob er damit vielleicht mich meint, und tue deswegen besser so, als wäre ich gar nicht da.

»Echt mal«, brummt die tiefe Stimme von der rechten Seite, »von mir aus könnse die ganzen Freaks direkt wieder nach Hause schicken!«

Toleranz wird bei den beiden wohl nicht gerade großgeschrieben, aber wer weiß, was sie sich in ihrem Leben schon so alles anhören mussten. Glücklicherweise ist ihr Geschäft schnell erledigt, also stiefeln sie gemeinsam zum Waschbecken, sodass ich aus dem Augenwinkel einen vorsichtigen Blick auf die Kolosse werfen kann. Außerhalb einer Großstadt wäre ihr Outfit wohl der beste Hinweis darauf, die Beine in die Hand zu nehmen und um sein Leben zu laufen, aber im Berghain gehören Springerstiefel und Armeehosen offenbar zum guten Ton. Bis auf die Augenbrauen und einen akkurat rasierten Bart scheinen die beiden – auch unter ihren Netzhemden – vollkommen haarfrei zu sein. Mit einer Hand, die so riesig ist wie ein Bund Bananen, öffnet der Größere der beiden die Toilettentür und bemerkt dabei meinen Blick, obwohl ich ihn schnell abwende.

Zu spät.

»Na, Süßer, Berghain-Premiere?«, fragt er und funkelt mich aus eisblauen Augen interessiert an. »Keine Angst, Zuckerpuppe, irgendwann ist immer das erste Mal …« Dann zwinkert er mir zu und verlässt mit seinem stilistischen Zwilling den Raum.

Ich wundere mich einen Moment, dass er mir nicht ein paar aufs Maul gegeben hat, und bin fast ein bisschen stolz darauf, ihm zu gefallen. Dann erinnere ich mich wieder daran, dass ich in meiner alten Berliner Wohngegend, dem Motzstraßen-Kiez, der auch als Lack-und-Leder-Mekka der Hauptstadt bekannt ist, häufiger diesen Typ Mann getroffen habe. Man nennt diese extrem durchtrainierten, häufig bärtigen Schwulen liebevoll Muscel Marys, weil sich hinter der harten Muskelschale ein ausgesprochen freundlicher – und humorvoller – Kern verbirgt. Der tut ganz sicher nichts, der will nur spielen …

»Was hat denn so lang gedauert?«, fragt Max, der vor der Toilettentür wartet. Er reicht mir eine Garderobenmarke, die ich in der Hosentasche meiner Jeans verstaue, aber noch bevor ich eine Antwort geben kann, weist er auf eine frei stehende Stahltreppe, die aus dem Zentrum des

Erdgeschosses nach oben in den ersten Stock führt. »Let's rock!«

Der kalte Stahl des Treppengeländers vibriert im monotonen Rhythmus der Musik, die von oben auf uns herabdonnert und mir schon jetzt durch Mark und Bein geht. Mit jeder Stufe steigt die Lautstärke, auch Temperatur und Luftfeuchtigkeit nehmen stetig zu. Am Ende der Treppe werden die Menschen vor uns von dichtem Disconebel verschluckt, während neben ihnen leicht bekleidete Damen und Herren dem Rauch entsteigen und uns mit glänzenden Augen entgegenkommen. Wenige Momente später verschwindet Max im weißen Dunst, dann tauche auch ich in die Wolkenfront ein.

Für einen Augenblick nehme ich nichts weiter wahr als den Bass, der sich wie eine Ganzkörpermassage anfühlt. Mit kleinen Schritten taste ich mich voran, dann lichtet sich der Nebel langsam und legt die Tanzfläche vor meinen Augen frei. Zuerst erkenne ich die vier gigantischen Lautsprecher wieder, aus denen der ohrenbetäubende, gleichmäßige Beat hämmert. Zwischen ihnen zeichnet sich nach und nach die Masse tanzender Gestalten ab, deren Bewegungen durch schnelles Stroboskoplicht unnatürlich und abgehackt erscheinen. Zwischen schweißnassen Körpern, die rechts und links an mir vorbeigleiten, werde ich hin und her gestoßen und beobachte dabei mit offenem Mund das Treiben. Max zieht mich zur Seite und brüllt mir ins Ohr: »Komm, lass tanzen!«

Abgesehen davon, dass Tanzen noch nie meine Stärke war, fällt mir in diesem Moment ein, dass ich vollkommen aus der Übung bin – wie tanzt man noch mal zu diesem Vierviertel-Rums-Rums? Im Schutze der Dunkelheit, die ungefähr viermal pro Sekunde von grellem Licht durchbrochen wird, gebe ich mich zögerlich dem Bass hin, der meinen ganzen Körper in Schwingungen versetzt. Ich schließe die Augen und versuche, mich von dem hypnotisierenden

Rhythmus einlullen zu lassen. Es dauert zwar einige Minuten, aber siehe da: Es funktioniert! In meinen frühen Zwanzigern hüpfte ich als passionierter Drum&Bass-Tänzer gern stundenlang zu den abwechslungsreichen und treibenden Beats dieser Musik in dunklen Kellerclubs herum. Damals hassten wir das eintönige Vierviertel-Geklapper, zu dem kostümierte Landeier auf der Love-Parade feierten und anschließend in den Büschen des Berliner Tiergartens verschiedenste Dinge mit ihren Geschlechtsteilen anstellten. Doch hier, in der surrealen Welt des Berghains, erlebe ich die anregende und trotzdem beruhigende Wirkung lauter und gleichmäßiger Musik.

Auch Max wurde schon davon ergriffen. Der Beat ändert sich langsam, meine Bewegungen lockern sich. Die anderen Tänzer um uns herum wirken genauso tief versunken in den treibenden Rhythmus. Ein breites Grinsen überzieht mein Gesicht, was die Dame neben mir bemerkt und mich dafür mit einem Kuss auf die Wange belohnt. Nichts Sexuelles schwingt dabei mit – was sie mir vermittelt, ist pure Freude. Der Beat ändert seine Schlagzahl und geht mir sofort durch Mark und Bein. Endorphine schicken eine wundervolle Gänsehaut vom Nacken bis zum Hintern, allen anderen scheint es ähnlich zu gehen: Mit den Armen in der Luft jubeln und pfeifen sie vor Freude darüber, dass der DJ sie mit auf eine neue Reise nimmt und mit Bässen anfeuert. Die Zeit verfliegt, der DJ treibt uns immer weiter und belohnt uns in unregelmäßigen Abständen mit minimalen Veränderungen, die von der tanzenden Masse maximal gefeiert werden. Mit geschlossenen Augen lasse ich mich immer tiefer in Trance fallen, distanziere mich immer weiter von meinem Alltag und merke dabei nicht, dass ich mich dabei auch langsam, aber sicher von Max entferne.

»Also doch zum ersten Mal hier!«, reißt mich eine bekannte Stimme aus dem Tanz-Rausch. Sie gehört dem Muskelgiganten vom Klo, der mich erneut mit seinen stahlblauen Augen anfunkelt. Erst jetzt fällt mir auf, dass um mich herum ausschließlich Männer tanzen. In Lederhosen und engen T-Shirts – wenn überhaupt. Anscheinend habe ich die unsichtbare Trennlinie überschritten, die in der Mitte der Tanzfläche verläuft und die Homos von den Heten trennt. Unter der betäubenden Wirkung der Musik bin ich wohl in fremde Gewässer geraten und quasi als Salzwasserfisch im Süßwasser gelandet.

»Euer Team tanzt da drüben, unseres hier«, gibt er mir nett, aber deutlich zu verstehen, was ich mir angesichts der überzeugenden Sachlage zu Herzen nehme und schnell zum anderen Ufer tanze. Ein paar musikalische Highlights später ruft die Natur wieder, eine Toilette muss her. Max deutet auf eine rot beleuchtete Sofalandschaft hinter der Tanzfläche, auf der es sich viele Männer miteinander ziemlich bequem gemacht haben. Auf unserem Weg durch diese Spielwiese werden wir weitgehend ignoriert, doch kurz bevor wir unser Ziel erreicht haben, bleibe ich wie angewurzelt stehen.

»Was'n los?«, will Max wissen. Wortlos zeige ich auf eine hagere Frau mit schwarzen Haaren, die auf einem der Polstermöbel zwischen zwei Typen sitzt, mit denen sie abwechselnd knutscht. »Kennste die etwa?«

»Das ist Nina, eine Kollegin aus'm Callcenter.«

Als hätte sie ihren Namen gehört, was bei der Lautstärke der Musik aber vollkommen unmöglich ist, schaut sie plötzlich zu uns herüber, stößt dann ihren aktuellen Kusspartner beiseite und erhebt sich vom Sofa. Ohne den Blick von mir zu lösen, kommt sie auf uns zu und stellt sich dann Max vor. Ihr silbernes Oberteil lässt nicht viel Raum für Fantasie, und unter ihrem kurzen Röckchen trägt sie eine Strumpfhose im Leopardenmuster. Mir drückt sie unvermittelt einen feuchten Kuss auf die Wange, der einen kleinen Moment zu lang dauert.

»Was habt ihr beiden Hübschen denn vor auf'm Klo?«

Ihre Worte haben den seltsamen Klang eines alten Walkmans, dessen Batterien sich dem Ende neigen. Wir erklären ihr, die Toilette tatsächlich nur für ihren eigentlichen Zweck gebrauchen zu wollen, woraufhin sie den Kopf in den Nacken wirft und die Hände in die Hüften stemmt. »Gott, wie langweilig! Ich besorg uns schon mal was zu trinken, dann erwarte ich euch nachher an der Bar. Verstanden? Mensch Philipp, ich freu mich so sehr, dass wir uns sehen!« Sie reißt ihre großen Augen mit dem verwischten Make-up auf. »Jetzt aber husch husch und bis gleich!« Nina kichert und hüpft zur Bar.

Max und ich verkrümeln uns in Richtung Toiletten. Dort angekommen, kriegt sich Max kaum noch ein. »Alter, deine Kollegin, was hat die denn zum Abendbrot gegessen?«

»Keine Ahnung! Vielleicht Koksschnitzel mit Crystalsoße an Magic Mushrooms, garniert mit Ecstasystreuseln?«

»Genau, und dazu 'ne Stechapfelschorle und Tollkirschplunder als Dessert. Nicht zu fassen ...«

Auf dem Weg zurück zur Theke reißt Max plötzlich die Arme in die Luft und fällt einem Typen mit Wollmütze und Hornbrille um den Hals. Nachdem die beiden einige Worte gewechselt haben, stellt er ihn mir vor, doch wegen der Lautstärke verstehe ich nur Frankfurt, Werbeagentur und seit Kurzem in Berlin. Seinem Outfit nach gehört der Typ aber wohl zu denjenigen, die sich die schwulen Glatzköpfe in den zweiten Stock in die Panorama Bar gewünscht haben: Zu seinem senfgelben Schlabbershirt mit tiefem V-Ausschnitt trägt er eine hautenge Jeans und lange, spitz zulaufende Lederschuhe. Aus seinem Ausschnitt quellen dunkle Brusthaare. Weil Max und er sich offenbar viel zu erzählen haben und Gespräche hier nur von Mund zu Ohr funktionieren, stehe ich einen Moment lang wie bestellt und nicht abgeholt neben den beiden.

»Ich geh schon mal rüber an die Bar«, rufe ich schließlich über den Lärm hinweg und steuere auf Nina zu. Vor ihr steht bereits eine Flasche Club-Mate, die sie mir in die Hand drückt. »Schön, dass du jetzt einer von uns bist!«, ruft sie.

»Von euch?«

»Na, von uns Imameifos!«

»Ja, finde ich auch«, sage ich und wundere mich, dass mir diese Lüge so leicht über die Lippen geht. Vielleicht liegt es daran, dass mich das Berghain wirklich auf andere Gedanken gebracht hat.

»Wollen wir es uns gemütlich machen?« Nina zeigt auf eine freie Couch und hebt mit einer unschuldigen Geste die Hände, als sie meine hochgezogene Augenbraue bemerkt.

»Keine Angst, ich tu dir nichts!«, sagt sie. »Will bloß mal deine Story hören. Du warst doch Lehrer – ist ja ein ganz schöner Wechsel.«

Ich versorge Nina mit dem Erzählstoff, nach dem sie verlangt. Als ich die Geschichte von Jamil beende, der seine ADHS-Medikamente nicht eingenommen hatte und sich daraufhin im Sportunterricht mit mir prügeln wollte, fasst sie sich mit beiden Händen an den Kopf.

»Das kann doch nicht wahr sein!«, ruft sie und kramt dann ein kleines Röhrchen mit weißem Pulver aus der Tasche. »Aber als Psychonaut interessiere ich mich natürlich für alle möglichen Substanzen! Was für Tabletten musste sich der Junge denn reinpfeifen?«

Ich setze dazu an, ihr die Wirkweise von Ritalin zu erklären, dabei unterbricht sie mich aber schnell. »Geil«, sagt sie und lacht laut, »heutzutage sind also schon die Kids auf Drogen. Willste auch MDMA? Das Zeug ist super, ich bin damit schon seit gestern unterwegs.« Grinsend hält sie mir das Röhrchen vor die Nase. »Ist fast das Gleiche wie der Stoff von deinen Kids …«

Dankend lehne ich ab und erinnere mich an meine steile Kifferkarriere als Jugendlicher, aus der ich gelernt habe, dass ich ein recht ausgeprägtes Suchtpotenzial besitze. Das Letzte, was ich in meiner derzeitigen Lage gebrauchen kann, ist ein schlechter Trip, der mit Nina im Wunderland endet. Während sie ein paar Krümel des Mittelchens aus dem Döschen klopft, animiert sie mich, noch ein bisschen von meinem ehemaligen Job zu erzählen, hört aber kaum zu, nachdem sie ihre Zunge weit herausgestreckt und damit genüsslich die Spitze ihres Zeigefingers abgelutscht hat. Während der folgenden Minuten beginnt sie, auf ihren Oberschenkeln Klavier zu spielen, und inhaliert mehrere Zigaretten nacheinander in wenigen Zügen. Mitten im Satz springt sie plötzlich auf und zieht mich an der Hand hinter sich her. »Ich muss mich bewegen!«, brüllt sie mir ins Ohr, dann stürzt sie sich mit ekstatischen Bewegungen in die tanzende Masse.

Während die Muttis aus dem Prenzlauer Berg bei Ninas jetzigem Anblick wahrscheinlich schnell ihre Luxuskinderwagen auf die andere Straßenseite schieben würden, übertreffen die zappelnden Gestalten um sie herum ihre Optik teilweise um ein Vielfaches. Ein Typ trägt beispielsweise nichts außer schwarzen Anglerstiefeln, einem Latexslip und einer klassischen Fliegerbrille, die mit einem Gummiband an seinem Kopf befestigt ist. Ein anderer ist in einen roten Samtumhang gehüllt und trägt einen weißen Sombrero auf dem Kopf. Seine Tanzbewegungen werden von einem weiten Ausfallschritt seines rechten Beins dominiert, zu dem er mit den Händen eine Art Karatekampf imitiert. Auf Zehenspitzen huscht neben ihm eine Japanerin auf die Bühne der Bizarros. Sie ist in einen weißen Faltenrock und eine schwarze Korsage gekleidet und wird von zwei kleinen schmächtigen Menschen eskortiert, die Wespenkostüme tragen und sich gegenseitig die Finger ablecken.

Im Zusammenspiel mit der Musik frage ich mich langsam, ob es Nina vielleicht doch etwas zu gut mit mir gemeint und meinen Drink schon vor meiner Ankunft an der Bar mit dem weißen Feenstaub verfeinert hat. Dann fällt mir aber wieder ein, dass der Deckel des Getränks beim ersten Öffnen geknackt hat – nicht nur bei Babygläschen also ein beruhigendes Qualitätsmerkmal! Um bei meinen Beobachtungen nicht weiter aufzufallen, wippe ich leicht im Beat mit und lasse mich in Ninas Nähe treiben. Die sieht inzwischen allerdings noch fertiger aus als zuvor.

»Alles o.k.?«, brülle ich sie an, doch sie schüttelt nur den Kopf. Als ich uns den Weg von der Tanzfläche bahne, legt sie mir ihre nasskalten Hände auf die Schultern.

»Ich hab schon 'n bisschen mehr als das MDMA gehabt«, ruft sie. »Wart mal bitte hier, ja?«

Torkelnd verschwindet sie Richtung Toilette. Eine Viertelstunde vergeht, ohne dass sie wieder auftaucht, doch als ich das Warten gerade aufgeben will, baut sich der haarlose Muskelberg vor mir auf, dessen Weg ich an diesem Abend schon zweimal gekreuzt habe.

»Na, haste deinen Freund verloren?«, will er von mir wissen. »Ich bin der Klaus. Trinkste 'n Bier mit mir?«

»Danke für das nette Angebot, aber ich muss los«, sage ich mit einem freundlichen (aber nicht zu freundlichen!) Lächeln im Gesicht und begebe mich auf die Suche nach Max – wer weiß, wo sich Nina inzwischen herumtreibt! Durch ein Labyrinth aus dunklen Gängen lande ich irgendwann wieder auf der Tanzfläche, schlage mich dann bis zur Treppe in den zweiten Stock durch, wische mir dort den fremden Tanzschweiß von den Armen und betrete die Panorama Bar. Anders als unten herrscht hier eine deutlich coolere Stimmung. Die Musik ist weniger aggressiv, die Anzahl der offenbar schwulen Männer tendiert gegen null, dafür kommen mir zahlreiche Frauen in lasziver Kleidung entgegen und schauen mich aus riesigen Pupillen an. Die riesige Nahaufnahme einer rasierten Vagina, die bei meinem letzten Besuch noch hinter der Bar hing, musste der Fotografie eines blanken Hinterteils weichen. Anders als der Name es vermuten lässt, ist die Panorama-Bar ein selbstständiger Club über dem Berghain und verfügt über eine eigene Tanzfläche – doch auch dort: Kein Max, und auch sein Hipster-Kumpel ist nicht zu sehen.

Auf meiner Suche betrete ich einen mir bisher unbekannten stockfinsteren Gang und stolpere über einen Gegenstand, den ich erst im schummrigen Licht meines Handys als das Bein einer Partyleiche identifizieren kann. Der Bauch des Typen hebt und senkt sich, also kann ich unbesorgt weiterziehen und spule auf den nächsten Metern vorsichtshalber meine blassen Erinnerungen an den Erste-Hilfe-Kurs ab. Vorbei an knutschenden Pärchen und stöhnenden Kleingruppen schlage ich mich weiter durch.

Komm schon, Möller, solange dir keine weißen Kaninchen mit Taschenuhr begegnen, ist doch alles in Ordnung! Hinter mir klappern noch die Elektro-Klänge, vor mir höre ich den tonnenschweren Bass des Berghain. Ich lande auf einer Galerie mit voll besetzten Sofas; es riecht nach Gras, Bier und guter Laune. Vor allem gibt es von hier einen wunderbaren Panoramablick auf die Tanzfläche des Berghain. Mein Blick schweift über die zuckende Masse, das Stroboskoplicht macht die Suche nach Max jedoch ziemlich schwer. Dann entdecke ich die erste Spur: die Wollmütze. Und daneben ist er: Max, hab ich dich endlich! Jetzt muss ich da nur noch hinkommen, bevor die beiden wieder verschwinden.

Als ich mich gerade auf den Weg zu ihnen machen will, entdecke ich Nina wenige Meter von mir entfernt. Allein sitzt sie auf einer Couchlehne, leckt schon wieder an ihrem Finger und starrt dann auf die gegenüberliegende Wand. Ein Blick auf mein Telefon: kurz vor zwei – noch ganze vier Stunden, bis meine Tochter wach wird. Ich bin hin und her gerissen, Ninas Trip noch eine Weile zu beaufsichtigen oder doch lieber die Flucht zu ergreifen. Als ich gerade entschieden habe, mich aus dieser Parallelwelt wieder ins normale Leben zu beamen, beobachte ich, wie Nina aufsteht, dabei aber weiterhin die Wand fixiert. Dann rennt sie vollkommen unvermittelt los, klatscht dagegen und fällt der Länge nach auf den Boden. Mit wenigen Schritten eile ich zu ihr und beuge mich gemeinsam mit einigen anderen über sie. Nina ist zwar bei Bewusstsein, doch aus ihrer linken Augenbraue fließt Blut.

»Nina!«, rufe ich und berühre ihre Schulter. »Kannst du mich hören?«

Mit offenem Mund und heraushängender Zunge richtet sie sich umständlich auf und lässt sich von einer jungen Frau die Augenbraue abtupfen. »Vielleicht fahr ich mal nach Hause«, überlegt sie lallend und will aufstehen, wird jedoch von ihrer Krankenpflegerin zurückgehalten.

»Das muss auf jeden Fall genäht werden«, sagt die Frau, die offenbar noch alle Sinne beisammenhat und sich dann mit ernster Miene an mich wendet. »Bring deine Freundin sofort in die Notaufnahme.«

Meine Freundin? Notaufnahme? Seid ihr jetzt alle bekloppt?

»Ach du Scheiße«, höre ich da eine vertraute Stimme neben mir. »Möller, kann man dich nicht mal für eine Sekunde allein lassen?« Max grinst mich breit an, doch bevor ich irgendetwas richtigstellen kann, bückt er sich und fasst Nina unter den Achseln. »Na los, das Krankenhaus ist hier um die Ecke. Hilf mir mal!«

Gemeinsam hieven wir meine Kollegin die Treppen hinunter, holen unsere Jacken und steigen vor dem Club in ein Taxi. Wenige Minuten später landen wir in der Ambulanz, wo uns sofort ein junger Krankenpfleger empfängt und die Wunde inspiziert.

»Na, das geht doch«, meint er auf dem Weg in ein kleines Behandlungszimmer, in dem sich Nina auf die Liege fallen lässt. »Welche Drogen?«, will er beiläufig von ihr wissen.

»MDMA, ein bisschen Koks und jede Menge Alkohol«, gesteht sie und schaut zu Boden.

»Gut, dann können wir uns die Narkose ja sparen!« Er tätschelt ihre Schulter, als sie die müden Augen aufreißt. »Kleiner Spaß, die Frau Doktor kommt gleich.«

»Muss ich dann auf Station, oder darf ich bald heim?«, will Nina benommen wissen. »Ich darf morgen nämlich auf keinen Fall den Tatort verpassen. Den verpass ich nie!«

Dann wendet sich der Pfleger lächelnd an uns. »Haut ihr ruhig ab, wir lassen eure Freundin nach der Behandlung noch 'ne Runde pennen und setzen sie dann ins Taxi.«

Nachdem auch Nina mit verklärtem Blick versichert hat, dass wir gehen können, machen wir uns auf den Heimweg. Ein kleiner Spaziergang zum nächsten Taxistand ist vielleicht das Beste, das uns heute Nacht noch passieren kann.

»Und, Möller«, fragt Max, »was haste erlebt?«

»Ach, hör bloß auf!«, stöhne ich mit einem Blick auf die Uhrzeit. »Das war ja mal wieder ein Ausflug in eine andere Dimension ...«

»Na ja«, meint er und grinst, »immerhin hat's dich aus deinem Alltag gerissen, oder?«

Das kann man wohl sagen.

7

MISSION: SATELLITENTATORT

Ein grässliches Gekeife reißt mich aus dem Schlaf. Ich öffne die Augen, finde neben mir keine Sarah vor und schaue auf die Uhr: halb zehn? Mal überlegen – nach dem gestrigen Trip bin ich um drei Uhr wie ein Stein ins Bett gefallen, habe also mehr als sechs Stunden geschlafen. Frau sei Dank!

»Mensch, Justav«, höre ich meine Vermieterin aus der Ferne durch die offene Balkontür meckern, »wat machste denn jetze schon wieder?«

Auf wackeligen Beinen verlasse ich das Schlafzimmer und finde meine kleine Familie am Küchentisch vor. Klara hat das ganze Gesicht voller Brei und quietscht vor Freude, als sie mich entdeckt.

»Schau mal«, sagt Sarah, »der Party-Papa ist erwacht! Na, biste fit genug, um Brötchen zu holen? Hab dich extra länger schlafen lassen …«

Ich reibe mir die Augen, nicke zustimmend und gehe mich anziehen. In meiner Hosentasche entdecke ich ein paar zerknitterte Geldscheine und begebe mich damit auf den Weg zum Bäcker, der glücklicherweise auch sonntags offen hat. Auf der Straße angekommen, entdecke ich meinen Vermieter auf seinem Balkon mit einer Satellitenschüssel in der Hand, die er offensichtlich an der Hauswand befestigen will. »Nu lasse misch«, ranzt er gerade seine Frau an, »du hast doch keene Ahnung von so wat!«

Frau Graufuß schwirrt wie ein aufgescheuchtes Huhn um ihn herum. »Du tust dich och anstellen, wie wenn de zwee linke Hände haben tust!«

»Hör uff jetze!« Mit der sperrigen Satellitenschüssel, die er mit beiden Händen hält, blickt er von der kleinen Leiter zu ihr herab.

»Ick habbet dir doch jesacht«, motzt sie weiter, »dit wird nüscht alleene!« Beleidigt dreht sie ihm den Rücken zu, verschränkt die Arme und entdeckt mich. »Nee, kiek ma: der Herr Möller«, sagt sie erfreut und stupst ihren Mann dabei mehrfach mit dem Ellenbogen an. »Hallo Herr Möller!«, trällert sie fröhlich in den Hof, winkt mir mit dem Putzlappen zu und dreht sich wieder zu ihm. »Warum lässte dir eigentlich nie helfen?«, will sie energisch von ihm wissen und beantwortet auch gleich selbst ihre Frage: »Weil de 'n sturer Bock sein tust, deshalb!«

Während sie mit ihrem Mann spricht, als sei er ein ungezogener Bengel, ist Frau Graufuß zu mir meist ganz nett – zumindest solange ich meinen Müll vorschriftsgemäß trenne.

»Ob der Herr Möller mal so freundlich wäre?«

Da ist sie endlich: meine Chance, mich bei den Graufußens unsterblich zu machen! Vielleicht hören sie dann auch auf, in unseren Abfällen herumzuspionieren.

»Klar ist der Herr Möller so freundlich«, rufe ich nach oben und reibe mir demonstrativ den Bauch, »aber wär's nach dem Frühstück auch in Ordnung?«

Nickend verabschiedet sie sich von mir und befiehlt ihrem Mann, mit der Montage auf mich zu warten. Nach einem ausgedehnten Katerfrühstück mit Rührei und Speck sowie diversen Salami- und Käsebrötchen stiefele ich pappsatt und noch etwas müde, aber deutlich fitter als vorhin in den zweiten Stock. Dort befindet sich die Wohnungstür unserer Vermieter, an der ich bisher meist achtlos vorbeigelaufen bin – oder geschlichen, wenn ich vermutete, dass einer der beiden hinter der Tür lauerte. *Tritt ein, bring Glück herein* begrüßt mich die Kokosfasermatte, und als ich den Klingelknopf betätige, ertönen die ersten Takte von *Für Elise* in einem schrillen Piepton. Während des Wartens betrachte ich den saisonalen Türschmuck aus Herbstblättern und Kastanien und das handgetöpferte Namensschild, auf das mit weißer Farbe der Familienname gepinselt wurde. Hier ist alles blitzeblank, alles am rechten Platz und im rechten Winkel – sehr schön, denn nach der gestrigen Freak-Show tut mir ein bisschen Biedermeierei ganz gut.

Als ich gerade ein zweites Mal klingeln will, höre ich schnelle Schritte von drinnen. »Komme schon«, trällert Frau Graufuß und öffnet mir dann freudestrahlend die Tür. Der Geruch von Filterkaffee, Teppichfliesen und Staubsaugerbeuteln schlägt mir entgegen. »Er weeß ja: 'ne alte Frau is keen D-Zuch!«

Während ich nun schon wieder eine kleine Parallelwelt betrete, erinnere ich mich an die Nachbarin meiner Oma, die auch alle Menschen in der dritten Person angesprochen hat – das *Berliner Er*: ein schräges, aber schönes Relikt des alten Berlin. Dann führt Frau Graufuß mich durch einen mit dunklem Holz verkleideten Korridor, staubt im Vorbeigehen ein paar Bilderrahmen ab, schließt hastig die vom Flur abgehenden Türen und bittet mich ins Wohnzimmer.

Eine schwarze Ledercouchgarnitur dominiert den großen Raum, dessen Wände mit einer eierschalenfarbenen Blümchentapete verziert sind, in die sich Frau Graufuß' Schürze wie ein Tarnanzug einfügt. Auf der Rückenlehne des ledernen Sofa-Ungetüms sitzt ein Dutzend adrett gekleideter Puppen mit starrem Gesichtsausdruck, die meine Vermieterin bei unserem Eintritt in Reih und Glied bringt. Ein grau melierter Marmortisch steht vor der Couch auf einem persischen Läufer, darauf befindet sich ein Spitzendeckchen mit einem Tischmülleimer. Im Hintergrund erhebt sich eine gigantische Schrankwand, die zahlreiche Porzellanfiguren, noch mehr Fotorahmen und eigentlich auch den Fernseher beherbergt, der aktuell jedoch auf der dunklen Auslegware auf dem Boden steht. Beim Anblick der vielen Kabel, die von dem dicken Röhrenmonitor in das monströse Möbelstück und auf den Balkon führen, schüttelt Frau Graufuß den Kopf.

»Hätte ick jewusst, was dit für 'n Aufwand is ...« Sie seufzt und fährt dann in scharfem Ton fort. »Justav, der Herr Möller is da. Wie oft hab ick dir jesacht, wenn Besuch kommt ...«

»Is ja jut«, murmelt er und steigt von der Leiter. Als er gerade vom Balkon ins Wohnzimmer treten will, hält er kurz inne. Dann geht er noch einmal einen Schritt zurück und tritt sich an der Fußmatte die Sandalen ab, unter denen er gelbe Socken trägt. Frau Graufuß nickt zufrieden, als er mir die Hand schüttelt, dann verschwindet sie Richtung Küche. Leise erklärt mir Herr Graufuß die Einzelheiten seines Vorhabens und überprüft mit einem Schulterblick die Abwesenheit seiner Frau.

»Dit war allet nich meine Idee«, flüstert er und verdreht dabei die Augen. »Wennse wissen, wat ick meine.«

Als das Klappern einer Kaffeetasse auf einem Unterteller die Rückkehr seiner Frau ankündigt, fängt er hastig mit einem fachsimpelnden Monolog an, den er mit deutlich mehr technischen Begriffen anreichert als eigentlich nötig wäre.

»Und Justav, haste den Herr Möller erklärt, watte dir da in Kopp jesetzt hast?«, fragt ihn seine Frau, schaut dabei aber mich an und drückt mir die volle Kaffeetasse in die Hand. »Heute Abend muss dit fertich sein. Wehe, ick tue meinen jeliebten Tatort verpassen!«

Die Antwort ihres Mannes besteht aus einem einzigen langen Seufzer, dann erklärt er, eine zweite Leiter aus dem Keller holen zu müssen, und schleicht aus dem Zimmer.

Frau Graufuß lächelt mich an und beginnt, ein paar der Kristallgläser zu polieren, die sie aus einem geheimen Fach in der Schrankwand zaubert. Als ich meinen Blick zum ersten Mal vom riesigen Fernseher auf dem Boden und der Einrichtung Marke Eiche rustikal losreiße und durch das Zimmer schweifen lasse, bleibt mir für einen Moment unwillkürlich der Mund offen stehen. Weil ich bisher nur auf das TV-Gerät geachtet habe, ist mir die Stirnwand des Raumes um die Tür herum nicht aufgefallen. Diese ist komplett mit hölzernen Setzkästen behängt, deren unterschiedlich große Fächer Hunderte kleiner Figuren und Gegenstände füllen. Ich trete zwei Schritte zurück, um die Sammlung ganz überblicken zu können. Die größten Fächer werden von aufwendigen Keramikfiguren bewohnt. Sie stellen Kinder in verschiedenen Posen dar: gemeinsam unter einem Regenschirm, allein mit Blumen in der Hand oder betend vor einer Marienstatue. Alle tragen ländliche Kleidung und befinden sich in Gesellschaft eines Jägerzauns oder sind umringt von ein paar Waldtieren. Die kleineren Fächer sind mit Miniaturausgaben von Geschirr und anderen Haushaltsgegenständen gefüllt.

»Krass – das müssen ja Hunderte sein!«, entfährt es mir ungläubig.

»Fünfhundertdreiundzwanzich«, präzisiert Frau Graufuß freudestrahlend, »aber die Kinder aus Keramik – die tun meen janzer Stolz sein!«

Mit einer flinken Handbewegung staubt sie ein Bauernmädchen und deren Schubkarre ab und stellt sich dann schweigend neben mich, die Hände vor der Brust ineinandergelegt. Es folgt ein Moment der andächtigen Stille.

Mich persönlich hat das Sammeln ja noch nie so recht gereizt. Na gut: Musik-CDs, aber die habe ich damals nur gekauft, weil mich die Musik darauf interessierte. Okay: Geld, aber das ist ja meist schneller wieder weg, als es gekommen ist. Und: Erfahrungen, aber die sammeln wir alle – ob wir es wollen oder nicht. In meinem ganzen Leben hat jedoch noch kein Gegenstand das Bedürfnis in mir geweckt, besonders viele seiner Art in meinen Besitz zu bringen.

»Wo ick zwanzich war«, schwärmt Frau Graufuß, ohne dabei den Blick von der Wand zu nehmen, »da jinget los. Seitdem hab ick mir immer wieder 'ne Hummel-Figur jekooft, wenn ick mir dit leisten konnte.«

»Hummel-Figur?« Vergeblich suche ich nach den schwarz-gelben Insekten.

»Na, die Kinder! Die wurden alle nach Malereien der Franziskanernonne Maria Hummel jefertticht.«

Dann erklärt mir Frau Graufuß hastig, wann, wo und wie die Figuren hergestellt werden, erläutert den historischen Hintergrund ihrer Entstehung und berichtet von den jährlichen Reisen zum Treffen eines Hummel-Vereins, der allein in Deutschland mehrere Tausend Mitglieder zählt.

»Was es alles gibt«, denke ich laut. Auch ich kann meinen Blick nicht von diesem Sammelsurium vordergründig zweckfreier Gegenstände lösen. »Und die kleinen Bügeleisen, Spieluhren und Mini-Kaffeetassen?«

»Ach, dit sind nur Staubfänger, die hamm nur idejellen Wert«, meint sie. »Am wertvollsten sind – neben die Hummel-Figuren natürlich – die Setzkästen selba«, erklärt sie und fährt dabei mit den Fingerspitzen über den Rand einer Holzkiste. »Allet Orijinale aus alten Druckereien.« Ohne ein Lächeln schaut sie mich mit großen Augen an: »Neunzehntet Jahrhundert!«

Ich bin gefesselt von der Sammlung. Wie viel Zeit und Geld Frau Graufuß wohl in dieses Hobby investiert hat? Wie schaffen es diese Gegenstände bloß, eine derartige Leidenschaft in ihr zu entfachen? Doch sowenig ich ihr Verhalten nachvollziehen kann, so freaky es mir auch erscheint – letztlich ist es ja ihr Ding.

Gemeinsam staunen wir noch ein bisschen – ich über sie, sie über ihre Sammlung –, bis Herr Graufuß mit einer zweiten Leiter in der Hand den Raum betritt. »Kommse«, mault er mich an, denn allem Anschein nach hat der Ausflug in den Keller seine Laune nicht verbessert, »wir schrauben jetzt die Schüssel an.«

Gar nicht so leicht wie gesagt. Die Montage der Satellitenschüssel erweist sich selbst zu zweit als ziemlich schwierig, doch nach einer guten halben Stunde haben wir es geschafft: Das Ungetüm ist erfolgreich an der Hauswand angebracht. Bis zum einzigartigen Genuss der mehreren Hundert Fernsehsender ist jedoch noch einiges zu tun, denn als ich an der Rückseite des Satellitenreceivers ausschließlich digitale und an dem etwas in die Jahre gekommenen Fernsehgerät nur analoge Anschlüsse entdecke, wird schnell klar, dass die Geräte ohne Adapter nicht kompatibel sind.

Nach all den Mühen der letzten Stunden und dem Geld, das die beiden investiert haben, ist dies natürlich eine schlechte Nachricht. Erschöpft lässt sich Herr Graufuß auf dem Sessel nieder, in dem er augenblicklich in eine von seinem Hintern vorgeformte Kuhle sinkt. Dann ruft er nach seiner Frau und teilt ihr die Hiobsbotschaft mit. Erwartungsgemäß ist Frau Graufuß wenig begeistert.

»Wir koofen deswejen doch keenen neuen Fernseher!« Sie stemmt die Hände in die Hüften. »Wie sollen wir dit denn bezahlen?«

Vom Sofa aus schaut Herr Graufuß zu ihr hoch. »Wir könnten ja 'n paar von deine Hummeln verkoofen!«

»Dit sacht der Richtje«, entgegnet sie scharf. »Wat hat deine Eisenbahn jekostet, die in Keller vergammeln tut?«

Eine handfeste Diskussion über die gemeinsamen Kosten der getrennten Hobbys bricht nun aus. Unruhig beginne ich, auf der Couch hin und her zu rutschen. »Lassen

Sie uns doch einfach so 'n Adapter besorgen«, versuche ich zu schlichten, »dann sehen wir weiter ...«

»Heute is Sonntach!«, entgegnen mir die beiden im Chor, dann herrscht wieder Schweigen in Graufußens Wohnzimmer. Als gerade Resignation aufkommen will, fällt Frau Graufuß etwas ein. Mit kleinen Schritten rennt sie aus dem Wohnzimmer.

»Wat hatse denn jetzt schon wieder?«, wundert sich ihr Mann und schüttelt mit geschlossenen Augen den Kopf.

Hektisch kommt meine Vermieterin wieder ins Wohnzimmer gewackelt und fuchtelt wild mit einem kleinen Prospekt. Aufgeregt blättert sie darin herum und zeigt uns schließlich erleichtert eine ganzseitige Anzeige, auf der für einen verkaufsoffenen Sonntag am Ku'damm geworben wird.

»Na dann – ab zum Technikmarkt!«, sage ich und klatsche in die Hände. »Damit wäre der Tatort wohl gerettet. Welcher kommt denn eigentlich heute?«

»Münster!«, antwortet Frau Graufuß wie aus der Pistole geschossen und strahlt mich an, runzelt aber die Stirn, als sie meinen Gesichtsausdruck sieht. »Mögense den etwa nich?«

»Doch, doch«, antworte ich schnell, denn in der Republik der Sonntagskommissare gibt es wohl wenig Leichtsinnigeres, als Kritik an dieser heiligen Sendung zu üben. Obwohl Sarah und ich unsere Arbeitswoche selbst gelegentlich mit einer Folge dieses nostalgischen Fernsehspiels beenden, finde ich, dass wir bei einer Folge aus Münster alles andere tun sollten, als die ARD einzuschalten.

»Also, ick kaufe denn einen, äh ...« Verdutzt schaut sich Herr Graufuß abwechselnd das Kabel und den Anschluss an. »M-D-wat?«

»HDMI zu RGB-Adapter«, erkläre ich und schaue dabei in seine großen Augen. »Soll ich's Ihnen aufschreiben?«

Noch immer derselbe Blick.

»Soll ich mitkommen?«

»Dit wäre jut«, sagt Herr Graufuß, steht auf und eilt in den Flur. Dort wirft er sich einen leichten Blouson über, der farblich mit seinen senfgelben Socken abgestimmt ist. Nur wenige Minuten später sitzen wir in einer älteren, aber sehr gepflegten Mercedes-C-Klasse.

Nach dem Einsteigen stellt Herr Graufuß erst einmal den Sitz ein, sodass er nur wenige Zentimeter aufrecht hinter dem Lenkrad thront. »So, jetzt die Brille«, murmelt er leise und greift nach dem Lederetui, das auf dem Armaturenbrett befestigt ist. Auch die elektrisch verstellbaren Außenspiegel müssen genau justiert werden, bevor es losgehen kann, was eine weitere Minute in Anspruch nimmt. Dann schnallt er sich an, startet den Motor und bringt den Automatikwahlhebel in Fahrposition. Als er die Handbremse gelöst hat, rollen wir schließlich in halber Schrittgeschwindigkeit los.

Geduld war noch nie meine Stärke, doch nun werde ich mich wohl in genau dieser Tugend üben müssen. Geräuschlos gleiten wir über den Asphalt, als uns ein Fahrradfahrer rechts überholt und verwundert nach Herrn Graufuß schaut. Dessen Blick weicht allerdings nicht ein einziges Mal von der Straße, sodass er auch die Autoschlange, die sich in der 50-Zone hinter ihm bildet, nicht zu bemerken scheint. Diese wohl wörtlichste Form der Rücksichtslosigkeit wird komischerweise nur selten als solche erkannt.

Während der Fahrt versuche ich zweimal, die Stille durch eine Unterhaltung zu beenden, aber die einsilbigen Antworten des Fahrers machen nicht gerade Lust auf mehr. Endlich am Ziel angekommen, entdeckt er eine doppelte Parklücke, die er nach einigen Versuchen mittig belegt. Dann stellt er mit derselben Genauigkeit wie beim Losfahren den Motor wieder ab, verstaut seine Brille im Etui und verlässt den Wagen. Mit zusammengekniffenen Augen und gebleckten Zähnen zielt er mit der Fernbedienung auf den Innenspiegel, kontrolliert anschließend mehrfach die verschlossene Tür und folgt mir zum Eingang.

Ist es eigentlich ein Naturgesetz, dass Männer – ohne es zu merken – mit fortschreitendem Alter oft etwas sonderbar werden? Ist es genetisch bedingt, dass sie ihre Mitmenschen und jedwedes Fingerspitzengefühl oder die Existenz von Spiegeln vergessen – sei es beim Ankleiden oder im Auto? Wann werden sich wohl bei mir die ersten Männer-Macken bemerkbar machen – oder ist es etwa schon so weit, und Sarah traut sich bloß nicht, mich darauf anzusprechen?

Als ich instinktiv nach meinem Handy greife, um mir genau diese Fragen als Erinnerung per E-Mail zu schicken, halte ich kurz inne. Es geht also schon los, zumindest die erste Macke ist fest etabliert: Ich nutze mein Smartphone als externes Zweithirn. Wer weiß, was mir ab sofort noch so alles auffällt …

Gemeinsam mit meinem Vermieter tippele ich schließlich durch die Drehtür des Elektronikmarkts, bemerke aber schon kurz nach der nächsten Hürde, dem Drehkreuz, dass ich ihn verloren habe. Ich entdecke ihn am Eingang, wo er der Aufforderung eines Schildes folgt und seinen kunstledernen Herrenhandgelenksbeutel in einem Schließfach unterbringt. Dann läuft er geradewegs in die Arme eines Vertreters für Digitalfernsehen. Der hat sich mit seinem kleinen Stand und einem großen Sonnenschirm genau dort positioniert, wo der Kundenstrom am stärksten fließt.

Nun geht es um Sekunden, ich muss sofort handeln! Bei Einkäufen mit meinen Eltern habe ich schon oft die Erfahrung gemacht, dass allein meine Anwesenheit ausreicht, um eine gewisse Waffengleichheit zwischen so manch gewieftem Verkäufer und meinen sorglos-naiven

Eltern herzustellen. Vielleicht ist das ja Teil des Generationenvertrags, den wir alle unbewusst unterschreiben: Erst schützen die Eltern die Kinder, später die Kinder die Eltern. Vor Handelsvertretern jeder Couleur und manchmal auch vor sich selbst.

Nach einigen kritischen Fragen zu den monatlichen Kosten für den Anschluss, den Mindestvertragslaufzeiten und den Vorteilen gegenüber anderen Anbietern verabschieden Herr Graufuß und ich uns von dem enttäuschten jungen Mann. Diesmal laufe ich lieber hinter meinem Vermieter her, denn Vertrauen ist gut, aber Kontrolle eben besser.

Während wir gemeinsam die Abteilung für analoges TV und Digitales Fernsehen suchen, frage ich mich, welche der drei beteiligten Parteien wohl normalerweise als Gewinner aus solch fadenscheinigen Geschäften hervorgeht.

Ist es A: der Verkäufer, der als Leiharbeiter keinen festen Stundenlohn erhält, sondern für den Abschluss des Vertrags einen Bruchteil der Gesamtsumme als Provision kassiert?

Ist es vielleicht B: der Kunde, der bis zum Verkaufsgespräch gar nicht wusste, dass er die überteuerte Dienstleistung unbedingt braucht und natürlich vergisst, den Vertrag fristgerecht zu kündigen, woraufhin sich dieser um ein weiteres Jahr verlängert?

Oder ist es C: der Konzern, der sich am Jahresende entweder über fette Gewinne freut oder einfach keine Leiharbeiter mehr einkauft, wenn das Gewinnwachstum gefährdet ist?

Eins, zwei oder drei, letzte Chance – vorbei: Wenn einem dann das Licht ausgeht, sieht man, wo das Konto steht. Seitdem ich vorrangig technische Geräte kaufe, die optisch mit angebissenen Früchten aufgehübscht wurden, spreche ich übrigens aus Erfahrung. Immerhin zahle ich hier hauptsächlich das Design.

Als meine lückenhafte Kapitalismuskritik abgespult

ist, habe ich endlich einen Blick für meine Umgebung. Zwischen meterlangen Regalen mit Elektronikkleinteilen herrscht in dieser Abteilung eine auffallend angenehme Stille, von der man als Besucher gängiger Elektroniktempel nur träumen kann – wenn man dort zwischen knallbunten Werbeanzeigen, hypnotisierten Kindern an Spielkonsolen und Null-Prozent-Finanzierungsverlockungen überhaupt noch zum Träumen kommt. Hier, im leicht verstaubten Technikmarkt, der schätzungsweise in den frühen Neunzigern gestaltet wurde, hört man einzig die Gespräche der zahlreichen älteren Herren, die sich leise mit eingeschweißten Produkten unterhalten. Die meisten von ihnen ähneln meinem Vermieter in mehreren Punkten: Entweder haben sie unter ihren Hochwasserhosen die gute alte Sandalen-Socken-Kombi an oder einen Blouson in gedeckten Farben übergeschmissen. Manche von ihnen tragen ihr Handy in einer transparenten Plastiktasche am Gürtel, andere ein Taschenmesser oder gar ein Maßband – falls mal was auszumessen ist. Viele fallen durch lichtes Haar auf, noch mehr durch Schnurrbärte. Herr Graufuß jedoch scheint alle Accessoires für sein Outfit im Set gekauft zu haben. Je länger ich mich umschaue, desto deutlicher zeigt sich, dass ich mich hier in Begleitung eines echten Prachtexemplars befinde. Unter all diesen Herren wirkt er wie eine perfekte Kombination aus ihnen – was einige sogar zu bemerken scheinen und neidvolle Blicke auf seinen Schnurrbart oder die zu kurze Jeans werfen. Klar: Hier, in seiner natürlichen Umgebung, geht von Herrn Graufuß sogar eine gewisse Schönheit aus. Als Spießermodel scheint er in dieser Welt aus Türklingeln, Telefonanlagen und Taschenlampen beheimatet zu sein und fühlt sich entsprechend wohl. Flott geht er auf einen der Verkäufer zu, spricht ihn laut und selbstbewusst an und führt mich kurz darauf zu der Wand mit Adaptern. Volle Wände kennt Herr Graufuß ja aus seinem Wohnzimmer, also versichert er sich bei mir kurz nach der Bezeichnung des Adapters und hat ihn nach wenigen Augenblicken in der Hand.

»HDMI zu RGB, richtig?«

»Richtig.« Mehr fällt mir dazu nicht ein. Ich bin, gelinde gesagt, sprachlos. Manchmal stehe ich nämlich zu Hause im Bad und suche die Zahnpasta. Dabei gibt es in meinem Kopf offenbar eine ziemlich feste Schablone, und schon bei der kleinsten Abweichung von meinen Suchkriterien muss ich Sarah zu Hilfe holen. Ein abgeschraubter Deckel, eine neue, andersfarbige Zahnpastatube oder Sarahs gigantische Haarbürste vor dem gesuchten Objekt reichen schon aus, um mich scheitern zu lassen. Als Faustregel habe ich mir gemerkt: Je näher ich mich an dem von mir gesuchten Gegenstand befinde, desto schwerer finde ich ihn, und angesichts der Vielzahl an Adaptern war ich eben schon kurz davor, einen Verkäufer um Hilfe zu bitten. Aber nicht Herr Graufuß – ein Griff, und der Adapter ist da. Hut ab!

Auf unserem Weg zur Kasse suche ich vergeblich nach einem weiblichen Kunden für Elektronikkleinteile, doch weit und breit ist keine Frau zu sehen. Vielleicht fühlen sich die Herren hier deswegen so frei? Ist es eventuell die Abwesenheit potenzieller Sexualpartner, die Menschen, selbst alte Männer, dazu verleitet, sich von gewissen Benimmregeln freizumachen? Aus evolutionspsychologischer Perspektive würde es ja einleuchten – denn wozu sollte ich mich von meiner Schokoladenseite zeigen, wenn niemand da ist, der mich vernaschen möchte? Von weiblichen Zusammenkünften jeglicher Art kann ich dies naturgemäß nicht bestätigen, aber es ist wohl kein Geheimnis, dass die Stimmung in reinen Männergruppen stets zwischen purer Langeweile und brachialer Hemmungslosigkeit schwankt, die nur durch die Anwesenheit einer Frau verhindert werden kann.

An der Kasse ist es dann so weit: Die erste Dame, die mir hier begegnet, sitzt dahinter. Entsprechend sind einige der Anwesenden, zu denen auch mein Vermieter gehört, etwas eingeschüchtert. Für andere wiederum – wie die zwei etwas jüngeren Handwerker vor mir – gilt die weibliche Präsenz eher als Anreiz dafür, möglichst laut auf sich aufmerksam zu machen. Auf unserem abermals stillen Heimweg wundere ich mich mal wieder darüber, dass wir Menschen zwar Mikrochips und Nanoroboter bauen können, in unserem zwischenmenschlichen Verhalten aber täglich beweisen, dass wir uns von anderen Säugetieren erstaunlich wenig unterscheiden.

Bei den Graufußens angekommen, ist der Anschluss des Geräts ein Leichtes, und dank der automatischen Sendersuche sind auch die unzähligen Programme schnell gefunden. Gemeinsam mit dem Hausherrn wuchte ich die alte Glotze in die Schrankwand, während es sich die ihm Angetraute schon auf der Couch bequem macht. Herr Graufuß drückt auf der Tastatur herum, dann zeichnet sich langsam ein Bild auf dem Fernseher ab. Frau Graufuß' Gesichtszüge entspannen sich. Leise atmet sie aus, lehnt sich auf der Couch zurück und greift lächelnd nach der Hand ihres Gatten. »Danke, Männers!«

Dann ertönt der Gong und kündigt die wahrscheinlich zweitberühmteste Melodie des deutschen Fernsehens an: »Hier ist das Erste Deutsche Fernsehen mit der Tagesschau. Guten Tag meine Damen und Herren …«

Viertel nach vier? Ich muss nach Hause! Mit einem leichten Restkater verstreicht ein spätsommerlicher Sonntag, bis wir Klara um kurz vor acht ins Bett bringen und uns auf der Couch über das Weltgeschehen informieren lassen. Dann wird der Bildschirm weinrot und zeigt einen bedeutungsschwangeren Augenaufschlag, der daraufhin ins Fadenkreuz genommen wird – der Tatort beginnt. Und weil ich müde genug bin, schaue ich mir heute sogar mal den Münsteraner Klamauk an. Irgendwie beruhigend zu wissen, dass diese neunzig Minuten eine ganze Nation zusammenbringen. Ob Spießer, Berghain-Druffi oder Pädagogenpärchen: Am Sonntag läuft der Tatort – komme, was da wolle!

8

AUF DEM RADWEG ZUR HÖLLE

Die Bäume sind inzwischen vollkommen kahl, und ihr Laub ist zusammengekehrt, die Tage werden immer kürzer, und die Temperatur ist endgültig auf Novemberniveau angekommen. Letzteres gilt auch für meine Stimmung, denn noch immer hat sich an meiner beruflichen Situation nichts geändert. Vor meinen Schichten im Callcenter stehe ich meist früh auf, schreibe am Esstisch Bewerbungen und freue mich dann schon fast darüber, manchmal wenigstens eine Absage zu erhalten, statt lediglich ignoriert zu werden. Es ist wie verhext: Durch meinen beruflichen Ausflug in die Welt der Berliner Grundschulen habe ich wohl den inoffiziellen Fahrplan für Hochschulabsolventen missachtet. Der sieht nämlich vor, allerspätestens nach dem Studium auf den schnellsten Zug in das entsprechende Berufsfeld aufzuspringen. Meiner ist nun schon abgefahren, und so sitze ich mit der falschen Fahrkarte in der Hand am falschen Gleis und schaue den Schnellzügen zu, die an mir vorbeidonnern, immer kleiner werden und schließlich am Horizont verschwinden.

Wie so oft in den letzten Tagen klappe ich ernüchtert den Laptop zu, doch dann geschieht etwas Ungewöhnliches: Unser Festnetztelefon klingelt. Weil ich seit Jahren eigentlich nur noch auf dem Handy angerufen werde, nähere ich mich dem Apparat in der Annahme, Sarahs Oma oder meine Mutter würden sich melden, die Einzigen, die noch diese Nummer verwenden. Auf dem Display entdecke ich aber eine Nummer, die mir gar nichts sagt.

»Guten Tag, Philipp Möller hier.«

Stille.

»Hallo?«, frage ich streng nach. »Ist da jemand?«

»Oh, ja, äh, ich bin's!« Eine Männerstimme lacht laut in den Hörer. »Ich dachte, du wärst ein Anrufbeantworter!«

Schon wieder? Seitdem ich in diesem verdammten Callcenter arbeite, passiert mir das ständig! Neulich hat mich nicht einmal meine Mutter erkannt, die sich konsequent weigert, auf das Display ihres Mobilapparats zu schauen, wenn jemand anruft.

»Wer ist denn ›ich‹?«, frage ich leicht irritiert.

»Michael!«

»Äh … okay?«

»Schmidt-Salomon, von der Giordano-Bruno-Stiftung!«, ergänzt er.

»Ach, Michael, sorry! Ich hab, also, ich meine …«

Dankenswerterweise erlöst er mich von dem peinlichen Gestammel, in das ich vor Aufregung über seinen Anruf verfalle. Hat er vielleicht einen Job für mich?

»Sag mal, hättest du heute Zeit, um für unseren Pressedienst ein Interview zu führen? Unser Redakteur ist nämlich krank geworden, und Charlotte Roche ist nur heute …«

»Die Frau mit den *Feuchtgebieten?*«, unterbreche ich ihn hastig. »Klar hab ich Zeit!«

Leider entspricht das nur der halben Wahrheit, denn ein Blick in meinen Kalender verrät, dass ich die heutige Telefonschicht von 10 bis 15 Uhr belege. Um halb vier müsste ich in einem Hotel im Prenzlauer Berg sein, erklärt mir Michael, und dort könnte ich bis vier das Interview aufzeichnen. Knappe Kiste.

»Schaffst du das?«, will er wissen. »Wär echt super, vielleicht kannst du dann ja auch öfter mal einen Podcast aufnehmen …«

»Klar, locker«, behaupte ich in möglichst entspanntem Tonfall, denn das ist *die* Chance! Wie lange wünsche ich mir schon, endlich mal was Cooles zu machen – »was mit Medien«, sozusagen. Und wie super das wäre, statt telefonischen Befragungen zum Waschmittelverbrauch mit einer Persönlichkeit wie Charlotte Roche von Angesicht zu Angesicht über ihre Weltanschauung zu sprechen! Schlagartig bin ich so aufgeregt, dass ich mich zum inflationären Gebrauch mentaler Ausrufezeichen hinreißen lasse! Mit dem Telefon am Ohr laufe ich wie ein aufgescheuchtes Huhn durchs Wohnzimmer und nehme meine Anweisungen von Michael entgegen: die Fragen ausdrucken, die mir gleich per Mail geschickt werden, gut durchlesen, nach meinem Callcenterjob in der Redaktion vorbeischauen, um das Diktiergerät abzuholen, zwischen halb vier und vier das Interview führen und die MP3-Datei am Abend auf den Server der Stiftung hochladen. Nickend notiere ich mir alles und bedanke mich mehrmals, bevor ich das Gespräch beende.

»Musst du hier am frühen Morgen schon so rumbrüllen?«, fragt Sarah, als sie den Raum betritt. Auf ihrem Arm trägt sie Klara, die noch im Schlafsack steckt und sich ihre kleinen Augen reibt. Mit zerzausten Haaren verfolgen die beiden meinen hastigen Bericht über das Telefonat und den entsprechend modifizierten Tagesplan. Weil ich mir heute keine Verspätungen erlauben kann, muss ich auf ein Fortbewegungsmittel zurückgreifen, das als einziges in der Lage ist, die Dauerbaustelle Berlin in der vorgegebenen Zeit zu durchqueren: das Fahrrad.

Sarah hört mir beim Schmieden meines wahnwitzigen Plans aufmerksam zu, dann schüttelt sie den Kopf: »In dreißig Minuten vom Ku'damm bis nach Prenzlberg? Mit Zwischenstopp am Gendarmenmarkt? Das wird nichts!«

»Ja, das wird sportlich«, räume ich ein.

Bei diesem Kommentar zieht Sarah eine Augenbraue

hoch und pikst mir mit dem Finger in den Bauch: »Sportlich? Das trifft auf dich im Moment aber weniger zu.«

Wie bitte? Das wollen wir doch mal sehen, außerdem habe ich keine andere Wahl – das Interview *muss* klappen!

Bevor ich mein etwas aus der Mode gekommenes Mountainbike besteige, kremple ich standesgemäß das rechte Hosenbein hoch, ziehe den Reißverschluss der wind- und wasserfesten Outdoorjacke bis zum Kinn hoch und zurre die Kapuze fest. So sollte ich gegen die herbstliche Kälte gewappnet sein, auch wenn ich vermutlich wie ein Idiot aussehe. Aber was macht das schon, wenn man Charlotte Roche interviewen darf?

Die Distanz der ersten Etappe ist zwar überschaubar, führt mich aber mitten in der morgendlichen Rushhour durch die City-West bis zum Ku'damm. Abgesehen von den üblichen Standardsituationen, in denen Autofahrer beim Rechtsabbiegen den Schulterblick oder beim Aussteigen den Blick in den Außenspiegel vergessen, komme ich ohne erwähnenswerte Zwischenfälle bei der Arbeit an. Zwischen den Telefoninterviews widme ich mich den Fragen an Charlotte Roche und schaue alle zehn Minuten auf die Uhr. Bei einer Kaffeepause treffe ich Nina wieder, die ich seit dem Abend im Berghain nicht mehr gesehen habe. Mit gesenktem Kopf entschuldigt sie sich für alles, zeigt mir die kleine Narbe an der Augenbraue und spendiert mir als Dank für den Job als ihr Tripsitter einen Becher frischen Automatenkaffee. Als ich ihr von meinem späteren Termin erzähle, verschluckt sie sich fast an der Plörre und reißt dann ihre geschminkten Augen weit auf. »Die Frau ist doch voll freaky, oder?«

»Kann schon sein«, antworte ich und schaue Nina von der Seite an. »Aber ich mag Freaks.«

Um 14:57 Uhr beende ich meine Schicht. Ohne mich bei irgendwem zu verabschieden, hetze ich aus dem Studio, schließe im Treppenhaus meine Jacke und trete auf die Straße. »Na klar!«, denke ich laut und halte die offenen Handflächen in den Nieselregen. Aber es hilft nichts, auf geht's zur zweiten Etappe: vom Ku'damm zum Gendarmenmarkt.

In der Nähe des Elefantentors, dem westlichen Eingang des Zoologischen Gartens, versperrt mir ein Exemplar des gemeinen Schleichradlers den Weg. Wegen einer Schulklasse, die neben ihm den gesamten Bürgersteig für sich beansprucht, kann ich ihn nicht überholen, dafür aber einen Moment lang beobachten. Mit den Hacken auf den Pedalen und nach außen abgespreizten Füßen und Knien bewegt der Herr sein Citybike so langsam voran, dass die Fliehkräfte gerade mal ausreichen, um ihn nicht umkippen zu lassen. Genervt betätige ich meine Fahrradklingel, doch die wird ignoriert.

»Entschuldigung«, rufe ich nach vorne, »darf ich vorbei?«

Fast beneidenswert, wie gut manche Menschen ihre komplette Umwelt ausblenden können. Bei meiner nächsten und etwas lauteren Verbalattacke kommt er plötzlich ins Schlingern und bringt seinen Aluminiumesel nur mühevoll wieder unter Kontrolle, bevor er mich vorbeilässt. An seinem Lenkrad entdecke ich neben einem Radio, einer großen Hupe und einer Halterung für seine Bierflasche auch zwei Rückspiegel.

Nach der Ampel am Lützowplatz im Süden des Tiergartens gebe ich Vollgas und überhole dabei eine Frau, die nichts von der Existenz ihrer Gangschaltung zu wissen scheint. Mit einer Trittfrequenz von schätzungsweise 200 Umdrehungen pro Minute kommt sie kaum schneller als der Schleicher voran. Ob ich ihr schnell erklären …? Nein. Für ungefragte pädagogische Dienstleistungen ist nun wirklich keine Zeit.

In Höchstgeschwindigkeit rase ich in Richtung Norden auf Berlins berühmtesten Kreisverkehr und beliebtesten Unfallschwerpunkt, den großen Stern, zu. Weil ich glücklicherweise schon die erste Ausfahrt Richtung Brandenburger Tor nehmen muss, bin ich auf keine Ampel angewiesen und kann mich dann auf der Straße des 17. Juni zwischen rücksichtslosen Regenschirmtouristen, Rikschafahrern und riesigen Reisegruppen bis zum Brandenburger Tor durchschlagen. Kurz vor dem Monument der einstigen Teilung meiner Heimat latscht mir eine junge Touristin so knapp vors Fahrrad, dass ich eine Kollision mit der gut gepolsterten Frau nur durch eine scharfe Vollbremsung verhindern kann.

»Oh my God«, bringt sie aufgelöst hervor, »I'm so sorry! I'm from the States and …«

Ja ja, in den USA gibt's keine Radwege – und keine Fahrräder. Schon klar. Vor dem Brandenburger Tor kommt neben mir ein Mitglied der Königsklasse deutscher Radelfreaks zum Stehen: ein Fahrradkurier. Sein Lenker ist keinen Zentimeter breiter als die zwei Griffe für seine Hände, und auch der Rest seines Bikes ist von jedem überflüssigen Bauteil befreit: keine Gangschaltung, keine Schutzbleche – nicht einmal Bremsen befinden sich an dem dünnen Rahmen mit den schmalen Reifen. Zum Stehen kommen die Typen ausschließlich mit Hilfe des Rücktritts. Der Regen tropft vom Schirm seiner Mütze, während er in das Funkgerät spricht, das neben seinem Mund am Gurt der wasserdichten Tasche befestigt ist. Als sich auf der Kreuzung eine kleine Lücke im Verkehr auftut, treten wir gleichzeitig in die Pedale und durchfahren dann gemeinsam die Säulen der Quadriga. Im Zickzackkurs kämpfen wir uns auf gleicher Höhe durch die Touristenmassen, doch schon als wir die Amerikanische Botschaft rechter Hand hinter uns lassen, befinde ich mich in seinem Windschatten. Auf der geraden Busspur nimmt er mit seiner Rennmaschine dann schnell Fahrt auf. Also: hinterher! Unter Höchstleistung folge ich ihm, überhole dabei mehrere gelbe Doppeldeckerbusse und vier leere Pferdekutschen. Kurz vor der Friedrichstraße hebt er seinen Hintern in die Höhe und sprintet so auf die rote Ampel zu.

Was hat er bloß vor? Um den Fahrstil der Mitglieder seiner Zunft ranken sich ja die wildesten Gerüchte, aber seine folgende Aktion möchte ich schon jetzt als legendär bezeichnen: Exakt mit dem Umschalten der Ampel auf Rotgelb flitzt er in Höchstgeschwindigkeit rechts neben den Autos über die Haltelinie, reißt seinen Minilenker nach links und saust – schneller als die Autos der Querstraße starten können – in letzter Sekunde einmal quer über die gesamte Kreuzung.

Um 15:11 Uhr biege ich unter den kahlen Linden rechts in die Charlottenstraße, schließe am Gendarmenmarkt mein Rad an und rufe im Bürogebäude den Aufzug zur Redaktion. In der Kabine schlägt mein Herz bis zum Hals, und als sich die Türen öffnen, steht ein Mitarbeiter mit dem Aufzeichnungsgerät in der Hand vor mir.

»Du lässt dir ja Zeit«, sagt er, lächelt aber und gibt mir mit dem Fuß in der Lifttür einen Crashkurs in Sachen semiprofessionelle Audioaufnahme. Wird schon nicht so schwer sein, denke ich mir – bin ja nicht blöde, und ich habe auch gar keine Zeit, um mich dumm anzustellen!

»Vierzehn Minuten hast du noch«, sagt der Mann endlich und schickt mich per Knopfdruck zurück ins Erdgeschoss.

Als ich wieder aufs Mountainbike steige und meine Lampen auf Blinkmodus schalte, ist dem Himmel der baldige Sonnenuntergang immer deutlicher anzusehen. Der Nieselregen hat zwar aufgehört, aber auf den Straßen hat sich ein gefährlicher Film aus feuchtem Schmutz gebildet.

Nach wenigen Metern des wilden Gestrampels begegne ich einem Mitglied meiner Zweiradcommunity, das deutlich besser als ich auf die Witterung vorbereitet ist: einem professionellen Allwetterradler. Von oben bis unten ist der Mann in regenfeste Kleidung gehüllt, sein Rad verfügt über Schutzbleche und eine fest installierte Beleuchtung, und natürlich trägt er einen Fahrradhelm. Wegen der drohenden Gefahr, an HFS zu erkranken, dem Helmfrisursyndrom, konnte ich mich zu diesem Schritt bisher nicht durchringen. Als ich neben ihm halte, dreht sich der Mann zu mir um.

»Philipp?«

Woher kennt der Typ meinen Namen? Irritiert schaue ich ihm ins Gesicht, erkenne aber in dem kleinen Ausschnitt, der zwischen Helm und Kragen zu sehen ist, keine vertrauten Züge.

»Ich bin's. Alex, dein Ex-Vize-Boss!«

Tatsächlich, Alex Springer, der junge Konrektor, mit dem ich ein ganzes Jahr lang in der erweiterten Schulleitung gesessen habe.

»Wollen wir 'nen Kaffee trinken gehen?«, fragt er und grinst.

Mit einem Blick auf die Uhr erkläre ich ihm, in zwölf Minuten verabredet zu sein, und schlage vor, in unserer gemeinsamen Schöneberger Heimat mal wieder einen zu heben.

»Da hab ich 'ne bessere Idee«, fällt ihm ein, »in zwei Wochen ist Weihnachtsfeier vom Kollegium. Haste Lust?«

»Bin ich denn da überhaupt willkommen?«

Mit aufeinandergepressten Lippen schielt er nach oben und schüttelt den Kopf hin und her. »Vielleicht nicht bei allen«, sagt er schließlich, »aber bei der Schulleitung auf jeden Fall!«

»Gut, schickst du mir 'ne Mail? Ich muss echt weiter, sorry!«

»Fahr vorsichtig!«, ruft er mir noch hinterher, den Rest verstehe ich schon nicht mehr.

Kaum habe ich die Spree nach Norden überquert, nimmt die Zahl der Hornbrillen, Röhrenjeans und Wollmützen schlagartig zu – Hipster-Alarmstufe Rot! Dazu steigen Menschen mit Fellkragen an Daunenmänteln aus sündhaft teuren Autos und stolzieren in kleine Restaurants, an deren Schaufenstern ich in meiner uncoolen Jacke vorbeibrause. Kein Haus ist hier unsaniert, kein Parkplatz frei, alle Bettler wurden erfolgreich durch Bankautomaten ersetzt. Der Fall ist klar: Ich bin in der hippen Mitte angekommen. Am Rosenthaler Platz sehe ich das St. Oberholz an mir vorbeisausen, das für seine zweite Etage berühmt ist: Rund um die Uhr sitzen hier Individualisten mit identischen Laptops und pflegen ihre sozialen Kontakte. Online, versteht sich. Einige von ihnen geben diesen Ort sogar auf ihren Visitenkarten als Büroadresse an – so will es zumindest die Legende.

Nach der Steigung am Weinbergsweg erreiche ich die Kastanienallee und bin nun endgültig der Einzige, der nicht auf einem schicken Vintage-Rennrad ohne Gangschaltung unterwegs ist. Auf Berlins Open-Air-Laufsteg, der Kastanienallee – liebevoll auch Casting-Allee genannt –, gibt es außerdem jede Menge optischer Ablenkung auf zwei Beinen, doch jetzt ist schon der kleinste Moment der Unaufmerksamkeit brandgefährlich: Der vielleicht mächtigste Gegner aller individual Verkehrenden – vor allem aber der Radler! – rollt auf Schienen daher: die Tram. Weil sie mitten auf der Straße hält, wo ihre Passagiere achtlos aus den Türen strömen, verliere ich an der Eberswalder Straße – der wahrscheinlich chaotischsten Kreuzung Berlins – weitere kostbare Sekunden. Die waghalsigsten Verkehrsteilnehmer sind jedoch wieder mal meine Kollegen auf zwei Rädern, die sich in vollkommener Missachtung jeglicher Vorschriften zwischen allen anderen hindurchschlängeln.

Auf dem letzten Teilabschnitt der Etappe heize ich meinem zwei Beine starken Motor noch einmal ein, doch dann kündigt sich innerhalb weniger Augenblicke das absolute Worst-Case-Szenario an: Kurz hinter einer Kreuzung winkt ein Kind einem Mann, der links des Radwegs aus dem Auto steigt. Plötzlich reißt sich der kleine Junge von der Hand der Mutter los und rennt schnurstracks auf die Straße – und vor mein Bike.

Mein Film fährt auf Zeitlupe herunter.

»Jööööörn-Laaaaaasseeeeee!«, ruft die Frau, erreicht ihren Sohn aber nicht mehr.

Mit voller Kraft presse ich beide Bremshebel an den Lenker und reiße ihn zur Seite, schaue dem blonden Kerlchen aus wenigen Zentimetern Entfernung in seine weit aufgerissenen Augen. Mein Hinterrad hebt vom Boden ab. Ich schaffe es, irgendwie über den Lenker abzusteigen, dann reißt mein Film.

Stille.

Dunkelheit.

Kein Schmerz.

Nur meine Atemzüge.

In der Ferne weint ein Kind.

Mein Herz pocht, mein Schädel auch. Ein Mann hilft mir hoch, stützt mich, spricht mit mir. Dabei kehrt mein Schmerzbewusstsein zurück, schickt qualvolle Grüße von der linken Körperhälfte an meine neuronalen Schmerzzentren: Knöchel, Knie, Becken, Ellenbogen, Schulter und Schädel. Alles tut weh.

»Geiler Stunt«, sagt der Mann, den ich blinzelnd anschaue. »Aber Vorsicht: Da kommt dit Muttatier!«

»Was? Wer?«

Verschwommen nehme ich eine blonde Frau wahr, die aus der Ferne kreischend auf mich zustampft. »Ihr verfickten Radfahrer!«, brüllt sie aus voller Kehle. »Ihr scheißverfickten Radfahrer!«

Ich versuche, sie zu ignorieren, und humpele an ihr vorbei zum verschonten Unfallopfer, das von seinem Vater beruhigt wird.

»Alles okay bei dir?«, frage ich den Jungen.

Er nickt, heult und hält sich das aufgeschürfte Knie. Ich weiß überhaupt nicht, wie er sich das Knie aufschlagen konnte – schließlich hab ich ihn noch nicht mal berührt! Hinter mir keift die Frau noch immer, wird nun aber von meinem Helfer in die Schranken verwiesen.

»Passen Sie lieber uff«, sagt er trocken, »dass Ihr Kind keene Radfahrer mehr umnietet!«

Das bringt die Dame so richtig in Rage. Erst als sich der Junge an sie wendet, beruhigt sie sich etwas und nimmt ihn in den Arm.

»Du, Mama?«

»Ja, Jörn-Lasse?« Sie geht in die Hocke und nimmt das verheulte kleine Gesicht in beide Hände.

»Ich brauch jetzt erstmal 'n Latte Mackjato!«, wimmert der Junge und vergräbt sich schluchzend in ihrem Schal. »Aber ohne Koffein …«

»Natürlich, Jörn-Lasse!« Während sie den Kopf ihres weinenden Sohnes streichelt, schaut sie mich finster an, dann lässt die Kleinfamilie mich und den Zeugen fassungslos stehen.

Ein Blick auf die Uhr: halb vier! Ich bedanke mich bei meinem Helfer, der sich kopfschüttelnd verabschiedet und mir gute Besserung wünscht. Noch immer leicht benommen – vor allem aber schwer gestresst – steige ich wieder auf mein Rad und will Gas geben – merke dann aber, dass die Kette vorne und hinten rausgesprungen ist. Jegliche Einfädelversuche scheitern an meinen zitternden Händen. Das Hotel ist aber schon in Sichtweite, also schließe ich mein Fahrrad an und humple um 15:32 Uhr in die Lobby.

»Brauchen Sie einen Arzt?«, fragt mich die junge Dame am Empfang mit großen Augen, doch ich schüttele nur den Kopf.

»Ich hab … einen Termin … mit …« Dann versagt mir die Stimme.

»Scharlotte Rosch?«

So hab ich den Namen meiner Interviewpartnerin auch noch nicht gehört, aber für Besserwisserei ist keine Zeit. Außerdem macht man sich damit erfahrungsgemäß nicht sonderlich beliebt, daher nicke ich einfach.

»Dritter Stock. Konferenzraum.«

Bevor ich den Lift rufe, befreie ich meine Hände in der Gästetoilette bestmöglich von den Ölresten der Fahrradkette und meine Jacke vom herbstlichen Laub und atme oben angekommen vor der Tür zum Konferenzraum noch einmal tief durch. Dann klopfe ich und werde hineingebeten.

»Ah, der Autist«, freut sich die schlanke Frau mit dem frechen Blick, korrigiert sich dann aber schnell: »Atheist, mein ich natürlich! Ich bin Charlotte Roche, hallo.«

Mit einem schiefen Lächeln strecke ich ihr meine Hand entgegen und hinke auf sie zu.

»Alles in Ordnung?«

»Kleiner Fahrradcrash, nichts Ernstes«, fasse ich meinen Sturz zusammen und versuche dann, mich auf die Arbeit zu konzentrieren.

Erfreulich, dass sie in natura genau so wirkt, wie ich sie mir vorgestellt habe: supernett und aufgeschlossen, außerdem erwartungsgemäß professionell. Ich erinnere mich noch gut an ihr Buch, diesen außergewöhnlichen, stellenweise zwar sehr verstörenden, aber doch stets unterhaltsamen und vor allem sehr emanzipierten Text. Wie viele mögen ihr dafür die Pest an den Hals gewünscht haben, weibliche Genitalien, deren Ausflüsse und Stimulation derart explizit beschrieben zu haben? Noch höher dürfte aber die Anzahl der Frauen und Mädchen gewesen sein, für die unterhalb der eigenen Gürtellinie ein dunkles verbotenes Land lag, in das Charlotte mit ihrem Werk aufklärendes Licht gebracht hat.

Mit ausgestreckter Hand weist die ehemalige Viva-Moderatorin auf den ovalen Tisch in der Mitte des Raumes. »Darf ich dir einen Platz anbieten?«, fragt sie und fährt mit einer nicht zu überhörenden Spitzzüngigkeit fort: »An diesem vaginaförmigen Möbelstück?«

Richtig: Mein heutiger Termin könnte auch den Titel »Interview mit einem Freak« tragen – sehr gut, denn ehrlich gesagt habe ich mich beim Anblick des Tisches auch schon gefragt, ob er vielleicht von einem Designer mit einem etwas erotisierten Sinn für Ästhetik entworfen wurde.

Wir lassen uns einander gegenüber auf den gepolsterten Hotelstühlen nieder. Schnell nimmt meine Interviewpartnerin die Zügel des Gesprächs in die Hand und befragt mich erst einmal zu der Stiftung, in deren Namen ich hier auftauche. »Ich bin ja sozusagen 120-prozentige Atheistin«, erklärt sie mir kurz darauf. »Ich würde niemals eine Kirche betreten!«

»Und genau darüber würde ich gern mit dir sprechen. Kann ich den Rekorder anschalten?«

»Klar!«

Was hatte der Mann von der Redaktion doch gleich über den Umgang mit dem Ding gesagt? Den roten Knopf zweimal drücken, den Rekorder zwischen mir und meinem Gesprächspartner aufstellen und loslegen – oder war da noch etwas? Ich weiß es nicht mehr, aber mein Hirn wurde bei dem kleinen Unfall auch ganz schön durchgeschüttelt. Jedenfalls platziere ich das Gerät auf dem Tisch und lese dann mit leicht zitternder Stimme meine Einleitung vor: »Liebe Hörerinnen und Hörer, herzlich willkommen zum Podcast des humanistischen Pressedienstes. Ich bin Charlotte Roche und …«

Mist, aber zum Glück lacht mein Gegenüber und fragt, ob ich zu viel Loriot geschaut hätte. Ich nicke und fange noch einmal an. Zwei weitere Anläufe später sitzt das Intro, und wir können endlich mit dem Interview beginnen. Im Gegensatz zu mir ist Charlotte mit solchen Situationen sehr vertraut, sodass trotz meiner etwas holprigen Art schon bald ein lebhaftes Gespräch entsteht. Wir reden über ihre Abneigung gegenüber der Kirche und deren Verflechtung mit dem Staat, über den wahnsinnigen Erfolg ihres Buches und über industriell hergestelltes Essen. Mit einem Blick auf ihre Armbanduhr gibt sie mir zu verstehen, dass sich der Termin dem Ende zuneigt, also formuliere ich ein Schlusswort und bedanke mich bei ihr für das Interview.

»Und Ihnen, liebe Hörerinnen und Hörer: vielen Dank fürs Zuhören und bis bald zum nächsten Podcast des humanistischen Pressedienstes.«

Ein Stein fällt mir vom Herzen, als ich wieder den roten Knopf drücke und das Interview damit sicher im Kasten habe.

Unterwegs zu meinem kaputten Fahrrad komme ich wegen des schmerzenden Knöchels nur langsam voran, also krame ich das Diktiergerät aus dem Rucksack und schließe meine Kopfhörer an. Mal sehen, wie das Interview klingt! Mit den weißen Stöpseln im Ohr drücke ich die Playtaste und warte grinsend auf meinen versemmelten Einstieg – doch auch nach mehreren Sekunden ist außer einem Rauschen nichts zu hören. Verwundert inspiziere ich das Gerät von allen Seiten und überprüfe das Display, auf dem die Zeit längst läuft.

Warum kommt da nichts?!

Mein Gang verlangsamt sich, bis ich mit pochendem Herzen stehen bleibe und ein kleines Rädchen am Rand entdecke. Dann fällt es mir wieder ein: »Du musst unbedingt das Mikrofon auf die richtige Intensität einstellen«, hatte der Redakteur gesagt, »sonst ist die Aufnahme nicht zu gebrauchen.«

Mir bleibt das Herz fast stehen, als ich die Position des Rädchens sehe, denn sie steht zwischen null und eins –

von zehn! Panisch drehe ich die Lautstärke zum Abspielen voll auf, stopfe die Kopfhörer tief in den Gehörgang und nehme erst dann, kaum hörbar, mein Stimme wahr.

»Oh nein. Ich bin so ein Vollidiot!«

Damit ist meine Medienkarriere wohl im Eimer, bevor sie überhaupt angefangen hat.

9

FREAK SEI DANK

Zu Hause angekommen, überspiele ich die Datei auf den Rechner, krame die schweren Studiokopfhörer hervor, die mir mein Gitarrenlehrer vor zehn Jahren geschenkt hat, und reiße die Lautstärke bis zum Anschlag hoch. Konzentriert presse ich die großen Muscheln an meine Ohren und höre ganz genau hin. Keine Chance. Hinter dem lauten Rauschen sind die Stimmen von Charlotte und mir nur so leise zu hören, dass ich auch mit viel Fantasie und gutem Willen kein einziges Wort verstehe. Frustriert pfeffere ich die Kopfhörer auf den Tisch und reibe mir die Augen.

Wann bekommt man schon mal die Chance auf ein solches Interview? Und was mache ich Hornochse? Bin zu blöde, das Mikrofon richtig einzustellen! Es müsste schon ein kleines Wunder geschehen, um den Karren noch aus dem Dreck ziehen zu können – aber Wunder passieren ja bekanntlich nur, wenn kein Skeptiker anwesend ist. Da ich so einer bin, finde ich mich besser gleich mit der Niederlage ab und beichte Michael mein Versagen.

Mit dem Telefonhörer in der Hand lausche ich dem Tuten in der Leitung und lege mir die richtigen Worte meiner Beichte zurecht. Dabei fällt mein Blick auf den Bügel des Kopfhörers, auf dessen Innenseite der einstige Besitzer mit silbernem Edding seinen Namen geschrieben hat. Andy, mein Gitarrenlehrer. Liebe Güte, das war vielleicht ein Freak … Moment mal. Ja, genau! Andy war ein waschechter Audiofreak!

»Michael Schmidt-Salomon, hallo Philipp«, meldet sich der Philosoph, der offensichtlich schon meine Nummer eingespeichert hat. »Und, wie war das Interview?«

»Gut, gut!« Was tust du da, Möller? »War echt super!«, sabbelt mein Mund weiter. »Ich wollte dir nur sagen, dass …«

»Ja?«

»Dass ich es wahrscheinlich erst am ganz späten Abend hochladen kann, weil …«

»Weil?«

Stammelnd schustere ich eine Geschichte über Klara zusammen, die ganz dolle Bauchschmerzen habe und deswegen nicht schlafen könne. Weil das Interview erst morgen veröffentlicht werden solle, sei das überhaupt kein Problem, beruhigt mich Michael – Hauptsache, am nächsten Morgen befinde sich die Tondatei auf dem Server.

Erst morgen? Erstmal muss dein Plan aufgehen, Möller – wer weiß, ob Andy überhaupt noch in Berlin ist? Oder sein Tonstudio noch hat? Und Zeit für mich?

»Ich hab keine Ahnung, von wem du sprichst«, sagt Sarah, als ich sie in meinen Plan einweihe. »Wir sind jetzt seit sechs Jahren zusammen, also hast du ihn wohl mindestens so lange nicht gesehen.«

Stimmt. Hastig greife ich nach meinem Handy und suche seinen Namen. Diese moderne Technik macht's ja glücklicherweise möglich, dass bei jedem Handywechsel die alten Nummern nicht verloren gehen. Von wegen: *Früher war alles besser!* Aber ob ich Andy nach so langer Zeit wegen eines solchen Anliegens überhaupt nerven sollte? Na klar! Hier geht es schließlich um meine große Chance, in der Stiftung Fuß zu fassen. Nach endlosem Klingeln erreiche ich jedoch nur seinen Anrufbeantworter. Hastig lege ich auf und überlege. Immerhin stimmt seine Nummer noch.

Als ich die Kopfhörer und meine schwarze E-Gitarre im Wohnzimmer sehe, fällt mir die ganze Geschichte um Andy wieder ein. Sie beginnt im Winter 1992, und als mir das klar wird, komme ich mir ein wenig wie mein Onkel Günther vor, der jede seiner Geschichten erstmal mit einer Jahreszahl beginnt, den roten Faden dann aber meist zwischen all den kleinen und furchtbar unnötigen Details verliert – aber das tut jetzt nichts zur Sache!

Als ich jedenfalls auf der Schwelle zwischen Kindheit und Pubertät ein vorsichtiges Interesse an der Gitarre meiner Mutter entwickelte, kramte mein Vater eine uralte Ausgabe von Peter Bursch's Gitarrenbuch hervor, blies die Staubschicht vom Cover und überreichte es mir feierlich. In den folgenden Wochen verbrachte ich jede freie Minute mit der alten Westernklampfe auf dem Schoß und lernte mit Müh und Not ein paar einfache Akkorde. Meine Eltern merkten bald, dass ich dranblieb, und so stieg ich eines Tages mit meinem Vater ins Auto und fuhr nach Kreuzberg, wo er mir einen alten Studienkumpel vorstellen wollte.

»Du wirst staunen«, versprach mein Papa grinsend, als er den beigefarbenen VW Passat in der Nähe des Spreewaldplatzes parkte. »Der Andy, der ist 'n echter Kräck!« Wie immer sprach er englische Worte einfach deutsch aus.

Glasklar erinnere ich mich daran, wie uns der große langhaarige Mann in den schwarz glänzenden Lederhosen die Tür öffnete und herzlich begrüßte. Ich wunderte mich kurz über den süßlichen Tabakgeruch im Flur, doch beim Anblick des Wohnzimmers vergaß ich für einen Moment alles andere und blieb mit offenem Mund stehen.

»Finze cool?«, fragte Andy. »Das's meine Bude!«

Ich kam aus dem Staunen nicht mehr heraus: Unzählige Gitarren, Notenständer und mehrere Keyboards standen in dem kleinen Raum herum. Auf einem riesigen Schreibtisch leuchteten bunte Lichter an einem grauen Kasten mit Hunderten von Knöpfen und Schiebereglern. Dahinter standen zwei Computermonitore nebeneinander, und daneben ein Turm aus verschiedenen Geräten, die ebenfalls wild blinkten. Hinter dem Arbeitsplatz befand sich eine große Glasscheibe, durch die ich ein Schlagzeug sehen konnte.

»Das's die Aufnahmekabine«, erklärte Andy und tippte an die Scheibe, hinter der in gelblichem Licht ein fensterloser Raum verborgen lag, dessen Wände mit kleinen Pyramiden aus Schaumstoff verkleidet waren.

Dann räumte der Mann mit dem breiten Grinsen und den kleinen Augen einen Stapel Noten von seiner Couch, bot meinem Vater einen Platz darauf an und stellte mir einen Hocker hin. »Und du hast also schon ein paar Griffe gelernt?«, wollte er wissen und schob seine Nickelbrille auf die Nase, woraufhin ich etwas verunsichert nickte.

Mit pochendem Herzen sah ich zu, wie er nach einer seiner E-Gitarren griff, am Rand des Korpus ein Kabel einsteckte und mir das glänzende rote Instrument hinhielt. »Na, dann lass mal hören!«

Ehrfürchtig nahm ich das schwere und vermutlich unbezahlbare Teil in die Hand, positionierte es auf meinem rechten Oberschenkel und schlug die Saiten an. Langsam schob Andy einen der Regler auf seinem Mischpult hoch, woraufhin etwas aus den Boxen drang, das mich noch mehr begeisterte als alles andere in seinem Studio: der leicht verzerrte Klang der Fender Stratocaster, der beliebtesten und meistverkauften E-Gitarre der Welt.

»Geil!« Das war das erste Wort, das ich bei diesem Besuch über die Lippen brachte. »Voll geil!«

Nachdem ich Andy meine bis dahin sehr begrenzten Fähigkeiten demonstriert hatte, verabredeten wir einen wöchentlichen Termin für den Gitarrenunterricht. Dann bat er mich um sein Instrument und entlockte ihm so unglaublich coole Sounds, dass ich meinem Vater auf dem Heimweg unmissverständlich klarmachte, was ich mir zu meinem kommenden dreizehnten Geburtstag wünschte.

Am Morgen des 18. August 1993 fand ich einen Gutschein von einem Instrumentenladen auf meinem Geburtstagstisch und fiel meinen Eltern fast weinend um den Hals. Voller Vorfreude stieg ich am darauffolgenden Donnerstag nach der Schule in die U-Bahn und traf mich mit Andy an der Spichernstraße – Gitarrenshopping statt Gitarrenunterricht, saugut! Nach einem kurzen Fußweg landeten wir schließlich beim Guitarland, dessen Türgriff coolerweise ein Gitarrenhals war. Drinnen angekommen, fühlte ich mich wie im siebten Himmel. Der Geruch von frischem Holz lag in der Luft, an der Wand hingen unzählige E-Gitarren, und unter ihnen waren große Verstärker aufgestellt. Hier und da saßen Typen herum, die aussahen wie Andy, und probierten Gitarren aus oder unterhielten sich mit Verkäufern, die ebenfalls aussahen wie Andy. Mein Lehrer klärte mich zuerst über die verschiedenen Modelle auf, dann spielten wir mehrere Instrumente innerhalb und außerhalb meiner finanziellen Möglichkeiten an. Schließlich verwickelte Andy einen der Verkäufer in ein schier endloses Fachgespräch über Sondermodelle, Röhrenverstärker und Bodeneffektgeräte. Zwar verstand ich damals nur Bahnhof, hörte aber gespannt zu und fragte mich ernsthaft, ob die beiden sich in ihrem Leben jemals mit etwas anderem beschäftigt hatten. Mitten im Gespräch griff Andy plötzlich nach einer schwarzen E-Gitarre, die den Wert meines Gutscheins deutlich überstieg, und fragte, ob sich an dem Preis noch was machen ließe. Nach einigem Hin und Her ging Andys Taktik auf, und so stolzierte ich kurz danach im Besitz dieses noblen Instruments aus dem Laden, das für mich noch wenige Minuten vorher unerreichbar geschienen hatte.

Ist das jetzt wirklich achtzehn Jahre her? Krass, bin ich

alt geworden! Meiner Gitarre sieht man die Zeit kaum an, mir natürlich schon – zum Glück, denn im Gegensatz zu heute wollte ich damals der ganzen Welt zeigen, dass mein Herz ausschließlich für Heavy Metal schlug: Von den großen Aufnähern auf der Jacke, aufgerissenen Jeans, schwarzen Doc Martens und schulterlangen Haaren bis hin zum Totenkopf am Ohrring durfte nichts fehlen! Auch daran war Andy nicht ganz unbeteiligt, denn weil er für mich nicht nur der beste Gitarrist, sondern auch der coolste Erwachsene war – falsch: der *einzig* coole Erwachsene! –, steckte er mich in diesem stilistisch so verletzlichen Alter volles Rohr mit seinem Musikgeschmack an. Gerade war Nirvanas blaue Platte mit dem nackten Baby erschienen, und so fiel mein Wunsch, das Gitarrenspiel zu erlernen, auch nicht gerade vom Himmel – und bei meinen Eltern glücklicherweise auf fruchtbaren Boden.

Immerhin stieg ich von nun an fünf Jahre lang jeden Donnerstag in die S-Bahn und fuhr aus meinem heimatlichen Wüstenrotghetto am Stadtrand zu Andy ins ferne, abenteuerliche Kreuzberg. Wenn wir mit dem Unterricht fertig waren, drehte er sich meist eine ungewöhnlich große Zigarette, legte eine seiner neuen Platten auf und erteilte mir dann die Ehre, seine Kopfhörer aufsetzen zu dürfen. Aus irgendeinem Grund schienen die Dinger das Wertvollste in seiner riesigen Sammlung an technischem Kram zu sein, weshalb sie einen ganz besonderen Platz über dem Schreibtisch bekommen hatten und von diesem nur selten wegbewegt wurden. Die weichen Polster der schweren Muscheln schmiegten sich an meine Ohren, dann lauschte ich den verschiedenen Vertretern von Andys Lieblingsmusik, während er auf dem Balkon seine Spezialzigarette quarzte. Danach klärte er mich über die Musiker auf, die an dem Album mitgewirkt hatten, über das Studio, in dem es aufgenommen worden war, und verortete die Musik meist irgendwo zwischen Indierock, Alternative Rock und Psychedelic Rock. Gegen Ende unserer Sessions überspielte er mir dann die besten Songs der Platte auf eine Kassette, die ich auf dem langen Heimweg in meinem Walkman hören konnte.

Während ich damit beschäftigt war, die Pubertät irgendwie hinter mich zu bringen, fiel mir jeden Donnerstag wieder auf, dass meine Vermutung im Guitarland erschreckend nah an der Realität gewesen sein musste. In der Tat schien sich Andy in seinem Leben mit nichts anderem zu beschäftigen als mit Musik. Von einer Frau war nie die Rede, auch Kinder hatte Andy keine. Sein gesamtes Geld schien er für technischen Krempel rund um sein Berufshobby auszugeben, und der einzige Mensch, von dem er jemals erzählte, war sein Freund Ricky. Mit ihm nahm er Musik auf, hörte Musik und redete über Musik.

Ich selbst bekam Ricky nur ein einziges Mal zu Gesicht, als er während meines Unterrichts bei Andy auftauchte. Ich bekam einen riesigen Schreck, als ich ihn sah, denn der hagere aschblonde Mann sah aus wie die Zombieversion von Campino, dem Sänger der Toten Hosen. Andy holte damals schnell eine Matratze aus dem Flur und legte sie in die Aufnahmekabine, dann schickte er Ricky hinein, schloss die Tür und setzte unkonzentriert den Unterricht fort.

Mit den Jahren wuchsen Andys Plattensammlung, meine Fertigkeiten auf der Gitarre und meine Haare genauso wie meine Begeisterung für Platten, die, wie Andy immer sagte, »von Musikern für Musiker« gemacht wurden. Unter meinen Klassenkameraden legte dagegen der deutsche Hip-Hop eine steile Karriere hin, was auch an mir nicht ganz vorüberging. Genau wie das Kraut, das unter Freunden dieser Musik gern geraucht wird. Andy, der mir auch in unmusikalischen Fragen ein wirklich angenehmer Ansprechpartner geworden war, konnte mit Songs von Fettes Brot oder Blumentopf zwar nicht besonders viel anfangen, attestierte ihnen aber immerhin Enthusiasmus und Authentizität – seiner Meinung nach zwei extrem wichtige Elemente von Musik. Als ich kurz nach meinem achtzehnten Geburtstag aber bei einer unserer Sessions mein Grastütchen auspackte, flippte Andy vollkommen aus und schmiss mich nach einer so kurzen wie heftigen Standpauke übers Kiffen achtkantig raus. Vollkommen baff stand ich damals am Spreewaldplatz, konnte nicht verstehen, was passiert war, und baute mir vor dem Heimweg zur Beruhigung erstmal einen Joint. Meinen Eltern erklärte Andy am nächsten Tag telefonisch, mir auf der Gitarre nichts mehr beibringen zu können, und so verlor ich von einem Tag auf den anderen das mit Abstand beste Event der Woche – und einen außergewöhnlichen Freund.

Die Wochen gingen ins Land, das neue Jahr brach an, ich stellte das Kiffen ein, war daraufhin in der Lage, mein Abitur zu absolvieren, und nahm eine Zivildienststelle im Krankenhaus an – Andy aber meldete sich nie wieder bei mir oder meiner Familie. Als auch mein Vater aufhörte, immer wieder bei ihm anzurufen, verflüchtigte er sich allmählich auch aus meinem Kopf. Nur seine Musik, die blieb, und ein Schuhkarton, der aufwendig verklebt und mit meinem Namen beschriftet ein paar Monate nach meinem Rausschmiss bei Andy bei uns abgegeben wurde. Darin lagen Andys Kopfhörer und eine CD, sonst nichts. Mit einem Kloß im Hals schob ich die silberne Scheibe in meinen CD-Player, dann schloss ich die Augen und fühlte mich beim Aufsetzen der weichen Polster schlagartig in das kleine Apartment hineinversetzt, das Andy als Tonstudio, Unterrichtsraum und nebenbei auch als Wohnung diente. Als die ersten Gitarrenklänge von Pink Floyds *Dogs* meine Ohren erreichten, konnte ich mich noch zusammenreißen, doch als Roger Waters den Song mit *You've Got to Be Crazy* begann, wurde ich von der Kraft der Musik übermannt und musste vor Glück weinen. Während des ganzen Songs suhlte ich mich in diesem wohlig warmen Gefühl der Nostalgie, das es mir erlaubte, mich mit allen Sinnen in vergangene, aber wunderschöne Zeiten zu versetzen. Als der Song nach über siebzehn Minuten ausklang, standen mir noch immer Tränen in den Augen.

Wie jetzt.

Erstaunlich, wie stark Erinnerungen und Gefühle an Musik gekoppelt sind – und wie wenig das Wissen um diesen Zusammenhang etwas daran ändert.

Benebelt von dieser Geschichte, an die ich seit Jahren nicht gedacht habe, stehe ich auf, um mir einen Tee zu kochen. Aus der Küche höre ich mein Handy klingeln und renne wieder ins Wohnzimmer. »Andy?«

»Ja«, antwortet er verunsichert. »Ich habe Ihre Nummer auf …«

»Ich bin's«, rufe ich ins Telefon. »Philipp Möller!«

Stille, dann spricht Andy leise in den Hörer. »Philipp! Ich … ich weiß gar nicht, was ich …«

»Schon gut«, beruhige ich ihn lachend und überspiele damit erfolgreich meine eigenen gemischten Gefühle. »Du brauchst mir nur 'ne Frage zu beantworten: Haste dein Tonstudio noch?«

»Ob ich mein Tonstudio noch habe?« Andy lacht laut. »Ich wohne noch immer darin! Wieso?«

Ich atme auf und erkläre ihm meine Situation. Schnell fällt Andy in genau den Tonfall zurück, den ich von ihm kenne: konzentriert, professionell und höchst begeistert davon, sich einem Hi-Fi-Problem widmen zu können.

»Grundsätzlich ist lauter machen immer am schwersten«, meint er. »Haare lassen sich ja auch nicht länger schneiden! Aber komma vorbei, vielleicht lässt sich was machen.«

Aufgeregt steige ich wenig später aus dem Auto und laufe über den Spreewaldplatz. An der Haustür angekommen, klingle ich und fühle mich schon wieder wie ein Teenager, während ich die Treppen hinaufsteige. Wie vor vielen Jahren, nur mit deutlich weniger Haaren, wartet Andy an der Tür und lächelt mich an. »Mann, bist du fett geworden«, begrüßt er mich lachend und nimmt mich in den Arm.

»Dafür hast du 'ne Glatze«, sage ich, schaue ihn an und haue ihm dann in Geierchens Manier auf die Schulter.

Er bittet mich in die Wohnung, setzt wie damals einen Tee auf und stellt mir dann den alten Hocker hin. Der süßliche Geruch in der Bude ist verschwunden, die alten Röhrenmonitore wurden durch zwei große Flatscreens ersetzt, ein paar der Geräte ausgetauscht – doch ansonsten sieht es bei Andy eigentlich aus wie früher. Als er mit den zwei Tassen in der Hand wieder ins Wohnzimmer kommt, nimmt er auf seinem Stuhl Platz und schaut mich erwartungsvoll an. Aber bevor wir loslegen, muss ich unbedingt eine wichtige Frage loswerden: »Was war denn los damals?«

Andy atmet tief durch. »Kannst du dich an Ricky erinnern?«

Ich nicke.

»Am Tag bevor du deinen Grasbeutel ausgepackt hast, ist er mit 'ner Spritze im Arm am Kottbusser Tor gefunden worden.« Er nimmt einen Schluck Tee und starrt in die Tasse. »Da war er schon kalt und steif.«

Wir schweigen einen Moment.

»Warum haste mir denn nichts davon ...«

»Du warst doch gerade erst achtzehn«, unterbricht er mich. »Und ich war ja noch nie so gut mit diesen ... na: Emotionen.« Er verzieht den Mund etwas und schaut mich aus dem Augenwinkel an. »Danach bin ich dann ziemlich abgestürzt.«

»Auch Heroin?«

»Nein – meine Droge ist nur noch die Musik!«

Ausführlich berichtet er mir von den Jahren, in denen er allein vor sich hin gelebt hat, nur er und die Musik. Keine Gitarrenschüler mehr, nur noch Auftragsarbeiten für Radiowerbungen, dazu ein paar Hörbücher produziert, alles mit minimalem Menschenkontakt.

»Aber lassen wir das ...«, sagt er und schaltet wieder in seinen Hi-Fi-Modus. »Erzähl mal, was ist dein Problem? Aufnahme verschissen, hä?«

Ich nicke, er lacht.

»Anfänger!«

Als ich das Diktiergerät aus der Tasche hole, zieht er die Augenbrauen hoch. »Oje, ein Rasierapparat«, meint er und schüttelt den Kopf. »Mit 'ner Kugel macht man doch keine Interviews!«

»Rasierapparat? Kugel? Was quatschst du da?«

In seinem Produzentenstuhl lehnt sich mein alter Gitarrenlehrer zurück, lächelt und schlägt die Beine übereinander. Als selbst erklärter Audiofreak konnte Andy es noch nie verstehen, wenn jemand seinem Fachjargon nicht folgen konnte, beim Umgang mit Schallwellen und technischen Geräten nicht dieselbe Inbrunst und Hingabe an den Tag legte wie er oder Progressive Rock nicht von Progressive Metal unterscheiden konnte. Mit einer gewissen Genugtuung regte sich Andy schon immer über schlecht produzierte Platten auf oder hörte einzelne Sequenzen seiner Aufnahmen hundertmal hintereinander und spielte so lange an den Knöpfen und Schiebereglern seines zwei Meter breiten Mischpults herum, bis das Ergebnis endlich seinen Ansprüchen genügte.

»Ach, Möllerchen«, beginnt er und atmet einmal durch. Dann fummelt er eine Halskette unter seinem schwarzen Shirt hervor, an der ein Schlüssel baumelt. »Kannst du ein Geheimnis für dich behalten?«

Ich schüttele den Kopf. Ungeachtet dessen schließt er einen schwarzen Metallschrank auf, der neben dem

Schreibtisch steht. Langsam öffnet er beide Türen, tritt einen Schritt zurück und erlaubt mir einen Blick auf den Inhalt. »Ich hab noch einen ganzen Batzen in meine private Sammlung investiert.«

Stolz präsentiert er mir verschiedene Mikrofone, die er fein säuberlich in dem Schrank aufbewahrt. Zu jedem einzelnen erklärt er den Aufbau, das Aufnahmefeld und das entsprechende Einsatzgebiet.

»Mit 'ner Kugelcharakteristik wie der hier«, sagt er abschätzig und zeigt auf meinen Rekorder, der bei näherer Betrachtung tatsächlich wie ein Rasierer aussieht, »nimmst du jeden Pups auf, der im Umkreis von hundert Metern abgelassen wird. Was du brauchst, ist 'ne Keule oder 'ne Niere! Aber jetzt woll'n wa erstmal dein Interview retten, oder?«

Dann schließt er meinen Rasierer an seinen Rechner an, spielt die Datei über den Lautsprecher ab und schüttelt dabei angewidert den Kopf. Auf meine Frage, ob er das Gespräch retten könne, schaut er auf die Uhr und will wissen, wie viel Zeit ich hätte. Ich erkläre ihm, dass das Interview am Morgen fertig sein muss, und da meine Freundin und Tochter inzwischen ohnehin schlafen würden, wäre es eigentlich egal, wann ich nach Hause fahre.

»Du hast 'n Kind?«, fragt er und wendet sich vom Rechner ab. »Mann, wir haben uns wohl einiges zu erzählen. Rauchste denn noch?«

»Gelegentlich – und nur Tabak.«

Zufrieden lächelt er mich an, erklärt mir, dass er Kompressoren, Rauschunterdrücker und Filter über die Datei jagen wird, und setzt dann noch einen Tee auf. Nachdem wir uns fünf Minuten über mein Dasein als junger Vater und Ex-Lehrer unterhalten haben, quatschen wir fast zwei Stunden über Musik. Mit einem Grinsen im Gesicht verrate ich ihm irgendwann, was inzwischen regelmäßig aus seinen alten Kopfhörern tönt.

»Death Metal?«, fragt er aufgebracht. »Was hat dich denn geritten?«

»Schwedischer Progressive Death Metal«, korrigiere ich ihn, woraufhin er sichtlich aufatmet. »Sarah kriegt auch immer die Krise, wenn sie nach mir das Auto benutzt und Mikael Åckerfeldt aus den Lautsprechern grölt. Aber diese Power, die Raffinesse und der Sound haben's mir einfach angetan ... Ich hör das sogar zum Einschlafen.«

Andy schüttelt lächelnd den Kopf. »Biste also auch zum Musik-Freak geworden, ja?«

»Klar – und von wem hab ich das wohl?«

Sein Rechner kündigt die Fertigstellung meines Interviews an, das nun zwar immer noch etwas rauscht, aber klar und deutlich zu verstehen ist.

»Vielen Dank, lieber Andy«, sage ich, als er mir die fertige CD überreicht.

»Ja, ja, so ist das eben mit uns Nerds. Normalerweise belächeln uns alle, aber wenn's brennt, sind wir die Einzigen, die eine Lösung parat haben.«

10

IN DER FLEISCHBALL-BUNDESLIGA

Mit festen Schritten klopfe ich den Schnee von meinen Schuhen, bevor ich in die U-Bahn einsteige, um zur Weihnachtsfeier meiner alten Lehrerkollegen zu fahren.

Hinter mir betreten zwei Mädels den Wagen und stellen sich mir gegenüber an die Tür. Beide tragen ein Kopftuch, doch alle anderen Merkmale ihres Auftretens torpedieren die gewünschte Wirkung des Schleiers mit Anlauf: Trotz der Kälte trägt die holde Weiblichkeit statt Hosen hautenge Leggins, und weil ihre glänzenden Daunenjacken bereits an der Taille enden und sie ganz offensichtlich den Rock vergessen haben, scheinen sie es mit dem Verhüllen ihrer Reize wohl nicht ganz so ernst zu nehmen. Die Fingernägel sind mit aufwendigen Mustern verziert, die Gesichter dank Schminke fast entstellt, und an den Rändern der Kopftücher baumeln goldene Anhänger mit viel Schnickschnack.

»Herr Schneider, dieser Missgeburt«, beginnt die Größere der beiden in Höchstgeschwindigkeit, »schwöre, er hasst misch!«

»Was, wieso er hasst disch?«, will die Kleinere wissen. »Er's Opfer, ja? Er soll ma nisch reden, ja?«

»Kumma, letztens, sch'sag so zu ihn, Dings, sch'ab mein Hausaufgaben nisch dabei, dann er sagt so, sch'muss morgen zeigen, ja?«

Ja! Ich nähere mich zweifellos dem Dunstkreis der

Ludwig-Feuerbach-Schule, denn wenn alles glattgelaufen ist, beherbergt diese Institution inzwischen auch Oberschüler.

Als die Bahn ruckartig bremst, fallen die Mädels mit den hohen Pfennigabsätzen fast hin und krallen sich im letzten Moment an den Haltestangen fest.

»Oha, wie fährt er?«, pöbelt die Kleinere laut in Richtung Fahrerkabine. »Er soll ma Führerschein machen, ja?«

»Schwöre, wenn'sch auf mein Fresse falle, isch töte ihm, abboh!«, fällt der Größeren der beiden dazu ein. »Komm jetzt, raus!«

Gemeinsam mit mir verlassen sie die Bahn und staksen auf dem Bahnsteig Richtung Schule. Oben angekommen, ziehe ich meine Kapuze über, denn inzwischen werden mir die dicken Schneeflocken, die vom Himmel fallen, von einem kräftigen Wind ins Gesicht geweht.

Auf meinem Weg zum Restaurant frage ich mich, wie weit die Rektorin Frau Juhnke, Alex und die Mitglieder der erweiterten Schulleitung das Projekt Reformschule in den letzten Monaten wohl gebracht haben. Welche Steine konnten sie schon aus dem Weg räumen? Gibt es inzwischen auch genug Platz, um die Oberschüler unterzubringen, ohne den Grundschülern jegliche Fachräume zu nehmen? Nach meiner Arbeit mit den Minimachos und Zwergentussis der ersten bis sechsten Klasse überlege ich, welche Herausforderung es wohl ist, Siebt- bis Zehntklässler des Kalibers der Mädels aus der Bahn zu unterrichten ... Wie soll das bloß funktionieren? Geierchen hätte mit denen sicher seinen Spaß, doch nach unserem letzten Gespräch mache ich mir auch über seine Widerstandskraft langsam ernsthafte Gedanken.

Der Schnee knirscht unter meinen Schuhsohlen, als ich mich dem Eingang der Trattoria nähere. Die Scheiben des Restaurants sind beschlagen und mit kitschigen Kunstschnee-Motiven aus der Sprühdose verziert. Als ich die Eingangstür aufziehe, weht mir ein warmer Hefegeruch entgegen, und augenblicklich fange ich an zu schwitzen. Ich schäle mich aus meiner Jacke und stiefele einmal quer durchs Lokal in den hinteren Teil der Gaststätte, wo sich bereits ein Großteil des Kollegiums an einer Tafel eingefunden hat. Die Tische sind in Hufeisenform aufgebaut, was den zweifelhaften Charme eines Klassenzimmers versprüht.

»Hallo allerseits«, rufe ich in die Runde und klopfe dreimal auf den Holztisch. Wie erwartet könnten die Reaktionen auf mein Erscheinen unterschiedlicher nicht sein: Alex, der stellvertretende Schulleiter, steht auf und läuft mit ausgebreiteten Armen auf mich zu. Frau Dremel, die zu Beginn meiner Karriere für meine dreiminütige Ausbildung zum Mathelehrer verantwortlich war, nickt mir zu, widmet sich dann aber wieder dem Gespräch ihrer Sitznachbarn – selbst wenn sie offenbar nur stille Teilhaberin ist. Geführt wird die rege Unterhaltung nämlich ausschließlich von Frau Renner, die Geierchen gern als Waffe gegen die Schulleitung einsetzt, und besteht aus dem kommunikativen Element, das sie am besten beherrscht: meckern. Als Opfer hat sie sich dafür den furchtbar freundlichen, aber wenig bestimmten Herrn Schmitz ausgesucht, der lächelnd neben ihr sitzt und eifrig nickt. Als er mich erblickt, reißt er beide Augenbrauen in die Höhe, steht auf und entflieht so dem keifenden Monolog seiner Kollegin. Frau Dremel, die links von Herrn Schmitz sitzt, wird im Nullkommanix zum Ersatzgesprächspartner, denn Frau Renner scheint es wenig zu interessieren, wem sie gerade ein Ohr abkaut.

»Hey Philipp«, begrüßt mich Herr Schmitz und schüttelt mir viel zu lange die Hand. Dabei fällt mir sein Gürtel auf, an dem so viele Ledertaschen befestigt sind, dass ich mich frage, ob er sich um den Posten als Nachfolger von MacGyver bewerben möchte.

Plötzlich dringt eine hohe Stimme von der Seite an mein Ohr: »Wer hat *dich* denn eingeladen?«

Die Hände in die Hüften gestemmt, steht die Personalrätin neben mir und schaut mich mit vorgeschobenem Unterkiefer an. Erstmalig fällt mir auf, dass sie dieselbe Frisur trägt wie eine ARD-Korrespondentin der späten Achtziger, Gabriele Krone-Schmalz: raspelkurze Haare, die in der Mitte der Stirn zu einer Spitze zulaufen und das Gesicht so herzförmig einrahmen.

»*Wir* haben ihn eingeladen«, nimmt mich Chrissi etwas zickig in Schutz, »die erweiterte Schulleitung!« Dann umarmt sie mich. »Schön, dass du da bist«, sagt sie und führt mich zu einem Sitzplatz, den sie neben sich frei gehalten hat. Und gegenüber sitzt ja auch mein Liebling.

»Herr Müller, du Knallkopp!«, begrüßt mich Geierchen und ordert beim Kellner ein Bier für mich.

Neben ihm sitzt Frau Herrmann und lächelt mich an. Seit meinem Ausscheiden aus dem Lehrerdienst hat sich stilistisch an ihrem Auftritt nichts geändert: Ihre ungekämmten Haare fallen auf ein Batik-Halstuch, darunter trägt sie einen grobmaschigen Wollpullover. Schon zu meinen Lehrerzeiten fiel sie durch eine konstante Überforderung auf, doch scheinbar hat das nichts daran geändert, dass sie noch immer unterrichten darf. Mit hängenden Schultern und zur Seite geneigtem Kopf grinst sie in ihre Teetasse, während ich mich setze und Rolfs und Chrissis Fragen nach den letzten Monaten beantworte.

»Du arbeitest im Callcenter?«, ruft Geierchen so plötzlich, dass Frau Herrmann zusammenzuckt und dabei fast ihre Tasse umschüttet. »Biste denn bekloppt, Mensch? Dit is doch wieder nur so 'n Aushilfsjob!«

Der Kellner rettet mich aus dieser etwas beklemmenden Situation, indem er mir mein Weizenbier reicht und um die Bestellung bittet. Rolf ordert den Gänsebraten mit Rotkohl und Klößen, der hier in der Vorweihnachtszeit angeboten wird, Chrissi einen Salat mit Putenbrust, Alex entscheidet sich für die Lasagne, ich wähle eine Pizza Salami, und Frau Juhnke hätte gerne die Dorade alla casa.

»Und für Sie?«

Erwartungsvoll starren wir Frau Herrmann an, die erst jetzt zu bemerken scheint, dass sie sich in einem Restaurant befindet. »Oh, ich, also, ich hätte gerne den Salat …«

»Auch mit Pute?«, fragt der Kellner, woraufhin Frau Herrmann die Mundwinkel fast bis zum Kinn verzieht.

»Auf keinen Fall!«

Auf seine Frage nach dem Dressing erkundigt sie sich, ob die Vinaigrette auch ohne Honig sei, und lässt den Schafskäse durch Avocado ersetzen.

»Die Nudeln, die Sie hier verwenden«, will sie dann wissen, »sind die aus reinem Hartweizengrieß oder mit Ei?«

Geierchen verdreht die Augen, der Kellner versichert, dass die Teigwaren hier nach bester italienischer Tradition ohne Ei hergestellt werden. Aber Frau Herrmann ist skeptisch, also erklärt sie ihm, sie hätte gerne eine Portion Spaghetti napoli, aber statt der Nudeln Reis und die Tomatensoße bitte unbedingt ohne Milch und Sahne. Also eigentlich Risotto napoli.

»Und bitte keinen Käse, weder obendrüber noch darin, ja?«

»Biste allergisch, oda wat?«, will Geierchen wissen, als der Kellner sich verkrümelt hat.

»Nein, ich ernähre mich vegan«, antwortet sie und widmet sich dann wieder ihrem Tee.

Na klar: wenn schon, denn schon! Es ist manchmal erstaunlich, wie zuverlässig manche Menschen Vorurteile erfüllen. Allein Frau Herrmanns Outfit wirkt wie das Trikot einer Mannschaft, die in der ersten Freak-Liga spielt: Ihre Haare wäscht sie vermutlich mit ökologisch abbaubarer Kernseife, und das auch eher selten – um das Grundwasser nicht zu verschmutzen. Das Halstuch macht den

Eindruck, noch nie mit Weichspüler in Berührung gekommen zu sein, und wird daher vermutlich jeden Moment auseinanderbröseln, und beim Anblick des rauen Pullovers juckt es mich schon jetzt am ganzen Körper.

»Vegan?« Geierchen bekommt seinen Mund kaum noch zu. »Is dit 'ne Krankheit?«, fragt er und lacht krächzend.

Weil Frau Herrmann auf die Provokation nicht eingeht, hakt er nach. Dabei ist er zwar sichtlich um Sachlichkeit bemüht, der Schalk im Nacken springt ihm jedoch fast von der Schulter. »Du isst also keen Fleisch?«

Frau Herrmann schüttelt den Kopf.

»Etwa ooch keene Wurst?«

Dieses Spielchen scheint sie schon zu kennen, daher hört sie mit dem Kopfschütteln einfach nicht mehr auf.

»Nichma 'ne Gans zu Weihnachten? Aber Fisch darfste, oder?«

»Sind Fische denn keine Tiere?«

Geierchen überlegt kurz, nickt dann und probiert es weiter. Doch egal, was er aufzählt – Frau Herrmann bleibt bei ihrer Antwort: kein Fleisch, egal von welchem Tier, keine Krusten- oder Schalentiere, keine Milch, kein Käse, keine Eier, nicht einmal Honig nimmt sie zu sich – denn der werde schließlich von Bienen hergestellt.

Leicht entnervt lehne ich mich zurück und atme durch. Diese vermaledeiten Debatten zwischen Fleischfans und Tofuanhängern habe ich echt satt! Das Unschöne daran ist doch vor allem der moralinsaure Beigeschmack dieser Auseinandersetzungen – als könnte nicht jeder selbst entscheiden, wovon er sich ernährt. Außerdem ist es doch immer dasselbe: Die Teams treten gegeneinander an, spielen sich mit ihren Argumenten aus und gehen nach dem Spiel unentschieden vom Platz. Hoffentlich lässt sich so ein Fleischballderby heute noch vermeiden, denn der Fortschritt des Reformschulprojekts interessiert mich eigentlich viel mehr als Frau Herrmanns Gaumenreligion.

»Ick sachet ja«, meint Geierchen und grinst mich an, »wo de hinkickst: Freaks!« Ohne meinen flehenden Blick wahrzunehmen, wendet er sich wieder an die Kollegin. »Und wat soll der Firlefanz?«

Na super, Rolf – das war's dann wohl. Kennst du denn nicht die wichtigste Regel im Umgang mit Pflanzenfressern? Frag sie *nie* nach ihren Motiven! Und erst recht keine Frau Herrmann, denn mehr als die klassische Moralschelte wird ja wohl nicht zu erwarten sein.

»Es gibt drei simple Gründe«, sagt sie langsam und lehnt sich zurück. »Tierrechte, Umweltschutz und Gesundheit.«

Und damit ist es so weit, liebe Zuschauerinnen und Zuschauer: Die Partie ist eröffnet! Die gegnerischen Mannschaften haben sich im Innenkreis des Spielfelds versammelt und warten auf den Anpfiff. Für den 1. FC Tofu tritt an: die etwas behäbige und schlecht frisierte Frau Herrmann, bei der unklar ist, ob sich ihrem Team noch jemand anschließen wird. In der Mannschaft von Schweinerei United, meine Damen und Herren: die gefährlich charmante Chrissi, Alex Springer aus der Schulleitung und der ungeschlagene Rhetorikkönig: Rolf Geier! Von der Moderatorenkabine aus grüßt Sie ganz herzlich Philipp Möller, und als Schiedsrichterin betritt nun die Diplomatiekanone Frau Juhnke das Spielfeld.

»Also fangen wir mal vorne an«, sagt die Rektorin nun etwas lauter und wartet einen Moment, bis auf dem Rasen Ruhe eingekehrt ist. Dann pfeift sie das Spiel an. »Sie meinen also, es wäre falsch, ein Tier zu schlachten, um davon satt zu werden?«

Damit ist das Leder in Frau Herrmanns Spielfeldhälfte gelandet und rollt in Richtung Tor – doch schauen Sie nur, mit welch ungeahnter Leichtigkeit sie den Ball annimmt!

»Satt werden können Sie auch von pflanzlicher Kost«, sagt Frau Herrmann entspannt und setzt dann zur Flanke an. »Das kann also schon mal kein Grund sein, ein Lebewesen zu töten.«

Überrascht von diesem fulminanten Auftakt, sortiert sich das Team von Schweinerei United kurz und schickt Herrn Springer ins Tor. Mit dem Verweis auf wichtige Nährstoffe, die ausschließlich in tierischen Nahrungsmitteln enthalten seien, versucht er, den Ball noch aufzuhalten.

»Wie können dann weltweit mehrere Millionen Veganer ohne Mangelerscheinungen leben?«, legt Frau Herrmann nach und bringt ihren Verein damit in die ungeahnte 1:0-Führung. Während das Publikum, das samt und sonders in den Vereinsfarben von Schweinerei United erschienen ist, höflich applaudiert, sprintet Chrissi mit dem Ball zum Mittelpunkt und setzt das Spiel fort.

»Ach komm: Ab und zu mal so 'n Stück Fleisch«, sagt sie, doch schauen Sie nur: Geierchen prescht aus der Tiefe des Raums in die gegnerische Hälfte, nimmt im Lauf den Ball an und führt ihn sicher an der Verteidigung vorbei bis zum Strafraum. Dann zieht er mit Vollspann ab: »Eben, mir schmeckt et einfach so jut!«

Was für ein Schuss von Rolf Geier, wertes Publikum – ob die etwas wacklige Frau Herrmann den Ausgleich verhindern kann?

»Über Geschmack lässt sich bekanntlich schwer streiten«, sagt sie und setzt zum Sprung in die linke Ecke an. »Aber ist dein Wunsch nach Genuss Grund genug, andere zu töten?«

Eine wahrhafte Glanzparade, doch im letzten Moment rutscht ihr der Ball von den Fingern und rollt ins Aus.

»Andere?«, will die Schiedsrichterin wissen und übergibt Alex den Ball für den Eckstoß. Der nimmt Anlauf und zwirbelt das runde Leder in gefährlichem Bogen vor das Tor des FC Tofu.

»Sie wollen ja wohl kaum Menschen mit Tieren gleichsetzen«, sagt er – das 1:1 scheint nun unvermeidbar.

»Nicht gleichsetzen«, entgegnet Frau Herrmann, doch schauen Sie nun, meine Damen und Herren, wie ihr Rolf Geier unerwartete Unterstützung leistet: Stürmerfoul!

»Dit muss man schon sagen, ooch Tiere ham Jefühle«, räumt er ein und fügt dann hinzu, dass es sich bei den meisten unserer Nutztiere schließlich um hoch entwickelte Säugetiere handele.

»Genau«, steigt die Unfrisierte nun wieder ein und fängt den Ball sicher vor der Torlinie. »Auch Tiere haben ein zentrales Nervensystem und ein Gehirn, mit dem sie Leid von Freud unterscheiden können. Warum also sollten sie weniger Schutz genießen als wir?«

Erstaunlich, meine Damen und Herren, welch unerwartetes Tempo hier vorgelegt wird!

Damit, liebe Zuschauerinnen und Zuschauer, befindet sich Frau Herrmann wieder im sicheren Ballbesitz und stürmt über die Mittellinie auf das Tor von Schweinerei United zu. »Jeder sollte essen können, *was* er will«, holt sie zum Schuss aus, »aber nicht, *wen* er will.«

Der Ball donnert ins Tor, der Keeper ist machtlos. 2:0 für den FC Tofu! Ist das dieselbe Frau Herrmann, die noch vor wenigen Minuten in ihrem kalten Tee gerührt hat? Jetzt scheint sie warmgelaufen zu sein und will schon zum nächsten Angriff ansetzen, doch dann taucht der Kellner auf.

»Am besten essen wir erst einmal«, sagt Frau Juhnke und pfeift damit offiziell zur Halbzeitpause ab.

Beschwingt durch ihren Vorsprung, wünscht uns Frau Herrmann einen »Guten Appetot!«, was die Spieler der anderen Mannschaft nicht besonders witzig finden.

»Ihr habt damit angefangen«, erinnert sie. »Außerdem bedeutet jeder neue Vegetarier, dass unzählige Tierleben verschont und massiv CO_2 eingespart wird.«

»Also hören Sie mal«, pfeift Frau Juhnke das Spiel unvermittelt wieder an, »Menschen haben schon immer Tiere gegessen. So falsch kann das ja wohl nicht sein!«

Unbeeindruckt von der Tatsache, dass sich die Unparteiische in das Spielgeschehen einmischt, schluckt Frau Herrmann in aller Seelenruhe einen Happen Risotto runter, bevor sie die Beine wieder in die Hand nimmt und zum Gegenangriff bläst.

»Tradition war noch nie ein guter Ratgeber«, sagt sie ruhig und fängt den Ball vor dem Tor ab. Damit sei immerhin auch die Sklaverei über Jahrhunderte legitimiert worden.

»Na jut«, schaltet sich nun Geierchen ein, »dass jemand keene Leichenteile essen will, versteh ick ja … irgendwie. Aber warum ooch keene Milch, keen Käse, keene Eier?«

Lächelnd nimmt die Spielerin des FC Tofu diese Steilvorlage mit der Brust an und erklärt, in welchem Ausmaß Kühe, Kälber und Kücken unter der massenhaften Produktion von Milch und Eiern zu leiden hätten. Dann dribbelt sie an der sprachlosen Abwehr von Schweinerei United vorbei und holt erneut zum Torschuss aus. »Warum auch sollten wir die Babynahrung einer anderen Spezies zu uns nehmen?«

»Weil sie wertvolles Kalzium enthält«, schmeißt sich Alex dazwischen und kommt fast an den Ball heran.

»Nicht so viel wie Sojamilch«, legt Frau Herrmann nach, und damit ist das 3:0 besiegelt.

Doch nun greift Chrissi in die Trickkiste, schnappt sich den Ball, bevor der FC Tofu wieder neu formiert ist, und stürmt auf das Tor zu. »Das kann auch wirklich nur jemand sagen, der keinen Hunger leidet«, holt sie aus und zieht ab. »Erst kommt bekanntlich das Fressen, dann die Moral.«

»Stimmt«, bestätigt Frau Herrmann den Spielstand von 3:1, meint dann aber, dass mit dem Soja, das als Tiernahrung verwendet wird, wesentlich mehr Menschen versorgt werden könnten. »Stattdessen kommt morgens, mittags und abends Fleisch auf unsere Teller.«

Die letzten Minuten brechen an, das Spiel geht in die finale Phase, in der die Folgen der Produktion tierischer Lebensmittel besprochen werden. Schweinerei United kennt seine Schwächen und versucht nur halbherzig, den Gegner aufzuhalten: 15 000 Liter Wasser für die Produktion eines Kilogramms Rindfleisch? 35 Fußballfelder Regenwaldfläche, die pro Minute abgeholzt werden, um neuen Platz für Weiden und Futtermittelanbau zu erschließen? Massive Grundwasserverschmutzung durch tonnenweise Fäkalien, versetzt mit Medikamentenrückständen aus der Massentierhaltung? Die Gegner nicken und schauen betreten auf ihre Teller.

Dann hält Frau Herrmann das Besteck nach oben. »Das hier sind die besten Instrumente für aktiven Umweltschutz!«

Was für ein Spiel, meine Damen und Herren, was für ein Spiel! Spätestens als Frau Herrmann Zahlen auspackt, die der Fleischproduktion das siebenfache Maß der Umweltverschmutzung aller Transportmittel auf der Welt attestieren, signalisiert Alex dem Trainer von Schweinerei United, ausgewechselt werden zu wollen.

»Jede einzige Fleischmahlzeit«, zimmert Frau Herrmann der gegnerischen Mannschaft in einem unkonzentrierten Moment das 4:1 ins Tor, »belastet die Umwelt so sehr wie sieben Tage durchschnittliche Autonutzung.«

»Aber ich esse nur Biofleisch«, verteidigt sich der stellvertretende Mannschaftskapitän und schaut dann auf seinen Teller. »Also … zumindest zu Hause.«

»Na gut, Biofleisch belastet die Umwelt etwas weniger«, räumt Frau Herrmann ein, »dann sind es in deinem Fall eben nur drei Tage durchschnittliche Autonutzung.«

Weil die Spieler langsam müde werden, macht Frau Herrmann den Sack endgültig zu. Immer mehr Studien würden zeigen, erklärt sie und schießt damit das 5:1, dass Veganer deutlich seltener übergewichtig sind und entsprechend weniger unter den daraus resultierenden

Volkskrankheiten leiden. Bessere Cholesterinwerte, weniger Herzinfarkte, Schlaganfälle und Osteoporose, zählt sie auf. »Also«, fasst sie zusammen, »hat jemand mitgezählt?«

»Nicht ganz«, flunkert der Kommentator sie an, »aber nach Argumenten hast du wohl gewonnen.«

Der Hexenkessel brodelt, meine Damen und Herren, doch was macht das Team von Schweinerei United? Obwohl sie als Favoriten aufs Spielfeld kamen, mussten sie eine herbe Niederlage erleiden, aber nun schnappen sich die Spieler den Pokal und rennen aus dem Stadion. Das nenne ich einen schlechten Verlierer! Unbeeindruckt von dem Ergebnis rammen sie die Messer in die sterblichen Überreste ihrer entfernten Verwandten, spießen sie mit Gabeln auf und kauen genüsslich darauf herum – als hätte die Diskussion nie stattgefunden.

Als Raucher ist mir dieser Mechanismus, den Psychologen kognitive Dissonanz nennen, sehr gut bekannt: Obwohl ich weiß, dass es falsch ist, höre ich nicht damit auf. Der Grund dafür ist schlicht die Gewohnheit, und die lässt sich bekanntlich am schwersten ändern. Aus meiner Begeisterung für Religionskritik weiß ich außerdem, dass emotional besetzte Themen – und das ist der Genuss von Lebensmitteln allemal – auch emotional angegangen werden sollten. Im Falle der Ernährung gilt das natürlich auch für mich. Abgesehen davon, dass ich Frau Herrmann noch nie so in Aktion erlebt habe, esse ich nämlich schon mein Leben lang furchtbar gerne Fleisch. Vor allem bei dem letzten Stück Pizza, das samt köstlichem Käse und pikanter Salami in meinem Mund verschwindet, scheint es mir vollkommen abwegig, aus den sachlich guten Argumenten von Frau Herrmann die entsprechenden Konsequenzen zu ziehen. Was wäre dann nämlich von meiner Pizza noch übrig? Der Boden und die Tomatensoße – na super! Was soll ich zum Frühstück aufs Brot legen, wenn Käse und Wurst aus dem Speiseplan gestrichen werden?

Und wie soll ich mir ein Leben ohne Spaghetti bolognese, Cheeseburger oder saftige Steaks vorstellen?

»Was isst du denn überhaupt noch?«, frage ich Frau Herrmann, als die anderen vom Thema anscheinend genug haben und sich wieder gemeinsam über die Schule aufregen. Ach ja: Das wollte ich ja eigentlich auch noch wissen! Aber nach diesem spannenden Fleischballfinale scheint die Vereinsfeier des FC Tofu in meinem Kopf weiterzugehen. Die pointierte Argumentation meiner etwas sonderbaren Ex-Kollegin hat mich nämlich nicht nur mit neuen Informationen versorgt, sondern auch einen gewissen Perspektivwechsel mit sich gebracht. Gespannt höre ich ihr bei der Auflistung ihres Speiseplans zu, der überraschend bunt, ja fast sogar lecker klingt. Nachdem ich mir neben der Pizza und einem Liter Weizenbier inzwischen auch eine stolze Portion Tiramisu einverleibt habe, öffne ich heimlich meinen Gürtel und falle in ein vorübergehendes Fresskoma.

Frau Herrmann wirft einen Blick in meine leere Dessertschale und zuckt mit den Schultern. »Tja: Milch macht muntre Männer müde!«

Nun platzt der Sportwissenschaftler aus Alex heraus. Groß und breit erklärt er der geduldigen Frau Herrmann nun, wie wichtig Fleisch und Milchprodukte vor allem für die Leistungsfähigkeit des Körpers seien. »Oder haben Sie schon mal einen veganen Triathleten kennengelernt?«

»Nicht persönlich«, räumt sie ein, »aber Arnold Wiegand ernährt sich vegan und verbessert seine Zeiten im Triple-Ultra-Triathlon jedes Jahr.«

Geierchen wird hellhörig. »Über die Spinner hab ick letztens 'ne Doku jesehen«, sagt er. »Die erledjen tatsächlich den dreifachen Triathlon am Stück: in vierzig Stunden elf Kilometer schwimmen, über fünfhundert Kilometer Radfahren und fast hundertdreißig Kilometer joggen – Freaks!«

»Einhundertdreißig Kilometer joggen?« Ich kann es kaum fassen. »Ich schaff mit Ach und Krach ein Zehntel ...«

»Dann kannste ja an unserem Lehrerlauf teilnehmen«, fällt Alex ein. »Im April treten wir gegen andere Kollegien an. Wenn du ...«

»Aber er ist doch gar kein Kollege!«, schaltet sich das Herzblatt vom Personalrat ein, die der Diskussion aufmerksam gelauscht hat. »Außerdem hab ich keine Lust, mir von dem den Schnitt versauen zu lassen! Was ist denn deine Kilometerzeit?«

Kilometerzeit? Was weiß denn ich!? Ehrlich gesagt bin ich froh, wenn ich die zehntausend Meter überhaupt schaffe. Angefangen hab ich mit dem Joggen sowieso nur, weil der Körperteil zwischen Gürtel und Solarplexus mich immer mehr daran gehindert hat, mir die Socken im Stehen anzuziehen. Ausgerechnet mich, der die hundert Meter mal in weniger als zwölf Sekunden gelaufen ist – was wiederum auch mehr als zwölf Jahre her ist ... Weil ich vom breiten Ex-Sportler wenigstens zum Breitensportler werden wollte, begann ich vor drei Jahren damit, regelmäßig durch den Park zu joggen. Aber ein Wettkampf?

Etwas bescheidener als gerade eben erkläre ich meiner persönlichen Lieblingsfeindin, die zehn Kilometer in einer Stunde zu schaffen.

»Na dann trainier mal schön, mein Junge! Wir sind nämlich echte Läufer und brauchen für die Strecke höchstens fünfzig Minuten.« Dann zieht sie eine Augenbraue hoch, schaut auf mein Bier und schließlich auf meine Wampe.

»Kein Problem«, sage ich unbeeindruckt und ziehe den Schwimmring so weit wie möglich ein, »das schaff ich locker.«

Locker? Möller – das glaubst du ja wohl selbst nicht!

»Vegane Kost ist echt eine gute Diät«, flüstert mir Frau Herrmann einen Moment später zu und kritzelt etwas auf eine Serviette, die sie mir dann unauffällig über den Tisch schiebt. »Informier dich über Eisen- und Vitamin-B12-Mangel – dann hast du außer den überflüssigen Pfunden nichts zu verlieren.«

Schnell lasse ich das Stück Papier in meiner Hosentasche verschwinden und nicke ihr mit einem schiefen Lächeln zu. Zwei weitere Weizenbiere und einen Verdauungsschnaps später verabschiede ich mich aus der illustren Runde derer, die es bis jetzt ausgehalten haben, und lockere auf dem Weg zur Bahn noch einmal meinen Gürtel. Dabei fällt mir die Serviette in meiner Tasche ein, auf der ich ein paar Internetadressen entdecke. Zeit für den Faktencheck.

Auf dem Heimweg lasse ich mir Frau Herrmanns Argumente noch einmal durch den Kopf gehen. Wenn die Existenz unzähliger Veganer beweist, dass Menschen auch ohne tierische Nahrungsmittel auskommen, dann ist deren Verzehr doch eigentlich nur Genuss – und wer will in Kauf nehmen, dass Lebewesen zugunsten des eigenen Genusses sterben müssen? Die Frage nach Mangelerscheinungen sollte ich wohl noch einmal recherchieren, aber ansonsten scheint mir die Argumentation so einfach wie konsequent: Der Genuss tierischer Lebensmittel macht Spaß, aber Spaß rechtfertigt keinesfalls das Ausbeuten oder gar das Töten von Lebewesen. Und haben meine Eltern uns nicht einmal beigebracht, dass man Tieren nicht wehtun darf?

Spätestens bei diesen Gedanken besteht kein Zweifel mehr: Ich bin infiziert, und ab sofort besteht die Gefahr, dass sich der Veganervirus in mir ausbreitet. Wie lang wird wohl die Inkubationszeit sein? Oder lässt sich die Metamorphose zum Foodfreak noch verhindern?

Zu Hause treffe ich Sarah, die es sich mit einem Glas Wein auf dem Sofa gemütlich gemacht hat. Ich setze mich mit einem letzten Glas für heute dazu und nehme all meinen Mut zusammen. »Sarah, ich muss dir etwas sagen!«

»Lass mich raten!« Mit eingefrorener Miene sieht sie mir in die Augen. »Du bist schwul?«

»Was? Nein!« Empört stelle ich mein Weinglas beiseite und bemerke dabei den abgespreizten kleinen Finger. »Also … nicht, dass ich damit ein Problem hätte.«

Sarah atmet durch, lehnt sich aber wieder interessiert nach vorne, als ich ihr eröffne, ab heute deutlich weniger Fleisch essen zu wollen.

»Ach, wie kommt das denn auf einmal?«, will sie wissen und grinst mich dann breit an. »Hat dir etwa jemand verraten, dass es aus toten Tieren gemacht wird?«

Haha, sehr witzig! Ich weiß natürlich genau, worauf Sarah anspielt. Bisher war sie nämlich immer diejenige, die um mehr vegetarische Kost gebeten hat, woraufhin ich meist leicht enttäuscht zugestimmt, mir aber am Nachmittag manchmal noch heimlich einen Cheeseburger geholt habe. Oder zwei. Und in der Tat hatte ich bis vorhin ein ziemlich abstraktes Verhältnis zu Fleisch: Natürlich war mir stets klar, dass für meine geliebte Bolognese mindestens zwei verschiedene Lebewesen durch den Fleischwolf gedreht werden mussten – na und? Bis vor drei Jahren bin ich auch ganz entspannt zum Discounter gelatscht, habe mir dort Minutensteaks in einer rosa Plastikpackung besorgt und mich kein bisschen darüber gewundert, dass die Dinger nach dem Braten nur noch halb so groß waren und wie eine Schuhsohle schmeckten. Erst im Laufe meiner Beziehung mit Sarah habe ich angefangen, die Begriffe Lebensmittel und Qualität in einem Satz zu verwenden, denn im Gegensatz zu mir ist Sarah bei echten Ökofreaks aufgewachsen. Ihre Eltern haben schon im Bioladen eingekauft, als die noch Reformhäuser hießen. Wenn wir Sarahs Heimat im Badischen Land besuchen, merke ich meist schon nach einem halben Tag, dass mein Verdauungstrakt etwas anders läuft. Das hat mit den Ballaststoffen zu tun, erklärte mir Moni, Sarahs Mutter, bei meinem ersten Besuch der Familie Lichtenstein.

»Aber tu mir bitte einen Gefallen, Philipp«, sagt Sarah, als ich ihr von Frau Herrmanns Argumenten erzählt habe. »Werd jetzt nicht zu so einem Kampfvegetarier, der ständig …«

»Veganer«, unterbreche ich sie.

»Was?!« Mit großen Augen schaut sie mich an. »Bist du jetzt vollkommen verrückt geworden?«

»Ist ja gut«, beruhige ich sie. »Ich mach doch nur Spaß …«

Aber sowohl Sarah als auch ich wissen, dass ich in derlei Angelegenheiten selten zu Scherzen aufgelegt bin.

11

LEISE KRISELT DER SCHNEE

Nächstes Jahr kaufe ich die Geschenke AUF JEDEN FALL früher. Oder ich bestelle sie im Internet. Diesen Stress tu ich mir nie wieder an!

Das habe ich mir jedenfalls vor einem Jahr ganz fest vorgenommen. Und vor zwei Jahren. Um ganz ehrlich zu sein, nehme ich es mir jedes Jahr aufs Neue vor, und dann renne ich jeden Dezember wieder mit Anlauf ins offene Messer des Weihnachtswahnsinns. Mit diesem fragwürdigen Zeitmanagement stehe ich natürlich nicht alleine da, und so gleicht der Ku'damm zwei Tage vorm Feste dem reinsten Shopping-Schlachtfeld. Unüberschaubare Menschenmassen schieben sich über die verschneiten Gehwege, streiten sich um letzte Geschenkpapierrollen, schleppen schwitzend riesige Tüten aus den Geschäften oder liefern sich im Kampf um Parkplätze laute Hupduelle.

Während sich Sarah mit Klara im Kinderwagen durchs KaDeWe schlägt, renne ich genervt durch ein riesiges Bücherkaufhaus, schnappe mir zwei Bestsellerromane, einen Wandkalender und ein Kochbuch und rege mich dann am laufenden Band auf: zuerst über die Linkssteher auf der Rolltreppe, dann über die Passendzahler an der Kasse – bis ich mich schließlich durch die Menge nach draußen geboxt habe.

Jesus, Maria und Josef – bin ich gestresst! Und wenn man den Geschichten glaubt, dann sind genau diese drei

Figuren dafür verantwortlich – weil angeblich vor gut zweitausend Jahren ein Mischwesen aus Mensch und Supergott von einer Jungfrau geboren wurde. Na klar: Wer's glaubt, wird selig! Und wer's nicht glaubt, der brutzelt ganz einfach im ewigen Höllenfeuer – selbst schuld! Diese Heilslehre, die der weltweit erfolgreichste Anbieter für spirituelle Dienstleistungen bietet, kommt mir bei jeder Betrachtung ein bisschen bizarrer vor. Warum also beteilige ich mich eigentlich Jahr für Jahr an diesem Firmenjubiläum? Und warum schmeißen außer mir auch all die anderen Menschen, die sich als nicht religiös bezeichnen, ihr sauer verdientes Geld am Jahresende zum Fenster hinaus? Jesus' Geburtstagsparty feiert ja in Deutschland wohl kaum noch jemand wirklich – ist es stattdessen ganz irdische Folklore?

»Wo warst du denn so lange?« Mit verschränkten Armen steht Sarah an der Straßenecke und schaukelt die schreiende Klara im Kinderwagen. »Wir warten hier, und warten …«

»Du siehst doch, dass hier die Hölle los ist«, unterbreche ich sie unwirsch. »Also: Wo müssen wir jetzt noch überall hin?«

Hektisch zählt sie ein paar Geschäfte auf. Beim dritten bekomme ich Bauchschmerzen, beim vierten Kopfschmerzen, und beim fünften bin ich kurz davor, Weihnachten dieses Jahr kurzerhand abzusagen. Aber damit würde ich wahrscheinlich meine Verwandten zutiefst kränken – und um die geht es doch beim Fest der Liebe, oder nicht?

Wichtig an Weihnachten sind den meisten Bundesbürgern laut Umfragen das traute Beisammensein mit den Liebsten, die gemütlichen Stunden am geschmückten Tannenbaum, die festliche Musik und das gute Essen. Okay, der letzte Teil wird bei mir ab sofort etwas weniger weihnachtlich ausfallen, denn tatsächlich war meine Metamorphose zum Foodfreak in den vergangenen Wochen nicht mehr aufzuhalten. Ganz eindeutig habe ich mich bei Frau Herrmann angesteckt und bin im Laufe des Dezembers langsam, aber sicher, zu einem von ihnen geworden: den Pflanzenfressern. Anfangs habe ich noch versucht, meine Infektion zu verheimlichen, doch mit jedem filetierten Leichenstück, das in meiner Nähe verschlungen wurde, mit jedem Glas Eutersekret und jedem Frühstücksei, im Zuge dessen Herstellung hunderte männlicher Küken lebendig geschreddert wurden, wuchs mein Unbehagen gegenüber tierischen Lebensmitteln. Zu Weihnachten, dem Fest von Karpfen blau, Gänsebraten und Co. ist das natürlich blöd, aber vielleicht ist eine traditionslastige Zeit wie diese auch genau das Richtige, um einen Schnitt zu machen und mit alten Gewohnheiten zu brechen.

Als wir knapp drei Stunden später mit zahlreichen Tüten, blanken Nerven und zwei geschröpften EC-Karten ins Auto steigen, hat sich die Stimmung zwischen Sarah und mir nicht gerade verbessert. Auf dem gesamten Heimweg wechseln wir nur ein Mal kurz ein paar Worte.

»Hast du mit deiner Mutter eigentlich schon geklärt, wo wir schlafen?«

»Ja, wieso? Denkst du, ich hab's vergessen, oder was?«

»Entschuldige bitte, ich frag ja bloß!«

»Und ich antworte nur!«

Bis Klara abends endlich schläft, bleiben wir wortkarg, und auch am kommenden Tag beim Verpacken der Geschenke ist von Feiertagslaune keine Spur. So wie wir uns in den vergangenen Tagen aus purem Stress um Kleinigkeiten streiten, haben wir zuvor um eine wichtige Frage gekämpft – die Organisation des Patchwork-Weihnachtens. Weil sich nämlich sowohl meine als auch Sarahs Eltern getrennt haben und schon längst mit neuen Partnern zusammenleben, ist die Organisation der Besuche ein alljährliches Problem.

Sarahs Mutter ist mit ihrer neuen Familie vor vielen

Jahren nach Baden-Württemberg gezogen, ihr Vater lebt nach wie vor in Berlin-Kreuzberg. Weil wir nicht jedes Jahr aufs Neue entscheiden wollen, ob wir die Feiertage im Nordosten oder im Südwesten des Landes verbringen, haben wir uns darauf geeinigt, die geraden Jahre bei ihrer Familie, die ungeraden bei meiner zu verbringen. Als im Februar jedoch Klara zur Welt kam, weckte dies in allen Großelternhäusern gleichermaßen den Wunsch, die Feiertage mit der ersten Vertreterin der nächsten Generation zu verbringen, und so haben wir in den vergangenen Wochen sämtliche Varianten durchgespielt und sind bei der einzigen Lösung geblieben, die unserer Tochter stundenlanges Autofahren quer durch die Republik erspart: Wir feiern Weihnachten in Berlin und besuchen die Badener im Frühling zur christlichen Auferstehungsparty. Dennoch ist bei Sarah eine Restunzufriedenheit zu spüren, und ich habe leider keinen blassen Schimmer, wie ich sie aufmuntern könnte. Außerdem ist der Heilige Abend bei den Möllers immer mit Rennerei verbunden, was damit zusammenhängt, dass mein Vater hauptamtlicher Kirchenmusiker ist und die Weihnachtsfeiertage weitgehend hinter der Orgel verbringt. Als meine Eltern noch zusammenlebten, fuhren wir als Familie einfach mit zur Messe, doch mit der Trennung wurde auch das Weihnachtsfest zweigeteilt: Den Heiligen Vormittag verbringen wir seitdem bei Herrn Papa, den Heiligen Abend bei Frau Mama, und solange mein Onkel Günther nicht auftaucht, läuft die Geschichte meist auch ziemlich harmonisch ab. Die restlichen zwei Feiertage werden dann etwas flexibler angegangen, immerhin steht der 24. Dezember in der Hierarchie der Feiertage ganz oben.

Am Vormittag des Vierunzwanzigsten biegen wir nach einer längeren Autofahrt in die verkehrsberuhigte Zone des Einfamilienhausbezirks ein, in dem mein Vater mit seiner Freundin und ihrem gemeinsamen Kind wohnt. Hier tobt der jährliche Kampf um die krasseste Weihnachtsdekoration. Nicht alle in der Nachbarschaft scheinen sich daran zu beteiligen, aber die, die es tun, tun es aus vollem Herzen – typisch Freaks eben.

Alle teilnehmenden Häuser verfügen über eine Art Grundausstattung: Lichterschläuche, die an den Kanten des Hauses und am Dachgiebel entlanggelegt sind, dazu wild blitzenden Fensterschmuck sowie diverse Sterne, Kränze, Glocken und Engel. Einige haben die Hauswände und Dachflächen mit LED-Netzen ausgelegt, andere sind in stilistisch neue Gewässer vorgedrungen und arbeiten mit bunten Strahlern, die den leichten Schneefall illuminieren. Die Kür im außenarchitektonischen Weihnachtsschmuck bilden aber ganz klar die Figuren, die vor oder auf dem Haus aufgestellt werden: mannshohe Nussknacker als Wachen am Zaun, Engelsgruppen auf der Dachrinne, Beine von Weihnachtsmännern, die kopfüber aus dem Schornstein lugen, und natürlich Schlitten mit den Tieren, von denen ich früher immer dachte, sie würden *Renn*tiere heißen – was ja eigentlich auch besser passt.

»Guck dir an, wie die Leute ausflippen«, sage ich begeistert zu Sarah, als wir vor dem Haus meines Vaters aus dem Auto steigen. Für einen Moment habe ich nicht nur die gemäßigte Laune vergessen, sondern auch Sarahs begrenzte Begeisterung für übertriebene Absurditäten. Ich hingegen liebe die absonderlichen Hobbys meiner Mitmenschen und kann mich ganz köstlich darüber amüsieren. Und das sollte ich spätestens jetzt, da ich mit meinem strikten Ernährungsprogramm selbst zum Freak geworden bin, auch dürfen.

Abgesehen davon frage ich mich, was dieses lokale Weihnachtswettrüsten wohl einst verursacht hat. Meine Theorie: Die Ehefrauen, denen normalerweise unterstellt wird, für die Dekoration verantwortlich zu sein, hatten damit überhaupt nichts zu tun. Stattdessen begann wahrscheinlich alles mit einem ganz einfachen, aber soliden Platzhirschgehabe, das nach meinen Erfahrungen unter Berlinern ungefähr so abgelaufen sein dürfte:

»Kicka, Anita«, sagte Rudi und schob die Spitzengardinen in der Küche beiseite, »Schmitti von nebenan muss wieder mit seine Weihnachtsdeko prahlen. Na warte – wat der kann, kann ick schon lange!«

»Rudi, nu lass dich doch nich wieder ... Rudi, wat machste denn?«

»Ick fahre zun Bauhaus, Lichterketten hol'n!«

»Aber bitte, tu nich übertreiben! Rudi, haste jehört?«

Mehrere Stunden später kam Rudi mit einem vom Baumarkt gemieteten Anhänger zurück, rief seinen Schwager an und trank mit ihm ein paar Gläser Adventswässerchen zum Vorglühen. Nachdem sie sich ausreichend über Schmitti aufgeregt hatten, ballerten sie das ganze Haus mit dem frisch gekauften Kitsch zu und stellten einen Rentierschlitten zwischen Gartenzwerg und Maschendrahtzaun auf. Mit großen Augen traten die anderen Platzhirsche der Umgebung schließlich vor ihre kärglich geschmückten Häuser und wurden blass vor Neid, als Rudi mit roter Nase den Hauptschalter umlegte und sein Haus in voller Pracht erstrahlte. Dann rannten sie zu ihren Frauen und beschwerten sich über Rudi – somit war der Dekokrieg eröffnet.

Mein Vater hält sich aus dieser Lichterkettenschlacht glücklicherweise heraus. Stattdessen hat er mit seiner Freundin im Wohnzimmer einen hübsch geschmückten Tannenbaum aufgestellt und eine prächtige Frühstückstafel gedeckt. Als auch meine drei restlichen Geschwister eingetroffen sind, zieht mein Vater die Gardinen zu und sorgt so für eine angemessen heimelige Atmosphäre. Dazu knistert das offene Kaminfeuer, auf dem Konzertflügel stehen Krippenfiguren aus Ton, und ein paar Kerzen und Teelichter bringen den Raum zum Schimmern: Weihnachten – da ist es endlich!

Kurze Zeit später stimmt mein Vater wie üblich die ersten festlichen Töne auf dem Flügel an, und so wie er sie spielt, schwingt kein Stückchen des grausamen Kitsches mit, der dieser Tage die Shopping Malls und Werbeblöcke im Fernsehen beherrscht. Nein: Mit seinem Spiel schafft er es, der Stimmung eine verträumte Anmut zu verleihen, eine nostalgische Geborgenheit, die mir in der Anwesenheit meiner Liebsten eine Ruhe verschafft, die ich seit Monaten nicht mehr verspürt habe. Je länger er spielt, desto unwichtiger erscheint es mir, ob hier der Geburtstag eines fiktiven Gurus gefeiert wird. Mir selbst genügen die irdischen Gründe für dieses Fest. Das Jahr klingt aus, die Tage werden ab sofort wieder länger, es ist Zeit, gemeinsam zu musizieren, zu essen, sich zu beschenken und der Dinge zu harren, die da kommen.

Mit Klara auf dem Arm beobachte ich meinen nicht wirklich alten Herren, wie er mit geschlossenen Augen die Finger über die Tasten gleiten lässt, den Oberkörper dabei langsam vor und zurück bewegt und dem über hundert Jahre alten Instrument sanfte Töne entlockt. Seine vollkommene Hingabe an die Musik, dieses feine Gespür für Harmonie, Melodie und Rhythmus, für Intonation und Dynamik haben mich schon als kleines Kind in ihren Bann gezogen.

Plötzlich klopft es an der Terrassentür. Wer wagt es, diesen vollkommenen Augenblick zu unterbrechen?

Es ist bloß der Nachbar, der diesen Moment mit einem Feiertagsgruß zerstört, mir aber damit klargemacht hat, warum ich dieses Fest trotz meiner leidenschaftlichen Traditionsaversion jedes Jahr aufs Neue begehe.

Mein Vater nimmt das Klavierspiel wieder auf, lässt die Improvisation langsam ausklingen und färbt sein Spiel immer stärker mit Bruchstücken einer urvertrauten Melodie. In einer kleinen Pause holt er tief Luft und sieht uns dann an:

»Stille Nacht! Heilige Nacht! Alles schläft, einsam wacht …«

Gemeinsam singen wir das berühmteste Weihnachtslied der Welt, das sogar zum UNESCO-Kulturerbe erklärt wurde, und auch wenn mein Vater und seine Partnerin die Einzigen sind, die den Text über die erste Strophe hinaus kennen, wirkt dieses Lied wie eine gebührend festliche Eröffnung des Tages. Als wir uns nach ein paar weiteren Liedern an den Tisch setzen, greife ich an der Schinken- und an der Käseplatte vorbei nach den veganen Brotaufstrichen, die ich mitgebracht habe.

»Damit ist mein Sohn also nicht nur Atheist, sondern auch noch Vegetarier«, sagt Papa und schlägt lachend die Hände überm Kopf zusammen. »Deine Teilnahme am Abendmahl ist jetzt wohl endgültig ausgeschlossen …«

»Wieso das?«, will Sarah wissen, die in ihrer Kindheit deutlich weniger mit christlichen Legenden versorgt wurde als ich.

»Na, weil dort der Leib Christi verspeist wird«, sagt er und lacht wieder.

Während des Frühstücks kann ich Fragen nach meiner bisher erfolglosen Jobsuche immer wieder – wenn auch knapp – umschiffen, und bevor es für mich richtig ungemütlich wird, läuten meine Geschwister die Bescherung ein. Weil mein kleinster Bruder, der gemeinsame Sohn meines Vaters und seiner Freundin, gerade mal fünf Jahre alt ist, schleicht sich mein Vater heimlich mit der Kamera in den Garten und löst in der Nähe des Fensters mehrmals den Blitz aus. Ziemlich verunsichert rutscht der Vorschüler an uns Geschwister heran und klammert sich mit jedem Blitz, der durch das Fenster fällt, ein bisschen enger an uns. Mit einer Mischung aus Verehrung und Furcht – ein Gefühl, das im religiösen Wortkosmos als Ehrfurcht bezeichnet wird – lauscht er wenig später meinem zurückgekehrten Vater: Die Blitze seien der Mondschein, der sich im Flügelschlag der Engel spiegele. Denn selbstverständlich kommt in unserer Familie an Heiligabend nicht der Weihnachtsmann – der ist ja angeblich eine Erfindung von Coca-Cola. Das Christkind hingegen ist natürlich waschecht, kann fliegen und bringt Geschenke.

Wenn man die langen blutigen, rachsüchtigen und kriegerischen Teile der Bibel ausblendet, dann mag der restliche Zinnober für Kinder ja ganz nett sein. Aber wie fair ist es eigentlich, deren Leichtgläubigkeit zu nutzen, um ihnen derlei Märchen und Legenden als absolute Wahrheit zu verkaufen?

Ich zünde die Kerzen am Christbaum an und frage mich, was ich Klara einmal auftischen werde. Soll sie von Anfang an die Realität kennen, damit sie nach meinen Überzeugungen aufwächst? Und wie wichtig ist es mir eigentlich, dass sie diesbezüglich das Gleiche denkt wie ich? Immerhin ist sie ja nicht mein Eigentum, mit dessen Körper oder Geist ich anstellen kann, was ich will.

Als alle Kerzen angezündet sind, verspreche ich mir, meine Tochter immer ihren eigenen Weg gehen zu lassen, sie aber frühzeitig über all die Gedankengebäude aufzuklären, mit denen andere Menschen früher oder später auf sie zukommen werden. Meist eher früh als spät: Religionsvertreter und Parteifunktionäre, Spielzeughersteller, Nahrungsmittelproduzenten und andere Scharlatane haben verstanden, dass sie auf ihre Klienten so früh wie möglich zugehen müssen. Als Vater möchte ich meinem Kind den gedanklichen Impfstoff gegen all diesen Unsinn selbst verabreichen, denn auf unser Schulsystem will ich mich – nach allem, was ich darüber aus eigener Erfahrung weiß – lieber nicht verlassen.

Nach der Bescherung entschuldigen sich mein Vater, Marita und ihr gemeinsamer Sohn, um sich für die Messe umzuziehen.

»Schick, schick!«, ruft Sarah, als die drei einige Zeit

später fein gekleidet wieder herunterkommen. Sie wirft einen Blick auf mein Pullunder-Jeans-und-Hausschuh-Outfit. »Also, wenn es ein Grund ist, sich mal wieder hübsch zu machen, dann könnt ich mir so einen Kirchenbesuch auch mal wieder vorstellen. Oder, Philipp, was meinst du?«

»Also, wenn der eine Kirche betritt«, schaltet sich Marita mit einem Augenzwinkern ein, »dann muss danach aber das Weihwasser ausgewechselt werden.«

In dem guten Gefühl, diese gegensätzlichen Positionen innerhalb der eigenen Familie zu ertragen, verabschieden wir uns voneinander. Meinen geliebten Vater nehme ich lange in den Arm, bedanke mich bei ihm für die lockere und trotzdem festliche Stimmung und wünsche den dreien schöne Feiertage. Dann begeben meine beiden anderen Geschwister, Sarah, Klara und ich uns auf den Weg zum Haus meiner Mutter: Heiligabend Teil 2 kann beginnen.

Meine Mutter kommt schon vor dem Klingeln an die Tür. Sie knuddelt als Erstes ihre Enkeltochter und schließt uns dann der Reihe nach in die Arme. Danach machen wir es uns mit ihr, ihrem Mann Georg und seinem Sohn im weihnachtlichen Wohnzimmer gemütlich. Mein Stiefbruder Tim und ich haben in der Grundschule eine gemeinsame Klasse besucht. Im Gegensatz zu mir sieht seine Karriere jedoch etwas gradliniger aus: Abitur, Zivildienst, Studium der Luft- und Raumfahrttechnik, mit Diplom abgeschlossen und jetzt Doktorand im Flugzeugbau, der zwischen den USA, Stockholm und Stuttgart pendelt. Tja, der Ingenieur hat's eben nicht so schwör – wie ein arbeitsloser Ex-Lehrer.

Da es inzwischen schon kräftig dämmert, ist die Stimmung bei meiner Mom noch beschaulicher als zuvor. Der Weihnachtsbaum hat einen prominenten Platz gegenüber der Couchlandschaft gefunden, auch hier lodert das Kaminfeuer, auch hier ist der Tisch schon gedeckt. Kerzen jeglicher Größe und Farbe flackern im gesamten Raum, während Georg zur Begrüßung eine Flasche Sekt öffnet.

»Prost, ihr Lieben!«, sagt meine Mutter und eröffnet damit offiziell den zweiten Teil des Heiligabends.

Als alle ein Schlückchen Sekt genommen haben, kehrt kurz Stille ein.

»Und, Philipp, was macht die Jobsuche?«, fragt mein Stiefbruder dann.

Die Blicke der gesamten Familie sind nun auf mich gerichtet. Muss der das ausgerechnet jetzt fragen?

»Läuft«, antworte ich nach einem Moment. »Wenn auch etwas schleppend, aber läuft.«

»Arbeitest du denn noch bei dieser Versicherung?«, fragt er und grinst.

»Im Callcenter«, korrigiere ich ihn. »Das ist ein Institut für Markt- und Meinungsforschung.«

Meine Stimmung ist nach diesem kurzen Schlagabtausch auf dem Tiefpunkt. Da ist Weihnachten, und wie sieht meine Bilanz aus? Keine Kohle, kein ordentlicher Job, eine seit Tagen schlecht gelaunte Freundin und nun auch noch ein Stiefbruder, der sich zu Recht über meinen miserablen Job lustig macht!

Meine Mutter greift dankenswerterweise ein, indem sie unser Heiligabendritual startet. »Und, was war euer schönster Moment in diesem Jahr?« Sie wirft einen liebevollen Blick auf Klara. »Ich fang an: als ich meine Enkeltochter das erste Mal im Arm gehalten habe!«

Jeder weiß sofort, was er sagen soll. Wie gut, dass ich in diesem Jahr Vater geworden bin, sonst müsste ich bei der Beantwortung der Frage wohl passen. Die ersten sechs Monate als Lehrer waren zwar aufregend, aber auch aufreibend – und was danach kam, lässt bisher sehr zu wünschen übrig. Bleibt nur zu hoffen, dass es im nächsten Jahr wieder bergauf geht.

»Und jetzt eure Wünsche fürs neue Jahr«, fordert meine Mutter.

Das Mitleid, mit dem mich plötzlich alle anschauen, erdrückt mich fast. Hoffentlich geht Mutters Altes-Jahrneues-Jahr-Programm schnell vorbei, denn heute bin ich dafür kein bisschen in Stimmung – leider, denn normalerweise genieße ich dieses Ritual sehr: die vergangenen zwölf Monate Revue passieren lassen, von den Höhen und Tiefen berichten, in den schönen Momenten schwelgen, sich über den verregneten Sommer ärgern und am Ende, wenn alle Geschichten erzählt sind, feststellen, dass das Jahr doch nicht so schnell vergangen ist, wie gern behauptet wird. Auch das scheint mir eine wichtige Funktion der Weihnachtsfeiertage zu sein: sich gemeinsam zu vergegenwärtigen, wie viele Dinge in einem Jahr passieren können, wie wichtig es ist, aus der Montag-Freitag-Montag-Freitag-Routine auszubrechen, und wie bunt und vielfältig das Leben sein kann.

Von bunter Vielfalt kann bei mir derzeit allerdings keine Rede sein, daher freue ich mich, als es an die Essensvorbereitung geht. Das Aroma der im Backofen schmorenden Rosmarinkartoffeln liegt schon in der Luft, da klingelt es plötzlich an der Tür.

»Ich wusste gar nicht, dass noch jemand kommt«, sage ich.

Meine Mutter weicht meinem Blick aus und nuschelt auf dem Weg zur Tür zwei Namen.

»Hab ich das richtig verstanden?«, wende ich mich an Georg, »Patrizia und Günther kommen?«

Mein Stiefvater zuckt mit einer Schulter, nickt langsam und erklärt, dass sich die beiden gestern angekündigt hätten. Na super. Patrizia, die Schwester meiner Mutter, ist ja schon schräg genug – aber wenigstens hält sie meistens den Mund. Im Gegensatz zu ihrem Mann Günther, der alten Labertasche, der mir schon auf den Geist geht, seitdem ich einen habe.

»Mensch, Brijitte«, höre ich ihn, den gebürtigen Kölner, da auch schon aus dem Flur pöbeln, »lass disch bütze!« Dann betritt er in ganzer Leibesfülle das Wohnzimmer, breitet die Arme aus und legt direkt mit seinem Lieblingsspruch los: »Wat schön, dat isch da bin!«

Günthers Auftreten glich schon immer einem mittelschweren Verkehrsunfall: Erst knallt es laut, dann sieht es furchtbar aus, riecht bestialisch und tut in allen Bereichen gleichermaßen weh – und doch empfinde ich eine Art seltsame Faszination, wenn ich ihm begegne, und kann den Blick nicht abwenden. Er hat eine so raumfüllende Präsenz, dass ich seine hagere Frau oftmals erst eine Stunde nach ihrer gemeinsamen Ankunft wahrnehme. Auch heute hat Günther sich wieder ganz besonders in Schale geworfen: Zu seinem cremefarbenen Zweireiher trägt er weiße Cowboystiefel, ein rotes Hemd mit großen weißen Knöpfen, eine Gürtelschnalle in Form eines asiatischen Drachens und eine Weihnachtsmannmütze, an deren Spitze ein blinkender Stern hängt.

»Geil, wa?«, pöbelt er mich an und stülpt mir zur Begrüßung das Teil über. »Dat sind unsere neuen Werbegeschenke für de Kunden – kannze haben!«

Dann presst er mich zur Begrüßung an seinen gigantischen Wanst, wobei ich mir nicht ganz sicher bin, ob ich eher von seinem Aftershave oder dem Anblick des riesigen Goldkreuzes, das er sich zu Weihnachten immer um den Hals hängt, ohnmächtig werden soll. Im Lauf meiner Jugend lernte ich, dass man mit Onkel Günther eigentlich nur kommunizieren kann, wenn man zwei Dinge beachtet: Begib dich auf sein Niveau, und biete ihm immer die Stirn. Seitdem muss ich mich zwar nicht mehr von ihm unterbuttern lassen, stehe aber bei jedem Treffen unter Zugzwang für den nächsten dummen Witz. Abgesehen davon leben wir ideell in zwei vollkommen unterschiedlichen Welten. Onkel Günther least sich jeden Herbst einen neuen Oberklasse-BMW und jeden Frühling ein Mercedes-Cabrio, finanziert seine fragwürdigen Statussymbole durch den Abschluss von Versicherungsverträgen, kreuzt auf jedem Wahlzettel instinktiv den katholischen Club der Konservativen an und – am schlimmsten – ist sogenannter Alter Herr einer schlagenden Verbindung.

»Mensch, Tante Günther!«, begrüße ich ihn und imitiere seinen rheinischen Tonfall. »Örjentwat is an dir anders: Haste abjenommen? Oder 'n neuet Nuttenwasser?«

»Nix da, Kleiner«, sagt er und schlägt auf seine steinharte Wampe, »immer noch hundat-fuffzisch und Old Spice! Ach wat: Da sind ja auch dat Püppschen und ihr Püppschen!«

Sarah kneift die Augen fest zusammen, während er sie und Klara umarmt.

»Immerhin haste dir 'n hübschet Püppschen ausjesucht, Flippo!«, beglückwünscht er mich und schaut dabei entweder auf Klaras Kopf oder auf Sarahs Brüste. »Nur dat mit dem Job üben wa noch, hä? Kommste nachher ma zu mir, hab da vielleicht 'n heißen Tipp für dich ...«

Ich atme tief durch und schaue an die Decke. Oh Herr: Wenn es dich entgegen aller Wahrscheinlichkeit doch geben sollte, bitte, bitte!, erlöse uns von diesem Typen und führe mich dieses Jahr nicht schon wieder in Versuchung, ihm nachts die Luft aus den Reifen zu lassen – denn für solche Scherze bin ich langsam wirklich zu alt. Weil mir in diesen Momenten gern mal der Geduldsfaden reißt, hat Sarah sich angewöhnt, unauffällig nach meiner Hand zu greifen, damit ich mich wieder beruhige. Ist ja auch besser fürs Herz. Außerdem gibt es vermutlich in jeder Sippe eine solche Stressbacke, und eines muss man den Treffen mit Tante Günther lassen: Langweilig wird es nie!

Als wir uns zum Essen setzen, hält sich das Erstaunen über meine sonderbaren Nahrungsmittel genauso in Grenzen wie meine Abneigung gegenüber dem Leichenschmaus, und so beginnt ein gemütliches und ausgelassenes Festmahl.

»Also, Flippo«, sagt Günther nach einer Weile und stopft sich vorm Weitersprechen noch einen halben Kloß in den Mund. »Deine Mutter sacht ja, dat du noch immer nachm Job suchst.«

Im Raum herrscht gefräßige Stille, was Onkel Günther als Zustimmung zu deuten scheint.

»Isch hätt da zwei Vorschläge.« Schmatzend wischt er sich den Mund ab und klemmt die Serviette dann wieder in seinen Hemdkragen. »Quatschen kannze doch, nä?«

Ich zucke mit einer Schulter, das sollte als Antwort reichen.

»Wat hälste denn davon, wenn de für meine Agentur mal 'n paar Versischerungen unters Volk bringst?«

Meine Geschwister sind die Ersten, die bei seinem Vorschlag in Gelächter ausbrechen, dann kann auch ich mir bei dem Gedanken, als Herr Kaiser aufzutreten, ein Lachen nicht verkneifen.

»Macht ihr euch bloß lustig«, unterbricht uns Patrizia, »der Günther verdient damit gutes Geld und kann sich jedes Jahr 'n tollen Wagen gönnen ...«

»Und was ist die andere Möglichkeit?«, frage ich Günther so ernst wie möglich.

»Isch fang ma so an«, sagt er ruhig, lehnt sich zurück und faltet seine mächtigen Hände auf dem Scheitelpunkt seiner Wampe. »Et war Neunzehnhundertsiem... nä: achtnsippzisch, isch so am Studieren dranne – janz frisch in Jöttingen, nä? –, da kommt so 'n Tüpp bei misch bei und sacht so: Jünther, du bist doch nisch janz blöd. Isch so: Nisch janz, nä?« Mein Onkel lacht laut und setzt seine Geschichte fort, bis er endlich bemerkt, dass ich mir das Etikett meiner Bierflasche durchlese. »Hört der Bengel mir noch zu?«

»Was? Jaja!«, lüge ich ihn an. »Du so 1978 am Studieren, da kommt so 'n Tüpp ...«

»Et jeht nisch um den Tüppen!«, bellt Günther mich an, und damit reißt mein Geduldsfaden endgültig.

»Worum geht's denn dann, Günni? Komm doch mal zum Punkt!«

»Philipp, bitte!«, pfeift mich meine Mutter zurück. »Vielleicht kann der Günther dir ja helfen?« Fürsorglich beugt sie sich zu mir herüber und streichelt meine Hand.

»Ummet kurz zu machen«, nimmt der Kölner das Gespräch wieder auf und schüttelt lässig seine goldene Armbanduhr, »wenn de keine Lust auf Versischerung hast, dann können dir meine Freunde von der Verbindung sischer gern weiterhelfen – stramme Burschen wie du sind da immer jern jesehen!«

Stille kehrt wieder ein, wieder sind die Blicke auf mich gerichtet. Die Mitglieder meiner Familie wissen genau, was ich von Günthers Logenbrüdern halte. Und diese Freaks soll ich jetzt auch noch um einen Job anbetteln? Na warte, Freundchen, diesen Vorschlag wirst du bitter bereuen!

»Das ist eigentlich 'ne ganz gute Idee«, antworte ich ruhig, lächele und lasse Günther dann mit Genuss ins offene Messer laufen. »Aber leider steh' ich nicht auf Männer. Darf man da auch als Hetero mitspielen?«

»Wat? Im Gegenteil!«, sagt Günther entrüstet, knallt sein Bierglas auf den Tisch und verhält sich genauso bescheuert, wie von mir erhofft. »Schwuchteln ham bei uns nix verloren!«

Lauthals protestieren alle am Tisch über seine Einstellung. Günther redet sich um Kopf und Kragen und beendet sein halbseidenes Statement dann sinngemäß mit der Aussage, es könne ja jeder machen, was er wolle, solle dann aber eben auch sein eigenes Netzwerk gründen. Nun hilft auch Sarahs Hand nicht mehr.

»Also hör mal, ihr grenzt ganz bewusst Menschen aus, die euch nicht in den Kram passen«, pflaume ich Günther an, »und teilt den deutschen Kuchen dann unter euch auf. Das ist doch sch...«

»Vitamin B is eben jesund, deswegen sollte man seine Beziehungen gründlisch pflegen.« Günther bleibt hart. »Ansonsten: Pesch jehabt!«

»Also haben einfach alle Frauen, Homosexuellen und Zuwanderer Pech gehabt, ja?« Ich breite meine Arme aus und gebe mich dem Zynismus hin. »Willkommen im Land der Lobbyisten!«

»Philipp und Günther!« Meine Mutter steht auf und schaut uns beide streng an. »Worum hatte ich euch beide gebeten?«

Ich nicke, atme tief durch, entschuldige mich bei ihr und lehne mich grummelnd zurück.

»Also, mehr wie anbieten kann ischet dir nisch«, giftet mein Onkel mich an, schiebt den Tisch etwas nach vorn und wuchtet seinen Körper vom Stuhl. »Isch geh eene rochen!«

Als er verschwunden ist, herrscht vorübergehend Stille am Tisch. Sobald mein Ärger über Günthers elitäre Einstellung ein bisschen verflogen ist, folge ich ihm auf die Terrasse und zünde mir neben ihm eine Zigarette an. Dann schlucke ich auch das letzte bisschen Unmut runter und versuche, im Geist der Weihnacht zu handeln. Was auch immer das bedeuten mag.

»Ich weiß ja, dass du es gut meinst, aber ich glaube, Burschenschaften und ich – wir finden einfach nicht mehr zusammen.«

»Schon o.k.«, meint er und haut mir auf die Schulter, »isch war doch auch mal jung und blöde! Jetzt bin isch nur noch blöde, hähähä!«

»Außerdem wüsste ich ehrlich nicht«, lenke ich etwas ein, »wie deine Burschen einen Pädagogen vermitteln sollten. Ist das nicht eher was für Juristen und Wirtschaftswissenschaftler?«

Er schaut mich verschwörerisch an. »Wenn du wüsstest, min Jung«, sagt er und drückt seine Zigarette aus. »Bauklötze würdest du staunen!« Dann lässt er mich draußen stehen.

Was soll das denn nun schon wieder heißen? Egal, immerhin wäre das damit geklärt, und so bleibt auf der Liste der Probleme, die ich heute noch zu lösen habe, nur noch ein großer Punkt: Sarahs Laune. Die ist nicht nur durch unsere Streitigkeiten der letzten Tage getrübt, sie vermisst ihre Eltern offenbar noch stärker als befürchtet.

Während des folgenden Programmpunkts des Abends (dem *Spiel des Wissens*, dessen Fragen und Antworten wir nach knapp zwanzig Jahren fast komplett auswendig kennen) probiere ich es bei ihr mit einem gelegentlichen Witz oder dem Versuch einer Umarmung – doch keine Chance: Sarah bleibt so unterkühlt wie die Temperaturen vor der Haustür, insbesondere mir gegenüber. Als wir Klara im Gästezimmer schlafen legen, komme ich zum ersten Mal dazu, meine Liebste unter vier Augen nach ihrem Wohlbefinden zu fragen.

»Schlecht geht's mir!«, mault sie und kann nur schwer die Tränen zurückhalten. »Du hast ja deine Familie um dich herum – aber ich?«

»Aber du hast doch Klärchen und mich bei dir«, beruhige ich sie. »Wir sind doch deine Familie, und wir sind immer für dich da – versprochen!«

Sarah nickt und lehnt sich an meine Brust.

»Lass uns doch zusammen hier warten, bis die Kleine eingeschlafen ist«, schlage ich vor und knipse das Licht aus. »Eine kleine Heiligabendpause tut uns beiden mal ganz gut …«

Das Licht der Straßenlaterne fällt durchs Fenster auf das Bett, wo es sich Klara nun in der Kuhle zwischen mir und Sarah gemütlich macht. Ein paar Minuten lang wälzt sie sich noch hin und her, schnauft und gähnt, dann schläft sie ein. Ich schließe die Augen, liege da und spüre den Atem unseres Töchterchens am Hals. Sanft streichele ich über Sarahs Haar. Schon wieder ein solcher Moment, ein vollkommener, von dem ich mir wünsche, dass er nie enden möge – und der Moment, in dem mir endlich ein Licht aufgeht.

»Ich hab eine Idee«, flüstere ich Sarah zu. »Wenn Klara in 'ner halben Stunde nicht wach geworden ist, machen wir einen kleinen Winterspaziergang, okay? Nur du und ich.«

Sarah nickt, dann schleichen wir vorsichtig aus dem Zimmer. Als sich Klara auch nach einer weiteren Runde Wissensquiz nicht via Babyfon gemeldet hat, verkünden wir unser Vorhaben und ziehen uns warm an.

Draußen ist es bitterkalt, dicke Schneeflocken rieseln geräuschlos am gelblichen Schimmer der Gaslaternen vorbei. Warmes Licht scheint aus den Fenstern der Nachbarhäuser, und mit jedem Meter, den wir uns von der nahe gelegenen Hauptstraße entfernen, wird die Umgebung ein bisschen mehr zu der stillen Nacht, die in dem Lied wohl gemeint ist. Ein paar Meter laufen wir schweigend nebeneinanderher, begleitet von den weißen Wölkchen unseres Atems. Dann lege ich meinen Arm vorsichtig um Sarahs Schulter und sie ihren um meine Hüfte.

»Tut mir leid, dass ich die ganze Zeit so zickig bin«, sagt sie leise und lehnt ihren Kopf an meine Schulter. »Es ist bloß so …« Außer dem Knarzen unserer Schritte im Schnee ist in Sarahs Sprechpause kein Ton zu hören. »… deine Jobsuche, das anstrengende Studium und in letzter Zeit auch noch der Weihnachtsstress, das ist alles nicht gerade leicht.«

»Das kannst du aber laut sagen«, bestätige ich und schüttele den Kopf. »Das Callcenter und diese dämlichen Bewerbungen gehen mir echt an die Substanz.«

Sarah bleibt stehen und wendet sich mir zu. »Da wird sich schon was finden«, sagt sie dann, stellt sich auf die Zehenspitzen und gibt mir einen sanften Kuss. »Ich glaube jedenfalls an dich! Und solange du dich nicht von Günther anwerben lässt ...«

Bevor ich mich wieder aufregen kann, zwinkert sie mir zu, dann spazieren wir schweigend weiter, verlassen das Wohngebiet und betreten einen stockdunklen Weg, der uns in das nahe gelegene Naturschutzgebiet führt. In der Finsternis schmiegt sich Sarah fest an meinen Arm, erst in ein paar Metern Entfernung ist wieder eine Laterne zu sehen. Leise sprechen wir über das vergangene Jahr, erinnern uns an den Sommerurlaub und amüsieren uns über Onkel Günthers Stiefel. Nach ein paar Minuten führt uns der Weg an das Ufer eines kleinen Sees, über dem eine hauchdünne Sichel zwischen den Sternen steht.

»Oh, Neumond«, flüstert Sarah, und wir betreten einen klapprigen Holzsteg, der uns ein paar Schritte aufs Wasser hinausführt. Vorne angekommen, nimmt sie meine Hand und schaut mir in die Augen. »Vielleicht ist das nach Klaras Geburt ja der zweitschönste Moment des Jahres?«

»Ja, das ist er wohl!«, erwidere ich und gehe langsam in die Hocke, um mein rechtes Knie auf dem Boden abzustellen. Dann greife ich nach der Hand meiner Freundin. »Sarah Lichtenstein«, sage ich leise. »Möchtest du meine Frau werden?«

12

FÜHR MICH HINTERS LICHTWESEN

Ja!«

»Ehrlich?«

»Ja, ganz ehrlich!«

»Ach, das freut mich ja total für euch!« Theresa ist ganz aus dem Häuschen. »Und wann soll die Hochzeit stattfinden? Und wo? Werde ich eingeladen?«

»Natürlich wirst du eingeladen«, beruhige ich sie, und reibe mir beim Gedanken an die vergangene Silvesternacht den Schädel. Sarah und ich haben Klara bei meiner Mutter und ihrem Mann abgegeben und Nuray und ihren Mann besucht, die eine kleine Silvesterparty veranstalteten. Beim obligatorischen Bleigießen habe ich aus der beiliegenden Interpretationshilfe erfahren, dass mir eine Gehaltserhöhung bevorsteht, und beim Null-Uhr-Böllern auf der Straße wurde ich wieder mal daran erinnert, in der Republik der durchknallten Böllerfreaks zu leben: Ob Vogelschrecks, die mit Pistolen auf Hausfassaden geschossen werden, Raketen, die parallel zum Boden entlangsausen, oder selbst gebaute Goldregenbomben – den Hobbypyromanen ist anscheinend kein Mittel fremd, die bösen Geister des alten Jahres zu verscheuchen.

»Bist du denn gut ins neue Jahr reingerutscht?«, frage ich Theresa.

»Inipi«, antwortet sie prompt.

»Sorry«, sage ich verschlafen, »aber ich sprech immer noch kein Finnisch!«

»Quatsch! Die Inipi-Schwitzhütte ist ein Lakota-Ritual, mit dem ich mich vom alten Jahr verabschiedet habe. Inipi gehört bei den Lakota-Indianern zu den Sieben Riten ...«

»Theresa, gib's zu!« Ein schelmisches Grinsen überfällt mein Gesicht. »Du hast wieder Rooibostee geraucht!«

»Nein – ich hab meditiert. Die ganze Nacht lang. In einer Sauna.«

»Also doch Finnisch?«

»Mann, du bist manchmal so ein Idiot«, sagt sie lachend. »Hat dir das eigentlich schon mal jemand gesagt?«

»Ja, ist schon vorgekommen. Sorry, ehrlich. Jetzt erzähl mir bitte von deinem Silvester.«

Je länger sie von der sechsstündigen Saunasession redet, desto mehr verschlägt es mir die Sprache. Auf der anderen Seite sollte mich bei Theresa eigentlich nichts mehr wundern, denn schon als ich sie in der Uni kennengelernt habe, wurde schnell klar, dass sie nicht so ganz von dieser Welt ist – zumindest spirituell. Im Sommer trug Theresa meist ein paar Blümchen im langen, etwas zotteligen Haar und lümmelte sich in bunten Kleidern häufiger auf den grünen Campuswiesen als in den Hörsälen herum. Zumindest den hauptsächlichen Aufenthaltsort hatten wir also schon mal gemeinsam. In den meisten anderen Bereichen jedoch drifteten unsere Ansichten aufs Leben weit auseinander. Während ich mich an der Uni für Hirnforschung interessierte, beschäftigte sich Theresa eher mit Wünschelruten, Chakren und Heilsteinen.

Irgendwann im dritten Semester kam Theresa ganz aufgeregt – und, wie so oft, barfuß – in die Uni und erzählte freudestrahlend, an der Viadrina in Frankfurt an der Oder endlich den perfekten Masterstudiengang für sich entdeckt zu haben: Kulturwissenschaften und Komplementäre Medizin. Also brach sie das Pädagogikstudium bei uns ab und pendelte fortan täglich zwischen Berlin und *Hogwarts an der Oder*, wie ein Blogger die Europa-Universität wegen des zauberhaften Studiengangs einst bezeichnete. Weil wir uns aber immer vortrefflich über den Unterschied von Wissenschaft und Parawissenschaften streiten konnten, dazu eine Passion für guten Kaffee teilen und uns irgendwie schon immer sehr sympathisch waren, stehen wir bis heute in sporadischem Kontakt miteinander.

»Also eigentlich hab ich dich ja angerufen«, setzt sie unser Telefonat fort, »um dich zu meinem Auftritt auf der Spirit 2011 einzuladen.«

»Ach Theresa, aus dem Alter für Techno-Festivals bin ich echt raus.«

»Jetzt stell dich doch nicht so an«, sagt sie ungeduldig. »Das ist eine Messe für spirituelle Zusammenkünfte!«

»Ich? Auf eine Eso-Messe?« Ich muss laut lachen. »Resi, du weißt doch, was ich ...«

»Ach bitte«, unterbricht sie mich flehentlich, »dann würden wir uns endlich mal wieder sehen! Außerdem könnte dir eine energetische Beratung vielleicht auch in beruflicher Hinsicht weiterhelfen.« Sie erzählt mir von einem Mann, der die Inkarnation eines siebenhundert Jahre alten Weltlehrers ist und auf der Messe spirituelle Karriereberatung anbieten wird. »Na komm, was hast du denn schon zu verlieren?«

Das wurde ich vor Kurzem schon einmal gefragt, und keine drei Tage später habe ich keine tierischen Lebensmittel mehr zu mir genommen ...

»Flo kommt auch mit, und der ist schließlich Physiker!«

»Dein Freund ist kein Physiker«, korrigiere ich Theresa grinsend, »sondern Physikstudent. In welchem Semester doch gleich?«

»Schon gut, hast ja recht«, lenkt sie ein und legt dann ein Lächeln auf, das ich sogar übers Telefon hören kann.

»Also?« In manchen Dingen kann Theresa einfach verdammt überzeugend sein.

Zwei Tage später steige ich in Berlin-Wilmersdorf aus der U-Bahn und trotte einem Pärchen hinterher, das in Ponchos und Mokassin-Stiefel gekleidet ist. Unter ihren Strickmützen hängen lange Dreadlocks hervor, und weil mich dieser Stil ein bisschen an Theresas Winteroutfit erinnert, nutze ich meine Vorurteile als Navigationsgerät und folge den beiden unauffällig. Offenbar geleiten mich die zwei unfreiwilligen Sherpas in die richtige Richtung, denn mit jedem Meter nehmen die spirituellen Energien um mich herum zu. In der Ferne sehe ich eine Fahne mit dem weltweiten Erkennungszeichen für esoterisches Gedankengut: das Yin-Yang-Symbol, das über einem Regenbogen schwebt. Über der Eingangstür des prachtvollen Altbaus prangt ein Siegelschild mit merkwürdigen Runen, an dem Tisch hinter der schweren Eingangstür in das Gebäude empfängt mich eine umfangreiche Dame, die in weite rote Tücher gehüllt ist und alterstechnisch irgendwo zwischen meiner Mutter und meiner Oma liegt. Ihre weißblonden Locken kringeln sich über den Schultern, auf ihre langen Fingernägel sind geheimnisvolle Symbole gezeichnet, und ihr Gesicht ist hinter einer Maske aus vermutlich allen erhältlichen Arten von Natur-Kosmetik kaum noch erkennbar. Als ich vor sie trete, mustert sie mich von oben bis unten, neigt dann den Kopf etwas zur Seite und sieht mich mit prüfendem Blick an.

»Sag nichts!«, meint sie, schlägt eine Hand vor die Augen und zittert mit den Fingern der anderen einen Moment vor meinem Gesicht herum. »Ich spüre eine starke Energie«, nuschelt sie, »Feuer, ein Feuerzeichen, Hörner, Hufe …« Dann reißt sie die Hand theatralisch aus meinem Gesicht. »Du bist Stier, hab ich recht?«

»Keine Ahnung«, lüge ich. Damit ärgere ich Astrologen am liebsten, und auch bei der Lady in Red scheint es zu funktionieren. Sie reißt die dunkel geschminkten Augen auf, lehnt sich zurück und hält sich am Tisch fest. »Du kennst dein Tierkreiszeichen nicht?«

»Nö, eigentlich wollte ich auch bloß ...«

»Besuch mich um Punkt zwölf an meinem Stand«, unterbricht sie mich forsch und blickt dabei auf ihre Digitaluhr, »da sollte ich das Interview mit Jimi Hendrix hinter mir haben. Ich bin Riboja Xinto, das Engelsmedium.«

»Okay, vielleicht. Darf ich jetzt rein?«

»Klar: 18 Euro, bitte.«

Zähneknirschend bezahle ich den Einritt – von wegen, nichts zu verlieren ... Als Gegenleistung erhalte ich ein buntes Kunststoffarmband und ein Faltblatt mit den Ausstellern und dem Vortragsprogramm. Um 10 Uhr, also in einer Viertelstunde, wird Theresa das Forschungsfeld ihrer Bachelorarbeit vorstellen: *Das Akasha-Feld – primordiale kosmische Energie und die Verdichtung der Zeit als Medium zur Kommunikation in der entelechialen und äonischen Weltdimension*.

Der Veranstaltungsraum befindet sich im zweiten Stock, die Treppe dorthin liegt am Ende des ersten Ausstellungssaals. Also, Möller: Auf ins Gefecht! Zwischen Traumfängern, Panflöten und allerhand schrägen Vögeln kämpfe ich mich durch die Lobby und betrete dann den riesigen Ausstellungssaal.

Der Stand direkt am Eingang wird von einem älteren Pärchen betrieben, das scheinbar aus Südostasien kommt. In der Auslage stapeln sich zahlreiche Gegenstände, die aussehen, als könne man damit einen Bonsai-Garten pflügen, ein Banner klärt mich jedoch darüber auf, dass hier eine heilende Gesichtsmassage angeboten wird. Entwickelt wurde das Konzept laut Poster von Prof. Dr. Bùi Quôc Châu, dem »World Famous Doctor«.

»Du Schmerzen?«, will die Asiatin von mir wissen.

»Bisschen im Rücken, wieso?«

Sie zeigt auf meine Nase, auf der sich schon gestern ein Pickel angekündigt hat. »Pickel muss weg. Dann dein Rücken besser.«

Genau. Milde lächelnd ziehe ich weiter und starte möglichst unauffällig die Frontkamera meines Smartphones, um den roten Fleck auf meinem Zinken zu überprüfen.

»Fotografierst du deine Aura?«, quatscht mich dabei eine blonde Frau von der Seite an. »Mit unserer neuartigen Technologie ist das jetzt möglich!« Sie zeigt auf den Laptop, der an ihrem Stand aufgebaut ist, und auf eine Webcam, die vor einer weißen Leinwand hängt. »Wissenschaftlich bewiesen und heute zum Sonderpreis von nur 49 Euro. Hast du Interesse?«

»Auf jeden Fall – aber leider keine Zeit!« Mit geschlossenen Lippen lächele ich sie an und mache mich vom Acker. Weil mich hier alle duzen, komme ich mir langsam vor wie bei IKEA.

Im zweiten Stockwerk lande ich in einer Lobby, an deren rechter Front zahlreiche Besucher in einer langen Schlange anstehen, die zwischen zwei Flügeltüren in einen Saal führt. »Da bist du ja!«, ruft Theresa von Weitem, kommt im Mittelgang des Raums in großen Schritten auf mich zu und nimmt mich herzlich in den Arm.

»Hallo, liebe The...« Doch weiter komme ich nicht.

»Shakti!«, fällt sie mir ins Wort und legt den Finger auf die Lippen. »Hier bitte nur meinen Künstlernamen verwenden.«

Ich trete einen Schritt zurück, um sie zu betrachten. »Wow, du siehst ja ...« Die langen Haare hat Theresa zu einem Dutt hochgesteckt, die großen Augen sind dezent geschminkt, und statt der üblichen Schluffi-Gewänder trägt sie ein helles Kleid, dessen Träger im Nacken zusammengebunden sind. »So hab ich dich ja noch nie gesehen!«

»Tja«, entgegnet Theresa-Shakti mit einem überlegenen Grinsen, »astrologische Typberatung – ich werd eben auch erwachsen. Komm, ich hab dir einen Platz in der ersten Reihe reserviert.«

Dort angekommen, entdecke ich ihren Freund, der wie immer in einem ungebügelten Hemd und ganz eng zugeschnürten Turnschuhen unterwegs ist. Florian kenne ich zwar auch noch aus der Uni, bin mit ihm aber nie so recht warm geworden. Aus irgendeinem Grund kann ich nämlich mit maulfaulen Typen eher wenig anfangen, und er ist genau so einer: verzieht selten eine Miene, steht und sitzt immer kerzengerade und spricht nur das Nötigste. Als er mich sieht, verformt sich sein Mund für den Bruchteil einer Sekunde zu einem Lächeln, und ohne mich anzuschauen gibt er mir kurz die Hand.

»Und, Flo«, beginne ich und versuche, die unangenehme Sendepause zwischen uns mit einer auflockernden Frage zu unterbrechen, »wie geht's dir?«

»Gut.«

Stille.

»Und äh, was machst du so?«

»Physik studieren.«

»Ach ja, richtig.« Ich wische mir die Handflächen an den Hosenbeinen ab. »Und, äh ... sonst so?«

Erstmals dreht er sich zu mir um und schaut mich an. »Was meinst du?«

Glücklicherweise bleibt mir eine Antwort erspart, denn ein Mann im Anzug betritt die Bühne und schreitet zum Rednerpult. Ohne einen Funken Esprit stellt er sich als Geschäftsführer der Messe vor, begrüßt das Publikum und kündigt dann Theresas Vortrag an.

Unter lautem Applaus betritt sie einen Augenblick später die kleine Bühne, bricht mit ihrem Lächeln ein paar Herzen und streicht sich eine lose Strähne hinters Ohr. »Lange Zeit haben Wissenschaftler geglaubt«, fängt sie an und schaut demonstrativ in meine Richtung, »sie würden alles wissen. Meine Erkenntnisse aber zeigen nun, sehr geehrte Damen und Herren, dass es zwischen Himmel und Erde mehr gibt, als wir mit den Augen sehen können.«

Applaus. Ich schaue mich um, entdecke unter den Klatschenden begeisterte Gesichter und zustimmendes Nicken. Es ist eine absolute Frechheit, wie sympathisch Theresa es schafft, in nur zwei Sätzen alle irrtümlichen Annahmen gegenüber wissenschaftlicher Arbeit zu bestätigen.

Der Applaus flaut ab, Shakti doziert weiter.

»Während meiner quantenmedizinischen Versuche habe ich belegen können, dass die feinstoffliche Energetik des Akasha-Felds lange Zeit unterschätzt wurde.«

Wie bitte? Ich verstehe nur Bahnhof. Theresa fährt fort.

»Das Akasha-Feld – ein kosmisches natürliches Internet – verbindet alles, und das Gedächtnis von allem ist – genau wie ein feinstoffliches ›Buch des Lebens‹ – in immaterieller Form in einem allumfassenden Weltgedächtnis gespeichert: die Akasha-Chronik!«

Mal lächelnd und mal kopfschüttelnd folge ich Shaktis weiteren Ausführungen über ionisierte Plasma-Wirbel, globale Vakuumkompressionswellen und linear-symmetrische Äonenverteilung. Gespickt mit allerlei wundersamen Begriffen erklärt sie nicht nur die angeblichen Ursachen von Kornkreisen und Auraschichten, sondern hat auch eine alternative Erklärung unseres Gehirns parat.

»Unser Quantencomputergehirn stellt das Trägermedium dar, mit dem wir eine primordiale Verbindung zum kosmischen Internet herstellen können: Orgon, der Wirbel im elektromagnetischen Feld.«

Weil sie all ihre Behauptungen nicht mit Argumenten oder Fakten, sondern stattdessen durch eine Präsentation mit bunten Bildchen untermauert, muss ich mehrere Maßnahmen treffen, um nicht laut lachen oder weinen zu müssen: Augen schließen, mit den Fingerspitzen meine Schläfen massieren und immer schön auf die Atmung konzentrieren. Ommm …

Als Shakti die Masterarbeit eines Kommilitonen zitiert, der mithilfe eines sogenannten Kozyrev-Spiegels angeblich Kontakt zu Verstorbenen und Außerirdischen nachweisen konnte, rutscht mir der erste kleine Grunzer heraus. Das Schlimme daran: Um mich herum scheint Theresa von jedem ernst genommen zu werden. Der Mann neben mir hält mit der linken Hand sein Kinn fest, nickt dabei und macht sich mit der rechten Notizen, wobei er ein paar Begriffe fett unterstreicht oder mit diversen Satzzeichen versieht: *Skalarwellen!!, Quantenexperiment, (Außer)irdische?, US-Regierung, Raum-Zeit-Kontinuum.*

Mit jedem Wort, das ich bei ihm lese, hebt und senkt sich meine Bauchdecke ein bisschen mehr, was der Mann zum Glück aber nicht bemerkt. Wenn das hier so weitergeht, erleide ich gleich einen Zwerchfellkrampf! Von der anderen Seite schaut Flo mich an und hält seinen Zeigefinger vor die Lippen: »Ruhe bitte!«

»Sorry. Tut mir leid«, flüstere ich und halte mir kurz Mund und Nase zu. Jetzt atmen, Möller, einfach tief ein- und ausatmen!

Nun geht Theresa zum nächsten Thema über: der Fotografie von Lichtwesen, die von einer Frau mit dem abenteuerlichen Namen Aurora Popow-Orlow entwickelt wurde. Sie ist Chakra- und Karma-Meisterin und hat angeblich Philosophie an der Universität Helsinki studiert – wobei es mich nicht wundern würde, wenn sie dort bloß mal für ein Semester eingeschrieben war. Als Kind, erklärt uns Shakti, erlebte die gebürtige Russin ihren Tag der Erleuchtung, und weil einige Menschen ja immer Beweise bräuchten, würde sie uns das Foto von diesem Moment gerne zeigen.

Bitte, Theresa, tu das nicht! Mit dem Finger auf dem

Touchpad ruft sie den Internetbrowser auf, in dem die Homepage der Dame bereits geöffnet ist. Neben den Symbolen für die Chakren, die allesamt mit indischen Bezeichnungen versehen sind, ist ein handgemalter Astralkörper im Schneidersitz zu sehen, auf dessen Kopf das Gesicht einer älteren Dame gephotoshopt wurde. Theresa scrollt nach unten und zeigt die Fotografie eines jungen Mädchens und seines Vaters, die im Outfit der Fünfziger auf einer Wiese stehen. Am rechten Rand ist das Bild stark überbelichtet. Ich persönlich vermute, hier ist der Film zu Ende gewesen, doch Theresa führt dies als Beweis für die übersinnlichen Fähigkeiten der Dame an. Ähnlich wie bei Kornkreisfeldern, schreibt die Autorin dieser großartigen Website dazu, seien wegen der kosmischen Belichtung alle Grashalme um sie herum abgeknickt.

Mein Bauch ist jetzt komplett angespannt, doch Theresa hat mich offenbar noch nicht genug gequält. Weiter unten auf der Seite zeigt sie uns ein Foto der Meisterin in fortgeschrittenem Alter, auf dem sie einen Hut aus Federn trägt. In einem Aschenbecher neben ihr qualmt eine Zigarette, die Beschreibung des Fotos besagt jedoch, bei dem Rauch handele es sich um ein Lichtwesen, das auf ihrer Schulter sitzt.

Als ich gerade mein Gesicht in den Händen vergrabe, die Beine aneinanderpresse und auch meinen ganzen restlichen Körper verkrampfe, um nicht laut loszuprusten, erlöst mich ein Herr, der nun aufsteht und laut schimpft. »Sie wollen uns doch verarschen!«, brüllt er Theresa an. »So einen Schwachsinn habe ich ja schon lange nicht mehr gehört. Ich geh jetzt zur Geschäftsleitung und verlange meinen Eintritt zurück!« Dann schiebt er sich meckernd aus der Stuhlreihe und stampft aus dem Saal, dessen Türen er hinter sich zuknallt.

Hat er denn wirklich geglaubt, auf einer Esoterikmesse seriöse Erkenntnisse präsentiert zu bekommen?

»Wer das nicht glaubt«, beruhigt Theresa ihr murmelndes Publikum, »kann Frau Popow-Orlow noch heute persönlich treffen. Ihr Stand ist in Halle 2.«

In aller Ruhe fasst sie dann noch einmal die wichtigsten Erkenntnisse ihrer quantenmechanischen Untersuchung des Orgonfeldes zusammen und bedankt sich für die Aufmerksamkeit. Der Applaus ist nun zwar etwas verhaltener als zuvor, aber trotzdem begeben sich nach dem Vortrag mehrere Menschen zur Referentin und löchern sie mit Fragen. Gemeinsam mit Flo warte ich, bis Shakti alle beantwortet hat, dann verlassen wir zu dritt den Saal.

»Manche Menschen wurden von der blinden Wissenschaft einfach so sehr indoktriniert«, überlegt Theresa auf dem Weg nach draußen, »dass sie ihr drittes Auge gar nicht mehr öffnen können.«

»Ach, komm schon, Theresa«, werfe ich etwas lauter als nötig ein, »die Meisterin von dieser Website war schon etwas ulkig! Da musst du dich doch nicht wundern, wenn ...«

»Spar dir deine Worte«, unterbricht sie mich scharf. »Ich stell dir die Frau jetzt vor. Flo, du wartest hier!«

Theresa ergreift meine Hand und zieht mich einmal quer durch die Halle hinter sich her, bis wir vor einem Stand stehen bleiben, hinter dem eine Frau in türkisfarbener Robe mit geschlossenen Augen eine Melodie summt. Auf ihr Kleidungsstück ist in Brusthöhe eine Sphinx gestickt, darunter erkenne ich Pyramiden und ein paar Kamele. Auf dem Kopf trägt sie ein goldenes Metallstirnband, auf dessen Vorderseite ein roter Plastikstein geklebt ist.

»Da ist es: das dritte Auge!«, flüstert Theresa mir ehrfürchtig zu. »Wahrscheinlich spricht sie gerade mit den Toten.«

»Das kann nicht dein Ernst ...«

»Wer stört meine Reise?«, will die Meisterin mit starkem

russischen Akzent von uns wissen und schaut mich plötzlich an. »Ich sehe ... Unglaube. Giftige Unglaube!«

Vorsichtig nimmt sie das Stirnband ab, legt es beiseite und greift unter den Tisch. Aus den geheimnisvollen Untiefen zaubert sie ein aufwendiges Gestell aus goldenem Draht hervor, das sie nun auf ihrem Kopf platziert.

»Mit diese Helm, ich habe meine eigene Gehirn zu eine Labor gemacht.« Sie schließt die Augen und stimmt ein russisches Lied an. »Das ist mein Schutzschild gegen die Unglaube!« Dann singt sie weiter und wendet sich von uns ab.

»Also?« Mit großen Augen schaue ich Theresa an.

»Sie ist jetzt in der Meditation, wir sollten sie nicht länger stören«, erwidert sie, während wir den Stand verlassen. »Es mag dir vielleicht alles komisch vorkommen, aber es gibt Leute, die ihren Theorien Glauben schenken. Kannst du das nicht akzeptieren?«

»Oh doch, kann ich! Aber das sind keine Theorien, sondern blanker Unsinn! Und wenn du mich fragst: Die Dame ist entweder eine gewiefte Betrügerin oder ein Fall für den Arzt.«

Wie so oft lächelt Theresa meine Kritik einfach weg und meint, ich solle mal auf die spirituelle Berufsberatung warten, dann werde ich schon sehen, dass es viele seriöse Anbieter in diesem Bereich gebe.

Als wir Flo vor dem Saal wieder einsammeln, in dem Shakti ihre Rede gehalten hat, merke ich, dass mein Magen knurrt.

»Unten gibt's sehr gute Lichtnahrung«, meint Theresa und zwinkert mir zu. »Aber du kannst ja auch einfach ignorieren, dass Pranaisten es schaffen, sich mehrere Jahre ausschließlich von kosmischen Partikeln zu ernähren.«

»Und du kannst ja auch einfach ignorieren«, gebe ich spitz zurück, »dass in den Neunzigern mehrere Menschen an dieser Null-Diät krepiert sind. Von daher esse ich lieber etwas mit Materie.«

Hätte ich eine Aura, dann würde ein Foto von ihr angesichts der absurden Theorien und Aussagen, mit denen ich in den letzten neunzig Minuten in Kontakt getreten bin, vermutlich Alarmstufe Rot zeigen. Kopfschüttelnd lasse ich den ayurvedischen Stand in der Fressmeile links liegen und bestelle eine gutbürgerliche Portion Pommes mit Ketchup. Mit der Sättigung kommt wieder bessere Laune auf, und so nutze ich meine Anwesenheit auf der Messe und lasse mich von Theresa gespannt durch die Hallen führen. Dabei begegnen wir zuerst einem Mann, der Energie-Klanglack für Fahrzeuge verkauft. Dieser soll eine ganze Liste von Verbesserungen mit sich bringen: Durch eine harmonischere Zusammenarbeit der Zylinder läuft der Motor ruhiger, wird leistungsfähiger und unempfindlicher gegenüber Außentemperaturen; die Bremsleistung wird optimiert; nicht nur die Farbe des Wagens ändert sich, sondern auch die Form; Strapazen bei längeren Fahrten gehen quasi auf null zurück, Stressaufladung entfällt dadurch komplett; die Türen schließen besser, und insgesamt nimmt das Fahrzeug an Wertigkeit zu. Aber am besten: Durch die Verbesserung des Sicherheitsgefühls ist konzentriertes Fahren ohne jegliche Anstrengung möglich! Der Fairness halber weist mich der Verkäufer darauf hin, dass sich der Lack erst nach fünfhundert bis tausend Kilometern mit der Fahrzeugseele verbunden hat, ich solle mich also nicht wundern, wenn die Effekte nicht sofort einträten.

Ein paar Stände weiter wird ein Konzept vorgestellt, das die Elementarwesen, die normalerweise nur von Kindern wahrgenommen werden, auch für Erwachsene wieder sichtbar macht. Wer sich also wieder wie in der guten alten Zeit mit Baumgnomen, Steinelfen oder Feuerwesen unterhalten will, der braucht bloß dieser Erziehungskunst der Waldorfpädagogik zu folgen. Man darf aber nicht erwarten, die Wesen im klassischen Sinne sehen zu können, da sie nur in ätherischen Bewegungsformen erscheinen.

Aha.

Was am nächsten Stand auf den ersten Blick wie ein schräger Werbeprospekt für eine altertümliche Erziehungsanstalt wirkt, entpuppt sich ein paar Meter weiter als Modell für den Umgang mit dem begabten Nachwuchs: Fällt ein Kind in besonderem Maße durch Weisheit oder auch durch Eigenwilligkeit auf, handelt es sich aller Wahrscheinlichkeit nach um ein Kind, dessen Aura indigoblau ist – die Farbe königlicher Hoheit. Die erleuchteten Kinder kommen bereits in diesem royalen Bewusstsein zur Welt, verhalten sich entsprechend und fallen in unserem überholten Schulsystem daher meist negativ auf.

Das erklärt natürlich so einiges ...

Weil diese sogenannten Indigo-Kinder nicht nur Heilenergie erzeugen, Telepathie und Telekinese beherrschen, sondern auch mit geschlossenen Augen sehen können, werden sie die Menschheit schon bald in ein anderes Zeitalter führen – kein Wunder, denn eine Untersuchung der DNS dieser Indigokinder in den USA hat gezeigt, dass sich die Struktur ihrer Erbinformation von unserer herkömmlichen DNS gravierend unterscheidet.

Für einen Ex-Lehrer wie mich ist das schwer verdauliche Kost, und nach den fettigen Fritten mit der überzuckerten Tomatensoße dreht sich mir langsam der Magen um. Dabei kommt mir der nächste Stand sehr gelegen, denn hier werden Instrumente für die Darm-Hygiene angeboten. Zweimal täglich solle ich meinen Mastdarm und Afterbereich mit diesen Geräten spülen, erklärt mir ihr Erfinder, der sich mir in breitem Hamburgerisch als Fips Hansen vorstellt. Aufgrund einer staatlichen Verordnung habe er die Dinger jedoch von »Mister Einlauf« in »Wonnepumpe« umbenennen müssen.

»Meine sönste Entwicklung is allädings die hier«, näselt er und greift nach einer handelsüblichen Stichsäge. »Ich nenne sie: die Orgasmus-Massine.«

Mit aufgerissenen Augen betrachte ich das Gerät, an dessen Sägeblatt der Tüftler außen eine Kunststoffröhre gebastelt hat.

»Für einsame Stunden oder auch Spaß zu zweit!«

»Ich … verstehe nicht ganz, was man …«, stammele ich, doch als er sich das Teil zwischen seine Beine hält und mir durch seine getönte Brille zuzwinkert, schwant mir Übles. »Stecken Sie da wirklich ihren Penis rein?«

Er nickt und grinst.

»Und dann schalten Sie das Teil an?!«

»Klaro – erst orndlich einölen, dann kann's losgehen! Glauben Sie mir das etwa nich?«

Langsam schüttele ich den Kopf und starre noch immer auf das umfunktionierte Tischlergerät.

»Sauen Sie doch mal bei meiner Innänädseide rroin, da gipps guhde Tipps …«

»Komm weiter, Philipp«, sagt Theresa und greift meinen Arm, »du hast doch 'ne Frau!«

»Aber die schafft keine 1500 Anschläge pro Minute!«, protestiere ich und winke dem Herrn paralysiert zu.

Lange habe ich jedoch keine Zeit, um mich zu wundern, denn auch der nächste Stand wartet mit einem schier unglaublichen Gerät auf, dem sogenannten Hildegard-Orgonakkumulator, ein mit Sternen verziertes Tablett, auf dem mein Essen energetisiert wird. Weil mich dieses Produkt nun doch ein bisschen reizt, schaue ich dank mobilem Internet nach dem Preis und werde schnell bei Amazon fündig. 1250 Euro, dafür ist die Lieferung aber auch kostenlos, und die großartigen Rezensionen anderer Kunden gibt's gratis obendrauf.

Die nächste Verkäuferin hätte eigentlich einen Nobelpreis verdient, denn während normale Wissenschaftler beim Menschen nur lächerliche zwei DNS-Stränge gefunden haben, hat sie noch elf weitere entdeckt. Zwar befänden sich diese auf energetischer Ebene, dennoch würden wir Menschen somit nur fünf Prozent unseres DNS-Potenzials nutzen. Mit dem von ihr entwickelten Theta-Healing könne ich aber nicht nur die restlichen 95 Prozent aktivieren, sondern auch die sogenannten Telomere, also die Endkappen der Chromosome, stärken und damit meinen Alterungsprozess stoppen.

»Stoppen?«, frage ich sie eindringlich, doch die Dame schaut mir fest in die Augen.

»Ja, stoppen!«

Unsterblichkeit verspricht mir auch ein dürrer älterer Herr, der eine absolute Wende seines Lebenswandels hinter sich hat. Auf dem Höhepunkt seiner Karriere, berichtet er mir, habe er alles gehabt: Geld, Frauen, Häuser, Drogen, wilde Partys – alles, was man eben so besitzen könne. Dann sei ihm über Nacht die Haut von den Muskeln gefault, sodass er den Herrn Jesus Christus auf Knien um Vergebung angebettelt habe. In der folgenden Nacht sei ihm dann die längst verstorbene Schneiderin Bertha Dudde begegnet und habe ihm mündlich neuntausend Offenbarungen mitgeteilt, die er nun nach und nach aufschreibe. Auf seinem Stand liegen mehr als zweihundert verschiedene selbst gedruckte Broschüren, die allesamt, wenn auch mit unterschiedlichen Titeln, die Wiederkehr des Herrn ankündigen.

»Für eine Spende wäre ich auch dankbar«, sagt er am Ende unseres Gesprächs, »den Sprit zur Messe zahlt der Herrgott leider nicht.«

Wie paralysiert drücke ich ihm meinen letzten Fünfer in die Hand, atme tief durch und gehe mit gesenktem Haupt weiter. Nach derartigen Begegnungen wirken Angebote wie Handschriftenanalyse, Sternzeichendeutung, Glasengelspiele, Schüßler-Salze, Vollmondholz, Elektrosmogreiniger, Chakra-Channeling, SMS aus dem Jenseits, Zimmerpflanzenhomöopathie sowie sämtliche astrologischen Methoden fast harmlos.

»Ich weiß nicht, ob ich das noch lange aushalte«, gestehe ich Theresa bei einer Zigarette in der Kälte. »Bei einigen grenzt das doch schon an Wahnvorstellungen.«

Einige Angebote seien sicher zweifelhaft, räumt sie ein, aber letztlich müsse doch jeder selbst wissen, was er mit seinem Geld anstelle.

»Selbstbefriedigung mithilfe einer Stichsäge?« Ich starre sie mit schmerzverzerrtem Gesicht an. »Das kann doch nicht lang gutgehen!« Aufgebracht weise ich außerdem auf die 20 Milliarden Euro hin, die Rat- und Hilfesuchenden mit dem Eso-Geschäft allein in Deutschland jedes Jahr aus der Tasche gezogen werden. »Und richtig problematisch wird es, wenn selbst ernannte Heiler die eigenen Fähigkeiten überschätzen und die Klienten eine wirksame Behandlung deswegen außer Acht lassen!«

Leicht genervt verdreht Theresa die Augen und fragt, ob ich die Karriereberatung noch in Anspruch nehmen möchte. Ich seufze. »Was soll der Spaß denn kosten? Meine Börse ist jedenfalls leer!«

Theresa lächelt. »Schau'n wir mal ...«

Widerwillig setze ich meine spirituellen Scheuklappen auf und folge ihr durch die Gänge bis zu einem Stand, der aus einem lilafarbenen Wigwam besteht. Auf die Spitze wurde ein Regenschirm montiert, an dessen Speichen CD-Rohlinge baumeln. Theresa klopft, was bei einem Zelt eine echte Meisterleistung darstellt.

Wenige Augenblicke später tritt ein schlanker, glatzköpfiger Mann aus dem Zelt, der eine hellblaue John-Lennon-Brille, ein aufwendiges buntes Kopftuch und einen winzigen weißen Kinnbart trägt. Unter seinem violetten Ganzkörpergewand lugen weiße Tennissocken hervor. »Ich bin Avatron, der Weltlehrer«, intoniert er mit geschlossenen Augen und legt die Handflächen vor dem Solarplexus aneinander. »Nach über siebenhundert Jahren bin ich wiedergekommen, um euch zu führen.« Dann öffnet er die Augen, legt eine Hand auf Theresas Stirn, die andere Hand auf meine, und schließt die Augen wieder. »Als Nachfolger von Moses, Jesus Christus, Mohammed und Siddhartha ist es nun meine Aufgabe, die Menschheit ans Licht zu bringen. Wie kann ich euch helfen?«

»O Herr und Meister«, sagt Theresa mit hörbarem Lächeln, »mein Freund hier braucht Hilfe beim Finden seines Wegs.«

Mit einer königlichen Handbewegung schiebt der selbst ernannte Messias den Vorhang beiseite und bückt sich, um in sein Beratungszelt zu gelangen. Wir folgen ihm in das Tipi. Schnell rollt er eine Schaumstoffmatte am Boden zusammen und verstaut sie im Dunkel.

»Oh, haben wir Sie etwa beim Meditieren gestört?«, will Theresa erschrocken wissen.

»Nein, nein«, beruhigt er sie, »Avatron betreibt Schlafyoga!«

Das Innere des Zelts riecht etwas muffig und ist mit derselben Lampe beleuchtet, die auf meinem Nachttisch steht: FORSÅ für 19,99 Euro. Von der Decke des Zelts hängt ein Traumfänger, der über dem Tisch baumelt. Avatron bietet uns Platz auf zwei winzigen Hockern an und lässt sich selbst in einen Sitzsack fallen.

»Ich spüre einen beruflichen Bruch in deinem Leben«, beginnt er, ohne auch nur ein Wort von mir gehört zu haben. »Es gab Enttäuschungen, doch nun musst du wieder an dich glauben.« Nachdem er meine Handflächen inspiziert hat, will er meinen Geburtstag wissen. »Löwe? Das sind gute Voraussetzungen. Was also ist dein Problem?«

In den folgenden Minuten leiere ich mal wieder meinen beruflichen Werdegang herunter, den ich selbst kaum noch hören kann. Als ich fertig bin, nuschelt der Meister etwas in seine gefalteten Hände und entlässt uns dann mit einem Ratschlag an mich: »Folge deinem starken Herzen, mein Sohn, denn nur wer sein Ziel kennt, wird es auch erreichen.«

»Was schulden wir Ihnen denn?«, fragt Theresa draußen.

»Avatron macht sich nichts aus weltlichem Lohn, aber wenn ihr etwas spenden wollt …« Er weist auf eine Keksdose mit Schlitz, die neben seinem Zelt steht, und beobachtet Theresa dabei, wie sie einen Zehner einwirft.

Fassungslos von den Erlebnissen des Tages verabschiede ich mich von Shakti-Theresa, die auf der Messe noch ein paar Kollegen besuchen will. Auf der Straße angekommen, laufe ich schnell Richtung U-Bahn und drehe mich erst nach ein paar Minuten noch einmal um. Was war das bloß für ein Vormittag? Ist das alles wirklich passiert? Auch in den folgenden Tagen beschäftigen mich diese Fragen noch, und dennoch hat mir der selbst ernannte Retter der Welt in seinem verpupsten Zelt etwas klargemacht: Ich sollte mich stärker auf das konzentrieren, wofür mein Herz schlägt. In diesem Zusammenhang wäre es doch super, wenn sich der Philosoph von der Stiftung mal wieder melden würde.

Als ich am Anfang der nächsten Woche meine erste Schicht als Callcenterboy in diesem Jahr absolviere, läuft die Chefin des Ladens an meinem Platz vorbei und schaut mich lange an. Zu tun hatte ich mit der großen rothaarigen Frau Wecker bisher erst einmal, denn für die Betreuung der Interviewer sind hier die Supervisoren zuständig, von denen es ungefähr ein Dutzend gibt. Wie Thomas, der meine Einweisung geleitet hat, hören sie im Zufallsverfahren die Telefonate mit, geben uns daraufhin Feedback und teilen uns für die verschiedenen Befragungen ein, die hier durchgeführt werden. Auch nicht gerade ein Traumjob, aber im Gegensatz zu den Telefonisten müssen sie keine Interviews führen und sind im Rahmen eines festen Arbeitsvertrags finanziell auf keinerlei Erfolgsquote angewiesen.

Kurz vor Ende meiner Schicht schließe ich ein Interview ab und werde dann von einer der Supervisorinnen ins Büro der Chefin geschickt. Dort wartet Frau Wecker und bittet mich, die Tür hinter mir zu schließen. Dann öffnet sie das Fenster und bietet mir einen Sitzplatz und eine Zigarette an. Mit dem Lebenslauf in der Hand, den ich bei meiner Bewerbung hier eingereicht habe, fragt sie mich, wie lange ich schon als Interviewer tätig bin und ob mir der Job Spaß mache. Ich lüge anstandsgemäß. Daraufhin zieht sie ein Papier aus der Büroablage, auf dem bunte Linien in einem Kreis aus verschiedenen Zeichen abgebildet sind.

Was ist denn das schon wieder? Diese Skizzen kenne ich doch von der letzten Freak-Show, die ich besucht habe.

»Ich hab mir mal Ihr Horoskop angeschaut, Herr Möller«, sagt sie langsam und zieht an ihrer Zigarette, »und das sieht ziemlich gut aus.«

»Danke.« Da hab ich mir den Tag meiner Geburt wohl gut ausgesucht.

»Um es kurz zu machen: Ich möchte Ihnen einen festen Job hier anbieten. Können Sie sich vorstellen, für uns als Supervisor zu arbeiten?«

»Öhm … Klar doch!«

»Na dann: willkommen im Team!«, sagt Frau Wecker mit der Kippe im Mundwinkel und reicht mir die Hand. »Löwen kann ich hier nämlich immer gut gebrauchen.«

Entgeistert verlasse ich das Büro und schließe die Tür hinter mir. Mit der Klinke in der Hand schüttele ich den Kopf, lächele dann aber und zucke mit den Schultern. Wer ohne adäquate Ausbildung als Grundschullehrer gearbeitet hat, denke ich mir, kann ruhig auch einen Job annehmen, den er aufgrund seines Sternzeichens angeboten bekommt.

13

BURSCHENSAFT, DER BURSCHEN SCHAFFT

Michael glaubt mir kein Wort. Erst als ich ihm mehrmals und glaubhaft versichert habe, wegen der astrologischen Personalpolitik meiner Chefin einen neuen Job ergattert zu haben, lacht er sich schlapp, dann fällt ihm etwas ein: »Das Interview mit Charlotte Roche war übrigens echt super«, sagt er. »Bis auf die Tonqualität, aber egal. Pass auf, bei uns hat sich eine studentische Verbindung gemeldet und um einen Vortrag über die Stiftung gebeten.« Ein kalter Schauer läuft über meinen Rücken. »Würdest du das übernehmen?«

Etwas verdattert stimme ich zu und rufe umgehend meinen Onkel an, der jedoch vehement abstreitet, damit etwas zu tun zu haben. Das wird dann wohl Zufall gewesen sein, aber noch mehr verwundert mich der Umschlag, den ich ein paar Tage nach Michaels Anruf im Briefkasten finde. Er besteht aus dickem Papier, kommt aus einer ostdeutschen Großstadt und ist mit einer verschnörkelten Handschrift an mich adressiert. Auch der darin enthaltene mit einem Wappen verzierte Brief ist in dieser altertümlichen Schrift gehalten. Absender ist die studentische Verbindung, bei der ich einen Vortrag über die Ziele unserer Stiftung und die Unterschiede zwischen Wissenschaft und Religion halten soll.

Als wäre dies nicht schon herausfordernd genug, werde ich noch aufmerksamer, als ich die angegebene Homepage besuche, deren Freakfaktor kaum zu übertreffen ist. Hier posieren gepflegte junge Herren in Anzügen und Schaffnermützen – allesamt deutsche Burschen, einige mit Fechtwaffe, andere mit einem großen Glas Bier in der Hand ausgestattet. Bevor ich es mir anders überlegen kann, schließe ich das Browserfenster und konzentriere mich auf den Inhalt des Vortrags, den mir Michael mitsamt der PowerPoint-Präsentation geschickt hat.

Am Abend vor dem großen Tag krame ich Anzug und Krawatte aus der hintersten Schrankecke hervor, bügele mein einziges weißes Hemd und schaue mir auf YouTube noch schnell die Anleitung zum Binden eines ordentlichen Krawattenknotens an. Derart gewappnet, fühle ich mich bereit für meinen Ausflug als Stellvertreter Schmidt-Salomons auf Erden. Wenn man das als Skeptiker so sagen darf.

»Dem Straßenverlauf für 110 Kilometer folgen«, befiehlt mir die angenehme Frauenstimme meines Navigationsgeräts hinterm Berliner Ring. Ich habe also Zeit und so rufe ich mir in aller Ruhe die verschiedenen Artikel in Erinnerung, die ich im Vorfeld über die verwirrende Entstehung und Verwandtschaft studentischer Verbindungen, Corps und Burschenschaften gelesen habe. Natürlich sind sich die verschiedenen Gruppierungen untereinander nicht immer wohlgesonnen. Einige von ihnen tragen Fechtduelle aus, die sie Mensuren nennen und bei denen sie sich mit rasiermesserscharfen Waffen die Wangen aufschlitzen. Die Narben gelten unter den Burschen als Zeichen der Zugehörigkeit. Denn je höher die Opfer sind, die ein Mitglied für die Zugehörigkeit zu einer bestimmten Gruppe aufbringen muss, las ich vor Kurzem im Zusammenhang mit Religion, desto stärker sei der Zusammenhalt dieser Gruppe. Schräg, aber irgendwie einleuchtend.

Manche Burschenschaften verzichten ganz auf das Geschlitze, andere verknüpfen ihre elitären und teils rassistischen Überzeugungen mit dem sehr anpassungsfähigen christlichen Glauben, und wieder andere sind so liberal, dass sie sogar Frauen und Ausländer akzeptieren. Doch ob sie sich nun Corps oder Burschenschaften nennen, ob sie der Germania oder der Arminia angehören, Schwarzrotgold, Rot oder Weiß als Farbe tragen – die Werte der Urburschenschaft teilen die allermeisten: Freiheit, Ehre, Vaterland. Immerhin kann ich mich mit einem Drittel dieser Ideologie anfreunden, frage mich aber doch, welche Freiheit hier wohl konkret gemeint sein könnte.

Einige prominente Männer der deutschen Geschichte und Gegenwart entstammen den strammen Reihen dieses meist frauenfreien Geklüngels. Einer von ihnen hat Deutschlands schnellstes Auto erfunden, der andere das teuerste. Im Namen des einen jungen Mannes werden noch bis heute Bohr- und Waschmaschinen gebaut, der nächste hat seinen guten Namen für Tütensuppen hergegeben. Ein anderer hat zehn Jahre lang erfolgreich dafür gesorgt, dass Bahnreisende regelmäßig zu spät kommen. Ach ja, fast vergessen: Ein besonders prominenter dieser Burschen ist sogar Chefredakteur Deutschlands meistverkaufter Tageszeitung geworden.

Tolle Typen also, die sich zudem nicht zu schade sind, mit der Zugehörigkeit zur elitären Vetternwirtschaft auch noch zu prahlen. »Beziehungen schaden nur denen, die keine haben!«, konnte ich tatsächlich auf einer Homepage lesen, auf der man auch die Kriterien für die Anmietung eines Zimmers im Verbindungshaus erfährt: *Deutsch, männlich und bereit, akademisches Fechten zu lernen, mit dem man seine Furcht vorm Leben besiegen kann.*

Gruselig!

Mit den Worten »In fünfzig Metern, Sie haben Ihr Ziel erreicht« reißt mich die Stimme meines Navis aus den Gedanken und beendet damit meine Fahrt zum Burschenpalast. Noch ahne ich nicht, dass dies für heute die letzte Frauenstimme sein wird, die meine Ohren erreicht.

Vor einer wunderschönen, wegen ihrer Größe aber doch etwas bedrohlich wirkenden Jugendstilvilla parke ich meinen quietschblauen Golf und steige aus. Die dunkelroten Ziegelsteinmauern werden von pompös gerahmten hohen Fenstern durchbrochen, in der Mitte des Bauwerks erstreckt sich im Halbrund eine von Säulen eingeschlossene Veranda, deren Dach im zweiten Stock des Hauses einen Balkon bildet. Beeindruckt hole ich meinen kleinen Rollkoffer aus dem Wagen und nähere mich der Eingangspforte. Auf den Steinsockeln, die das gusseiserne Tor des Zauns halten, sitzen zwei Löwen mit erhobener rechter Tatze, den steinernen Blick in die Ferne gerichtet. Das goldene Schild an einer der Säulen trägt das Wappen, das ich auch auf der Einladung zum Vortrag entdeckt habe, und darunter kann ich in merkwürdig geschwungener Schrift nur mit Schwierigkeiten den sonderlichen Namen der Verbindung entziffern.

Noch bevor ich den Klingelknopf betätigen kann, ertönt der Summer. Unter einigem Kraftaufwand öffne ich das schwere Tor und laufe über den mit Kies bedeckten Weg durch einen aufgeräumten Garten, in dessen Ecke ein etwas buckliger Gärtner das letzte Tageslicht für seine gründliche Arbeit nutzt.

»Gott zum Gruße!«, ruft plötzlich ein junger Mann von der Eingangstür und kommt sicheren Schrittes über die breite Treppe auf mich zu. Seinen Anzug und die lustige Schaffnermütze kenne ich ja bereits aus dem Internet. Gut, dass ich mich auch entsprechend gekleidet habe – oder sollte ich sagen: *ver*kleidet?

»Guten Abend«, stelle ich lächelnd richtig und schüttele ihm die Hand, die er für meinen Geschmack viel zu kräftig und lange drückt. Daraufhin bittet er mich ausgesprochen höflich herein. In der mit dunklem Holz vertäfelten Halle führen auf beiden Seiten breite geschwungene Treppen auf eine Galerie, in deren Mitte sich eine massive Flügeltür befindet. Auf beiden Seiten der Pforte hängen Fotos und Gemälde vergangener Zeiten, auf denen Herren mit Bärten, Pickelhauben und verschiedenen Abzeichen an der Brust zu sehen sind. Es riecht nach Holzpolitur, Zigarren und deftiger Hausmannskost. Überwältigt von diesem Stillleben wandert mein Blick erst einen Moment später nach unten, wo zwischen den beiden Treppen im Zentrum des Raumes eine antike dunkelgrüne Ledercouch steht. Auf ihr liegt ein schlafender Mann, dessen Bauch sich im Rhythmus seines Schnarchens auf und ab bewegt. Weil er auf dem Rücken liegt, haben sich Hemd und Unterhemd aus dem Griff seiner Hose befreit und geben den Blick auf den beachtlichen und behaarten Wanst frei. Zu seinen Füßen schlummern zwei Deutsche Doggen, die bei meinem Anblick gleichzeitig die großen Köpfe heben und mich aufmerksam anstarren. Einzig das Schnarchen des Dicken und das bedrohliche Ticken einer gigantischen Standuhr durchbrechen die Stille dieses Ortes.

»Herrmann, Heinrich!«, hallt der Ruf des Empfangsburschen plötzlich, woraufhin sich die riesigen Hunde schnell erheben und zu uns laufen. Weil ihre Krallen beim Laufen ein unheilvolles Klackern auf dem dunklen Fischgrätenparkett erzeugen, weiche ich unweigerlich einen Schritt zurück, doch der Bursche beruhigt mich.

»Herrmann und Heinrich sind bestens erzogen und werden Ihnen kein Haar krümmen, werter Herr Möller!«, erklärt mir der Junge in gestelzten Worten. »Reichen Sie mir einfach noch einmal die Hand, dann wissen die beiden, dass Sie ein Freund unseres Hauses sind.«

Damit wüssten die Hunde jedenfalls mehr als ich, aber meiner körperlichen Unversehrtheit wegen nehme ich den Rat gern entgegen und erwidere erneut den übertrieben festen Händedruck. Die beiden Doggen schauen schon viel versöhnlicher drein, als sie sich nahezu synchron rechts und links neben den Empfangsburschen setzen.

»Herzlich willkommen in unserem Heime!«, ruft plötzlich der Dicke mit dünner Stimme, der inzwischen von der Couch aufgestanden ist und seine Oberbekleidung hastig in die Hose stopft. Mit einer entschuldigenden Geste kommt er auf mich zu und schüttelt mir dann, ebenfalls viel zu lange, mit einem gemütlichen Lächeln die Hand. Sein Haarschnitt ist so akkurat, dass man eine Schweizer Uhr danach stellen könnte, sein Blick sanft und zugleich fest, und auf seinen sauber rasierten Wangen sind die Narben mehrerer Schnitte zu sehen: ein Schmiss. Das Symbol erfolgreich bestandener Fechtduelle und wichtiger Bestandteil zukünftiger Bewerbungsgespräche in den Chefetagen deutscher Unternehmen.

»Als Leiter dieses Hauses darf ich Ihnen mitteilen, dass wir uns äußerst über Ihren Besuch freuen«, säuselt er fast überschäumend vor Freundlichkeit. »Kommen Sie doch erst einmal auf ein Bier herein, ja?«, bittet er und führt mich unter den gutmütigen Blicken von Herrmann und Heinrich zur hauseigenen Bar.

Dort treiben sich unzählige Männer mit Busfahrermützen herum, die beim Eintritt des Dicken augenblicklich die Gespräche unterbrechen, schnell die Zigarillos aus dem Mundwinkel nehmen und die Oberkörper straffen.

»Gott zum Gruße!«, spricht er leise in Richtung Saal. »Ich darf euch und Ihnen unseren Gast, den ehrenwerten Herrn Philipp Möller, vorstellen.«

Ehrenwert? Wenn die wüssten, dass ich in meiner Pubertät Plakate für die Antifa geklebt habe! Mit einem freundlichen Nicken grüße ich in die Runde und erkenne, dass sich hier »Alte Herren« in hellen Anzügen unter die Aktiven mischen, die allesamt wie der Empfangsbursche in eine marineblaue Uniform gekleidet sind. Der Dicke bestellt zwei Bier beim Barmann, reicht mir eines und stößt gleichzeitig mit unseren Biergläsern seine Hacken zusammen – ungefähr so wie der betrunkene Butler aus *Dinner for one*. Dann trinkt er mit kräftigem Zug einen Viertelliter weg und schaut mich danach mit feuchten Augen an.

»Ich hoffe, das Bier schmeckt Ihnen, werter Herr Möller«, meint er fröhlich, »denn so Sie wollen, wird davon noch das ein oder andere fließen an diesem wunderbaren Abend!«

Der Sprachduktus des Mannes scheint Teil dieses Schauspiels zu sein, doch bevor ich antworten kann, unterbricht der Empfangsbursche unsere Unterhaltung mit einer Frage an den Chef. Dieser jedoch hört ihm nicht weiter zu, mustert stattdessen das leicht stopplige Kinn seines Untergebenen und unterbricht ihn dann forsch. »Wie siehst du denn aus?«

»Ich bitte zu entschuldigen?«, entgegnet der Jüngere fragend, woraufhin der Chef mit strenger Miene auf seinen Eintagesbart zeigt.

»Du gehst umgehend auf dein Zimmer und rasierst dich ordentlich, klar?« Er schüttelt verständnislos den Kopf. »Typisch Füchse«, flucht er und erklärt mir schließlich, dass dies die Bezeichnung für die Nachwuchsburschen ist. Zu den Uniformen passt der Drill zwar irgendwie, aber als harmoniesüchtiger Pazifist und Wehrdienstverweigerer ist mir ein solch hierarchisches Miteinander vollkommen fremd.

Während der Fuchs gesenkten Hauptes den Raum verlässt, leert mein Gesprächspartner mit einem zweiten Zug den Rest des Humpens, den er anschließend mit einem doppelten Klopfen auf der Bar abstellt. Der Bursche hinterm Tresen weiß offenbar, was damit gemeint ist, und tauscht das leere Glas umgehend gegen ein volles aus.

»Sie haben wohl keinen Durst«, stellt mein Gegenüber mit einem amüsierten Blick auf mein Glas fest und fordert mich dann auf, ihm zu folgen. Ein fester Händedruck scheint hier zum guten Ton zu gehören, und so lerne ich auf der Begrüßungsrunde durch den vollen Raum schnell, mit ausreichend Kraft dagegenzuhalten – einerseits, um meine Hand nicht zerquetschen zu lassen, andererseits, um nicht als Schwächling zu gelten. Denn obwohl ich von solchen gleichgeschlechtlichen Zusammenkünften nur wenig halte, fühle ich mich durch die starke Präsenz der zur Schau getragenen Gruppenidentität etwas in ihren Bann gezogen.

Nach und nach macht mich der Befehlshaber mit den anwesenden Burschen oder Corpsmitgliedern bekannt – ich habe es inzwischen aufgegeben, mich um die richtige Bezeichnung zu bemühen, für mich als Laien ist das zu kompliziert. Mir fällt dabei auf, dass er den Jüngeren gegenüber stets herrisch bis herablassend wirkt, den Älteren aber eine servile Unterordnung entgegenbringt. Die Alten Herren stellen sich mir wahlweise als Juristen, Mediziner oder Geschäftsführer von irgendwas vor und fragen mich, was ich denn studiert hätte: Jura, Medizin oder BWL? Auf meine Antwort – »Pädagogik« – reagieren sie dann mit einem großväterlichen Lächeln. Bis zum Ende der Vorstellrunde hat der Oberbursche drei große Gläser des süffigen Burschensafts intus und entschuldigt sich erst einmal zur Toilette. Bevor er aufbricht, stellt er sein Glas wieder mit dem Signal für Nachschub auf der Eschenholztheke ab und verschwindet dann. In dem kurzen einsamen Moment an der Bar frage ich mich, ob ich das Zeitreiseportal am Eingang, das mich offenbar in das ausgehende 19. Jahrhundert versetzt hat, übersehen habe.

Dann kehrt der frisch rasierte Fuchs zurück, inspiziert mit einem halb neidischen, halb verachtenden Blick mein stoppliges Kinn und verwickelt mich dann in ein aussichtsloses Gespräch über Gott und die Welt. Als sich die Uhrzeit schließlich dem Veranstaltungsbeginn nähert, verlassen wir die Kneipe und betreten gemeinsam die Eingangshalle, in der es sich Herrmann und Heinrich wieder neben der Couch gemütlich gemacht haben. Unter dem angetrunkenen Gerede der schätzungsweise dreißig Füchse, Burschen und Alten Herren ist das Ticken der Standuhr nun nicht mehr zu hören.

Die breite Treppe zur Galerie quietscht unter meinen Füßen, und nun öffnen sich die Flügeltüren zum Hauptsaal des Corps: ein gewaltiger Raum, dessen hohe Wände ebenfalls mit dunklem Holz vertäfelt sind, an denen noch mehr Porträts hängen. Ein schlichter, aber riesiger Kronleuchter hängt von der mit Stuck verzierten Decke, und zwischen den Ölschinken befinden sich Wandlampen, die ein gemütliches Licht ausstrahlen. An der Stirnseite des Saales befindet sich ein beleuchtetes Rednerpult, auf dem ein Schild mit meinem Namen steht. Beim Anblick der Stuhlreihen erhöht sich meine Herzfrequenz schlagartig, kalter Schweiß tritt auf meine Handflächen: Lampenfieber.

Nachdem sich der Saal mit drei Dutzend Zuhörern gefüllt hat, werde ich kurz vorgestellt und beginne dann mit dem Vortrag. Vorerst läuft es ganz gut, doch nach ein paar Minuten fallen mir zwei Herren auf, die mich während der Rede mit starrem Blick durchbohren. Einer von ihnen sitzt in der Mitte der ersten Reihe. Er ist vermutlich weit jenseits der neunzig, trägt über der Lippe einen fein säuberlich gezwirbelten Kaiser-Wilhelm-Bart und nutzt beide Hände während der gesamten Veranstaltung als Vergrößerung seiner Ohrmuscheln. Obwohl er damit eine eher niedliche Erscheinung darstellen sollte, irritiert mich der Blick aus seinen verschleierten braunen Augen doch sehr. Was hat dieser Greis schon alles gesehen? Rein rechnerisch muss er in den Vierzigerjahren des letzten Jahrhunderts studiert haben, und da außer mir alle Anwesenden Mitglieder der Verbindung sind, wird auch er es sein. Was mag sich in der Historie dieser Villa wohl schon alles zugetragen haben?

Welche Rolle hat dieser Alte Herr, der mich gerade anvisiert, dabei gespielt? Während ich rede, schüttelt er von Zeit zu Zeit entschieden den Kopf und schaut mich dann noch ein bisschen böser an. Kalt läuft es mir den Rücken herab.

Der andere Starrer ist bedeutend jünger, sitzt am Rand und ist in einen vermutlich maßgeschneiderten Dreireiher gekleidet. Er fällt aufgrund von zwei Besonderheiten auf: eine kalkweiße Haut und die vollkommene Abwesenheit jeglicher Behaarung. Die scharfen Gesichtszüge dieses etwas fischartigen Wesens werden durch kugelrunde stahlblaue Augen vervollständigt, über denen er die nicht vorhandenen Augenbrauen runzelt – eine mimische Höchstleistung. Nur mit Mühe kann ich mich unter dieser feindlichen Beobachtung auf meinen Vortrag konzentrieren.

»Während in der Wissenschaft überprüfbare Aussagen – also Hypothesen – aufgestellt, überprüft und gegebenenfalls verworfen werden«, erkläre ich und spüre dabei ein wenig kalten Schweiß auf meiner Stirn, »funktioniert Theologie genau andersherum: Es wird eine unüberprüfbare Aussage aufgestellt – die Existenz eines allmächtigen, allgütigen und allwissenden Schöpfergottes –, und alles, was nicht in dieses Bild passt, wird vehement abgestritten oder im Zweifelsfall verbrannt.«

Hoffentlich muss ich meine religionsfreie und -kritische Weltanschauung heute Nacht nicht in einem Fechtduell verteidigen! Oder fordert man mich vielleicht noch dazu auf, den Alkoholpegel des stattlichen Alphaburschen zu erreichen? Dieser leert jetzt erneut eines der großen Biergläser und winkt noch währenddessen den Bierlieferanten heran, der ihm mit widerwilligem Gesichtsausdruck, aber dennoch routiniert, ein weiteres Glas hinstellt. Vielleicht hat er sich so zu seinem Posten als Boss dieser Truppe hochgesoffen?

Als ich ein paar Minuten später den nächsten Stichpunkt in meinem Vortrag entdecke, überlege ich kurz, ihn auszulassen, denn der Mut zur Kritik, den ich zu Hause noch hatte, ist inzwischen etwas verflogen. Leider ist mein Mund jedoch mal wieder schneller als mein Hirn.

»Obwohl beispielsweise das Christentum ohne das Vorkommen von Wundern – wie der Jungfrauengeburt oder der Auferstehung von den Toten – wie ein Kartenhaus in sich zusammenfällt, kann der Glaube daran für seine Anhänger von großem Vorteil sein«, sage ich und schaue in die strengen Gesichter der Männer. »Und zwar weil er ihnen eine Gruppenidentität verleiht. Der sogenannte *Nepotismus* – auch als Vetternwirtschaft bekannt – erhöht für Christen bis heute die Chance, in Deutschland eine politische Karriere hinzulegen. Ein Blick auf die Konfessionen der Spitzenpolitiker aller Parteien sollte dies belegen.«

Zu meiner Erleichterung zieht niemand der Anwesenden eine Fechtwaffe und geht damit brüllend auf mich los. Stattdessen lächeln sich einige der Burschen nickend an, und so schaffe ich es, mich bis zum Fazit des Vortrags durchzuhangeln.

»Wäre die Religion also nur erkenntnistheoretisch absurd« schließe ich meine Rede, »dann müsste sich unsere Stiftung nicht damit beschäftigen. Aber leider ist der organisierte Glauben in Deutschland keine Privatsache, sondern greift über die feste politische Verankerung konkret in das Leben religionsfreier Menschen ein – und genau daran wollen wir etwas ändern.«

Meine abschließenden Worte werden vom Publikum sehr unterschiedlich aufgenommen. Einige der Burschen schütteln entrüstet den Kopf, andere dagegen – vor allem die jüngeren – stimmen mit heftigem Nicken und freundlichem Lächeln zu; nur der grimmige Greis und der Fischmann behalten die unbeweglichen Gesichtsausdrücke und frostigen Blicke bei.

»... und deshalb zitiere ich zum Schluss meinen Kollegen Michael Schmidt-Salomon mit den Worten: ›Heidenspaß statt Höllenqual!‹«

Unter Applaus bedanke ich mich für die Aufmerksamkeit und lockere hastig meinen bisher ordentlich sitzenden Krawattenknoten. Weil ich alte Sabbeltasche die vorgegebene Zeit mächtig überschritten habe, schlägt der Burschenboss vor, die abschließende Diskussion in der Bar fortzusetzen. Dort angekommen, wartet der Fischmann bereits am Thresen auf mich, doch bevor ich mich vor ihm verstecken kann, stellt sich mir der Greis in den Weg. Am Kragen seines Sakkos trägt er das Wappen der Verbindung, und an seinem linken Ringfinger prangt ein Gegenstand, den ich bisher nur aus historischen Romanen kannte: ein Siegelring.

»Herr Möller«, beginnt er dramatisch und reicht mir die Hand zum Gruße. »Ich weiß gar nicht, wie ich Ihnen danken soll«, formuliert er dann zu meiner größten Verwunderung. »Ich bin seit dreiundneunzig Jahren strenggläubiger Katholik – und Sie schicken mich heute sehr, sehr irritiert nach Hause!«

Ich schlucke und sage erstmal gar nichts. Zum Glück lässt der Mann wieder meine Hand los.

»Ich glaube«, fügt er dann nachdenklich hinzu, »wenn ich in Ihrer Zeit aufgewachsen wäre, wäre ich heute auch Atheist – das war zu meiner Zeit unvorstellbar! Jemand wie Sie hätte damals keine Chance auf Karriere gehabt.« Dann bekommt sein vom Leben zerfurchtes Gesicht einen schwermütigen Blick. »Na ja, lassen wir das. Ich wünsche Ihnen alles Gute!« Sichtbar erleichtert verlässt er den Saal und erweckt dabei den Eindruck, als hätte er gerade einen Essensrest zwischen den Zähnen entfernt, der ihn dort seit vielen Jahren gestört hat.

Verwundert schaue ich ihm nach, doch als ich mich wieder umdrehe, steht der Fisch plötzlich ganz nah vor mir.

»Wunibald von Gersthausen mein Name, ich grüße Sie,

Herr Möller!« Die Schärfe seiner Stimme passt zur noblen Blässe des Adligen – nicht jedoch zu seinem Händedruck. Der ist nämlich so weich und nasskalt, dass ich erstaunt nach unten blicke, um mich zu vergewissern, ob er mir aus Spaß vielleicht einen toten Aal in die Hand gelegt hat.

Zu Späßen scheint von Gersthausen jedoch nicht aufgelegt zu sein, stattdessen klaubt er in den folgenden langen Minuten jede einzelne meiner Aussagen auseinander und analysiert sie bis ins Detail. Hinter seinem Rücken signalisieren verschiedene Burschen Gesprächsbedarf und Bierdurst. Ich werfe einen winzigen Blick hinter den Adligen und gebe so das Zeichen, dass ich die Wartenden zur Kenntnis genommen habe, aber das nimmt er sofort wahr und fährt blitzschnell herum.

»Wer von diesen Kretins wagt es«, brüllt er metallisch, »sich lustig zu machen über ein altgedientes Mitglied des Corps?«

Am etwas blöden Blick der Mützenträger, die instinktiv in eine straffe Haltung geschnellt sind, meine ich zweierlei Dinge erkennen zu können: Erstens hat niemand Lust, sich mit dem Fischmann anzulegen, und zweitens kennt offenbar keiner die Beschimpfung französischer Herkunft – so wie ich.

Stille herrscht im Burschenhaufen, einzig ein leises Wutschnauben des leicht reizbaren weißen Hais ist zu hören. Doch nun, nachdem ich meinen Vortrag gehalten und die Angst vor den anwesenden Freaks verloren habe, werde ich mir langsam meiner privilegierten Situation bewusst, als einziger Mann in diesem Raum nicht den strengen Regeln des Corps unterworfen zu sein. Wollen wir doch mal sehen, ob sich die steifen Typen ein bisschen aus der Reserve locken lassen …

»Nun mal nicht so streng, Herr General«, spreche ich frech in die Stille hinein, woraufhin Wunibald herumschnellt und reflexartig zur Rückhandbackpfeife ausholt.

Als er mein erschrockenes Gesicht sieht, lockert er jedoch schnell seine Haltung und lässt die erhobene Hand sinken, scheint sich seiner Aktion sogar etwas zu schämen. Offenbar will er vor versammelter Mannschaft jedoch keine Schwäche zeigen, was ihm angesichts des mädchenhaften Burschengekichers hinter seinem Rücken nachvollziehbarerweise schwerfällt.

»Einem Mitglied unserer Gemeinschaft hätte eine solche Frechheit nicht passieren dürfen!«, zischt er schließlich scharf und schaut sich dabei demonstrativ im Saal um, bevor er mir ein falsches Lächeln schenkt. »Aber bei einem Zivilisten wie Ihnen, Herr Möller, wollen wir mal ein Auge zudrücken«, sagt er, wobei er das Wort »Zivilist« mit einer sorgsam eingeübten Verachtung ausspricht. Dann strafft er sein feines Jackett und wünscht mir einen guten Abend. Alle anderen lässt er grußlos stehen und verlässt schnurstracks den Saal.

»War das etwa unangemessen?«, frage ich, kaum dass von Gersthausen verschwunden ist, bierselig in die Burschenrunde, womit ich mir die meisten zum Freund mache. Einer der jüngeren Burschen nimmt im Übermut sogar die Mütze ab und ruft fröhlich in den Saal, dass Wunibald sowieso nicht mehr alle Orden an der Uniform hat, woraufhin er von seinem Nachbarn sofort eine schallende Backpfeife bekommt.

»Die Kopfbedeckung gehört zu deiner ständigen Pflicht!«, brüllt der Schläger sein Opfer an, das sich verdutzt das Blut von der Unterlippe wischt. Der Schlag hat offenbar gesessen.

»Wofür gibt's denn hier noch so aufs Maul?«, frage ich laut und beflügelt von meinem alkoholbefeuerten Querulantengeist, aber offenbar gibt es niemanden mehr, der mir antworten möchte.

Als nach einem Moment der Stille die ersten Gespräche wieder einsetzen, fordert der Dicke einen der Füchse dazu auf, mir mein Zimmer zu zeigen. Erst auf der Treppe stelle ich fest, dass ich vom kleinen Frechdachs, der sich die Backpfeife eingefangen hat, in mein Gemach geleitet werde.

»Um Ihre Frage zu beantworten«, nimmt er den Faden von vorhin wieder auf, »es gibt noch so einige Dinge, für die man hier bestraft wird.« Und erzählt mir dann von einer Tabelle, die auf dem Dachboden hängt. Dort bekomme jeder einen Eintrag, der Anglizismen verwende, der jammere oder fluche.

»Musstest du auch schon fechten?«, frage ich ihn.

»Noch nicht«, meint er stöhnend, als wir vor einer Tür ankommen, die er mit einem alten Schlüssel aufschließt.

Nachdem ich meinen winzigen Koffer in die Ecke des riesigen Zimmers gepfeffert habe, will ich von ihm wissen, warum er sich das hier antut.

»Ganz ehrlich?«, fragt er und schaut sich gewissenhaft um. »Ich zahle hundertzwanzig Euro für ein Riesenzimmer in diesem Nobelschuppen inklusive Verpflegung und Putzfrau.«

»Und dafür spielst du hier den arischen Burschen, oder was?«, frage ich mit Blick auf seine schwarz-rot-goldene Schärpe, die er und seine Kollegen tragen.

»Na ja«, beginnt er entschuldigend, »so richtig rechts sind die Jungs hier ja auch nicht.« Er nimmt meinen zweifelnden Blick zur Kenntnis und relativiert schnell: »Zumindest nicht alle! Der Dicke zum Beispiel ist eigentlich ein ganz liberaler Kerl. Der hat sogar türkische Freunde – aber natürlich außerhalb der Verbindung.«

»Wow«, entgegne ich spöttisch. »Ein echter Kosmopolit.«

Daraufhin können wir uns das Lachen nicht verkneifen, und als mein Begleiter einen weiteren Anlauf nimmt und die Verbindungen der Alten Herren in die Wirtschaft als Rechtfertigung für seine Entscheidung zur Mitgliedschaft in dieser Gruppe heranzieht, nicke ich nur und denke an meinen Onkel Günther und sein Vitamin B. B wie Burschenschaft.

Als wir beschwingt und mit nicht mehr ganz so sicherem Tritt in die Burschenkneipe zurückkehren, liefern sich der Dicke und der Schläger gerade ein Saufduell, in das mehrere Liter Bier und ein Eimer involviert sind. Unter den Blicken aller Anwesenden tragen sie so vermutlich einen Disput aus. »Lass mich raten«, flüstere ich meinem heimlichen Verbündeten zu, »wer zuerst kotzt, hat verloren?«

Der Frechdachs lächelt zustimmend und bestellt uns zwei Bier. Noch bevor wir anstoßen können, kommt der Dicke mit seligem Siegerlächeln auf uns zu. Durch das schadenfreudige Gebrüll der anderen kann ich die Würggeräusche des Verlierers glücklicherweise nur sehr undeutlich hören. Bei mir wird es wohl auch schon der dritte oder sechste halbe Liter sein, mit dem Zählen habe ich aufgehört. Zeit also, den Burschen mal auf den deutschen Zahn zu fühlen, was mir nach ein paar Gläsern Gerstensaft relativ leichtfällt. Ohne Umschweife spreche ich in kleinerer Runde an, was ich bisher über die politischen Gesinnungen in studentischen Verbindungen gehört habe. Einige der Burschen verabschieden sich mit bedeutungsschwangeren Blicken direkt aus dem Gespräch, doch der Schläger scheint sich direkt angesprochen zu fühlen.

»Wollen Sie etwa behaupten, wir seien Nazis?«, will er aufgebracht wissen.

»Nö«, entgegne ich und kann seinem wütenden Blick gerade so standhalten. »Aber andere behaupten das. Ich will es ja jetzt von euch wissen. Also: Seid ihr rechts oder nicht?«

Seine Antwort muss er sich in einer längeren Pause zurechtlegen. »Sagen wir es mal so: Wir haben nichts gegen Ausländer, aber wir wollen sie nicht in unserer Verbindung haben!«

»Wieso nicht?«

»Tradition. In studentischen Verbindungen sorgen wir für die Mitglieder unseres nationalen Bundes. Andere sollen sich um sich selbst kümmern.«

Diese »Freiheit« ist im Leitspruch der Burschenschaften also gemeint: andere ausgrenzen, um die Schlüsselpositionen in Politik und Wirtschaft mit den eigenen Männern zu besetzen.

»Außerdem geht es uns um den Erhalt der deutschen Sprache«, ergänzt er, «wir wehren uns schließlich auch gegen Anglizismen, die heutzutage immer stärker um sich greifen.«

»Okay, sagen wir mal, hier bewirbt sich ein deutscher Muttersprachler mit deutscher Staatsangehörigkeit – aber dunkler Haut …«, werfe ich in den Raum, doch der Schläger lässt mich nicht ausreden.

»Keine Chance!« Auf meinen fragenden Blick reagiert er mit einem entschiedenen Kopfschütteln und sucht dann nach Bestätigung bei den übrigen Kollegen in der Runde. Der Frechdachs setzt zum Antworten an, besinnt sich aber beim Blick des Prüglers, der ihn mit zusammengekniffenen Augen anstarrt, wohl doch eines Besseren.

Daraufhin wendet sich der Schläger, der sich durch meine Fragen anscheinend persönlich beleidigt fühlt, wieder mir zu: »Wenn dir was nicht passt, weißt du ja, wo die Tür ist!«

»Ach ja?« Ich schaue ihm ins Gesicht, muss dann aber lachen. »Ehrlich gesagt bichmir dessen gar nich mehr so sicher …«

Der Dicke freut sich, dass ich das Reizthema mit einem blöden Spruch beendet habe, und setzt diese Taktik mit einem schlechten Witz nach dem anderen fort. »Warum kriegen Männer keine Cellulitis?«, fragt er gerade in die Runde, als mir schon wieder das Bier ausgeht und ich leicht schielend nach einem weiteren Humpen verlange.

»Weils Scheiße aussieht!«, brüllt plötzlich einer von links in mein Ohr, woraufhin der Dicke sich vor Lachen auf den Boden wirft und dabei ein halb volles Bierglas über einen der Jüngeren schüttet. Auch ich lache mit und behalte sogar die Frage für mich, warum Frauen keine Glatze kriegen.

Oh Mann, Möller. Der vernunftbegabte Teil meines Hirns hat sich offenbar weitgehend verabschiedet, was ich vor allem an der SMS bemerke, die ich seit ungefähr einer halben Stunde an meine frisch Verlobte schreibe: ›Boa. Brusxhenschaftaften sind sxhon voll karasss crazy, ey! Bin voll balu. Medle mihc morhen.‹

Um das Display meines Telefons überhaupt noch zu erkennen, muss ich dauerhaft ein Auge zukneifen, was mir unter den Anwesenden den Spitznamen »Pirat« einbringt. Als ich die schwerste Aufgabe des Abends endlich absolviert habe, pfeffere ich mein Telefon in eine Ecke und stelle mich auf den nächstbesten Stuhl. »Gruß zum Gotte, Genossinnen und Genossen!«, brülle ich fröhlich durch die Kneipe und ernte dafür ungehemmten Burschenbeifall. »Folgender genialer Plan des ehrenwerten Herrn Möller«, fahre ich berauscht fort, wobei mich einige Anwesende, der Dicke allen voran, immer wieder lachend mit Salzstangen bewerfen. »Wenn ich dreckiger Zivilist schon mal in einer Burschenschaft bin, will ich auch mal so was richtig Burschiges erleben! Also?«

Mit einem schiefen Blick auf den Dicken, von dem ich inzwischen zwei sehe, beende ich meinen Antrag und hüpfe elegant wie ein Elefant vom Stuhl. Schmatzend überlegt der Boss des Vereins einen Moment, dann hat er offenbar einen Geistesblitz und spurtet überraschend rasant aus der Kneipe. Einen kurzen Moment später kommt er mit einem schwertartigen Gegenstand in der Hand zurück und stellt sich wie eine übergewichtige Version von Siegfried dem Drachentöter, die Waffe mit beiden Armen zur Decke gestreckt, in die Mitte des Raumes. »Brüder!«, erhebt er feierlich das Wort, woraufhin die Burschen schon in Jubel ausbrechen. »Zu Ehren des ehrenhaften Piratengastes, Herrn Philipp Möller, befehle ich euch, eine Hochkneipe zu bauen!«

Die letzten Silben gehen in so lautem Gegröle unter, dass ich mich beim Frechdachs nach dem weiteren Verlauf des Abends erkundigen muss.

»Bei einer Hochkneipe«, schreit er mir ins Ohr, »geht es darum, so lange wie möglich nicht vom Tisch zu fallen!« Mit bedeutungsvoller Miene weist er auf die Burschen, die sich trotz des beachtlichen Alkoholpegels erstaunlich routiniert daranmachen, diese ominöse Hochkneipe zu errichten.

Das Bühnenbild des zweiten Akts dieses Schauspiels ist denkbar einfach: Zwei Tische werden an den kurzen Enden zu einer Tafel aneinandergerückt, das gleiche Gebilde wird noch einmal danebengestellt. Nun hieven zwei Burschen zwei weitere Tische auf die entstandene Fläche und stellen Stühle daran. Dann klettern sie mit Gesangsbüchern und Biernachschub auf das pyramidenförmige Gebilde und reichen mir die Hände zum Hochklettern.

Während ich mit absoluter Sicherheit gerade auf eine Alkoholvergiftung zusteuere, kommen die Jungs mithilfe ihres Burschensaftes und der Hochkneipe erst richtig auf Touren. Oben angekommen, singen sie gemeinsam die Lieder ihrer Vorfahren, die »mit Gott auf das Felde ziehen«, übertönen sich mit ritualisierten Sprüchen und saufen so viel, dass immer mal wieder einer von ihnen mit seinem Stuhl zu weit nach hinten rückt und infolgedessen mitsamt dem Möbelstück gute anderthalb Meter nach unten stürzt. Beim ersten Mal bin ich noch schwer erschrocken, doch als der dritte Bursche nach seinem Abflug die Einzelteile des zerbrochenen Stuhls in die Ecke pfeffert, sich einen neuen schnappt und wieder an der Hochkneipe teilnimmt, höre ich auf, panisch nach der Feuerwehr zu rufen. Dennoch flößt mir das Treiben endlich so etwas wie Respekt ein, sodass ich ganz nah an den Tisch rücke und meinen Bierkonsum etwas drossele. Doch dieser Plan soll nicht lange Bestand haben, denn nun, inmitten des Burschenlärms, fordert einer von ihnen den Rest der Mannschaft vergeblich zur Ruhe auf. Als er sich endlich durchgesetzt hat, können wir es hören: Jemand klingelt an der Tür.

»Ach du Scheiße«, entfährt es mir, »die Nachbarn hamm die Bullen gerufen!«

Lauthals lacht mich die Truppe für diese naive Bemerkung aus, steigen dann von den Stühlen und rennen brüllend durch den Flur in die Haupthalle.

»Couleurbesuch«, erklärt mir der Frechdachs auf meinen Blick hin und fordert mich auf, schnell mitzukommen. »Eine benachbarte Verbindung hat sich zu einem spontanen Besuch entschlossen«, erklärt er mir, als wir gemeinsam die Eingangshalle erreichen. »Das wird heftig!«

Ein kleines Team hat das nächste Spiel schon vorbereitet. Auf einem Tisch werden nun auf jeder Seite zehn randvolle Biergläser aufgereiht, dann öffnet der Dicke die Pforte und begrüßt einen anderen Dicken. Der ist offensichtlich auch Chef und ist mit seinem Burschenteam überraschend vorbeigekommen. Das Spiel, das jetzt beginnt, ist schnell erklärt: Zehn Mitglieder des heimatlichen Corps stehen zehn Mitgliedern des Besuches gegenüber. Nach dem Startschuss fangen die ersten beiden Kontrahenten an, ihr Bier so schnell wie möglich auszutrinken – in diesem Fall also in einem Zug –, und erst wenn der Vorgänger in der Mannschaft sein Bier ausgetrunken hat, darf der Nächste anfangen. Also quasi ein Staffelsauf! Die Mannschaft, die zuerst fertig ist, hat gewonnen. Ein großer Spaß für alle, die bereits vor dem dreißigsten Geburtstag als alkoholkrank gelten möchten. Der Gewinn erschließt sich mir jedoch nicht, was vielleicht damit zusammenhängt, dass ich kurzfristig einen der Füchse ersetzen muss, der bereits auf der grünen Couch ins Koma gefallen ist.

Die folgenden Stunden fliegen im Vollrausch an mir vorbei. Unentwegt versucht einer der weniger blauen Burschen meine vorübergehende und alkoholbedingte Argumentationsschwäche dazu auszunutzen, mich von der Existenz Gottes zu überzeugen. Dankenswerterweise hält der Dicke die Nervensägen immer wieder davon ab, mir allzu aufdringlich auf die Pelle zu rücken, indem er sie ebenfalls mit Snacks bewirft oder im Militärton zum Bierholen schickt.

Herrmann und Heinrich sind an die Bierfeste der Burschen offenbar bereits gewöhnt und haben ihre Hundeleiber zwei Füchsen als Kissen zur Verfügung gestellt. Andere vom Bier ermüdete Kerle haben es sich mit Stuhltrümmern an den Heizkörpern bequem gemacht und dösen friedlich. Als endlich die Sonne aufgeht, verwandelt sich die eben noch etwas romantisch anmutende Szene in die gnadenlose Darstellung eines ausklingenden Alkoholexzesses. Nur der Dicke und ich sind noch wach.

»Weißte was«, erkläre ich großzügig, »ich finde, es wird Zeit, dass wir uns duzen. Ich bin der Philipp, hallo!« Erschöpft strecke ich ihm meine Hand entgegen.

»Verzeihung«, erwidert er, »keine Verbrüderung mit Zivilisten. Aber ich hab was anderes.« Dann verschwindet er kurz hinter der Bar und kommt feierlich mit zwei Zigarren zurück. »Die rauchen wir jetzt …«

»… zur Feier des Tagesanbruchs«, vollende ich den Satz und finde mich eine Minute später auf dem Balkon der Villa wieder. Ein volltrunkener Atheist im billigen Anzug, der an einem Mittwoch um acht Uhr morgens mit zerzausten Haaren auf dem Balkon einer schlagenden Verbindung steht und mit deren Chef Havannas raucht.

Das kann man eigentlich niemandem erzählen.

Der Weg ins Bett ist glücklicherweise kurz, und als ich nach einem komatösen Schlaf um halb eins wieder die Bar betrete, sind die Burschen längst wach. Weil sie in der vorlesungsfreien Zeit nicht zur Uni müssen, sitzen einige von ihnen schon wieder beim ersten Humpen und feiern den Auftritt des ehrenwerten »Zivilisten Herrn Piraten-Möller«, als wäre der gestrige Abend nie zu Ende gegangen.

Nach einem deftigen Katerfrühstück lasse ich Herrmann und Heinrich, den Dicken und den Frechdachs sowie die restliche Truppe mit ihren Ansichten in dem gigantischen Anwesen zurück. Beim Einschalten des Navis freue ich mich über die erste Frauenstimme, die ich nach ungefähr zwanzig Stunden wieder hören darf. Obwohl sie nur einem herzlosen Chip entstammt, klingt die weiche, sexuell etwas aufgeladene Stimme wie Musik in meinen Ohren. Was nun bleibt, ist neben dem Kater die Freude über meinen aufschlussreichen Ausflug, vor allem aber der fade Nachgeschmack des Nationalismus und der Havanna. Während die reizlose Landschaft jenseitig der Autobahn wieder an mir vorbeirauscht, ziehe ich meine ganz persönliche Bilanz des Abends.

Dass ich hier eine echte Freakshow geboten bekomme, war eigentlich klar: das Haus, die Kostüme, die Hunde, die Rituale – der Freakfaktor liegt bei mindestens acht von zehn Wappen. Auch hätte ich mir vorher denken können, hier auf den Typ Problemfreak zu treffen, aber zumindest habe ich versucht, meine Vorurteile an der schweren Eichentür abzugeben und meine eigenen Erfahrungen zu sammeln. Dass sich die Jungs hier mit scharfer Klinge und müder Zunge duellieren, sich um den Verstand saufen oder gelegentlich aufs Maul hauen, ist vielleicht zweifelhaft, aber bitte: Solange sie dabei unter sich bleiben …

Das sah Kurt Tucholsky jedoch anders: »Wenn sie sich heut selber verhauen: Euch fallen sie morgen an!« Die mindestens rechtslastige Einstellung, die elitäre Vetternwirtschaft und der altertümliche Sexismus liegen mir noch schwerer im Magen als die drei großen Kaffee und die furchtbaren Käsebrötchen, die ich in Ermangelung pflanzlicher Alternativen vor der Autofahrt heruntergestürzt habe. Immerhin: Viele Burschen haben sich bei den fremdenfeindlichen Positionen des Schlägerburschen gestern Abend abgewendet, sodass ich sie durchaus nicht alle als braune Patrioten in Erinnerung behalte. Aber widersprochen haben sie ihm auch nicht. Stattdessen halten sie ihre Wappenfähnchen in den rechten Wind des Corps, vermutlich in der Hoffnung darauf, irgendwann einmal in die Fußstapfen der Alten Herren zu treten, die sich in den Chefetagen der im DAX gelisteten Unternehmen – mehr oder weniger – verdient gemacht haben. Der Klüngel hat also System: traurig, aber leider doch irgendwie verständlich.

14

FIT INS NEUE JAHR

Weder Sarah noch meine Familie oder Freunde konnten es so recht glauben, und auch ich unterschrieb den Arbeitsvertrag bei Imameifo mit einem schiefen Lächeln, aber tatsächlich ist es endlich so weit: Seit Mitte Januar befinde ich mich wieder in einem festen Arbeitsverhältnis. Leider ist es nur eine halbe Stelle, und natürlich gibt es eine Probezeit; auch ist das Gehalt nicht gerade das Gelbe vom Ei, aber immerhin bekomme ich nun so viel Lohn, dass ich mich wie ein echter Arbeitnehmer fühle – und nicht wie ein Studienabbrecher auf Praktikumssuche. Bei entspannten zwanzig Stunden Arbeitszeit pro Woche konnte ich mich in den vergangenen Wochen auch wieder verstärkt der Suche nach einem Vollzeit-Job als Erwachsenenbildner widmen, denn auch im letzten Teil des Winters werde ich den Satz des Weltretters im Zelt nicht los: Nur wer sein Ziel kennt, kann es finden.

Vielleicht hat er die Zeilen bloß auf einer Postkarte gelesen, aber selbst wenn sein ganzer Hokuspokus nur Augenwischerei ist, muss ich mich doch fragen, ob ich wirklich in der Human-Resource-Abteilung eines Unternehmens oder eines Konzerns arbeiten möchte. Will ich ernsthaft für die Ausbildung des »Humankapitals« verantwortlich sein, damit es möglichst effizient Gewinne erwirtschaften kann? Wie für solche Fragen üblich, kenne ich die Antwort eigentlich ganz genau, aber leider bringt sie mich in eine unschöne Zwickmühle. Denn was ist die Alternative? Auf ewig im Callcenter sitzen und stasimäßig Telefonate mithören? Telefonate, deren Ergebnisse in den meisten Fällen dazu verwendet werden, Produkte und Dienstleistungen nicht zu verbessern, sondern nur besser zu *bewerben?* Immerhin hat mein neuer Boss, Karin Wecker, nicht nur mein Horoskop, sondern auch meinen Lebenslauf gelesen und dabei den pädagogischen Schwerpunkt dieser Patchworkbiografie entdeckt. Schon in der zweiten Woche meiner neuen Tätigkeit als Supervisor darf ich daher bei einem der Einstellungstests hospitieren, und weil der Job unter den anderen Supervisoren offenbar nicht sonderlich beliebt ist, werde ich ab jetzt regelmäßig zur Personalschulung und -auswahl eingesetzt. So war mein Studium wenigstens für irgendetwas gut, aber selbst wenn ich bei Imameifo eine volle Stelle besetzen könnte, würde ich wohl kaum mehr als ein Aushilfspauker verdienen.

Dann vielleicht doch wieder als Lehrer anheuern? Immerhin vermisse ich die Arbeit mit den Kids unheimlich, denn auch wenn es in den Klassen kontinuierlich drunter und drüber ging, erinnere ich mich mit Wonne an das Gefühl, pädagogische und damit eben auch etwas gesellschaftliche Verantwortung übernommen zu haben. Vor allem mit dem Wissen um den miserablen Zustand dieser Institution und um die schlechten Chancen, mit denen viele Kids die Schulbank verlassen werden, frage ich mich immer wieder: Was könnte ich dazu beitragen, an der Situation unserer Verblödungsnation etwas zu verbessern – und gleichzeitig damit meinen Lebensunterhalt verdienen?

Dazu kommt: Je länger ich auf der Suche nach einem Platz in dieser Gesellschaft bin, desto weniger werde ich die Freak-Brille los, die mir Geierchen im letzten Jahr aufgesetzt hat. Wo auch immer ich hinkomme, treffe ich auf Paradiesvögel, auf Übertreiber und Egozentriker, die es schaffen, sich und ihre Hobbys so sehr in den Mittelpunkt zu rücken, dass ich mich fragen muss, ob der Zusammenhang vielleicht wirklich so direkt ist, wie mein lieber Ex-Kollege ihn geschildert hat: Schule ist ein Abbild unserer Gesellschaft, und während mir die Kids schon crazy vorkamen, sind die Freaks in Originalgröße umso durchgeknallter. Haben wir vor lauter Sorgen um veganes Essen, dicke Autos, Connections in die Chefetage oder den richtigen Weihnachtsschmuck die Qualität der Bildung vielleicht ein bisschen aus den Augen verloren? Oder bin ich als Ex-Lehrer im Hartz-IV-Kiez etwas überempfindlich für solche Zusammenhänge geworden? Dennoch meine ich, dass Geierchen mal wieder recht hatte: Jede Gesellschaft bekommt das Schulsystem, das sie verdient. Doch wie lässt sich an diesem Kreislauf etwas ändern? Wie könnte ich dieser Freak-Republik bloß mitteilen, was in ihren Schulen los ist? Und wie lässt sich ein Bewusstsein für die Konsequenzen schaffen, die das Verhalten einiger Freaks für ihre Umwelt mit sich bringt? Mit welchem Medium und in welcher Sprache wecke ich die Aufmerksamkeit der Gesellschaft am ehesten?

Ich weiß es nicht, und weil ich es auch in nächster Zukunft nicht schaffen werde, solche Fragen zu beantworten, konzentriere ich mich seit Anfang des Jahres erst einmal auf die kurzfristigen Ziele – wie den Minimarathon, zu dem ich bald gemeinsam mit meinen ehemaligen Kollegen antreten werde. Dank meiner Ernährungsumstellung habe ich die Neunzig-Kilo-Marke inzwischen deutlich unterschritten, und bis auf ein gelegentliches Käse- oder Nutellabrot oder ein paar Krümel Parmesan auf der Pasta fällt es mir erstaunlich leicht, mich fast komplett pflanzlich zu ernähren. Um der Personalratstante und mir selbst zu beweisen, dass ich den Lauf bestehen kann, gehört allerdings deutlich mehr dazu, als bloß ein paar Kilo abzunehmen – Lauftraining will also absolviert werden. Nun bin ich leider nicht der Typ Jogger, der bei Minusgraden in voller Montur über vereiste Parkwege hechelt, und bin deshalb seit ein paar Wochen regelmäßiger Gast in einem Fitnessstudio. Auf dem Laufband konnte ich schon bald meinen Trainingszustand vom letzten Jahr wiederherstellen, aber vor allem kam ich in der Muckibude erstmalig mit echten Fitnessfreaks in Kontakt.

Am auffälligsten sind wohl die Bodybuilder: Mit animalischen Gesichtsausdrücken reißen sie Hanteln mit dem Gewicht eines Motorrads in die Höhe, während ihnen der Schweiß über die knallrote Stirn läuft. Schnaufend sitzen sie auf Folterbänken, ziehen Stahlplatten an Seilen hoch und sehen dabei manchmal aus, als würden ihnen gleich die Augen aus dem Schädel quellen. Auf der Oberfläche ihrer Muskelberge treten dicke Adern hervor, wenn sie trainieren. Einige haben Oberarme, die dicker als meine Oberschenkel sind, andere haben so dicke Oberschenkel, dass sie kaum noch laufen können. In der Umkleidekabine lassen sie die Muskeln vor den Spiegeln zucken, ölen ihre Lieblinge mit Kokosöl ein und unterhalten sich über Bodybuilderfraß: Eiweißshakes, Vitaminshakes, anabolische Aminosäuren, Proteinkomplexe, Kreatine, Testosteron-Booster oder probiotisches Guarana-Dynamit. Ob sämtliche Substanzen, die von den Muskelfreaks konsumiert werden, legal sind, wage ich nicht einzuschätzen, wichtig scheint aber vor allem eines: Sie sind Giganten, und Giganten futtern keine grünen Wiesen! Giganten brauchen Fleisch, und zwar in rauen Mengen!

»Während meiner Trainingsphasen«, sagte einer der Typen letztens, »verputze ich jeden Tag ein ganzes Huhn.«

»Ich vier hart gekochte Eier«, meinte sein Kumpel daraufhin.

»Ich rohe!«, gab der dritte im Bunde an.

Etwas unauffälliger, aber keinesfalls weniger engagiert, kommen die Teilnehmer der Kurse mit den lustigen Namen Bodypump, Zumba, TRX Bootcamp, Bauch-Beine-Po

Xtreme und Poweryoga daher. Begleitet werden deren Übungen von lauter dynamischer Musik, zu der die Teilnehmer hinter einer Glasscheibe Bewegungen vollziehen, die mir schon beim Zuschauen den Atem rauben. Andere wiederum bezeichnen sich selbst als Spinner: die Teilnehmer des sogenannten Spinnings. Auf Rennradsimulatoren strampeln sie sich so lange und intensiv ab, dass ein Angestellter nach den Kursen mit dem Wischmopp durch den Raum gehen muss.

Am meisten musste ich mich jedoch über diejenigen wundern, die sich zum Muskelaufbau nicht mehr an Geräten abmühen, sondern den eigenen Körper per elektromagnetischer Stimulation trainieren – gelenkschonend und zeitsparend. Dazu lassen sie sich mit Elektrodenbändern einkleiden, die an eine Art Autobatterie angeschlossen werden. Über ein Schaltpult entscheidet der Trainer dann, wann welche Muskelpartien wie stark mit elektrischen Schlägen versorgt und dadurch kontrahiert werden. Der Sportler hingegen sitzt auf einem Stuhl oder steht mit zur Seite gestreckten Armen breitbeinig auf einer Matte und kriegt zwei runde Holzstücke in die Hände, damit sie sich während der Elektroschocks nicht verkrampfen.

Kann jemand so ein Elektrotraining auch bitte endlich mal fürs Gehirn erfinden? Immer in der Schule herumhocken und Gedichte auswendig lernen, Vokabeln büffeln oder den Dreisatz raffen, oder noch schlimmer, in der Universitätsbibliothek sitzen und lesen – das ist doch der letzte Mist! Das Fitnessstudio des 22. Jahrhunderts stelle ich mir super vor: Über den USB-Anschluss am Hinterkopf Chinesisch, Algebra für Physiker und Kunstgeschichte installieren, das Höflichkeitsmodul updaten und den Romantikprozessor neu konfigurieren, dabei in einer Ganzkörperelektrode liegen, die alle Muskeln gleichzeitig trainiert, und dann mit dem Jeep nach Hause fahren und RTL konsumieren.

Im Hirn.

Mit Werbung. Ganz viel Werbung.

Nun gut, auch wenn es der ein oder andere im Fitnessstudio etwas übertreibt, letztlich ist ja gegen Sport überhaupt nichts einzuwenden – auch wenn ich mich dabei lieber im Freien aufhalte, weil ich mir auf Laufbändern oder Crosstrainern immer ein bisschen vorkomme wie ein Hamster im Rad. Vor allem, weil die Dinger meist hinter großen Glasscheiben stehen, sodass mir bei der Schinderei jeder zuschauen kann.

Als die Temperaturen im März endlich wieder über den Nullpunkt klettern, die Tage wieder länger werden und sich sogar ein paar vorsichtige Sonnenstrahlen hinter den Wolken hervortrauen, absolviere ich mein Lauftraining endlich wieder in den Park. Weil der Minimarathon nun immer näher rückt, lege ich ab April sogar Wochenendläufe ein, wovon Sarah nicht immer begeistert ist und mich fragt, ob ich es nicht vielleicht etwas übertreibe.

Ich? Übertreiben? Davon kann ja wohl keine Rede sein! Ich will doch bloß die zehn Kilometer in fünfzig Minuten laufen, und dazu muss ich halt dreimal pro Woche trainieren. Und täglich Liegestütze machen. Und Sit-ups. Und genug Tofu essen, damit ich ausreichend mit Eiweiß versorgt bin. Und Kräuterblut trinken, um einem möglichen Eisenmangel vorzubeugen. Und Magnesium nehmen, um keine Krämpfe zu kriegen. Das war's doch schon – da soll noch mal jemand sagen, ich würde übertreiben! Außerdem will ich auf das Gefühl bei und nach dem Ausdauersport einfach nicht mehr verzichten: Das Herz pumpt, der Schweiß läuft, und gelegentlich überfällt ein wohliges Kribbeln meinen Nacken und die Schulterpartie. Meine Gedanken kreisen frei umher, verlassen die alltäglichen Bahnen, meine Fantasie wird angeregt, und meine Laune hebt sich. Nach dem Laufen bin ich dann zwar auf einen Schlag vollkommen kaputt, fühle mich aber schon wenige

Minuten nach dem Duschen, als könnte ich Bäume ausreißen und sie danach mit meiner positiven Ausstrahlung dazu überreden, sich selbst wieder einzupflanzen.

Als ich an diesem Samstagmorgen im April wach werde, scheint draußen schon die Sonne, sodass ich auf den Balkon trete und mein Gesicht in die wärmenden Strahlen halte. Ja, heute soll der Tag sein, an dem ich meine Strecke in Bestzeit laufe – die Generalprobe! Also ab in die Sportklamotten und zum westlichen Zipfel des Berliner Tiergartens radeln, denn von hier beginnt eine wunderschöne Joggingroute, auf der man fast alle Sehenswürdigkeiten meiner Heimatstadt zu Gesicht bekommt.

Angekommen in Deutschlands einzigem Freilichtgaslaternenmuseum, starte ich meine Aufwärmübungen, und weil Menschen zu anderen Menschen mit denselben Hobbys immer ein bisschen netter sind als zu denen, die ihre Passion nicht teilen, habe ich dabei schon bald einen Gesprächspartner.

»Einen wunderschönen guten Morgen«, spricht mich ein hagerer Mann um die fünfzig an, während ich verzweifelt versuche, bei durchgestreckten Knien mit den Fingerspitzen den Boden zu berühren.

Als ich wieder aufrecht stehe, nicke ich ihm freundlich zu, wobei mir auffällt, dass es sich bei ihm um ein klassisches Exemplar des Joggingfreaks handelt. Von der aerodynamischen Brille, einem Goretex-Stirnband, dem schwarzen hautengen Ganzkörperanzug, unter dem sich auf Brusthöhe der Pulsmessgurt durchdrückt, bis zu den nagelneuen Laufschuhen fehlt ihm nichts, was ein echter Läufer haben muss. Als er aus dem geraden Stand ohne Mühe seinen Kopf auf den Knien ablegt und die Hände lässig auf den Boden baumeln lässt, entdecke ich vier kleine Wasserflaschen, die in einem speziellen Gürtel über seinem Po stecken.

»Und, welche Pace läufst du?«, will er von mir wissen.

»'ne gute Fünfer.« Inzwischen weiß ich, dass Läufer nicht in Stundenkilometern denken, sondern mit dem englischen Begriff Pace den Zeitraum bezeichnen, den sie für einen Kilometer benötigen. »Und du?«

Noch immer irritiert mich das Duzen mir unbekannter älterer Menschen, doch unter Sportlern wäre alles andere wohl ein Affront. »Vier-zwanzig, manchmal vier-zehn«, antwortet er.

Lässig beende ich meine Dehnübungen an einer historischen Victoria-Laterne mit vierflammiger Aufsatzleuchte aus dem Jahr 1881 und schaue meinen Gesprächspartner durch seine gelben Brillengläser an. Er greift an sein Hinterteil, zückt eines der Fläschchen und spritzt sich seitlich etwas Wasser in den Mund. Dann hüpft er unvermittelt vor mir in die Luft, reißt auf dem Höhepunkt seines Sprungs blitzschnell die Knie an die Brust und atmet dabei laut aus. Das Ganze wiederholt er fünf Mal und betätigt dann einen Schalter an seiner Armbanduhr.

»Los geht's. Viel Glück!«, meint er schließlich, und rennt in meinem Endspurttempo los.

Der Sprung war nicht schlecht, denke ich mir, und gehe leicht in die Knie, um für dieselbe Übung Schwung zu nehmen. Ob das bei mir auch so sportlich aussieht?

Eins, zwei, ganzschönanstrengend!, *drei ...*

Hinter mir höre ich plötzlich das laute Lachen einer Frau. Super, Möller, wieder mal schön blamiert! Ich drehe mich um und entdecke zwei Meter von mir entfernt eine Dame mittleren Alters, die sich weit zurücklehnt und sich juchzend den Bauch hält. Ich ärgere mich, denn erstens soll sie mal selbst so hoch springen, und zweitens macht man das nicht, Leute auslachen!

»Entschuldigung«, unterbreche ich sie, »lachen Sie über mich?«

»Was?« Sie ringt angestrengt nach Luft. »Nein, nein – ich übe nur!«

»Sie üben?« Ich inspiziere ihre ausgesprochen unsportliche Kleidung. »Was, äh … üben Sie denn?«

»Lachyoga!«, erklärt sie und betrachtet dabei meine gerunzelten Augenbrauen. »Sollten Sie auch mal probieren. Ist gut gegen Stirnfalten!«

Dann wendet Sie sich wieder ab, holt tief Luft und lacht sich krumm und schief. Im wahrsten Sinn des Wortes.

Nun gut, es wird Zeit, endlich loszulaufen. Bevor ich starte, fehlt mir nur noch ein zentrales Element: mein Telefon, auf dem eine App meine Strecke per Satellit mitverfolgt und mich mit einer angenehmen Stimme über die Kopfhörer regelmäßig über meine Pace informiert. Zu Hause kann ich die Geodaten dann in Google Earth importieren und mir meine Strecke aus der Vogelperspektive anschauen.

Der erste Teil meines Laufs führt mich hinter dem Open-Air-Museum durch ein Open-Air-Wohnheim, das nun, da sich das Wetter wieder bessert, schon fast ausgebucht ist. Auf den Parkbänken mit Blick auf den Neuen See residieren diejenigen, die sich gerade noch einen Einkauf im Supermarkt leisten können und mit frischem Wein aus Tetrapaks sowie kleinen Schnapsflaschen eingedeckt haben. Auf den Parkbänken ohne Wasserpanorama dagegen liegen gefüllte Schlafsäcke, in denen ich die Besitzer nur vermuten kann. Sogar hier, im »Hotel Tiergarten«, hat sich schon eine Zweiklassengesellschaft herausgebildet.

Die Stimme aus dem Kopfhörer informiert mich darüber, dass ich den ersten Kilometer in fünf Minuten und 24 Sekunden zurückgelegt habe. Wie bitte? Da muss ich wohl einen Schritt zulegen …

»Entschuldigung«, spricht mich plötzlich ein älterer Läufer mit Rucksack auf dem Rücken an, der links von mir eingeschert hat und nun neben mir herjoggt. »Ist das der Weg in Richtung Süden?«

»Keine Ahnung«, gebe ich zu, »wo wollen Sie denn hin?«

»Nach München.« Lächelnd schaut er in meine aufgerissenen Augen. »Ich bin Worldrunner!«

Auf den folgenden Metern erklärt er mir, dass er im letzten Jahr den spanischen Jakobsweg entlanggejoggt ist und nun sein nächstes Projekt läuft: von Hamburg über Berlin, Leipzig, Zwickau und Nürnberg bis nach München. Er sei schon immer regelmäßig Marathon gelaufen, berichtet er, und mit dem Eintritt ins Rentenalter habe er neue Herausforderungen gesucht.

»Und wann schlafen Sie?«, will ich von ihm wissen, woraufhin er mich anschaut, als wäre ich von uns beiden der Sonderling.

»Nachts. Wann denn sonst?«

Nach einem kurzen Blick ins Smartphone gebe ich ihm eine Wegbeschreibung zu der Straße, die zum südlichen Rand der Stadt führt, wo er heute Nacht nach einer fünfunddreißig Kilometer langen Etappe einkehren will. »Morgen geht's dann weiter nach Potsdam«, ruft er mir noch hinterher, als sich unsere Wege trennen. Winkend wünsche ich ihm alles Gute und jogge weiter durch den Tiergarten.

Die Wege des südlichen Parks sind von stattlichen Bäumen gesäumt, die weiten Wiesen verwöhnen meine Augen mit saftigem Grün, und jetzt, da es noch nicht allzu warm ist, bieten auch die kleinen Seen rechts und links des Wegesrandes optische Reize, ohne dabei – wie im Sommer – den Gestank abzusondern, der einem der nahe gelegenen Wasserbecken tatsächlich den Namen Faulsee eingebracht hat.

Die nächsten Minuten verlaufen so angenehm, dass ich schon jetzt ein erstes kleines Runners High bekomme: dieses kribbelnde Glücksmoment, das Sportsüchtige aller Welt in seinen Bann zieht.

Bevor rechter Hand der Glasturm des Potsdamer Platzes erscheinen, wird der Park wieder etwas weitläufiger und bietet Hundebesitzern die Möglichkeit, die vierbeinigen Lieblinge über die riesigen Wiesen zu jagen. Die Leinenpflicht für Hunde scheint – wie so viele andere Dinge in Berlin auch – eher als unverbindliche Empfehlung verstanden zu werden, und so erreiche ich nun ein Areal, von dem man meinen könnte, es sei ein Hundeausbildungsplatz. Das erste Exemplar, das an der nächsten Weggabelung vor mir steht, ist gleich ein Volltreffer: Mit gespitzten Ohren wartet ein Dobermann, bei dessen Anblick ich mein Joggingtempo so lange reduziere, bis ich schließlich zum Stehen komme. Unter all den Menschen, die sich hier mit einer Hundeleine in der Hand herumtreiben, kann ich Herrchen oder Frauchen wohl kaum ausfindig und auf meine latente Angst vor Kötern aufmerksam machen, also nehme ich kurzerhand einen anderen Weg und biege links ab in Richtung Wiese. Doch auch hier sieht es nicht besser aus. Diesmal ist es ein frei laufender Schäferhund, der mich laut bellend zum Anhalten bringt, dann aber immerhin von seinem Frauchen am Halsband festgehalten wird.

»Hasso, aus!«, sagt sie streng zu ihm. »Wir haben doch darüber gesprochen: keine Jogger mehr anfallen!« Dann wendet sie sich mir zu. »Entschuldigung! Haben Sie Angst vor Hunden?«

»Spielt das eine Rolle?«, gebe ich zurück und weise sie auf die Leinenpflicht im Tiergarten hin.

Genervt verdreht sie die Augen. »Haben Sie etwa noch nie eine Ordnungswidrigkeit begangen?«

Ich winke in Ermangelung eines schlagfertigen Kommentars einfach ab und fühle mich nun genauso spießig, wie ich in meinen lächerlichen Trainingshosen vermutlich auch aussehe. *Doch*, hätte ich sagen müssen, *aber nicht wenn ich damit jemand anderem Angst einjage!* Natürlich fallen mir die besten Antworten immer zu spät ein – ob ich noch mal zurücklaufen soll? Nein, der Zug ist leider abgefahren …

Auf der Hut vor weiteren Kläffern setze ich meinen Lauf fort, der mir durch die ständigen Ablenkungen eine miese Zeit einbringen wird. Egal, ich bring das jetzt so gut wie möglich zu Ende!

Weiter geht's auf meinem Spießrutenlauf durch den Parcours der Tiere, zu denen ich ein wahrlich gespaltenes Verhältnis entwickelt habe. Das war früher anders, denn Bongo, so hieß unser etwas treudoofer Irish Setter, galt einst als vollwertiges Familienmitglied. In seinem zotteligen Fell verfingen sich täglich die wildesten Dinge, über das gesamte Jahr begleitete ihn ein mehr oder weniger sonderbarer Geruch, und weil seine Rasse zur Jagd auf irische Enten gezüchtet wurde, zeichnete er sich durch eine ausgeprägte Bewegungsfreude aus. Auf kilometerlangen Spaziergängen sprang er um uns herum, und wenn er sich danach schüttelte, flogen die langen Sabberfäden von seinem Maul im hohen Bogen durch die Gegend. Wir Kids hatten mit Bongo einen Heidenspaß und schlossen ihn so sehr in unser Herz, dass ich mich heute ernsthaft frage, wie aus mir, dem einst hundelieben Jungen, ein Mann werden konnte, der schon beim Anblick eines frei laufenden Riesenköters am liebsten das Ordnungsamt, die Polizei oder das Sondereinsatzkommando rufen würde. Es wäre für mich vollkommen ausgeschlossen, dass ich meine kleine Familie durch einen Hund erweitere – vor allem ohne Garten und ausreichend Zeit für Fahrten in Hundeauslaufgebiete, in denen die Tiere den Freilauf bekommen, den sie nun einmal brauchen. Das sehen viele meiner Mitbürgerinnen und Mitbürger offenbar anders, denn schließlich gibt es in Berlin ausreichend Parkanlagen, in denen sich außer mir offenbar niemand für die Leinenpflicht interessiert – anders kann ich mir das Getümmel hier im Tiergarten nicht erklären.

Kilometer vier bricht nun an, sodass ich bald die Hälfte meiner Strecke geschafft habe. Zu gerne würde ich mich wieder auf meine sportliche Aktivität konzentrieren, doch jetzt tritt der Worst Case ein: Auf dem gedrungenen und extrem muskulösen Körper des vor mir stehenden Hundes thront ein fetter Schädel mit spitzer Schnauze und zwei in die Höhe gereckten Ohren. Bis auf die rosafarbene Nase ist das Tier schneeweiß und spaziert ohne Leine und Maulkorb durch den Park. Nach allem, was ich über Kampfhunde zu wissen meine, bin ich eindeutig zu ängstlich, um mich über die rücksichtslose Besitzerin zu ärgern, die nun um die Ecke biegt. Als mich die junge Frau entdeckt, nimmt sie den Hund aber keineswegs an die Leine, sondern pfeift ihn bloß zu sich heran und befiehlt ihm, neben ihr zu laufen. Weil ich mit einer Flucht durchs Gebüsch eine Jagd provozieren könnte, die ganz sicher zu meinen Ungunsten ausgeht, nehme ich all meinen Mut zusammen und gehe am äußersten Wegesrand auf das Pärchen zu. Zu gern würde ich Frauchen signalisieren, wie unmöglich ich ihr Verhalten finde – ihr Hund dagegen soll am besten den Eindruck gewinnen, ich würde ihn überhaupt nicht wahrnehmen. Dieser Spagat gelingt mir offenbar nicht, denn das Biest starrt mich an und verlangsamt seinen Gang. Wenigstens hält das Frauchen die Bestie nun am Geschirr fest, auf dem ein Schild mit der Aufschrift *Blondenführhund* befestigt ist.

»Brauchst keine Angst zu haben«, ruft mir die junge Frau entspannt zu, »die beißt keine Menschen.«

In einem Abstand, der mir wenigstens eine leise Hoffnung lässt, im Notfall noch kreischend den nächsten Baum hochklettern zu können, bleibe ich stehen und schaue die – für meine Begriffe – untypische Kampfhundhalterin an.

»Keine Menschen also«, beginne ich und erinnere mich dann wieder an die Beißkraft ihres Lieblings. »Ich würde mich trotzdem etwas wohler fühlen, wenn er einen Maulkorb tragen würde.«

»Sie!«

»Ich? Warum soll ich denn ...«

Das blonde Frauchen lacht laut auf. »Nein, nicht du – sie!«, erklärt sie und zeigt auf den Bullterrier. »Cherry ist ein Weibchen, und vor allem zu großen Männern ganz, ganz lieb. Willste sie mal streicheln?«

Cherry sieht mich hechelnd an und blinzelt. Ein wahrlich unmoralisches Angebot: Ich, der joggende Kampfhundhasser, bekomme die Chance, meine unerklärliche Furcht vor diesen hochgezüchteten Metzelmaschinen zu überwinden. Ich überlege einen Moment, doch schnell siegt die Vernunft.

»Danke, nein, ich trau mich nicht.«

»Na gut«, entgegnet die Halterin, »dann eben nicht.« Sie zuckt mit den Schultern und spaziert davon. Ihren Hund lässt sie wieder frei laufen.

Als ich die Hundewiese endlich hinter mir lasse und die Ebertstraße erreiche, bin ich mittendrin im Touri-Gebiet, denn hier befindet sich das Denkmal für die ermordeten Juden Europas. Auf einigen der 2 711 massiven Steinblöcke sonnt sich eine Gruppe Party-People und raucht Gras. Dabei machen sie sich über die riesige Meute japanischer Touristen lustig, die zwischen den Stelen herumwuseln und fröhlich alles fotografieren, was ihnen vor die Linse kommt. Auf meinem Weg vorbei an diesem Mahnmal des Grauens beobachte ich Kinder jeglichen Alters, aber auch Männer und Frauen, die in den Zwischenräumen der Stelen Fangen spielen oder lachend von einer der Säulen zur anderen hüpfen. Der Mann von der Security lehnt an einem Baum und spielt an seinem Smartphone herum.

Kurz vor dem Brandenburger Tor informiert mich mein Handy über den fünften geschafften Kilometer. Bevor ich durch die Bögen des populärsten Wahrzeichens meiner Heimatstadt in die ehemalige Sowjetische Besatzungszone jogge, halte ich mir noch einmal die Bedeutung vor

Augen, die diese wenigen Meter noch hatten, als ich das Licht der Welt erblickte; wie tief der Hass zwischen den Anhängern der beiden Systeme war und welche politischen Abgründe sich hier über Jahrzehnte auftaten – über die ich nun locker hinweglaufe.

Auf dem Pariser Platz entdecke ich schon von Weitem ein Mitglied derjenigen Gruppe, die am anfälligsten für kauziges Verhalten ist: einen männlichen Pensionär. Neben zwei gelangweilt dreinblickenden Frauen, vermutlich Ehefrau und Tochter, führt der ältere Herr einen Monolog und weist dabei mit bedeutungsschwangerer Gestik und Mimik auf das Brandenburger Tor. Unter der Anglerweste schaut sein standesgemäßer Bauch hervor, auf dem seine Videokamera ruht. Mit der filmt er vermutlich den halben Berlin-Trip und zwingt seine Verwandten daheim, sich alles anzuschauen – die zeitgemäße Version des gefürchteten Dia-Abends. Am besten gefallen mir jedoch seine Schuhe, deren Sohlen wie ein Wiegemesser abgerundet sind, sodass er beim Sprechen mit dem Becken vor und zurück schaukelt. »... und im späten achtzehnten Jahrhundert«, erklärt er gewichtig, »hat König Friedrich Wilhelm II. ...«

Mehr kann ich glücklicherweise nicht hören, und während ich nun links in die Wilhelmstraße abbiege, nehme ich mir fest vor, später einmal keine solche Sabbelstrippe zu werden. Wirklich ganz, ganz fest.

Dann erreiche ich schon bald das nächste Highlight meiner gejoggten Sightseeingtour: das Reichstagsufer, das mich am Paul-Löbe-Haus vorbei entlang des Spreebogens bis zu dem Bereich führt, von dem ich freien Blick auf den Berliner Hauptbahnhof habe. Auf dem Weg neben der großen Wiese des Spreebogenparks kommt mir eine Radfahrerin entgegen, die auf dem Lenker einen grauen Papagei spazieren fährt. »Nächste rechts!«, kräht der Vogel, woraufhin die Fahrerin tatsächlich rechts abbiegt.

Kann das wahr sein: ein Navi-gei? Noch während ich mich wundere, lenkt mich der Anblick einer vierköpfigen Familie ab, die mit riesigen Schritten an mir vorbeihüpft. Dazu verhelfen neongelbe Stelzen, die an den Beinen befestigt und mit einer elastischen Stahlfeder ausgestattet sind.

Nachdem ich an der Rückseite des Bundeskanzleramts vorbeigelaufen bin, erreiche ich den Platz, an dem das Haus der Kulturen der Welt steht. Dort erklärt ein Reiseleiter gerade einer Gruppe, warum dieses Gebäude im Berliner Volksmund auch »Schwangere Auster« genannt wird. »Dazu müssen Sie verstehen«, sagt er und spaziert währenddessen auf einen der Spreedampfer zu, »dass Berliner eine sehr ausgeprägte Spitznamenkultur pflegen.«

Das stimmt. In meinem Freundeskreis gab es lange Jahre nur eine einzige Person, die keinen Spitznamen trug. Der dämlichste, der mir bei allen anderen untergekommen ist, verwies auf die angeblich sehr gute Orientierungsfähigkeit seines Trägers, der sich mir als *Kompass* vorstellte. Als er sich auf dem Weg zu einer Party dann mit einem hübschen Mädchen unterhielt, übersah er den hüfthohen Pfeiler, auf den er in guter Schrittgeschwindigkeit zulief. Mit Schmackes rammte er sich den Metallpfosten dorthin, wo es bei einem Mann richtig wehtut. Es dauerte einige Minuten, bis er sich von dem Schmerz erholt hatte, dann nahm er freiwillig wieder seinen echten Namen an.

Bei Kilometer sieben erreiche ich das Schloss Bellevue, dessen Name von Berlinern gern so stilecht wie möglich ausgesprochen, manchmal sogar geschrieben wird: Belle-Wüh. Mit französischen Fremdwörtern haben wir's nämlich nicht so, weshalb hier auch gern von Parföng, Ongarschmong und Becher-Mehl-Soße gesprochen wird. Unter den prüfenden Augen der Sicherheitskameras laufe ich am Ufer der Spree entlang, bis mich ein kleiner Weg wieder links in den Tiergarten führt. Dort erinnert mich der nächste Fahrradfahrer an ein Phänomen, das wegen des eigens deshalb eingeführten Bußgeldes immer seltener geworden ist: die urbane Freikörperkultur. Im Adamskostüm kommt mir der Mann auf einem orangefarbenen Klapprad entgegen und nickt mir freundlich zu.

Einen Kilometer später überquere ich die Altonaer Straße und lande anschließend in dem Abschnitt des Tiergartens, der als Treffpunkt für spontanen Sex zwischen fremden Männern bekannt ist. Auf nahezu jeder Parkbank sitzen (angezogene) Herren mit kleinen Hunden an der Leine und starren mich mit großen Augen an. Aus dem Gebüsch kommen immer wieder Pärchen, während andere darin verschwinden. Mehrmals lenke ich mich mit lautem Gesang und stoischem Auf-den-Weg-Starren von den optischen und akustischen Reizen ab, die aus dem Unterholz zu mir dringen.

Nachdem ich die Straße des 17. Juni von Norden her kommend überquert habe, nähere ich mich schließlich meinem Ausgangspunkt, doch weil mir für die angepeilten zehn Kilometer noch fast zwei fehlen, entscheide ich mich für ein paar Runden in dem großen Areal, das südwestlich des Großen Sterns liegt. Die hier gelegenen Wiesen, die ich am Anfang meiner Strecke südlich umrundet habe, bilden das Zentrum der FKK-Freaks, also jogge ich auf den letzten Minuten zwischen unzähligen splitternackten Menschen entlang, die auf der Wiese liegen, miteinander Federball und Frisbee spielen oder sich am Wegesrand unterhalten.

»Fünfundzwanzich Euro wollte dit Ordnungsamt von mir haben!«, berichtet eine der nackten Damen einer anderen. »Nur weilick nüscht anhatte!«

»Kannisch dein Ernst sein«, ärgert sich die andere und stemmt die Hände in die ausladenden Hüften. »Sogar poppen in Jebüsch kost nur fünfundzwanzich! Und ick dachte immer, wir wärn 'ne tolerante Stadt …«

Als ich kurz vor Kilometer neun zum Endspurt ansetze, kommt meine Maschine so richtig in Fahrt. Der Puls schlägt mir bis in den Schädel, mit jedem meiner ausladenden Schritte atme ich abwechselnd tief ein und aus. Auf diesem Pulsniveau halte ich höchstens einen Kilometer durch, aber mehr brauche ich ja auch nicht mehr.

»46 Minuten, neun Kilometer«, ruft die Stimme aus meiner Tasche.

Also, Möller: Du kannst das schaffen! Trotz der Ablenkungen liegst du ganz gut im Rennen – hau rein! Ich erhöhe noch einmal meine Schrittfrequenz, denn die letzten Meter muss ich in Bestzeit laufen. Mein Blick schaltet auf Tunneloptik um. Mit ungefähr fünfzehn Stundenkilometern renne ich auf eine Wegkreuzung zu, auf der von links zwei Typen in schwarzen Anzügen auf den Weg einbiegen und mir direkt vor die Nase latschen. Um meine Zeit nicht durch einen unnötigen Stopp zu versauen, renne ich so knapp wie möglich an ihnen vorbei, trete dabei aber schief auf und knicke volle Möhre nach außen um. Der Schmerz aus dem rechten Knöchel schießt umgehend durch das ganze Bein, also falle ich der Länge nach auf den weichen Boden.

»Scheiße!«, brülle ich und halte mir mit geschlossenen Augen den Knöchel. »Verdammte Scheiße!«

In diesem Moment treten die beiden Typen auf mich zu, einer von ihnen reicht mir die Hand. »Wir konnen Sie helfen«, sagt er mit starkem amerikanischen Akzent, »kommen Sie hohk!«

Unter Schmerzen lasse ich mir von ihm auf das linke Bein helfen und halte das rechte leicht angewinkelt nach oben, stütze mich dabei an den nächsten Baum. Nachdem ich ein paar Mal durchgeatmet habe, schaue ich mir die Typen genauer an. Sie tragen die gleichen Anzüge, die gleichen Krawatten, die gleichen Seitenscheitel und haben jeder ein blaues Buch in der Hand. Seit wann laufen denn Zwanzigjährige am Samstagmorgen im Konfirmandenanzug durch den Park? Mit Namensschildern an der Brust?

»Ick bin Elder Smith«, stellt sich der eine vor und zeigt auf sein Schildchen.

»Und ick bin Elder Miller«, wiederholt der andere im selben Tonfall.

»Seid ihr Zwillinge, oder was?«

»Wir sind Mitglieder der Kirche Jesu Christi der heiligen letzten Tage«, antworten sie im Chor, dann spricht Smith mit Blick auf meinen Knöchel allein weiter: »Und wir konnen Sie von ihre Leid erlosen!«

Vierzehn Tage später finde ich mich in Begleitung von Sarah und Klara am Olympiastadion ein, von dem aus der Mini-Marathon startet. Dort entdecke ich schnell meine Kollegen und gebe Sarah noch einen Kuss, bevor ich mich leicht humpelnd zu ihnen bewege und der Frau mit der Herzfrisur erklären muss, dass mich zwei Mormonen niedergestreckt haben.

»Faule Ausrede! Das kannste deiner Großmutter erzählen«, sagt sie verärgert. »Aber wie auch immer: Damit versaust du uns auf jeden Fall die Zeit!«

Mit den Händen in den Hüften steht die ungnädigste Frau, der ich in meiner Berufslaufbahn begegnen durfte, vor mir und schaut auf die Schiene an meinem Knöchel. Dann wendet sie sich an meinen ehemaligen Vorgesetzten: »Alex, ich weiß ehrlich nicht, warum du ihn überhaupt mitlaufen lässt!«

»Weil wir vier Läufer brauchen«, erklärt er ruhig, »und sonst niemand mitmachen wollte.«

Ach so?

»Bist du dir sicher, dass du fit bist?« Alex legt mir die Hand auf die Schulter und schaut mir in die Augen. Genau so, wie er es bei unartigen Schülern immer gemacht hat.

»Ja-ha!«, wiederhole ich genervt. »Topfit. Das ist jetzt fast zwei Wochen her, und es war nur 'ne Zerrung!«

Kopfschüttelnd wendet sich die Personalratstrulla ab, als Alex mir meine Startnummer überreicht. In der Nähe der Startlinie haben sich einige der Teilnehmer bereits zu Dehnübungen versammelt, ein paar Dutzend Zuschauer stehen hinter einer Absperrung. Ganz links sehe ich meine Verlobte mit Klara auf dem Arm, dann fällt mein Blick auf eine andere Person, die mir frenetisch zujubelt. »Möllerchen, du Hungerhaken!«

Mein Gesicht hellt sich auf, mit der Marke an der Brust laufe ich zu Geierchen.

»Mensch, wat du abjenommen hast«, empfängt er mich und schüttelt mir über die Absperrung die Hand. »Wat hast'n jemacht? Matratzensport, oder wie?«

»Ach, bloß Jogging und … 'ne Diät! Biste nachm Lauf noch hier?«

»Klaro, nu hau ma rinn!« Er schlägt mir auf die Schulter. »Und zeig der Alten mal, wo't langjeht. Aber pass uff – die is 'ne jute Läuferin!« Dann neigt er den Kopf zur Seite und schaut an mir vorbei. »Keen Wunder – is ja och nüscht dran an dem Jestell.«

»Warum läufst du eigentlich nicht mit? Bist doch auch Sportlehrer …«

»Seh ick so aus, als würde ick freiwillich durch die Jegent flitzen?«

Auch wieder wahr.

Gemeinsam mit Alex und der dritten Teilnehmerin unserer Gruppe, einer etwas stillen, aber durchaus sympathischen jungen Lehrerin, begebe ich mich schließlich an die Startlinie. Dann hält ein Mann am Rand des Felds eine Schreckschusspistole in die Luft. »Auf die Plätze, fertig …«

Als der Schuss losgeht, habe ich zuerst etwas Mühe, in dem Gerangel voranzukommen, doch schon nach wenigen Metern hat sich das Menschenknäuel entzerrt. Ich werfe einen Blick auf meine Armbanduhr, denn mein plapperndes Telefon wollte ich hier nicht zum Einsatz bringen. Nach ein paar Minuten habe ich das Gefühl, mein Tempo gefunden zu haben, lasse Alex hinter mir, laufe aber unserer jungen Kollegin hinterher; die Personalrätin ist längst nicht mehr zu sehen.

Soweit ich es einschätzen kann, befinden wir uns im guten Mittelfeld. Als ein Schild am Rand nach zehn Minuten den zweiten Kilometer anzeigt, spüre ich den Schmerz in meinem Knöchel doch wieder recht deutlich. Ein Arzt hätte mir von der Teilnahme bestimmt abgeraten, deswegen habe ich keinen konsultiert. Außerdem bin ich in meinem Leben schon so oft umgeknickt, dass meine Gelenke immer lustige Geräusche machen, wenn ich die Füße kreisen lasse – alles kein Grund zur Sorge. Anstatt mich auf den maladen Knöchel zu konzentrieren, lasse ich mich sowieso viel lieber von den verschiedenen Lauftypen ablenken, die mir auf der Strecke begegnen.

Kilometer drei: Neben mir hüpft eine Frau wie eine Gazelle über den Asphalt. Leichtfüßig und elegant macht sie riesige Schritte, dürfte sich aber rein theoretisch bei jedem Bodenkontakt die Bandscheiben zermalmen.

Kilometer fünf: Mein Knöchel tut immer heftiger weh. Das war beim letzten Training auch so, also alles in Ordnung. Die Schuhe eines anderen Läufers lenken mich wieder vom Schmerz ab: Sie sind aus Gummi und Neopren und bieten jeder Zehe ein eigenes Fach. Ich nenne ihn den Froschläufer. Sein Schuhwerk kenne ich schon aus dem Internet: Barfußschuhe, ganz neu – auch auf der Liste meiner Lieblingsoxymora. Kommt nun gleich nach *Hassliebe* und *Leben nach dem Tod*.

Kilometer sechs: Eine Frau vor mir läuft, als hätte ihr jemand die Arme am Hosenbund festgeknotet. Das geht doch eigentlich gar nicht! Ich hole meine nette Kollegin ein und bekomme am Rand einen Becher Wasser, den ich mir zur Hälfte in den Mund und zur Hälfte über den Kopf schütte. Komme mir dabei vor wie ein echter Marathonläufer. Cool.

Kilometer acht: Wegen der Schmerzen muss ich mein Tempo etwas drosseln, liege aber mit weniger als vierzig Minuten ziemlich gut in der Zeit. Der Tipp aus dem Internetforum für vegane Sportler scheint zu funktionieren: Am Abend vor dem Lauf massenweise Spaghetti mit Tofu-Bolognese essen, das gibt Energie. Außerdem schmeckt dieses Essen fast wie mit echtem Hack. Äh … besser, mein ich natürlich! Der lustigste Läufer der letzten tausend Meter erinnert mich an eine Figur aus Terry Pratchetts Scheibenweltromanen und bewegt sich so schlaksig, als hätte er vier Ellenbogen und sechs Knie.

Kilometer neun: Ich setze zum Endspurt an, werde aber schon nach kurzer Zeit von Alex überholt. Der Typ ist zehn Jahre älter und mindestens elf Kilo schwerer als ich, verdammt! Mein Knöchel hindert mich daran, Gas zu geben. Als ich das Ziel schon sehen kann, verziehe ich vor Schmerz das Gesicht.

»Herr Müller! Herr Müller!«

Geierchen steht am Rand und feuert mich an. Noch zweihundert Meter, noch hundert, fünfzig, dann laufe ich über die Ziellinie. Zeit: 49 Minuten, 32 Sekunden.

Geil! Wieder verteile ich einen Becher Wasser in und über meinen Körper. Gehe mit schwerem Atem hinter der Ziellinie entlang, humple leicht, könnte aber locker noch weiterlaufen. Herrlich, dieses Gefühl der körperlichen Ekstase! Am liebsten würde ich auf meiner Brust trommeln und dabei laut brüllen. Ein Baum muss her, den ich ausreißen kann, oder ein …

»Das war ja dann wohl eher bescheiden, was?«

Wie bitte? Einen Moment lang stehe ich mit riesigen Augen vor der Personalratstante, lächele sie dann aber sanft an und gehe lieber weiter. In manchen Situationen hält man besser die Klappe. Außerdem war ich nicht einmal der Letzte unseres Teams – warum also werde gleich wieder ich angepflaumt? Ob ich vielleicht doch mal zu ihr gehe und ihr in meiner Gorillalaune die Meinung geige? Was hätte ich denn schon zu verlieren?

Dann taucht etwas in meinem Gesichtsfeld auf, bei dem mein Herz im Bruchteil einer Sekunde dahinschmilzt: kugelrunde, riesige Augen unter einer hohen Stirn, blonde Löckchen, ein Stupsnäschen und vier Milchzähne, die aus dem lachenden Mund schauen. »Papaaaaa!«

Mit unsicheren Schritten tippelt meine Tochter auf mich zu und entzückt mich mit der Tatsache, dass ich das dritte Wort bin, das sie kennt. Sarah läuft direkt hinter ihr und will mich umarmen, duckt sich dann aber schnell weg, als sie sieht, wie klatschnass ich bin. Dann kommt Alex, zwingt mich zum High-Five. Mit einer Pulle Wasser begeben wir uns an den Rand, Alex' Frau und Tochter stoßen zu uns, auch Geierchen gesellt sich dazu.

»Was macht denn eigentlich eure Schulreform?«, frage ich in die Runde. Rolf Geier lacht seinem Vorgesetzten ins Gesicht.

»Lass uns nicht drüber reden«, fleht Alex hechelnd, »zumindest nicht jetzt … Aber unser Sommerfest findet bald schon wieder statt! Kommste?«

Das Sommerfest? Ist es schon wieder so weit? Ich fasse es nicht: Das Jahr ist schon fast rum? Krass, wie die Zeit verfliegt – gut, dass ich inzwischen wieder in Lohn und Brot stehe. Irgendwie zumindest …

15

NACH DEM JOB IST VOR DEM JOB

Als Lehrer musste ich mich ganz schön daran gewöhnen, ständig gesiezt zu werden, doch inzwischen habe ich das Gefühl, dass die ganze Welt mich duzt.

»Sag mal, Philipp?« Die rothaarige Karin spricht mich im Büro an. »Bist du eigentlich Fußballfan?«

Oh, Achtung: Fangfrage! Bei einem derart emotionalen Thema kann jede Antwort falsch sein. Zwar bin ich inzwischen gut in den Kollegenkreis integriert, aber im Land der DFB-Lobbyisten ist es ein Leichtes, sich mit diesem Thema echte Feinde zu machen.

Vorsichtig versuche ich, Karins Absicht herauszubekommen: »Ich finde Fußball schon … ganz gut, ja. Wieso?«

Von meinem Kollegen Lorenzo, der neben uns am Rechner sitzt, weiß ich, dass er bei diesem Thema absolut keinen Spaß versteht. Als Dauerkiffer trottet er üblicherweise mit einem entspannten Lächeln durch die Büroetage, als aber vor Kurzem ein wichtiges Spiel anstand – ich glaube, es war das Endspiel des Champions-Cups oder so etwas –, hat er sich im Pausenraum so lange und heftig mit einem Interviewer darüber gestritten, dass Karin ihn danach ziemlich streng ermahnt hat. Fußball ist also definitiv ein Reizthema.

»Einer unseren wichtigsten Kunden«, antwortet meine Chefin mit ernster Miene, »hat kurzfristig eine Studie über

Fußball bei uns in Auftrag gegeben. Ich wollte eigentlich jemand anderen hinschicken, aber …«

Aus dem Augenwinkel sehe ich, wie Lorenzo kurz hochschaut, dann erklärt mir die Chefin, dass für die Erhebung Menschen befragt werden müssen, die das Hertha-Spiel gegen irgendein Team aus dem Ruhrpott live sehen werden. Meine Aufgabe würde nun also darin bestehen, zehn handverlesene und sympathische Interviewer dabei zu betreuen, vor und im Stadion mindestens fünfhundert Telefonnummern von Stadienbesuchern zu sammeln. Um Fußball würde es bei der anschließend stattfindenden telefonischen Befragung natürlich nicht gehen, meint Karin noch, sondern bloß darum, an welche Sponsoren sich die Zuschauer erinnern.

»Aber das sollte man vielleicht nicht allzu direkt sagen.« Sie lächelt mich schief an. »Also: fünfhundert Nummern – traust du dir das zu?«

Ich nicke.

»Sehr gut, aber vermassel es nicht!«

Sie drückt mir ein Blatt Papier in die Hand, auf dem die Liste der ausgewählten Interviewer und der Treffpunkt mit ihnen vor dem Stadion vermerkt sind. Halbwegs geschickt gehe ich Lorenzos neidischem Blick aus dem Weg und begebe mich an meinen Stasi-Platz im Telefonstudio.

Wie heißt es so schön: Vom Feeling her habe ich ein gutes Gefühl. Ein lockerer Job, denke ich mir. Was kann man denn dabei schon vermasseln? Mit der Begleitung von Ausflügen habe ich schließlich schon als Lehrer wertvolle Erfahrung sammeln können, und zwar mit siebenundzwanzig renitenten Kids! Außerdem haben wir laut Plan zwei Stunden vor dem Spiel, die gesamte Halbzeit und eine Stunde nach dem Spiel Zeit, was rein rechnerisch bedeutet, dass ungefähr alle vier Minuten eine Telefonnummer auf dem Blatt eines jeden Interviewers landen muss. Als ich meine Kollegin Nina auf der Liste entdecke, freue ich mich auf einen erneuten Ausflug mit dieser etwas durchgeknallten, aber doch liebenswerten Frau.

Mit elf Sets, bestehend aus Klemmbrett, Vordrucken für die Telefonnummern, Namensschild und Eintrittskarte, verlasse ich am Samstagnachmittag unsere Wohnung. Die Trageschlaufen des gelben IKEA-Sacks schneiden in meine Schulter ein, als ich die Treppen zur S-Bahn hinaufsteige und ein Ticket ziehe. Dann fährt der Zug ein.

»Ach du liebe Güte!«, stöhne ich leise, denn schon im ersten Waggon, der noch mit recht hoher Geschwindigkeit an mir vorbeirauscht, sind ausschließlich zwei Farben zu erkennen, die in Kombination nur selten etwas Gutes bedeuten: Blau und Weiß.

»Hier is' nur für Hertha-Fans«, pöbelt ein Mann aus dem brechend vollen Waggon, als ich mich mit der großen Tasche zwischen die Schalträger drängle.

»Beruje dich, Kalle«, ruft eine Frauenstimme von hinten, »dit is bloß 'ne Ikea-Tüte.«

»Mit gelb biste heute aber ganz schlecht beraten«, klärt mich ein Fan auf, der scheinbar noch nüchtern ist.

»Wieso das?«

Ungläubig starrt er mich an. »Das ist die Farbe des Gegners!«

Na toll: Mit nur 50 Cent Investition hätte ich jetzt eine blaue Tasche dabei. Je näher wir dem Umsteigebahnhof zum Stadion kommen, desto größer werden die blauweißen Massen, die meist erfolglos versuchen, sich in die Bahn zu zwängen. Als wir das Westkreuz schließlich erreichen, entstehen beim Aussteigen erstmalig leicht panikartige Zustände, die mich wieder daran erinnern, warum ich so ungern Massenveranstaltungen besuche. Außerdem riecht es streng nach den drei wichtigsten Zutaten eines Besuchs im Fußballstadion: schales Bier, Zigaretten und eine undefinierbare Mischung aus verschiedenen Ausdünstungen des menschlichen Körpers. Auch in der nächsten S-Bahn herrscht eine wilde Stimmung. Nicht gemeinsam, aber gleichzeitig stimmen die Fans die ersten Lieder an, bei denen sich der Mob von einer Seite zur anderen neigt, bis der ganze Waggon schaukelt. Danach brüllen ein paar junge Männer aus voller Kehle ihre Freude heraus. Einfach so. Weil sie es können.

Während viele der Menschen um mich herum ohne ihre Fankluft vermutlich ganz harmlos sind, scheint die Metamorphose zum Fußballfreak erstaunliche Merkmale mit sich zu bringen. Mit jedem Schal, jedem Trikot und jeder Hertha-Mütze steigt der Freakfaktor kontinuierlich. Parallel zur Verkleidung darf auch die Veränderung der Hirnchemie nicht fehlen, die durch zwei maßgebliche Faktoren bestimmt wird: Alkohol und die Anwesenheit von Gleichgesinnten, beides in Massen. Richtig spannend wird die Sache also erst, wenn Fußballfans im alkoholisierten Rudel auftreten – so wie hier.

Als sich die Türen im S-Bahnhof Olympiastadion öffnen, kommt es zur ersten Rangelei, die jedoch schnell von ein paar Vernünftigen geschlichtet wird. Gut, dass solche Fans hier offenbar in der Überzahl sind – denn mit der Aussicht auf die Anwesenheit von Hooligans hätten mich keine zehn Pferde hierherbekommen. Unter den Menschen, mit denen ich nun den Fußweg zum Stadion antrete, sind stattdessen zahlreiche Familien vertreten, Rentner, Schülergruppen, Menschen verschiedenster Nationen – eine bunte Mischung also, was meine Eindrücke aus der Bahn etwas relativiert.

Am vereinbarten Treffpunkt warten bereits die ersten Interviewer auf mich, und weil meine Chefin wohl etwas von Zielgruppenorientierung versteht, handelt es sich dabei fast ausschließlich um junge Frauen mit einem gewinnenden Lächeln. In den folgenden Minuten trudelt Nina in Begleitung zweier Interviewer ein, sodass unser

Team mit acht Frauen und, inklusive mir, drei Männern komplett ist. Dann bitte ich die Truppe, sich im Kreis um mich herum zu versammeln, und teile die Klemmbretter mit den Vordrucken aus. Dazu erhalten alle ein Namensschild und die Eintrittskarte, dann sage ich meine Handynummer an, für Notfälle. Wie mit Karin abgesprochen, teile ich die Gruppe in fünf Pärchen auf, die sich dort aufstellen sollen, wo der Customer Flow am höchsten ist: vor Bier- und Wurstbuden, in der Nähe der Fanshops und bei den Schlangen vor den Eingängen ins Stadion.

»Sprecht möglichst nüchterne Leute an, und sammelt nur Nummern von Volljährigen«, gebe ich Karins Ansage weiter, »und lasst euch bloß nicht blöd anmachen. Wenn's Stress gibt, ruft ihr mich an!«

Eine Interviewerin, die aussieht, als hätte sie gerade erst ihr Abitur gemacht, meldet sich. Wie in der Schule, also nehme ich sie reflexartig dran.

»Und was machst du dann?«, will sie wissen.

Stille.

»Ich, öhm …« Gute Frage. »Ich … hol dann die Security!«

»Können wir das nicht selbst machen?«, hakt sie nach. »Ich mein, wir sind ja schließlich zu zweit … und keine Kinder mehr!«

Mensch, Möller, du musst dir den Lehrerton wohl doch noch besser abtrainieren. Versprich es! Ich nicke ihr zu, schaue auf die Uhr und klatsche dann in die Hände. »Okay, Leute – auf geht's!«

Auf dem belebten Vorplatz des Stadions strömen alle Pärchen in verschiedene Richtungen aus, und auch ich stürze mich mitten ins Getümmel. Ich habe zwar nicht den ausdrücklichen Auftrag, Leute nach Telefonnummern auszuspionieren, aber bevor ich hier dumm rumstehe und Hertha-Fans beim Verzehr von Bier und Bratwurst zusehe, kann ich mich auch nützlich machen. Ich schnappe mir also das elfte Klemmbrett und wende mich den ersten potenziellen Interviewpartnern zu. »Hallo, ich hätte eine kurze Frage«, spreche ich zwei ältere Herren mit Schnurrbärten an.

»Verpiss dich!«

Wie bitte? Das sagt man aber nicht! Etwas irritiert mache ich weiter. »Guten Tag, ich bin vom Imameifo ...« Eine Dame mit zwei Kindern bleibt stehen – meine Chance! »Wir führen im Anschluss an das Spiel eine telefonische Befragung durch, und ...«

»Wat krieje ick dafür?«

»Äh, Aufwandsentschädigungen können wir leider nicht ...«

Wortlos lässt sie mich stehen.

Zehn Minuten und mehrere Körbe später laufe ich mit dem leeren Block durch die Menschenmengen und merke, dass alle, die mein Versicherungsvertreterlächeln sehen, schnell den Blick abwenden und einen Bogen um mich machen. Also bitte: Man kann ja wohl wenigstens Nein sagen! So wie ich, wenn mir die 17-Jährigen vom Naturschutzbund oder Amnesty International in der Fußgängerzone vor die Füße springen, mich breit anlächeln, dabei die Köpfe zur Seite neigen und mir unterstellen, ich wäre doch sicher bereit, Menschen in Not zu helfen.

Auch nach fünfzehn Minuten habe ich keine einzige Telefonnummer ergattert. Dafür weiß ich inzwischen, wo ich mir das Klemmbrett hinstecken soll. Langsam zweifele ich an meiner Methode – vielleicht sollte ich doch mal Besoffene ansprechen? Mutig gehe ich auf eine Gruppe angetrunkener Oberschüler zu. »Na, Jungs, würdet ihr mir eure Telefonnummern geben?«

»Bisse schwul, oder wat?«, will der Kräftigste von ihnen wissen und baut sich vor mir auf. »Obde 'ne Schwuchtel bist, haick jefraacht!«

Die andern lachen sich kaputt.

»Nein, nein!« Das scheint mir jetzt die klügere Antwort zu sein, als *Das geht dich gar nix an, du Arsch!* Außerdem würde sich der Typ wahrscheinlich wundern, wenn er wüsste, dass die Schwulenquote unter Profifußballern genauso hoch ist wie in allen anderen Berufen. »Ich sammel bloß Nummern für 'n Interview ... zum Thema Fußball!«

Ich hebe meine Augenbrauen und lächele ihn hoffentlich gewinnend an, woraufhin er sich wieder an seine Kumpels wendet. »Doch schwul!«, meint er und sammelt dafür drei High-Fives ein. »Schon jut, ick bin dabei!«, lallt er dann und diktiert mir überraschenderweise seine Handynummer. Einen kleinen Freudenschrei spare ich mir jetzt besser. Auch die anderen erklären sich bereit, also ziehe ich mit dem Viererpasch in der Hand weiter.

Moment mal, die Jungs waren zwar voll – aber auch volljährig? Egal, das wird sich dann am Telefon herausstellen, erstmal sammele ich lieber weiter Nummern. Fünfundzwanzig Minuten habe ich nun also für vier Erfolge gebraucht und liege damit deutlich unter meinem errechneten Durchschnitt. Mal schauen, wie weit die anderen sind.

»Wir haben erst zwölf«, berichtet Team eins knatschig, »das ist voll schwer!«

Auch bei den anderen sieht es nicht besser aus, doch dann entdecke ich Nina beim Schreiben. »Zwanzig!« Trotz ihrer Gothic-Vamp-Optik scheint sie einen guten Schnitt zu machen. Vielleicht hilft ja ihr semitransparentes Oberteil?

»Und dein Kollege?«

»Keine Ahnung, der wollte sich erstma 'n ...«

»Ja?«

»Was zu trinken besorgen!«

Na, das läuft ja super. Nach einer Stunde liegen wir fast dreißig Nummern hinterm Soll, meine Mitarbeiter gehen einen saufen, und weil der Alkoholpegel im Publikum kontinuierlich steigt, beschweren sich die Mädels schon jetzt über erste anzügliche Bemerkungen. Na warte, wenn ich das mitkriege, dann … dann werd ich aber stinkesauer!

Als wir uns kurz vor dem Anpfiff am Treffpunkt zusammenrotten, will ich eine motivierende Halbzeitpausenkabinenrede im Stil des Bundestrainers halten: »Wir müssen besser werden, Leute, viel besser! Und ich weiß, ihr könnt das! Ihr habt das Potenzial dazu. Und ihr habt es verdient. Dieser Weg wird kein leichter sein, aber wenn ihr an euch glaubt und kompakt im Mittelfeld steht, die Räume dichtmacht und euch hinten keine Fehler erlaubt, dann bin ich sicher, dass wir die fünfhundert Telefonnummern locker zusammenkriegen.«

Mäßige Begeisterung in den jungen Gesichtern.

»Sprecht ruhig auch mal …«

»Können wir jetzt das Fußballspiel gucken?«, will Ninas Teampartner wissen und stößt leise auf.

Ich atme tief durch die Nase ein und wünsche uns allen eine schöne erste Halbzeit. Dann betrete ich gemeinsam mit Nina das Stadion. Der Jubel ist bereits zu hören, als wir die breiten Treppen emporsteigen. Beim Anblick der protzigen Architektur muss ich unweigerlich an die Olympischen Spiele im Jahr 1936 denken. Geschichte zum Anfassen, wenn auch eine grausame. Dann durchschreiten wir die Gänge und stehen auf der Tribüne mitten im Hexenkessel. Zigtausende johlen und grölen, schwenken blau-weiße Fahnen, schütten sich Bier aus Plastikbechern hinter die Binde und rauchen, was das Zeug hergibt. Auf der anderen Seite ist der schwarz-gelbe Fanblock zu sehen, der wie wildes Getier hinter einem Bauzaun eingesperrt ist. Wer wird hier wohl vor wem geschützt?

Nina und ich suchen uns einen Stehplatz, werden aber sofort angepöbelt: »Ey, ihr Friehks – war euer Fatta Glasa, oda wat?«

Nina dreht sich um. »Freaks? Guck dich mal an, du …«

Schade eigentlich, dass diese schöne Bezeichnung fürs

Anderssein oft so gehässig, so negativ verwendet wird – dabei sind wir doch alle ein bisschen plemplem. Zum Glück.

Bevor es hier aber Ärger gibt, ziehe ich Nina schnell weiter, denn immerhin tragen wir unsere Namensschilder mit dem Firmenlogo auf der Brust spazieren. Ein paar Meter weiter finden wir endlich einen Platz, der uns einen freien Blick auf den Mittelkreis ermöglicht. Den Anpfiff höre ich nicht, den Ball sehe ich kaum, aber da die Spieler nun auf dem Rasen herumtollen, scheint das Spiel angefangen zu haben.

Hach ja, Fußball und ich, das hätte eine große Freundschaft werden können – wäre da nicht der Verein gewesen. Noch als Fünftklässler verfolgte ich gespannt wie ein Flitzebogen die Weltmeisterschaft 1990, sammelte Panini-Bilder und wusste über jeden Spieler der Nationalmannschaft Bescheid – inklusive seines Heimatvereins, seiner Torerfolge und seines Marktwerts. Zu dieser Zeit spielte ich im offensiven Mittelfeld unseres ortsansässigen FC und wurde sogar einmal Torjäger des Monats. Doch dann verließ unser junger cooler Trainer den Verein und wurde durch Winfried, einen grimmigen Mann mit Schnauzbart und steifem Bein, ersetzt. Als ich meinen Eltern schließlich von der Trainingsfahrt nach Mallorca berichtete, meldeten sie mich sofort ab. Statt uns zu trainieren, schickte uns Winfried nämlich fast täglich in den Pool und machte es sich dann mit den zwei Betreuern an der benachbarten Bar gemütlich. Ab zehn Uhr morgens.

0:1, die Hertha liegt hinten – klar! Meine Kenntnisse über Deutschlands anhängerstärkste Religion beschränken sich inzwischen auf ein paar legendäre Sprüche wie »Der Ball ist rund, und das Spiel dauert neunzig Minuten« oder »Das Runde muss ins Eckige«. Aber eines weiß ich mit großer Sicherheit: Deutschlands Hauptstadtmannschaft gehört bei Weitem nicht zu den erfolgreichsten unserer Nation. Wie kommt das? Sollte der Regierungssitz der Freaks nicht auch im Fußball ganz vorn dabei sein? Und warum gibt es in Berlin prozentual gesehen viel weniger Fußballnarren als zum Beispiel im Ruhrgebiet oder in Bayern?

Von einem Kumpel, der vor vielen Jahren aus Gelsenkirchen zu uns geflüchtet ist, weiß ich zum Beispiel, dass man auf Schalke schon mal seine Ärztin, seinen Steuerberater, den Friseur, die Fleischerin oder den Bäcker trifft. Und wenn man Pech hat, auch seinen Lehrer. Dort ist Fußballfanatismus jedenfalls keine Frage des Milieus. Das sieht in Berlin anders aus.

Hängt der Erfolg einer Elf vielleicht mit dem Geld zusammen? Bekanntermaßen gibt es in unserer Metropole ja alles, außer Kohle – vielleicht wurden also einfach nicht genug Millionen in die Figuren investiert, die auf dem Grün das Leder treten? Oder schmiert die Hertha einfach die falschen Schiris? Spaß beiseite: Beim Fußball geht vermutlich alles mit rechten Dingen zu. So wie beim Boxen. Oder beim Radrennen. Oder überall dort, wo Spitzenbeträge für Spitzenleistungen bezahlt werden. Na ja, wenigstens zahlen die alle Steuern. Irgendwo.

Als es wenige Minuten vor der Halbzeit 0:2 steht, mache ich mich mit Nina auf den Weg zum Treffpunkt mit unserer Mannschaft. Die Laune der Herthaner entspricht dem Spielstand, und als sich die Fans nach erfolgreichem Bölkstoffwechsel wieder in ihre Käfige begeben, ziehen wir die nächste Bilanz: 312 Nummern. Nicht schlecht, aber da wir die Fans während des Spiels nicht belästigen sollen, müssen wir den Rest wohl danach sammeln. 18,8 Nummern pro Person, etwas weniger, wenn ich mitmache. Das wird knapp, aber irgendwie werden wir es schaffen müssen … Wir dürfen jetzt nur nicht den Sand in den Kopf stecken.

In der zweiten Halbzeit entdecken Nina und ich zwei

Sitzplätze in einem der weniger chaotischen Blöcke. Hier sitzen mehr Kinder, hier herrscht eine ausgelassene Stimmung, ohne dass die Meute pausenlos in frenetisches Grölen ausbricht. Vor allem kann ich von hier den Ball sehen, und als die alte Dame Hertha fast den Anschlusstreffer erzielt, springe ich sogar von meinem Sitz auf, reiße die Arme hoch und schlage die Hände über dem Kopf zusammen.

Nur wenige Minuten später ist es dann endlich so weit. Nach einem satten Distanzschuss landet das Leder im Netz der schwarz-gelben Mannschaft. Die Menge jubelt so laut, dass ein Funke der Begeisterung auf mich überspringt. Ein recht großer noch dazu, denn in den folgenden Minuten erwische ich mich dabei, mit Spielern und Fans mitzufiebern. Haben wir vielleicht doch noch eine Chance?

Moment mal: wir? Identifiziere ich mich etwa gerade mit dem Kickerteam meiner Heimatstadt? Ganz ungewöhnlich wäre das ja nicht, denn selbstverständlich habe ich zu den Blauen eine stärkere emotionale Bindung als zu den Gelben.

Unweigerlich fällt mir ein Seminar an der Uni ein, in dem es um das sogenannte Ingroup-Outgroup-Verhalten ging: Angehörige einer Gruppe werden die Mitglieder der eigenen Sippe immer bevorzugen, andere hingegen benachteiligen. Für diese Einsicht muss man ja eigentlich keine akademische Hochschule besuchen, dachte ich damals, außerdem leben wir schließlich nicht mehr auf Bäumen. Bedenkt man allerdings, dass der Mensch 99,9 Prozent seines Daseins in Kleingruppen mit ungefähr hundert Mitgliedern lebte, scheint es kaum verwunderlich, dass dieses Verhalten tief in uns verwurzelt ist. Ob Religion oder Staat, ob gemeinsames Hobby, Burschenschaft oder ein ähnlicher Musikgeschmack: Gleich und gleich gesellt sich eben gern. Immerhin nicke ich ja auch nur den Joggern zu und nicht den Fußgängern oder Radfahrern – oder gar den Nordic-Walkern! Natürlich wäre es schöner, wir Menschen könnten solche Gräben überwinden, könnten allein aufgrund unseres Menschseins miteinander eine Fairnessgemeinschaft gründen. Noch schöner wäre es, wenn wir sogar die überflüssige Linie zwischen Menschen und anderen Tieren auflösen könnten, sodass die Goldene Regel auch für die restlichen Mitbewohner des grünen Planeten gälte. Aber seien wir realistisch: Das wird wohl noch eine Weile dauern. Außerdem müsste ich dann sogar die Hunde beim Joggen grüßen, was mir deutlich zu weit ginge.

Wieder geht ein Aufschrei durch den Berliner Fanblock: ein wunderbarer Eckstoß, der mit ein bisschen mehr Glück den Ausgleich bedeutet hätte. Die Euphorie der Fans steckt mich an, und so verstehe ich langsam, warum Menschen zu Abertausenden in diese tempelartigen Stadien pilgern und dem runden Gott huldigen, der von den zweimal elf Aposteln über den Platz getreten wird. Schließlich bin ich als Kind selbst wie ein Verrückter über den Rasen gerannt, und bevor Winne auftauchte, hat mir der Verein viel gegeben. Auch erinnere ich mich an meine Zeit als Lehrer und an einige Kids, die am Nachmittag einen Mannschaftssport betrieben. Nicht selten fielen sie durch einen ausgeprägten Teamgeist auf, zeigten sich oft fairer als andere, wirkten ausgeglichener und konnten deutlich besser mit Misserfolgen umgehen.

Vor allem in Bezug auf die letzte Tugend frage ich mich des Öfteren, ob ich mir damals vielleicht doch einen neuen Verein hätte suchen sollen …

2:2, meine Damen und Herren – der Ausgleich ist da! Jubelnd springe ich auf, doch was macht Nina da? Warum hat sie einen Stift in der Hand – und warum beugt sie sich über das Blatt und füllt die leeren Kästchen aus?!

»Ich sammle Nummern«, erklärt sie mir und setzt das Verb mit den Fingern in Anführungsstriche. »Es sei denn, du hast einen besseren Plan, um mit fünfhundert nach Hause zu fahren …«

Ich fasse es nicht – Nina schummelt?

Mit hochgezogenen Augenbrauen zieht sie die Schultern hoch, als sie meinen Blick bemerkt. »Was denn? Kann doch sein, dass mich jemand mit 'ner falschen Nummer abwimmeln wollte!«

Wo sie recht hat, hat sie recht – aber soll ich wirklich meine neue Chefin bescheißen? Bewusst? Nein, das geht nicht! Dann gibt es also nur eine Lösung: Wir müssen während des Spiels Nummern sammeln. Das ist uns zwar vom Veranstalter ausdrücklich untersagt worden, aber wessen Zufriedenheit ist Karin wohl wichtiger: die des Stadionmanagements oder die des Auftraggebers? Kurz entschlossen ziehe ich mein Handy aus der Tasche und rufe die anderen Interviewerteams zusammen. Wie ein Footballteam scharen sie sich im Kreis um mich, während ich sie auf das Vorgehen einschwöre: »Wir müssen jetzt die Köpfe hochkrempeln. Und die Ärmel natürlich auch. Also: supernett und zurückhaltend! Kapiert? Uns fehlen noch 188 Nummern. Seid ihr dabei?«

Alle nicken, wenn auch nicht gerade überschwänglich, also geht es los. In der Tat finden es die wenigsten Fans witzig, dass sie bei ihrem heiligen Ritual gestört werden, aber fünf Minuten vor Spielende habe ich immerhin dreizehn weitere Erfolge erzielen können. Wenn die anderen etwas besser waren, sollte es reichen …

Bei einem Endergebnis von 2:3, der mir inzwischen wieder mit Karacho am Allerwertesten vorbeigeht, trotten die Massen mies gelaunt aus dem Stadion. Chancen auf weitere Nummern habe ich jetzt wohl kaum, denn die allermeisten der Fans ignorieren mich und meine dusselige Frage, einer schlägt mir mein Klemmbrett aus der Hand, und ein anderer schießt den Vogel für heute endgültig ab: »Lass misch in Ruhe«, pöbelt er mich an, »sonst piss ick dir uff dein Zettel!«

Mit hängenden Schultern treffe ich schließlich am verabredeten Treffpunkt ein und warte auf die anderen. Jetzt wird es spannend. Um ja keinen Fehler zu machen, verlasse ich mich nicht auf meine Kopfrechnung, sondern tippe alle Zahlen ins Handy ein. Als das endgültige Ergebnis angezeigt wird, spüre ich ein stechendes Gefühl in der Magengegend.

462. Verdammt.

»Und jetzt?« Die Abiturientin schaut mich mit großen Augen an. »Kriegen wir jetzt Stress?«

»Ihr nicht, aber ich …« Dann versagt mir die Stimme. *Vermassel es nicht*, klingt mir die Stimme meiner Chefin im Ohr.

»Okay, tschau dann, schönes Wochenende!«, sagt die Abiturientin, winkt einmal in die Runde und hüpft davon. Die anderen Interviewer wünschen mir viel Glück und verabschieden sich ebenfalls. Nur Nina bleibt solidarisch neben mir stehen.

»Oh shit, ey!«, ärgere ich mich und zünde mir eine Stresszigarette an. »Hätten wir mal früher …«

»Hätte, hätte, Fahrradkette!«, sagt sie und hält mir einen Stift hin. »Wir haben jetzt wirklich alles probiert. Also: du fünfzehn, ich fünfzehn? Genau fünfhundert wären verdächtig.«

»Ich weiß nicht …«

»Is' dein Job«, meint sie und zuckt mit einer Schulter. »Überleg's dir.«

Auf der Heimfahrt schreibe ich Karin wie verabredet eine kurze SMS: *Haben 503 Nummern, war alles in Ordnung, bis Montag! P.*

Bevor ich sie abschicke, zögere ich, drücke dann aber kurz entschlossen auf *Senden*.

Mit einem flauen Gefühl im Magen lege ich meiner Chefin am Montag die Klemmbretter und Namensschilder auf den Tisch und lächele sie unverdächtig an.

»Toll, dass ihr so viele Nummern gesammelt habt«, sagt sie und löst die Bögen aus den Metallklammern. »Ein paar weniger wären auch nicht schlimm gewesen, aber umso besser!« Als sie meinen starren Blick bemerkt, schaut sie mich mit großen Augen an. »Was denn?«

»Nichts.«

Ich. Flipp. Gleich. Aus.

»Hauptsache, ihr habt die Fans während des Spiels nicht gestört, wenn da nämlich 'ne Beschwerde kommt …« Sie zieht die Unterlippe nach unten und schüttelt eine Hand. »Da ist der Kunde richtig zickig!«

Als ich das Büro verlasse, weiß ich nicht, über wen ich mich mehr ärgern soll – hab ich nicht richtig zugehört? Hat sie nicht gesagt: Fünfhundert Nummern, vermassel es nicht? Was, verdammt noch mal, habe ich daran missverstanden?!

Der Rest des Arbeitstages vergeht, und in der laufenden Woche wird die telefonische Befragung ohne Probleme durchgeführt. Bis Freitag habe ich die ganze Aktion schon fast erfolgreich verdrängt, doch plötzlich, zwei Stunden vorm Wochenende, steht Karin vor meinem Tisch. »Kommst du bitte mal in mein Büro?« Sie reibt sich nachdenklich am Kinn. »Ich glaube, wir müssen uns unterhalten.«

Tja. Manchmal verliert man eben, und manchmal gewinnen die anderen.

16

KÖNNEN DIESE BUSSE LÜGEN?

Bevor sich ein Philosoph auf die Suche nach Antworten macht, muss er wohl die richtigen Fragen stellen. Michael Schmidt-Salomon, dem ich am Telefon gerade mein Leid geklagt habe, scheint das zu wissen.

»Ja, und jetzt? Wie soll's jetzt weitergehen?«

»Keine Ahnung«, gebe ich zu und schüttele langsam den Kopf. »Ich war ja noch in der Probezeit. Nach diesem prompten Rausschmiss muss ich erstmal durchatmen …«

»Mach das – aber nicht zu lange«, sagt er. »Ich muss nämlich in wenigen Tagen mein nächstes Manuskript einreichen und bräuchte deine Hilfe.«

Was? Der Vorstandssprecher der Giordano-Bruno-Stiftung, für die ich am allerliebsten arbeiten würde, bittet mich – den gescheiterten Aushilfslehrer und frisch gefeuerten Callboy – um Unterstützung?

»Sitzt du am Rechner?«, fragt er weiter. »Dann schau mal in deine Mails, ich hab dir was weitergeleitet.«

Sehr geehrter Herr Dr. Schmidt-Salomon,
… bla, bla, bla … möchten wir Sie herzlich einladen … bla, bla, bla …, als Gast in unserer Talkshow mitzuwirken.
Herzliche Grüße,
das Redaktionsteam von »Disput Berlin«

»Würdest du mich da vertreten?«

Ich schlucke. »Ich, äh, also ... bin mir nicht ganz sicher ...«

»Ich würde dich da einfach mal vorschlagen«, unterbricht er meinen aufkeimenden Zweifel. »Dann schauen wir mal, was die sagen. Okay?«

»Aber, ähm, Michael ...« Ich weiß nicht so recht, wo ich anfangen soll. »Meinst du nicht, das ist 'ne Nummer zu groß für mich?«

»Hör mal, du warst doch als Pressesprecher der Buskampagne ganz erfolgreich. Und der Vortrag in der Studentenverbindung lief doch auch reibungslos, oder? Lehn dich doch einfach mal zurück, und denk daran, wie das gelaufen ist! Ich melde mich dann wieder ...«

Verblüfft beende ich das Gespräch und befolge nachdenklich Michaels Ratschlag. Mit einem Kaffee mache ich es mir auf dem sonnigen Balkon bequem, lege die Füße hoch und lasse meine bisherigen Auftritte als gottloser Aktivist noch einmal Revue passieren. Doch wo fing meine Karriere als Ketzer eigentlich an? Mal sehen, was mein mentales Logbuch zu berichten weiß ...

1980, 18. August, 05:32 Uhr MEZ. Ich erblicke das Licht der Welt. Habe Hunger. Und meine Mama lieb.

1981, 7. März. Inzwischen habe ich auch meinen Papa lieb. Brülle aus voller Kehle, als die beiden mich in die Arme eines fremden Mannes geben. Der tröpfelt mir kaltes Wasser auf die Stirn und murmelt etwas vor sich hin. Von allmächtigen Geisterwesen habe ich noch keine Ahnung, bin nun aber trotzdem Protestant.

1986, 6. Dezember. Ein dicker Nikolaus betritt unser Wohnzimmer mit einem braunen Sack über der Schulter. Meine Schwester und ich verstecken uns zuerst hinter den Beinen unseres Vaters, doch meine Neugierde siegt. Kommt der wirklich jedes Jahr auf einem fliegenden Schlitten zu uns? Und hat er uns vielleicht etwas Leckeres mitgebracht? Als er den Sack von der Schulter nimmt, lugt eine goldene Uhr unter seinem Ärmel hervor. Moment mal: So eine hat Onkel Günther doch auch! Ich tue so, als ließe ich mich von der Schokolade ablenken, strecke Onkel Günther aber heimlich die Zunge raus.

1988, Spätsommer. Mit Anzug, Fliege und einer riesigen Kerze in der Hand posiere ich für den Fotografen. Mein Opa schenkt mir ein Mikroskop, meine Eltern ein Knax-Konto. Ein Blick in das Sparbuch verrät: Der katholische Kommunionsunterricht hat sich gelohnt. Dass ich zuvor evangelisch getauft wurde, interessiert hier niemanden.

1991, 7. September. Stolz wie Oskar lege ich der Lehrerin meine Abmeldung vom Religionsunterricht vor und erläutere frech, als Fünftklässler einfach zu alt für derlei Märchen zu sein. Zum Glück ist Religion in Berlin kein Pflichtfach. Fühle mich saucool und sehr erwachsen.

1996, ein Nachmittag im Herbst. Im Fernsehen höre ich Bart Simpson ein Tischgebet sprechen: »Lieber Gott, wir danken dir für gar nichts, wir haben alles selbst bezahlt.« Papa und ich lachen, darüber hinaus interessiert mich Religion aber nicht die Bohne. Kirche ist für mich der humorlose Ort, an dem mein Vater wunderschöne Musik auf der Orgel spielt, dabei aber immer wieder von einem Mann unterbrochen wird, der keinen Sex haben darf. Arme Sau, denke ich mir und radle mit pochenden Lenden zu meiner Freundin.

1997. System Error 404: Keine Einträge gefunden. Diagnose: Festplattendefekt. Sie haben die zulässige THC-Dosis überschritten.

2006, Wintersemester. Mein Soziologieprofessor überreicht mir die Prüfungslektüre: Steven Pinker, *Das unbeschriebene Blatt*. Fasziniert verschlinge ich in der Bibliothek Seite um Seite des dicken Wälzers über die Natur des Menschen. Ein 713 Seiten langer Widerspruch zu allem, was Religion je über den Menschen fantasiert hat. Wenig später fällt mir eine ältere Ausgabe der Zeitschrift *Gehirn und Geist* in die Hand. »Angriff auf den Glauben« lautet der Titel, im Untertitel steht: »wie Hirnforscher die Religion herausfordern«. Der Philosoph Daniel Dennett wird darin zitiert: »Unwissenheit ist keine Schande«, sagt er. »Anderen Leuten die eigene Unwissenheit aufzudrängen ist eine Schande.« In einem einzigen Semester ist mein trotziges Desinteresse am organisierten Aberglauben beendet.

2008, 30. September. Ich reiche meine studentische Abschlussarbeit ein und warte auf die Benotung, bin gedanklich jedoch woanders. Mit jedem religionskritischen Buch, das ich in den letzten zwei Jahren gelesen habe, ist meine Faszination für die grenzenlose Absurdität des Glaubens gewachsen: sein Leben nach einem Wesen ausrichten, dessen Existenz so wahrscheinlich ist wie die der Zahnfee? An ein Leben nach dem Tod glauben, obwohl das ja schon begrifflich ein absoluter Widerspruch in sich ist? Superfreaky, aber jedem selbst überlassen. Schließlich ist Religion reine Privatsache. Oder nicht? Auf YouTube entdecke ich ein Interview mit einem Mann namens Carsten Frerk. Der Politologe nennt die unfassbare Summe von 19,2 Milliarden Euro, die unser Staat jährlich in die Kirchen buttert. Neben der Kirchensteuer. Für kircheninterne Zwecke – nicht für soziale Aufgaben. Ich kriege den Mund nicht mehr zu, spiele das Video direkt noch einmal ab. Lese dann Frerks Texte über weitere Privilegien der Jesus AG: feste Plätze in Rundfunkräten, öffentlich finanzierte religiöse Unterweisung in staatlichen Kindergärten und Schulen, massive steuerliche Vergünstigungen, Einzug des Mitgliedsbeitrags durch den Staat, arbeitsrechtliche Sonderregelungen, legale Ruhestörungen durch Glockengebimmel, Ausbildung des klerikalen Nachwuchses an theologischen Fakultäten, Polizei-, Militär- und Anstaltsseelsorge – alles unter der Kanzlerschaft einer Pfarrerstochter, deren Regierungspartei sich über das Christentum definiert.

Schlagartig wird mir klar, dass ich in einer Kirchenrepublik lebe. Die Bild-Zeitung hatte mit dem Titelblatt zur Ernennung eines Deutschen als Oberhirte der Katholiken im April 2005 wohl doch recht: Wir sind Papst, aber volle Pulle!

Halbherzig bewerbe ich mich um zwei Stellen in der Erwachsenenbildung, will aber eigentlich etwas anderes tun: mich am unvollendeten Projekt der Aufklärung beteiligen, wie es Dr. Schmidt-Salomon formuliert. Er ist Vorstandssprecher der Giordano-Bruno-Stiftung, einer jungen Denkfabrik für Humanismus und Aufklärung. Saucool!

»Werte brauchen Gott«, behauptet die Evangelische Kirche hingegen dreist auf großen Werbeplakaten. Gar nicht cool. Weil ich Sarah, meine Familie und Freunde schon lang genug mit meinem Faible genervt habe, suche ich nach Gleichgesinnten, nach Menschen, die keine Lust mehr darauf haben, das Gehalt selbst ernannter Gottesvertreter mitzubezahlen, die uns Atheisten mit inquisitorischem Ernst als moralisch minderwertig bezeichnen. Und Schwule diskriminieren. Und Frauen. Und Moslems. Und Juden. Und sowieso alle, die sich ihrem Club nicht anschließen.

2008, 10. Oktober. In einer Kreuzberger Werbeagentur werde ich fündig: Der Inhaber des Ladens, Peder Iblher, sowie der Politologe aus dem YouTube-Video und vier weitere Aktivisten wollen eine Kampagne umsetzen, die in England geboren wurde. Dort propagierten Religiöse nämlich auf zahlreichen Großplakaten, dass alle Ungläubigen einmal in der Hölle schmoren werden. Eine junge Journalistin ärgerte sich darüber nicht lange, sondern sammelte Geld für eine Botschaft, die mir viel besser gefällt: *Es gibt wahrscheinlich keinen Gott, also sorge dich nicht und genieße dein Leben.*

Die Bilder von Londons Doppeldeckern, die mit dieser Botschaft durch die Stadt fuhren, gingen um die Welt. Sie regten bereits italienische, spanische, kanadische und US-amerikanische Freidenker zum Nachmachen an. Ob so etwas in Deutschland auch möglich ist? Um das herauszufinden, klinke ich mich bei dem Atheistengrüppchen ein und werde vom Politologen schon bald als Pressesprecher vorgeschlagen. Weil ich so gern rede, sagt er grinsend.

2008, 3. November. Da wir den Menschen kein ewiges Leben im Paradies verkaufen können, erweist sich der professionelle Atheismus schnell als brotlose Kunst – ein richtiger Job muss also her. Ich heuere an einer Grundschule an und unterstütze dort vorerst den Schulleiter.

2009, 11. März. Die Planung der Kampagne ist in wöchentlichen Treffen gut vorangekommen: Slogans wurden entworfen, Werbeflächen auf Bussen und Bahnen gebucht, die Presse ist informiert. Nachdem wir im Internet die ersten Spenden gesammelt haben, wird Spiegel Online auf uns aufmerksam. *Werbung für ein Leben ohne Gott,* schreiben sie auf der Startseite. Eine Stunde später bricht der Server unserer Homepage zusammen, in den folgenden Tagen werden mehr als 20 000 Euro für die Aktion gespendet. Mein Pressehandy läuft heiß, ich gebe plötzlich Interviews. Roger Willemsen ruft an, fragt nach unseren Zielen: Gläubige zum Atheismus bekehren? Nein: anderen Atheisten zeigen, dass sie nicht allein sind; als explizit Religionsfreie in der Öffentlichkeit präsent werden; die Freiheit vom Glauben aus der Schmuddelecke holen, sie als das darstellen, was sie ist: intellektuelle Redlichkeit, Geschichtsbewusstsein und Respekt gegenüber Frauen, Homosexuellen, unverheirateten Paaren, Geschiedenen und allen anderen, die unter religiöser Diskriminierung leiden.

Auch an anderer Front tut sich etwas: Mein Schulleiter bietet mir einen Job als Mathelehrer an. Ich als Lehrer? Wieso eigentlich nicht …

2009, 18. März. Die taz titelt: *Berliner Verkehrsbetriebe glauben noch an Gott.* Sie sind die Ersten, die unsere Werbeverträge platzen lassen. Der Grund: Man wolle weltanschaulich neutral bleiben. Werbung für Jesus, die Bibel, diverse Sekten oder Berlins größtes Bordell? Kein Problem! Aber *»Es gibt keinen Gott«?* Nein, damit könnte man Gläubige beleidigen. Sämtliche angefragten Städte ziehen urplötzlich nach: Bremen, Dortmund, Dresden, Essen, Frankfurt, Fulda, Hamburg, Hannover, Köln, Leipzig, München, Münster, Nürnberg, Potsdam, Regensburg und Stuttgart. Unsere Kampagne wird zum Politikum. Liegt hier eine Ungleichbehandlung von Religion und anderen Weltanschauungen vor? Ist das Recht auf freie Meinungsäußerung damit eingeschränkt? Warum ist die Aktion in katholisch-konservativen Ländern wie Italien oder Spanien möglich, nicht aber hier? Sind wir wirklich so aufgeklärt, so liberal und fortschrittlich, wie wir dachten?

Mit jedem Pressebeitrag füllt sich unser Spendenkonto. Bei knapp 40 000 Euro treffen wir eine Entscheidung: Wenn wir unsere frohe Botschaft nicht auf Linienbusse des öffentlichen Nahverkehrs kleben dürfen, dann mieten wir halt einen eigenen Bus. Die Presse jubelt: *Atheisten gehen auf Deutschlandtournee!*

Sarah freut sich, dass ich meine Passion endlich ausleben kann, meine Mutter hat wie immer Angst um mich, einige meiner Freunde wundern sich. »Ist das nicht 'n bisschen freaky, mit so 'nem Bus durchs Land zu gurken?«, will Nuray lächelnd wissen.

»Nicht so freaky wie eine Jesuslobby, die tausendachthundert Jahre lang im Namen der Liebe gefoltert und getötet hat und sich heute als Erfinder der Menschenrechte hinstellt.«

»Na ja, ich bin ja eh Muslima«, sagt sie vorsichtig, »also – so 'n bisschen zumindest ...«

2009, 15. Mai. Die Ereignisse überschlagen sich, ich fühle mich wie in einem Film. Nach zahlreichen Telefoninterviews und kleineren Drehterminen für Berichte auf Privatsendern steht meine mediale Feuertaufe an: Ich trete in Deutschlands ältester Talkshow, dem *Nachtcafé*, auf. Ich fliege nach Stuttgart. Meine Oberlippe zittert vor Aufregung, als ich vor der Sendung beim gemeinsamen Fototermin entspannt lächeln soll. Dann muss ich in den Ring. Gegen einen rhetorisch geschliffenen katholischen Weihbischof, einen Piusbruder und eine evangelische Weichspülchristin. Mit mir treten an: ein junger Mann, der als Kind jahrelang von seinem Pfarrer missbraucht wurde, der Sprecher des Schwulen- und Lesbenverbands Deutschland und eine Erzieherin, die trotz ihrer tadellosen Arbeit aus einem christlichen Kindergarten geflogen ist – weil sie zum zweiten Mal geheiratet hat.

Während der Diskussion lasse ich mich das ein oder andere Mal von der Protestantin aufs Glatteis führen oder vom Bischof zurechtweisen. Ansonsten läuft es eigentlich ganz gut. Der Piusbruder streitet sich mit dem anderen Katholiken, die Protestantin hat kein einziges Argument, ist dafür aber verflucht freundlich; der schwule Aktivist vertritt die gleiche Position wie ich – nur professioneller; in echte Schwulitäten kommen die beiden Kuttenträger jedoch erst, als das Missbrauchsopfer seine Geschichte auspackt. Plötzlich erinnern sie sich wieder an ihre Gemeinsamkeiten. Zum Abschluss zitiert der Moderator den berühmten Albert Schweitzer: »Wer glaubt, ein Christ zu sein, weil er die Kirche besucht, irrt sich – man wird ja auch kein Auto, wenn man in eine Garage geht!« Beim anschließenden Essen mit allen Gästen erzählt er noch einen Witz: »Sitzen zwei katholische Pfarrer auf der Parkbank und unterhalten sich. Sagt der eine: ›Meinst du, wir erleben die Abschaffung des Zölibats noch?‹ Daraufhin der andere: ›Wir nicht – aber vielleicht unsere Kinder!‹«

Der Piusbruder lacht am lautesten, vertieft sich dann aber wieder ins Zwiegespräch mit dem Missbrauchsopfer. Weil die massive Anspannung, die der Abend mit sich gebracht hat, nun endlich nachlässt, genieße ich ein paar Gläser des guten Weins. Nach und nach verabschieden sich die Gäste, dann bin ich mit dem Missbrauchsopfer allein. Wir lassen uns noch eine Flasche kommen und tauschen uns lange über das Gefühl aus, zum ersten Mal im Fernsehen aufzutreten.

»Was wollte denn der Piusbruder eigentlich vorhin von dir?«, fällt mir ein.

»Der hat gesagt, ich solle mich schämen, mit meiner Geschichte an die Öffentlichkeit zu gehen.«

2009, 30. Mai. Tourneestart. Gemeinsam mit meinen sechs gottlosen Freunden stehe ich an einer Bushaltestelle in Berlin-Mitte, dann taucht er am Horizont auf: der rote Riese. Mit einer Länge von elf und einer Höhe von vier Metern bietet dieser Cabriodoppeldecker Platz für über achtzig Passagiere. Wenig später treffen wir zum Fototermin vor dem Roten Rathaus ein und verschenken

Gottlos-glücklich-T-Shirts an die Besucher unserer Aktion. Dann die große Überraschung: Die deutsche Filiale einer US-amerikanischen Freikirche ist mit einem Reisebus am Start, den sie genau hinter unseren stellen.

»Und wenn es ihn doch gibt?«, fragen auf dem Bus die Männer und Frauen, die sich selbst als Jesusfreaks bezeichnen. In Birkenstocksandalen werfen sie uns vor, wir würden schließlich auch etwas glauben – eben das Gegenteil dessen, was sie glauben.

»Wir glauben nicht, dass es keinen Gott gibt«, sage ich zum verwunderten Pressesprecher der Gottesanbeter. Die Kameras sind auf uns gerichtet. »Wir sind nämlich keine gläubigen Menschen. Wir glauben weder, dass es *keinen* Gott gibt, noch *dass* es einen gibt: weder den der Bibel noch die der griechischen oder nordischen Mythologie noch sonst irgendwo.«

»Also können Sie die Existenz Gottes auch nicht ganz ausschließen?« Der Pressesprecher lächelt mich siegessicher an.

»Nein, streng genommen bin ich Agnostiker. Ich weiß es tatsächlich nicht. Aber im Gegensatz zu Ihnen gestehe ich mir das ein. Sehen Sie, wir sagen ja nicht: Es gibt keinen Gott. Wir sagen: Mit an Sicherheit grenzender Wahrscheinlichkeit gibt es ihn nicht! Wir meinen, dass die Existenz der christlichen Gottesversion genauso wahrscheinlich ist wie die aller anderen Götter. Oder Feen, Elfen oder Kobolde!«

Dass Menschen das Konzept verworfen haben, sich einer Sache sicher zu sein, ohne dafür Beweise oder wenigstens Hinweise zu haben, will er einfach nicht verstehen. Hartnäckig geht er verschiedene Beispiele mit mir durch. Gut, dass ich genau solche Situationen vorher mit den anderen geübt habe.

»Aber Sie glauben doch zum Beispiel auch«, sagt er, »dass ihre Mutter Sie liebt.«

»Nein – ich nehme an, dass es so ist, weil sie sich so verhält. Ich stelle aufgrund meiner Sinneseindrücke eine intuitive Vermutung darüber an – das ist etwas anderes, als es zu glauben. Ich kann meiner Mutter zum Beispiel ansehen, dass sie mich liebt.«

»Und was ist dann mit der Erdanziehungskraft? Die können Sie nicht sehen – und trotzdem wissen wir alle, dass sie da ist! So wie Gott.«

Seine Kollegen klopfen ihm auf die Schulter und nicken andächtig, ich dagegen freue mich, endlich meiner Lehrerkind-typischen Passion fürs Besserwissen nachgehen zu können.

»Die Auswirkungen der Gravitation lassen sich von mehreren Personen unabhängig voneinander überprüfen – mit demselben Ergebnis. Anders als Gott.«

»Und was ist mit der Evolution?«, wirft eine seiner Kolleginnen laut ein. »Das ist doch auch nur 'ne Theorie!«

»Eine Theorie, die durch tonnenweise Belege bestätigt wurde«, entgegne ich und habe Schwierigkeiten, Ruhe zu bewahren. »Genau wie die Gravitation – schließlich springen Sie auch nicht vom Hochhaus!«

Schnell dreht sich unsere Diskussion im Kreis. Immer, wenn ich versuche, mit Fakten oder Logik zu arbeiten, verstecken sich die Jesusfreaks hinter der Begründung, sie würden es halt einfach glauben.

»Das ist doch Ihr gutes Recht«, sage ich. »Aber erwarten Sie bitte nicht, dass andere es nachvollziehen können – geschweige denn, sich an die Regeln Ihres Glaubens halten. Vielleicht können wir uns ja darauf einigen: Sie glauben an Gott, wir nicht. Und deswegen sprechen wir uns dagegen aus, dass Ihre Glaubensvorstellungen in unsere Gesetzbücher einfließen. Wenn Sie nach der Bibel leben wollen: bitte! Aber lassen Sie mich tun, was ich will.«

Weil die Jesusfreaks nun ankündigen, uns auf der ganzen Tour zu begleiten, jubelt die Presse wieder und kann beide Positionen nun nach bester journalistischer Tradition einander gegenüberstellen. Nach drei moderierten Stadtrundfahrten mit Journalisten, Fernsehteams und begeisterten Freigeistern werde ich langsam heiser. Dann kommt der Platzregen. Wir schließen das Verdeck und verlassen die Stadt Richtung Ostsee. Drei Wochen Tour erwarten uns nun.

»Musst du eigentlich gar nicht arbeiten?«, will der Journalist wissen, der uns für eine Dokumentation begleitet. »Du bist doch eigentlich Lehrer …«

»Doch, aber die Schule ist ja zum Glück nur unter der Woche geöffnet«, antworte ich mit einem Augenzwinkern. »Am Wochenende bin ich Pressesprecher.«

Während die Sonne hinterm Horizont verschwindet, sitzen wir im Oberdeck, sprechen über Gott und die Welt, trinken ein kaltes Bier und rauchen. Bei leicht geöffnetem Verdeck schippern wir gemütlich über die Autobahn. Roadtrip-Romantik der ganz besonderen Art.

2009, 31. Mai. Auf einer Raststätte nahe Rostock steige ich aus dem Wohnmobil, das wir als Begleitfahrzeug gemietet haben. Eine Reisegruppe aus Bayern entdeckt unseren Bus, echauffiert sich lauthals. Ein weißhaariger Mann erhebt seinen Wanderstock gegen mich, die Kameras laufen. »Keinen Gott?«, fragt er und schüttelt den Kopf. »Ihr seids doch bekloppt!«

In Schwerin entdeckt ein Junge unseren Slogan und zuppelt seiner Mutter aufgeregt am Rockzipfel: »Guck mal Mama, der Bus lügt!«

Am Pfingstmontag stehen wir am Hamburger Fischmarkt mit Blick auf den Hafen. Nach den Stadtrundfahrten finden Lesungen und Vorträge im Oberdeck statt. »Ich fühle mich durch Ihren Bus beleidigt!«, teilt mir eine Frau unten mit.

»Das tut mir leid«, sage ich, »aber wir kritisieren hier nur eine Idee – nicht Sie persönlich.«

»Aber ich glaube nun mal an Gott!«

»Wird unser Bus daran etwas ändern?«

»Auf keinen Fall!«

Na dann …

Viele Rentner, Familien und junge Pärchen besuchen uns in Scharen, beglückwünschen uns zu der Aktion. Weiter so! Endlich mal jemand, der den Kirchen widerspricht! Erschlagen von dem ereignisreichen Wochenende, steige ich am späten Sonntagabend in Berlin aus dem ICE. Schließlich muss ich morgen wieder zur Schule …

2009, 05. Juni. Nach einer verstörend anstrengenden Arbeitswoche als Lehrer bin ich wieder am Start. In Düsseldorf stellen wir den Bus in der Innenstadt ab und erhalten ein Geschenk vom erfolgreichsten Karnevalswagenbauer der Stadt: Jacques Tilly hat aus Pappmaschee ein mannshohes Haltestellenschild in Form einer Sonnenblume gebaut. Sie trägt die Aufschrift *Gottlos glücklich* und avanciert bald zum Wahrzeichen unserer Aktion.

Auf dem Weg nach Köln ist mal wieder der weiße Bus der Jesusfreaks hartnäckig hinter uns. Wir kleben daraufhin ein Schild in die Rückscheibe: *Achtung, Christenverfolgung!* Unser Aufenthalt am Samstag in Köln ist verregnet, allerdings besucht uns der Sprecher der *Generation Benedikt*, eines Fanclubs des Papstes. Entgegen meiner Vermutung ist der Mann jünger als ich, seine Argumente dagegen befinden sich auf dem Stand des Alten Testaments.

Dann zieht mich eine Frau zur Seite und spricht leise, flüstert fast. »Danke, datt Sie dat machen!«, raunt sie. »Isch hab immer jedacht, isch wär damit allein …«

»Ehrlich?« Ich schüttele den Kopf. »In Berlin kenn ich kaum noch gläubige Leute.«

»Isch wohn im köllschen Umland – da ticken die Uhren noch anders. Dat könnse mir aber glauben!«

Am Sonntag kommt es in Bonn zur ersten pikanten Szene: Ein paar Jugendliche spielen sich auf, werden laut und meinen, wir würden ihren Propheten beleidigen. Weil ich ein Hasenfuß bin, verkrümele ich mich sofort in den Bus und schaue mir die Szene von oben an.

»Ja, ja: Über Jesus schimpfen, das traut ihr euch!«, wirft uns eine ältere Dame wenig später vor. »Aber auch nur, weil wir uns euren Mist gefallen lassen!«

»Wie sollten Christen denn Ihrer Meinung nach auf die Aktion reagieren?«, will ein Sympathisant unserer Kampagne von ihr wissen.

Sie überlegt kurz, schnauft und zieht kommentarlos davon.

Bevor ich am Ende eines langen Wochenendes wieder nach Berlin aufbreche, erzählt Carsten seine Lieblingsgeschichte aus Münster: Eine uralte Frau läuft langsam am Bus vorbei, bleibt stehen, legt den Kopf in den Nacken und liest die Aufschrift. Dann schaut sie ihn an und lacht. »Wird auch mal Zeit, dass Sie nach Münster kommen. In dieses schwarz-katholische Nest!«

2009, 11. Juni. Nach fünf knallharten Tagen als Aushilfslehrer steige ich in den Zug, um der Kampagne erneut hinterherzureisen, die inzwischen in Bayern unterwegs ist. Weil ich im Unterricht vor Wut ein Tafellineal auf dem Lehrerpult zerkloppt habe, nehme ich mir vor, so schnell wie möglich einen anderen Job zu finden. Doch jetzt warten erst einmal Augsburg, Passau und München auf uns. In der bajuwarischen Hauptstadt gibt es von allen Seiten freundliches Winken, Daumen hoch, lachende Gesichter. Bei einem Halt nahe des Viktualienmarkts verwickelt mich eine junge Frau in ein Gespräch über Sex vor der Ehe. »Ich hebe mich halt für den einen Mann auf, mit dem ich für immer zusammen sein will«, erklärt sie stolz.

»Ist doch schön«, entgegne ich, »aber meine Freundin und ich sehen das halt anders. Sollte das nicht jeder selbst ...«

»Stört es dich denn nicht«, unterbricht sie mich mit großen Augen, »dass sie vor dir schon mit anderen Männern im Bett war?«

Noch während ich lachend den Kopf schüttele, drückt sie mir ein Faltblatt in die Hand, in dem der Gebrauch von Kondomen als Sünde und Schwangerschaftsabbruch als Mord bezeichnet wird.

Der letzte Tag der Tournee bricht in Regensburg an. Vor dem Einkaufszentrum, an dem unser Bus steht, hat sich eine christliche Jugendgruppe versammelt und singt unter der Gitarrenbegleitung des Pfarrers ein paar Gospelsongs. Teufelsaustreibung der netteren Art. Als wir gerade zur üblichen Stadtrundfahrt aufbrechen wollen, rennt eine der Sängerinnen panisch dem Bus hinterher und ruft laut meinen Namen. Ich bitte unseren Fahrer, auf sie zu warten, und stelle mich dann an die offene Tür.

»Ich muss ... Ihnen etwas ganz ... Wichtiges sagen«, bringt sie hechelnd hervor.

»Ja?«

»Ich schwöre ... Es gibt ihn! Er ist mir heute Nacht begegnet – wirklich!«

Das ist natürlich ein Argument. Ob ich die Aktion lieber schnell abbreche, alles bisher Gesagte zurücknehme und das Gegenteil behaupte? Die Beichte macht schließlich so einiges möglich ... Etwas wehmütig besteige ich an diesem Abend zum letzten Mal den ICE nach Hause, freue mich aber auf die Abschlussparty der Kampagne, die schon bald in Berlin steigen wird.

2009, 18. Juni. Der Bus fährt vor einem Saal vor, den wir für das feierliche Ende unserer Aktion gemietet haben. Nach einer kleinen Abschlussrede von Carsten, der den Großteil der Tour organisiert hat und mit seiner Frau kontinuierlich dabei war, begeben wir uns in den Saal. Dort führt eine Schauspielerin das *Solo für den Teufel* auf, ein mehr als dreißigminütiges Theaterstück, bei dem sie ganz allein einen Dialog zwischen einem naiven Mädchen und einem diabolischen Pfarrer nachstellt. Immer wieder reißt sie die geschminkten Augen weit auf, brüllt wie am Spieß und schmeißt sich zum Finale der Länge nach auf den Boden.

Danach tritt eine Dame auf, die eine Viertelstunde lang mit zwei Holzlöffeln wie wild geworden auf einem riesigen Xylofon spielt. Zum Abschluss des musikalischen Teils gibt ein junges Pärchen im Partnerlook die Hymne aller Atheisten zum Besten: John Lennons *Imagine*. Die Anwesenden singen mit, eine Frau wischt sich eine Träne von der Wange.

Als der Abend seinen Höhepunkt erreicht, bitten zwei meiner neuen Atheistenfreunde zur Enttaufung auf die Bühne. Ich soll als Erster ran und muss mich vor der Zeremonienmeisterin hinknien. Dann stellt sie mir mit tiefer Stimme eine Frage: »Erkennst du an, dass alles mit rechten Dingen zugeht und keine übernatürliche Kraft deine Waschmaschine manipuliert hat, um dir durch das Verschwinden deiner Socken ein göttliches Zeichen zu geben?«

»Ja!«

Mit einem Taschentuch wischt sie mir die Stirn ab und schüttelt es danach feierlich aus. Damit ist es offiziell: Ich bin kein Christ mehr – dafür aber aufgenommen in die Gemeinschaft der Atheistenfreaks.

Jetzt muss ich nur noch aus der Kirche austreten.

Das Festnetztelefon reißt mich aus meinem Flashback. Ich hetze vom Balkon ins Wohnzimmer.

»Also Philipp«, sagt der Philosoph feierlich, »die Redaktion von *Disput Berlin* hat sich deinen Auftritt im *Nachtcafé* angesehen und möchte dich in der Sendung haben. Wenn das gut läuft, können wir uns ja mal über deine Zukunft in der Giordano-Bruno-Stiftung unterhalten …«

17

DIE GROSSE SCHLACHT VON WORTEN

18:32 Uhr. Ich befinde mich in einem Wohnwagen, der mit großen Spiegeln, grellen Lampen und tonnenweise Kosmetik ausgestattet ist. Eine Frau mit einem mehrfarbigen Brillengestell auf der Nase und einer asymmetrischen Frisur mustert mich von oben bis unten.

»Wollen Sie sich vor oder nach dem Schminken umziehen?«

»Wieso denn umziehen?« Bisher habe ich mich in Jeans und T-Shirt eigentlich ganz wohl gefühlt, aber anscheinend bin ich für den großen Kampf noch nicht gerüstet. Nicht mal ein Jackett habe ich dabei, das – zumindest rein optisch – ein paar der Angriffe meiner Diskussionsgegner abhalten könnte. Wegen der subtropischen Temperaturen habe ich es kurzerhand zu Hause gelassen. »Fangen Sie ruhig an, ich hab sowieso nichts anderes dabei.«

Ich lasse mich auf dem Sessel nieder und schaue mich im hell erleuchteten Spiegel an. Während die Stylistin mein Gesicht mit Make-up bedeckt, bereite ich mich innerlich darauf vor, mich dem übermächtigen Gegner zu stellen: den selbst ernannten Vertretern des angeblich einen und einzigen, allmächtigen Gottes. Große Schlachten kenne ich zwar nur aus dem *Herrn der Ringe*, aber weil heute bloß mit Worten gekämpft wird, kann ich mich auch als Humanist guten Gewissens daran beteiligen.

Dessen ungeachtet tritt kalter Schweiß aus den Poren meiner Handflächen.

18:40 Uhr. In Begleitung einer wunderschönen elbengleichen Frau verlasse ich den Wohnwagen und schreite frontal auf den Austragungsort der Diskussion zu: eine uralte Kirche in Berlins Mitte, die wegen der gesunkenen Nachfrage für katholische Dienstleistungen aus dem himmlischen Betrieb genommen und zu einem Veranstaltungsort umfunktioniert wurde. Trotz des gleißenden Sonnenlichts wirft der massive Christentempel einen finsteren Schatten auf mich. Während das brünette Model von der Regie ununterbrochen in ihr Headset spricht, kommt mir der gotische Bau mit jedem Schritt ein bisschen größer vor. Wie ein finsterer Berg erhebt er sich vor mir, bedrohlich wie das lidlose Auge von Barad-dûr, dem dunklen Turm Saurons, schaut das Wahrzeichen des Herrn von seinem Gipfel auf mich herab. Eine steinerne Frau in langen Gewändern bewacht das gigantische Tor, Figuren weinender Kinder neben ihr, im Zentrum des Reliefs ein Mann, der eine Dornenkrone trägt und auf seinem gebeugten Rücken ein großes Kreuz schleppt.

Ich bleibe einen Moment zwischen den Besuchertrupps stehen und bekomme eine leise Ahnung davon, wie sich Ehrfurcht anfühlt, werde dann aber von meiner zartgliedrigen Begleiterin an dem Bau vorbei zu einem Seiteneingang geführt. In einem kleinen Raum nimmt mich die Veranstalterin in Empfang und trommelt dann die anderen Diskussionsteilnehmer zusammen. Vier dieser Menschen werden für die Religion zu Felde ziehen, die anderen drei sind meine Gefährten. Im Kreise dieser gut gekleideten Damen und Herren erklärt die Veranstalterin den Ablauf des Abends.

»*Ohne Religion wäre die Welt besser dran!* Das ist die These, die Sie heute diskutieren werden. Zuerst haben Sie jeweils genau vier Minuten Zeit für Ihre abwechselnden Eröffnungsplädoyers, dann gibt es eine halbstündige Diskussionsrunde, und am Ende noch einmal hundert Sekunden Redezeit für jeden.«

Zu drei Zeitpunkten wird das Publikum über die provokante These abstimmen: vor Beginn des Disputs, nach vier der acht Kurzvorträge und im Anschluss an die offene Diskussion. Am Applaus des Publikums und an den Ergebnissen der Abstimmung wird sich zeigen, wer in der Schlacht um die besten Argumente überzeugen kann. Ob ich in diesem Ring bestehen werde?

»Am besten setzen Sie sich jetzt mit Ihren Streitpartnern zur Lagebesprechung zusammen, und um Punkt zwanzig Uhr beginnen wir dann mit der Aufzeichnung.«

Die Religionsbefürworter verschwinden in den Nachbarraum, meine drei Mitstreiter und ich lassen uns an einem Tisch nieder. Zwei von ihnen sind mir bekannt: die türkischstämmige Frauenrechtlerin Necla Kelek und der britisch-deutsche Journalist Alan Posener. Beide haben bereits mehrfach publiziert und sind hinreichend bekannt. Von der Dritten im Bunde, einer Juristin, habe ich noch nie gehört, und genauso scheint es den anderen mit meinem Namen zu gehen.

»Sie sind doch als Vertretung für Dr. Schmidt-Salomon hier«, fällt Frau Kelek plötzlich ein, »und waren damals in dieser Kampagne aktiv …«

Genau. Der bin ich.

Während unserer Zusammenkunft kommt es schon bald zu längeren Auseinandersetzungen über die feinen Unterschiede zwischen den verschiedenen Glaubensrichtungen. Anstatt einen Plan zu entwerfen, mit welchen Argumenten wir die Feinde in die Flucht schlagen können, verheddern sich meine Gefährten in unsinnigen Streitereien, die uns Zeit und Ressourcen kosten.

»Wollen wir nicht lieber unsere Strategie planen?«,

werfe ich vorsichtig ein. »Dreißig Minuten Diskussion sind schnell vorbei, und die Gegner sind kampferprobt.«

Die anderen schauen mich kurz an, debattieren dann aber weiter um den Unterschied zwischen Protestanten und Katholiken, Schiiten und Sunniten.

Gut, dass ich an meiner Eröffnungsrede so akribisch gefeilt habe! Stundenlang habe ich daran gesessen, das geistige Material der Mütter und Väter der Aufklärung in eine Form zu gießen, habe mir den Text immer wieder laut vorgelesen, mich dabei mit dem Handy aufgenommen, habe es mir danach angehört und den Vortrag ein ums andere Mal gekürzt – so lange, bis daraus eine vierminütige und messerscharfe Rede geworden ist. Die steht nun auf einer einzigen Karteikarte, die …

Moment mal …

Die Karteikarte.

Die ist in der linken Innentasche des Jacketts.

Und das Jackett?

Am Kleiderhaken. ZU HAUSE! Im Auenland!

Mein Herz rutscht mir in die Socken, meine Gliedmaßen erstarren, Schweiß tritt mir auf die Stirn: Ich ziehe in die große Wortschlacht gegen die Gottesfreaks und vergesse meine Stichwaffe, äh, Stichpunkte zu Hause?! Nur mit viel Mühe kann ich mich davon abhalten, panisch zu kreischen. Stattdessen verabschiede ich mich zum Telefonieren nach draußen.

19:12 Uhr. »Na Süßer, biste aufge…«

»Bist du zu Hause?«, unterbreche ich Sarah. »Ganz wichtig: Bist du *zu Hause?!*«

»Ja. Wieso? Was ist denn?«

Ohne ein Wort der Erklärung schicke ich sie zur Garderobe.

»Ach du heilige Scheiße – das ist ja deine Rede!«

Weil ich den finsteren Endgegner wohl kaum ohne

mein geschliffenes Rhetorikschwert besiegen kann, spielen wir schnell alle Möglichkeiten durch, die uns bleiben. Meine Arztschrift konnte Sarah noch nie gut lesen, und für moderne Lösungen wie abfotografieren und per Mail schicken ist ihr altmodisches Telefon nicht gerüstet.

»Mach dir keine Sorgen«, beruhigt sie mich, »ich steige mit der Kleinen ins Auto und bring dir die Rede vorbei!«

19:20 Uhr. Ich sitze hinter der Kirche im Schatten eines Baumes. Rauche die zweite Zigarette und versuche, mich an den Text zu erinnern. Wie war das doch gleich? Gemischte Gefühle: Der Job des Religionskritikers ist einerseits leicht, andererseits schwer – aber warum? Wie lauteten doch gleich die sechzehn Punkte, mit denen ich die vier Minuten bestreiten wollte? Wie habe ich das Fazit formuliert? Mit zugekniffenen Augen massiere ich mir die Schläfen, quetsche mein Hirn aus, doch mit jeder Minute, die verstreicht, kommt weniger dabei heraus. Das Blackout ist da, Sarah muss her!

Stattdessen kommt ein langhaariger Mann in weißer Handwerkerkluft auf mich zu. In der Hand trägt er einen langen Stab, an dessen Ende aber leider nur ein Wischmopp baumelt. »Hey du, hilf mir bitte mal kurz mit …« Er zögert einen Moment. »Bist du überhaupt von der Technik?«

»Nee, Mann, ick nehm an der Diskussion teil!« Unter Stress kommt meist mein Dialekt durch.

»Oh, sorry«, sagt er und hebt seine freie Hand. »Ich dachte nur, wegen der Klamotten …«

Ja, ja, schon klar: Jeans, Turnschuhe und T-Shirt – so betritt doch kein Mensch eine Bühne! Wieder wähle ich Sarahs Nummer, erneut geht die Mailbox ran. Ein gutes Zeichen? Besser, ich rauche noch eine …

19:36 Uhr. Wir werden von der Regieelbe durch den Veranstaltungssaal geführt. Einige sakrale Elemente der ehemaligen Kirche sind noch auszumachen, aber die großen Scheinwerfer, die Kameras und mehrere Hundert Stühle lassen den Ort eher wie einen Theatersaal wirken. Viele Plätze sind schon besetzt, das bisherige Durchschnittsalter liegt jenseits der fünfzig. Deutlich. Eine christliche Kopftuchfraktion hat sich in den vorderen Reihen eingefunden: neun verschleierte Nonnen, deren stumme Blicke mich unter schwarzen Kapuzen verfolgen. Von Sarah nach wie vor keine Spur.

19:52 Uhr. Ich laufe wie ein Tiger im Käfig durch den Backstageraum. Dann kommt eine SMS: *Sind unterwegs. Stadt ist übervoll! Gleich da.*

Gloria von Thurn und Taxis, die für die dunkle Seite kämpfen wird, bietet mir einen Platz auf der Couch neben sich an und fragt mich über meinen alten Job als Lehrer aus. Ich weiß zwar nicht so recht, was ich von der erklärten Katholikin halten soll, aber sie ist die Einzige, die sich mit mir unterhält.

»Sehr anstrengend«, beantworte ich ihre Frage, wie es als Lehrer an Berliner Grundschulen denn so sei. »Auch erfüllend – aber sehr, sehr anstrengend!«

Die Wahl ihres Outfits beruhigt mich, denn neben einer neonpinkfarbenen Hose und einer Ansammlung von Perlenketten, die sie sich wie einen Schal um den Hals geschlungen hat, wird man meine Jeans und mein Zehn-Euro-Shirt von H&M wohl kaum beachten.

Vor dem Sofa stehen zwei altgediente Mitarbeiter des Spiegel-Magazins und sprechen laut über ihre letzten Fernreisen: der langjährige Chefredakteur Stefan Aust, der unseren heutigen Disput moderieren wird, und der ehemalige Leiter des Kulturteils, Matthias Matussek. Er wird den Katholizismus verteidigen.

Am Tisch gegenüber von uns sind zwei Männer in ein Gespräch über die Dreifaltigkeit vertieft. Einer von ihnen trägt einen noblen Anzug mit Krawatte und eine rahmenlose Brille. Es ist der ehemalige Oberhirte deutscher Protestanten, Wolfgang Huber. Auch der andere Geistliche ist in feinsten schwarzen Zwirn gehüllt, statt einer Krawatte trägt er jedoch den standesgemäßen weißen Stehkragen zum schwarzen Oberhemd. Seine runden Brillengläser sind in dicken schwarzen Kunststoff gefasst, sein Lächeln macht mir ein bisschen Angst. Er trägt den sonderbaren Namen Prälat Imkamp – was das bedeutet, ist mir jedoch nicht nur schleierhaft, sondern im Moment vor allem schnurzpiepegal. Ich brauche meine Rede, um Himmels willen!

19:58 Uhr. Der Schlachtbeginn rückt sekündlich näher. Die Elbenfrau von der Regie stellt uns in der richtigen Reihenfolge am Eingang zur Bühne auf: erst die Ketzer (ich als Letzter), dann die Frommen. Sarah soll jetzt kommen! Sonst muss ich meine Rede über weite Teile improvisieren. Im Saal sitzen nun mehr als dreihundert Gäste, die Kameras laufen, die Scheinwerfer sind auf die Bühne gerichtet.

»Und, sind Sie aufgeregt?« Alan Posener dreht sich freundlich lächelnd zu mir um.

»Kein bisschen«, lüge ich schamlos und wische mir die schweißnassen Hände an der Hose ab, »bin die Ruhe in Person.«

»Herr Möller?« Eine Regieassistentin steht vor mir, hinter ihr die hechelnde Sarah mit der müden Klara auf dem Arm. »Ist das Ihre Frau?«

Contenance, Möller, halt jetzt nicht deinen Handrücken an die Stirn und sacke wie ein blaublütiges Fräulein in dich zusammen! Ich grinse Sarah an. »Noch nicht ganz.«

Ungeachtet der prüfenden Blicke aller anderen Diskussionsteilnehmer falle ich ihr um den Hals und drücke meine beiden Geliebten ganz fest an mich. In einer wilden Mischung aus Erleichterung und Anspannung verabschiede ich meine kühne Retterin mit einem Kuss, bevor sie von der Regie durch den Seitenausgang hinausgebeten wird.

Dann ein Blick auf meine Karteikarte. Vielleicht bilde ich es mir nur ein, aber im gedämpften Licht des Backstagebereichs schimmert meine Schrift bläulich – sind etwa Orks in der Nähe? Prüfend schaue ich mich um, meine Fantasie geht wohl etwas mit mir durch. Ich schüttele die wilden Gedanken ab und widme mich meinem Text, der in vier Minuten eines der komplexesten Themen der Menschheit demontieren soll – nein: demontieren *wird*! Habe Mut, Möller! Du hast den Tag genutzt, dich am Verstand anderer zu bedienen und auf eine Karteikarte einzustampfen.

Ich muss mir einreden, dass mein wahnwitziger Plan aufgehen wird, denn schließlich gibt es nichts Gutes, außer man tut es! Konzentriert halte ich mir die Karteikarte vor die Nase und nutze die letzten Sekunden, um noch einmal alles durchzugehen. Als ich bei der Hälfte angekommen bin, hebt die Regiedame die Hand: Es geht los. Wir werden mucksmäuschenstill, nur Matussek demonstriert, dass ihn solche Situationen kein bisschen berühren. Fröhlich quatscht er weiter mit dem Moderator.

Dann ertönt eine Stimme aus den Lautsprechern und kündigt das Thema an: »Disput Berlin – so geht streiten! Und hier der Mann, der uns durch den Abend führen wird: Stefan Aust!«

Unter Applaus betritt der Journalist mit dem gewitzten Gesichtsausdruck die Bühne und begrüßt das Publikum. Dann werden meine Mitstreiter mit einem Zitat vorgestellt, das wir alle im Vorfeld abgeben sollten. Nacheinander treten die Gefährten ins Rampenlicht der Arena, ich wackle in kleinen Schritten immer näher auf die Tür zu. Wie beim Fallschirmspringen wird die Schlange vor mir immer kürzer.

Hach, wie viel lieber würde ich mich nun aus achttausend Metern in die Tiefe stürzen, mit zweihundert Stundenkilometern auf die Erde zurasen, mein Leben am nylonen Faden ... Bin ich inzwischen vielleicht auch so eine Art Extremsportler, der in solchen Situationen den absoluten Kick sucht? Der Adrenalinpegel dürfte zumindest vergleichbar sein. Sollte ich mir also auch eine Kamera auf den Kopf schnallen, wie die Speedfreaks, die auf Motorrädern mit mehr als dreihundert Sachen auf der rechten Spur überholen oder mit einem fledermausartigen Wingsuit vom Berg springen? Nein, ich konzentriere mich lieber auf das kommende Gefecht, die große Schlacht um die Mittel der Erde.

Jetzt bin ich dran. Aus dem Türrahmen kann ich die Menge im Saal schon erkennen. Mein Puls rast, mein gesamter Körper vibriert, und meine Oberlippe zittert beim Versuch, entspannt zu lächeln.

»Außerdem zu Gast: der Pädagoge Philipp Möller.«

Das ist mein Zeichen, ich trete hinaus, kann im Scheinwerferlicht kaum noch etwas sehen, höre meinen Applaus und betrete die Bühne.

»Er sagt: Nächstenliebe gibt es auch ohne die Bibel!«

Dann sitze ich auf der Bühne, zittere noch leicht, schaue ins Publikum, bekomme kaum mit, wie nach mir der Ex-Bischof, die bunte Adlige, der Journalist mit der Wuschelfrisur und der katholische Prälat die Bühne betreten. Es kommt zur ersten Abstimmung: Wäre die Welt ohne Religion besser dran? Ja oder nein? Der Moderator will die Ergebnisse für sich behalten, weil ich jedoch neben ihm sitze, kann ich heimlich auf den Bildschirm schielen, der vor ihm steht: 36 Prozent für uns, 56 gegen uns – der Rest weiß wohl nicht, was er von Religion halten soll.

20:07 Uhr. Die Juristin aus unseren Reihen, Monika Frommel, wird als Erste ans Rednerpult gebeten. Sie erklärt, wir würden uns nur gegen organisierte Religion richten, hätten mit dem persönlichen Glauben hingegen gar kein

Problem. Darauf kann ich mich gerade noch konzentrieren, der Rest geht in meiner Beobachtung des Prälaten unter, der sich die ganze Zeit grinsend die Hände reibt und immer wieder zu den neun alten Damen in den schwarzen Gewändern schaut.

20:11 Uhr. Bischof Huber betritt das Rednerpult der Gottesfürchtigen. Der Moderator erwähnt, Huber käme gerade von einer Sitzung des deutschen Ethikrats, deswegen spricht der Gottesmann wohl auch nur von Moral – aber das macht er gut! In gewohnter Kanzelrhetorik betont er Konsonanten stark, zieht Vokale in die Länge und hat mit seinem Hinweis auf die guten Beerdigungen, die von Kirchen angeboten werden, den ersten Applaus sicher. »Aus religiösem Analphabetismus«, schickt er hinterher, »ist schon sehr viel Unmoral in die Welt gekommen.«

Richtig: Er war es ja, der damals »Werte brauchen Gott« auf Werbeplakate hat schreiben lassen – und genau dafür müsste er heute doch zumindest einen kleinen Seitenhieb von mir bekommen. Weil das Zittern meiner Hände inzwischen etwas nachgelassen hat, stibitze ich Herrn Aust einen Kugelschreiber und füge meiner Rede damit noch eine Extraportion Schärfe hinzu. Die wird sitzen!

Huber spricht von Menschen, die nach der Atomkatastrophe im japanischen Fukushima dafür beteten, dass alles wieder gut werde, spricht in protestantischer Weichspülmanier von Nächstenliebe und Gottvertrauen. Dann wird es interessanter: »Ich habe gelernt, Religions- und Kirchenkritiker zu sein«, sagt er und klingt dabei sogar aufrichtig. »Kirchen haben das Misstrauen von Menschen missbraucht und damit auch das Gottvertrauen geschwächt.«

Meint er damit den sexuellen Missbrauch, der in den Reihen seiner Amtskollegen nachweislich vertuscht wurde, oder was?!

»Und trotzdem«, fährt er fort, »ich weiß keine andere Instanz, die ein wirksameres Gegenmittel ist, auch gegen das, was im Namen der Religion schiefgelaufen ist – als die Religion selbst!«

Moment mal: Gleiches mit Gleichem heilen? Das ist ja quasi heilige Homöopathie! Ob sich damit wirklich die Schmerzen der Opfer sexueller Gewalt lindern lassen, wage ich zu bezweifeln.

Applaus heimst er schließlich für seine doch eigentlich selbstverständliche Bemerkung ein, die Toleranz dem Fundamentalismus vorzuziehen, dann sind seine vier Minuten um.

20:15 Uhr. Alan Posener betritt das Pult und meint, dass ein besserer Schutz des Atomkraftwerks sinnvoller gewesen wäre, sodass der von Huber zitierte Japaner nun nicht beten müsse. »Schon immer haben die Religionen die Verzweiflung der Menschen ausgenutzt – und das gefällt mir nicht.«

Er ist der Erste, der sich an den Islam herantraut, und der Erste, bei dem die grüne Lampe am Pult rot wird: Die vier Minuten sind rum, in zehn Sekunden wird das Mikro abgeschaltet.

20:20 Uhr. Stefan Aust moderiert Matussek als nächsten Redner an, erwischt seinen alten Bekannten jedoch am Handy und fragt, ob er gerade noch eine SMS von oben bekäme. Das Publikum freut sich über den Witz, Matussek erklärt, bloß die Stoppuhr einstellen zu wollen.

»Du hast vergessen, dass ich gerade ein Buch geschrieben habe«, zickt er den Moderator vom Rednerpult aus an und nennt dann den Titel seines Werkes: *Das katholische Abenteuer.*

Das passt, denn alles, was dieser Mann nun von sich gibt, lässt sich durchaus als abenteuerlich bezeichnen. Ich muss jetzt höllisch aufpassen, denn laut Redaktion sollen wir uns zu Beginn unserer Beiträge kurz auf den Vorredner beziehen – und immerhin bin ich schon nach ihm dran! Das Problem ist aber: Wo soll ich bei ihm bloß anfangen? Vielleicht bei seinen Aussagen über Richard Dawkins, der seit seinem Buch *Der Gotteswahn* zur liebsten Zielscheibe gläubiger Aktivisten geworden ist. »Das ist dann nicht mehr Wissenschaft«, predigt Matussek über den Religionskritiker und wackelt dabei mit dem Kopf, »das ist dann schon Scientology, eben ein unerschütterlicher Sektenglaube, der Abtrünnige nicht dulden kann.«

Wie kann jemand mit einem solch mittelalterlichen Verständnis für Wissenschaft über Jahre lang ein ganzes Ressort eines renommierten Nachrichtenmagazins geleitet haben? Was sagt das über unsere Gesellschaft aus, wenn Typen wie er solche Posten bekleiden? Dazu fällt mir ein alter Spruch ein, ich notiere ihn schnell als Intro auf meinem Zettel. Dann steigt meine Nervosität wieder rasant an, denn nach der nächsten Abstimmung muss ich ans Mikro.

20:25 Uhr. Matussek hat deutlich überzogen, trotzdem wurde ihm der Saft nicht abgedreht. Die Abstimmung findet statt, wir sind von 36 auf 27 Prozent gefallen, haben in unseren Reihen also schmerzhafte Verluste zu verzeichnen. Die Moral der Truppe sinkt.

»Jetzt sind Sie wohl alle schon bekehrt«, sagt der Moderator und lockert die Runde damit erneut auf. »Aber nun muss die Seite hier«, er zeigt auf mich, »sich wohl mal ein bisschen Mühe geben!«

Ich wische mir die Hände noch einmal an der Jeans ab und atme durch. Dann nennt Stefan Aust meinen Namen und erklärt erst einmal, wer ich bin. Ich bin nämlich nicht nur der Jüngste und der am unpassendsten Gekleidete, sondern auch der Unbekannteste. Nur die Nonnen wissen offenbar Bescheid und schütteln verächtlich die Köpfe, als ich die Bühne betrete. Hoffentlich bespritzen sie mich nicht gleich mit Weihwasser.

20:30 Uhr. Ich stehe am Rednerpult, mein Schwert gezückt, und hole zum ersten Hieb aus. »Herr Matussek: Wer leichter glaubt, wird schwerer klug!«

Der lächelt müde, das Raunen im Saal bestätigt jedoch einen ersten, wenn auch leichten Treffer. Ich steige schnell in meinen Text ein, schließlich will ich alles loswerden, bevor die rote Lampe angeht. Zuerst einmal bin ich ehrlich zum Publikum, teile ihnen mit, dass ich dem Disput mit gemischten Gefühlen entgegengeblickt habe, »und das hängt damit zusammen, dass der Job des Religionskritikers auf der einen Seite sehr leicht ist, auf der anderen aber auch verdammt schwer. Leicht ist er deshalb«, sage ich, »weil es schlicht und einfach absurd ist, an einen Gott zu glauben, nur weil man sein Gegenteil nicht beweisen kann. Das gilt nämlich auch für die Zahnfee, und an die glaubt schließlich auch kein erwachsener Mensch.«

Stefan Aust nickt, ich verweise auf die religiös bedingte Spaltung zwischen Menschengruppen, die Kriege hervorruft oder begünstigt. Dann nenne ich einige große Vordenker, »sei es Epikur, Darwin, Marx, Nietzsche, Feuerbach, Kant ... Ich könnte viele Namen nennen.« Schließlich erinnere ich daran, dass sich Religionskritik in letzter Zeit sogar von selbst gemacht habe, »bedenkt man die systematische Vertuschung der massiven Missbrauchsfälle in kirchlichen Einrichtungen«.

Stille im Publikum, dann der Spruch, den ich meiner Rede eben noch hinzugefügt habe: »Schwer ist der Job allerdings deshalb, weil wir schließlich staatlich finanzieren«, ich wende mich an den evangelischen Hirten mit dem professionellen Lächeln, »dass Menschen wie Herr

Huber dafür bezahlt werden, eine rhetorische Ausbildung zu machen – das Ganze nennt sich dann Theologiestudium.«

Der hat gesessen, das Publikum lacht, klatscht, lässt mich erst einmal nicht weitersprechen. Sogar Huber lacht, obwohl ich ihn getroffen habe. Mein eben noch geschärfter Elbenstahl erweist mir beste Dienste, mein Zeitkonto leidet jedoch etwas unter dem Applaus – schließlich geht es hier um Sekunden!

»Schwer ist der Job auch deshalb«, fahre ich endlich fort, »weil sich Menschen, wenn sie erst einmal erfolgreich indoktriniert wurden, häufig gegen Kritik immunisieren und manchmal auch persönlich beleidigt fühlen. Das mag der ein oder andere von Ihnen jetzt auch merken …«

Wieder ein kleiner Lacher, aber freut euch bloß nicht zu früh! Mein nächster Schlag zählt nämlich zu den spitzesten Argumenten, die auf dem Amboss der Aufklärung je geschmiedet wurden.

»Schwer ist der Job auch deshalb, weil uns Politiker immer wieder weismachen wollen, dass wir hier die Werte des christlichen Abendlandes genießen, obwohl doch Demokratie, Menschenrechte, Meinungsfreiheit, Pressefreiheit oder die Gleichberechtigung von Mann und Frau gegen Religion erkämpft werden mussten!«

Wie geplant folgt Applaus – zu viel Applaus.

»Das ist nett«, sage ich mit einem frechen Lächeln, »aber sie rauben mir Zeit!«

Der Saal lacht, klatscht, ich finde immer mehr Freude an meinem Auftritt und konnte wieder ein paar Orks in die Flucht schlagen.

»Die Caritas-Legende trägt auch dazu bei, dass sogar kirchenferne Menschen meinen, die Kirchen täten doch so viel Gutes – dabei muss man sagen: Caritas und Diakonie werden zu 1,8 Prozent von den Kirchen finanziert, der Rest kommt aus öffentlicher Hand. Eine billige Werbung also!«

Im vorletzten Teil weise ich darauf hin, dass Religionskritik – so schwer der Job auch sein mag – bitter nötig ist, »denn solange deutsche Bistümer aus Steuergeldern finanziert, aber vom undemokratischen Vatikan gesteuert werden, solange wir Berufschristen dafür bezahlen, Homosexualität als widernatürliche Sünde zu bezeichnen, solange wir die nötige Kritik am Islam als islamophob oder als rassistisch bezeichnen, so lange kann und muss Religion kritisiert werden!«.

Gleich habe ich es geschafft, jetzt muss ich nur noch zeigen, dass wir auch Alternativen zur Religion parat haben, und zwar in Form der drei Stützpfeiler von Humanismus und Aufklärung: »Wissenschaft, um Erkenntnisse über diese Welt zu erlangen, Philosophie, um diese Erkenntnisse zu deuten, und Kunst, um dem Wunsch des Menschen gerecht zu werden nach Kreativität und nach Lebensfreude.«

20:33 Uhr. Noch fünfzig Sekunden bis zur roten Lampe. Nachdem ich lang genug gemeckert habe, möchte ich versöhnlich aussteigen und formuliere, *wofür* wir einstehen: »Wir sind dafür, dass Religion Privatsache ist, dass sie politisch, juristisch und finanziell vom Staat getrennt wird. Wir sind für eine Ethik, die sich an den Interessen des Menschen orientiert – und übrigens auch aller anderen Tiere –, statt einer gottgefälligen Moral. Wir sind für Diesseits statt Jenseits, für Heidenspaß statt Höllenqual!«

Vor allem für den letzten Pfeil, der aus Michael Schmidt-Salomons Köcher stammt, kassiere ich noch einmal Applaus. Und noch ein weiteres Mal bediene ich mich an seinem geistigen Fundus: »Wer das Atom spalten kann und über Satelliten kommuniziert, der muss die dafür erforderliche emotionale und intellektuelle Reife besitzen.« Dann schließe ich den Vortrag in meinen eigenen Worten ab: »Und eine Mythologie, die zweitausend Jahre alt ist und von einer primitiven Hirtenkultur entwickelt wurde, wird uns dabei nicht weiterhelfen. Danke schön!«

20:34 Uhr. Unter Applaus verlasse ich das Rednerpult und setze mich wieder an meinen Platz. Es ist vollbracht! Ich habe mit Stich punkten können und dabei vielleicht sogar ein paar Geister auf unsere Seite zurückgeholt.

20:35 Uhr. Die Fürstin der Farbenpracht betritt das Pult, erklärt uns ihre ganz persönliche Sicht der Dinge. »Sobald organisierter Glaube zerstört wird«, findet sie, »wird er von dem unmöglichsten Aberglauben überwuchert, von dem es jetzt wie Maden in den Wunden des Christentums wimmelt.« Außerdem gebe es in der Wissenschaft viel mehr Unglaubhaftes. Als Beispiel führt sie irgendeinen Urnebel an, der angeblich alles menschliche Wirken zwangsweise vorausbestimmt hat. Doch das Beste kommt wie immer zum Schluss: Sie zitiert einen fiktiven Dialog zwischen einem Papst und Voltaire. »Wir glauben«, heißt es darin, »dass die Menschen ohne Religion weitaus schlechter wären, als sie sind.« Das war's. Nach inhaltsleeren neunzig Sekunden verlässt sie das Pult und verschenkt nach genau acht Sätzen (ich habe mitgezählt!) mehr als die Hälfte ihrer Redezeit.

20:37 Uhr. Deutschlands populärste Islamkritikerin, Necla Kelek, betritt das Rednerpult und zückt die vielleicht gefährlichste Waffe, die im Kampf gegen Religion eingesetzt werden kann: eine Lesebrille. Dann verschießt sie mehrere Pfeile und beweist dabei ihre Treffsicherheit. »Die Religionen versuchen, die Sinnfrage mit göttlichem Wirken zu erklären, aber inzwischen ist ihnen die Vernunft auf die Schliche gekommen. Das Licht der Aufklärung beleuchtet wieder, dass der Papst nackt ist, und nur glaubt, dass er schöne Gedankengewänder trägt.«

Nur wenig später wagt sie sich an ihr primäres Thema: »Im Namen des Islam wird die Herrschaft der Männer seit tausendvierhundert Jahren legitimiert: Frauen werden als Menschen zweiter Klasse behandelt. Ohne diese Apartheid wären sie besser dran!«

Als die Lampe nach weiteren zielsicheren Hieben schließlich auf Rot umspringt, beantwortet Kelek die Leitfrage unseres Disputs in nur einem Satz: »Wir dürfen, aber wir müssen nicht glauben – das ist Teil unserer Freiheit, und wenn die Religion das akzeptiert, dann ist die Welt besser dran.«

20:41 Uhr. Stefan Aust lehnt sich immer weiter aus dem Fenster. Nachdem er vorhin schon erwähnt hat, nicht getauft worden zu sein, bittet er nun den Prälaten Dr. Wilhelm Imkamp mit folgenden Worten auf die Bühne: »Ich glaube, er gehört zur katholischen Kirche – so wie er aussieht.«

Der Prälat geht ans Rednerpult und jagt mir mit seinem diabolischen Grinsen direkt wieder ein bisschen Angst ein. Dann eröffnet er seinen Beitrag, bedankt sich bei mir für die Steilvorlage: »Dafür würde ich Ihnen am liebsten ein Küsschen geben – aber das wär ja dann Missbrauch«, fügt er ironisch hinzu, und erntet dafür seinen ersten Applaus. Dass der Joke auf Kosten der Opfer sexueller Gewalt geht, scheint hier nur wenige zu stören.

Auch in den folgenden Minuten arbeitet sich der Geistliche an meinen Worten ab, vergleicht das Restrisiko der Existenz Gottes mit dem Restrisiko, das in Fukushima eingetreten sei. Da ich eingangs als Mathelehrer vorgestellt wurde, greift er nun auf die Worte eines ehemaligen Kollegen von mir zurück: »Ich zitiere jedoch einen, der nun wirklich genial war, nämlich Blaise Pascal.« Dann fasst er die berühmte Wette, die dieser Mann entwickelt hat, in zwei Sätzen zusammen. »Wenn Sie an Gott glauben und entsprechend leben, und Sie stellen nach Ihrem Tod fest, dass es Gott nicht gibt, haben Sie nichts verloren!«

Hier müsste man eigentlich direkt einhaken, denn gläubige Menschen, die ihr Leben als Diener eines erfundenen Alphamännchens und seiner selbst ernannten Vertreter verbringen, können sehr wohl etwas verlieren: tonnenweise Lebenszeit beim Beten, Büßen und Beichten, ihre geistige und sexuelle Freiheit, ein Leben ohne Angst vor dem ewigen Feuer und nicht zuletzt auch ihr Geld, mit dem sich Kirchenfürsten Paläste bauen und Goldschmuck anfertigen lassen. Vor allem aber gehen diese Menschen das Risiko ein, ihr Streben nach Glück von der kirchlichen Lehre ins Jenseits verschieben zu lassen – wahrscheinlich einer der besten Wege, den Kampf gegen Unglück im Diesseits erst gar nicht anzutreten.

»Wenn Sie aber so leben, als ob es Gott *nicht* gäbe«, setzt Imkamp sein Szenario fort, »und Sie stellen nach Ihrem Tod fest, dass es Gott gibt, sind Sie ganz schön im Eimer!«

Das Publikum lacht, klatscht, nickt. Die Schlacht um die Gunst des Publikums verlieren wir durch seinen Zauberspruch zwar nicht, einige unserer Truppenmitglieder verwandelt er damit aber sicher zu seinen Mannen.

Aber was passiert den Christen eigentlich, wenn im Himmel eine ganz andere Gottheit auf sie wartet? Eine von den Abertausenden, an die Blaise Pascal, Prälat Dr. Imkamp und Co. nicht geglaubt haben? Haben die darüber mal nachgedacht? Das absolute Horrorszenario für einen frommen Christen: sterben, nach oben schweben, an der Himmelspforte klopfen, und wer macht auf? Eine lesbische, pazifistische Vegetarierin – auf diesen Fall wäre ich beispielsweise besser vorbereitet.

Während der Prälat nun immer lauter wird, in seiner kleinen Predigt die Augen aufreißt und seine Fäuste ballt, frage ich mich wieder einmal: Wie freaky muss eine Gesellschaft eigentlich sein, um Männer wie ihn als Gelehrte und als moralische Instanz anzuerkennen? Bei allem nötigen Respekt: Der Mann kann noch nicht einmal diese Wette zu Ende denken! Wo und wie hat so jemand seinen Doktortitel erworben? In Gandalfs Zauberschule oder in Harry Potters Nachbarklasse? Mit einer Dissertationsschrift über ein Geisterwesen?!

Meine Diagnose ist inzwischen eindeutig: Nach meinen Begegnungen mit Foodfreaks, Sammelwütigen, Rolltreppenlinksstehern und Fußballfanatikern bin ich nun wahrhaftig in der Champions League des Nonsens angekommen. Religion: der Gipfel der Absurdität, der Mount Everest des Aberglaubens.

Aber vielleicht ist der ganze Zirkus ja auch Absicht? Zwar wirkt der Prälat auf mich, als sei er heute Abend mit der Zeitmaschine angereist, aber eines muss man ihm lassen: Gewitzt ist er ja. Ohne einen einzigen inhaltlichen Punkt zu bringen, bietet er Stefan Aust eine Taufe zu Sonderkonditionen an und verlässt dann schmunzelnd die Kanzel.

20:46 Uhr. Der Moderator eröffnet die Publikumsdiskussion. Ein Mann stellt kritische Fragen an den Gottesblock: Ob es nicht an der Zeit wäre, die einst sinnvolle Religion durch friedlichere Alternativen zu ersetzen. »Immerhin fliegt uns das Restrisiko der Religion fast täglich um die Ohren«, meint der Mann und setzt sich wieder.

Matussek ergreift das Wort, redet viel, auf die Frage antwortet er aber nicht. Hätte also auch Theologe werden können.

20:49 Uhr. Die nächste Frage geht an mich und riecht nach Zündstoff für unser Gefecht: »Wie erklären Sie sich denn, dass ausgerechnet die Angehörigen der primitiven Hirtenreligion, wie Sie sagen, die einflussreichsten Wissenschaftler des zwanzigsten Jahrhunderts waren?«

»Indem sie sich von ihrer Religion entfernt haben und somit zu Wissenschaftlern werden konnten.« Der Atheistenfreak in mir ist nun hellwach. »Wie es zum Beispiel bei Albert Einstein zu beobachten ist, der sich gegen Ende seines Lebens von seinem kindischen jüdischen Aberglauben losgesagt und das naturalistische Weltbild begründet hat.«

Jetzt prescht der Prälat nach vorne, zieht seine stärkste Waffe. »Kindischer jüdischer Aberglaube?«, keift er. »Das geht absolut nicht! Sie können nicht in Berlin den jüdischen Glauben disqualifizieren.« Sein moralischer Zeigefinger ist jetzt dauersteif. »Und dann kommense hin und sagen, die katholische Kirche hat die Juden verfolgt!« Er starrt mich an und wettert den wichtigsten Satz seiner perfiden Argumentationskette: »Die Judenverfolger, das sind Sie!«

Ein Raunen geht durchs Publikum, einzelne Rufe mischen sich darunter, und wegen seiner offenbaren Geschichtsverfälschung wird der Prälat schon wenige Augenblicke später lauthals ausgebuht. Eine im Internet vorgestellte These, Godwins Law, besagt, dass in jeder Diskussion früher oder später der Nationalsozialismus oder Hitler ins Feld geführt werden. Prälat Imkamp bestätigt diese These nicht nur, sondern erlöst damit unter Umständen auch die vorhin Verzauberten vom Bann seiner schwarz gekleideten Magie.

Entspannt lehne ich mich zurück. Können wir die anfangs verlorenen neun Prozent also vielleicht doch wieder aufholen?

20:54 Uhr. Ein Mann aus dem Publikum unterstellt mir, mit meiner Kritik am Glauben Menschen zu verletzen. Dann will er wissen, wer denn statt der Caritas soziale Dienste leisten sollte. Der Freak in mir übernimmt wieder.

»Vielleicht haben Sie vorhin nicht zugehört«, beginne

ich (zugegeben unnötig unhöflich) und erkläre ihm nochmals, dass diese Institutionen sowieso nicht von den Kirchen finanziert werden, weshalb deren Leistungen eben auch nicht der Kirche zuzurechnen seien.

Dann wird es hektisch, das Finale unserer Schlacht kündigt sich an. Huber unterbricht mich: »Denken Sie eigentlich auch manchmal an Menschen?«

»Ich denke den ganzen Tach an Menschen!«, entgegne ich im Tonfall der Berliner Höflichkeit und erinnere ihn an meinen Job als Lehrer.

Dabei kommt mir ein Mann aus dem Publikum zu Hilfe und pöbelt Huber an: »Das ist doch jetzt auch 'ne Beleidigung, so 'ne Zwischenfrage zu stellen!«

Jetzt schaltet sich die Farbenfürstin ein: »Der Möller hat in erster Linie die Hirten beleidigt! Ich wohne viel in Afrika, und die dortigen Hirten haben eine höhere Philosophie als die hiesigen Wissenschaftler ...«

Angestachelt von ihrem Vorwurf, erinnere ich an ihr berühmtes Zitat, der Schwarze würde gerne schnackseln, sie verrät dem Publikum daraufhin, dass auch ich gern schnacksele – immerhin sei ich ja Vater. Das Publikum beklatscht meine erfolgreiche Fortpflanzung, ich dagegen versuche in alter Lehrermanier Ordnung in das Gerangel zu bringen und spreche endlich aus, was ich schon lange loswerden will: »Wenn ich sehe, wie den Religionsgemeinschaften die Steuermilliarden für die Aufrechterhaltung ihres Glaubenssystems in den Hintern geblasen werden, dann werde ich einfach sauer. Deswegen meine ich: bilden statt beten, Pauker statt Pfarrer und Möller statt Mixa!«

Wieder Applaus, wieder weicht mein Lampenfieber dem glühenden Wunsch danach, öfter in solche Wortgefechte zu ziehen.

20:58 Uhr. Eine bayerische Stimme aus dem Publikum fragt, warum der Staat die Kirchensteuer eintreibe. Der Prälat kennt die Antwort. Weil er merkt, dass sich die Schlacht dem Ende nähert und es auch in seinen Reihen einige Verluste zu beklagen gibt, greift er noch einmal zur schwarzen Magie: »Weil die Kirche enteignet worden ist. 80 Prozent des bayerischen Staatswaldes sind eigentlich Kirchwald.«

»Und wie ist die Kirche da rangekommen?«, will Stefan Aust wissen, doch seine Frage geht in der laufenden Realsatire unter.

»Wenn Herr Seehofer uns den Bayerischen Wald zurückgibt«, fährt der Stussprediger unbeirrt fort, »kann er gerne die Kirchensteuer haben!«

Eigentlich müsste ich vor Lachen auf dem Boden liegen, doch so kurz vor dem Ende bin ich richtig schön bissig geworden. Ganz ruhig, Möller, gibt mir die Gefährtin Kelek mit einer Geste zu verstehen, es ist bald geschafft!

21:05 Uhr. Während meine Sitznachbarin auf die letzte Publikumsfrage antwortet, mache ich mir Notizen für meine abschließenden hundert Sekunden. Dann ist es so weit: Ich empfehle dem Publikum, sich vor allem in kirchenfinanziellen Angelegenheiten noch einmal ganz genau zu informieren, und gebe zum Schluss eines meiner Lieblingsargumente für ein Leben ohne Religion zum Besten: »Genießen Sie jede Minute, jede Sekunde Ihres Lebens – es ist das einzige, das Sie haben!«

Die Schlussplädoyers der anderen rauschen an mir vorbei. Einen letzten Versuch, Atheisten in die Nähe von Faschisten zu rücken, gibt es noch: Matussek zitiert Adolf Hitler, das Publikum buht ihn dafür jedoch sofort aus. Einerseits bin ich froh, es hinter mir zu haben, andererseits ein bisschen traurig, dass es schon vorbei ist.

Die Abstimmungsergebnisse folgen. Fast 36 Prozent

sind wieder auf unserer Seite, wir sind also auf dem Stand der ersten Befragung angekommen. Angesichts der Tatsache, dass die Christenfront im gesamten Mittelalter Zeit hatte, ihre Lehren mit Schwertern und Scheiterhaufen in die Volksseele zu brennen, betrachte ich das als Erfolg. Stefan Aust verabschiedet sich von uns und dem Publikum, ich lehne mich zurück, schließe die Augen und genieße den Moment, in dem die massive Anspannung von mir abfällt.

Als ich sie wieder öffne, fällt mein Blick auf einen älteren Herren in der ersten Reihe, der nach all meinen Erfahrungen mit sonderbaren Typen auffällig unauffällig aussieht. Er presst die Lippen aufeinander und bewegt den Kopf leicht hin und her. Mit übereinandergeschlagenen Beinen hat er sich tief in den Stuhl sinken lassen und schaut mir beim langsamen Klatschen tief in die Augen. Was für ein Freak!, denkt er sich wahrscheinlich.

Ich nicke ihm zu. Ja, allerdings, das bin ich – und spätestens nach dieser Diskussionsrunde bin ich es von Herzen gern.

18

FREAK GEHT SCHULHOF

Durch die großen Fenster der Fabriketage scheint die Sonne auf meinen neuen Schreibtisch. Neben dem Monitor stehen ein Telefon und ein Bilderrahmen mit einem Foto von Sarah und Klara, die kabellose Maus und die futuristisch anmutende Tastatur machen meinen neuen Arbeitsplatz perfekt.

Am anderen Ende des riesigen Raumes sitzt einer meiner neuen Bürokollegen am Schreibtisch und führt eine Skype-Konferenz mit Kunden in Barcelona und New York. Tobi ist Web-Entwickler und bekennender IT-Nerd und kommt eigentlich nur hinter den zwei Monitoren hervor, um sich etwas zu essen zu holen.

Ein anderer Kollege sitzt im Schneidersitz auf dem Boden und montiert neue Bremsen an sein Rennrad. Joe ist Fotograf, Social-Media-Experte und Fahrradenthusiast. Gemeinsam sind die beiden nicht nur ein Team für erfolgreiches Webhosting, wie sie es nennen, sondern auch Hauptmieter des *Incredible Office*: eines Kreuzberger Fabriklofts, in dem sie zwei weitere Tische zur Untermiete anbieten. Einen davon besetze ich seit zwei Wochen, für den anderen wird sich nachher eine Frau vorstellen, die hier ihre Kolumne für ein Magazin schreiben will.

Mein Telefon klingelt. »Giordano-Bruno-Stiftung, Philipp Möller am Apparat, hallo?«

»Ebenfalls gbs, hier is' Herbert Steffen. Hallo Phil, haste disch denn im Büro gut eingelebt?«

Ich lehne mich in meinem Stuhl zurück, lege die Füße auf den Tisch und lasse mir die Sonne ins Gesicht scheinen. Gut eingelebt ist ja schon fast kein Ausdruck mehr – ich fühle mich pudelwohl! Nachdem sich Herbert, der Vorsitzende und Gründer der Stiftung, nämlich meinen Auftritt in der Diskussionsrunde angeschaut hatte, wurde ich von ihm und Michael fast umgehend zum festen Pressereferenten der Stiftung ernannt – mit dem Vorschlag, mir ein kleines Büro zu suchen, von wo aus ich in Ruhe Interviews geben, Vorträge vorbereiten oder das machen könne, wozu er oder Michael nicht kämen.

»Und, hat beim Amt auch alles funktioniert?«, will er wissen.

»Ja – alles super! Ich bin jetzt offiziell Freiberufler und bekomme sogar noch neun Monate lang die sogenannte Existenzgründungsförderung.«

»Toll! Aber kannste denn davon 'ne Familie ernähren?«

»Zusammen mit den Honoraren von euch, ja. Mittelfristig werd ich wohl noch andere Einnahmequellen finden müssen, aber da wird sich schon was finden. Jetzt kümmere ich mich erstmal um die Vorträge, bei denen ich Michael vertreten soll.«

»Super! Du weißt ja: Es kann ein bisschen dauern, aber Ziel ist, dich neben ihm als zweites Gesicht der Stiftung aufzubauen.« Mit einem netten Lachen verabschiedet er sich. »Also: Husch, husch, ran an die Arbeit!«

Ich lehne mich im Schreibtischstuhl zurück und denke nach. Das war alles ganz schön knapp. Nur drei Wochen vor Ablauf meines Hartz-IV-Countdowns kam Herberts Angebot, eine Woche später habe ich mir vom Notar eine Tragfähigkeitsbescheinigung für meine Existenzgründung ausstellen lassen, und seit der Bestätigung der Agentur für Arbeit bin ich ganz offiziell freiberuflicher Pressereferent einer Denkfabrik für Humanismus und Aufklärung. Ein etwas sonderbares Jobprofil, aber es ist ja nicht das erste Mal in meinem Leben, dass ich meinen Lebensunterhalt auf eine ungewöhnliche Art und Weise verdiene. Außerdem kann ich nun endlich das tun, was ich mir seit dem Ende meines Studiums wünsche: einen Beruf ausüben, für den mein Herz schlägt.

Als ich mich gerade an die Arbeit für den nächsten Vortrag machen will, steht der Rennradbastler an meinem Schreibtisch. »Coffee and Cigarette?«

»Yes!«

Aus irgendeinem Grund verwendet Joe, der eigentlich Johannes heißt, in jedem Satz mindestens einen englischen Begriff. Wie man es von einem Vertreter seiner Modegattung erwartet, trägt er knallenge Hosen, spitz zulaufende, ausgelatschte Lederschuhe, einen Vollbart, ständig eine Mütze über seinem wuschigen Haar und natürlich eine ganz wunderbare Hornbrille. Am Anfang habe ich ihn für seinen abgedroschenen Hipster-Look noch etwas belächelt, aber seitdem wir hier im Kiez regelmäßig zusammen Mittag essen gehen, habe ich mich in der Masse der Individualisten ganz gut an diesen einheitlichen Stil gewöhnt. Auch daran, nur noch gelegentlich *nicht* Englisch zu sprechen. Oder nach der Arbeit noch auf ein Bier in eine der nahe gelegenen Bars in Kreuzkölln zu gehen, dem Epizentrum des Hipstertums. Dabei habe ich mich immer wieder gefragt, warum auf dieser friedlichen Freakgattung eigentlich so herumgehackt wird. Ich persönlich stecke meine Energie nun lieber in die Auseinandersetzung mit den problematischen Exemplaren des *Homo freakus*, also denjenigen, die sich in die Lebensführung anderer einmischen wollen – und dazu gehören die ganzen Paradiesvögel, die hier herumflattern, ganz sicher nicht.

In der Büroküche widmet sich Joe inzwischen akribisch

seinem Lieblingsjob: Kaffee machen. »Espresso, Cappuccino, Galão, Caffé americano oder Caffé crema?« Bei Kaffee versteht Joe keinen Spaß. Er selbst nennt sich Hobby-Barista und erklärte mir gleich am ersten Tag, dass echter italienischer Espresso nur entsteht, wenn alle Parameter den Regeln des Instituto Nazionale Espresso Italiano entsprechen. Demnach müssen nämlich 25 Milliliter Wasser bei einer Temperatur von 88 Grad Celsius mit einem Druck von 9 Bar in 25 Sekunden durch 7 Gramm gemahlenen Kaffee gepresst werden.

Mit unserem professionell kreierten Heißgetränk und einer Zigarette machen wir es uns am Küchenfenster gemütlich.

»Twitterst du eigentlich?«, will er wissen.

Ich schüttele den Kopf.

»What? Wenn eure Foundation im Netz eine Crowd erreichen will, dann musst du heutzutage alle Channels bedienen!«

»Äh, wir haben einen YouTube-Kanal. Meinst du so was?«

Joe gibt mir lachend einen kleinen Einblick in sein Fachwissen: Fotos instagrammen und tumblern, News twittern, Veranstaltungen facebooken, auf Wordpress bloggen, Spenden über Paypal collecten und Podcasts in die Soundcloud uploaden.

»Alle Channels müssen dann auf einer Landingpage available sein! Komm, zeig mir mal eure Website …«

An meinem Rechner angekommen, kann er sich das Lachen nicht verkneifen und ruft schnell seinen Kollegen.

»HTML?« Der Nerd schlägt die Hände überm Kopf zusammen. »Wie wär's denn, wenn ihr mal ein Open-Source-CMS einsetzt?«

»Der Header ist ja nicht mal in den Quellcode embedded!«, fällt Joe giggelnd auf.

Ohne auf die Tastatur zu schauen, drückt der Nerd nun

ein paar Tasten, woraufhin sich ein neues Fenster öffnet. Darauf ist nichts zu sehen als Hunderte englischer Worte, die durch verschiedene Sonderzeichen voneinander getrennt sind.

»Ah, das ist Programmiersprache, oder?«, sage ich und freue mich, nicht als Super-DAU, also dümmster anzunehmender User, abgestempelt werden zu können.

Die Jungs drehen die Köpfe vom Monitor zu mir. »No way! Du hast noch nie einen Sourcecode gesehen?«, fragt Joe entrüstet.

Tobi grinst. »Du gehörst wahrscheinlich auch zu den Typen, die beim Papierstau die IT-Abteilung anrufen, was?«

»Oder im Laden nach einem WLAN-Kabel fragen!«

Die beiden kriegen sich kaum noch ein. Also, ich muss schon bitten!

Während der Nerd weiterhin die Softwarearchitektur unserer Website prüft, fällt ihm auf, dass mein Rechner ziemlich lahm ist.

»Ich krieg bald 'n neuen von der Stiftung«, erkläre ich, »soll mir nur noch aussuchen, was für einen.«

»Hol dir definitely 'n freshen Mac!«, meint Joe. »In Sachen Usability einfach unreachable.«

»Wenn du dein Geld zum Fenster rauswerfen willst«, meint der Nerd trocken, »dann bist du da bestens beraten.«

Ein Streit bricht zwischen den beiden los, den ich so eigentlich nur zwischen Katholiken und Protestanten oder Star-Wars- und Star-Trek-Fans kenne. Werden die Religionskriege der Zukunft vielleicht zwischen zwei Gruppierungen gefochten, auf deren Fahnen eine angebissene Frucht und ein schwebendes Fenster zu sehen sind?

»Jungs, ich müsste dann auch mal wieder arbeiten«, unterbreche ich die beiden Streithammel irgendwann. »Außerdem kommt doch bald die Bewerberin für den vierten Büroplatz, oder?«

»Oh, right!« Joe wirft einen Blick auf seine goldene Digitaluhr. »Sie müsste jeden Moment da sein.«

Als ich es gerade geschafft habe, mich wieder auf meine Arbeit zu konzentrieren, klingelt es an der Tür. Aus dem Augenwinkel sehe ich einen Lockenkopf, dann höre ich einen starken britischen Dialekt, der mir entfernt bekannt vorkommt.

»Debbie?«

»Philipp? Wow, that's cool!« Die kleine Frau, der ich vor einem Jahr im Arbeitsamt geholfen habe, fällt mir unvermittelt um den Hals. »You work here? Aren't you a teacher?«

Das ist typisch für diese Stadt: Dreieinhalb Millionen Einwohner, die aus aller Welt hierherströmen, und letztlich trifft man sich immer irgendwo wieder.

»Well, I used to be, but somehow I became a professional humanist.«

»What kind of job is that?«

»Well, it's a long story. And you? Are you a translator now?«

Sie schüttelt lachend den Lockenkopf und berichtet im Schnelldurchlauf von den letzten Monaten. Neben vereinzelten Aufträgen als Übersetzerin hat sie die typische Karriere eines Menschen hingelegt, der um jeden Preis in dieser Stadt bleiben will: erst Barfrau in einem der vielen Berliner Clubs, dann Bühnenbildnerin im Theater, zwischendurch ein unbezahltes Praktikum beim Film. Joe und Tobi haben sich inzwischen zu uns gestellt, und so merken wir schnell, dass Debbie bestens in unsere merkwürdige Runde passt: ein Vorzeigehipster, ein bekennender Nerd, eine jobflexible Quatschtasche und ein Berufsatheist – das *Incredible Office*, hier ist der Name Programm!

Nachdem ich also schon wieder eine Stunde damit verbracht habe, nicht zu arbeiten, schaue ich irgendwann erschrocken auf die Uhr und verabschiede mich schnell von meinen Kollegen.

»Was machst'n noch?«, will Joe wissen.

Ich lächele ihn an und schnalze mit der Zunge: »Isch geh Schulhof!«

Zwei Stunden später schiebe ich lächelnd den Kinderwagen durch dasselbe Eingangstor, das ich vor ziemlich genau einem Jahr von der anderen Seite aus in Richtung »echte Welt« durchschritten habe. An meiner Hand läuft Klara und quietscht vor Freude beim Anblick der vielen Kinder, die sich hier lauthals tummeln. Sarahs Reaktion fällt etwas anders aus.

»Hier sieht's ja immer noch so furchtbar aus«, sagt sie und schaut sich mit gerümpfter Nase das Schulgebäude und den Hof an. Während ihres bisherigen Lehramtsstudiums an der Universität Potsdam hat sie einige Unterrichtsbesuche an den dortigen Schulen hinter sich gebracht und kam stets begeistert und motiviert nach Hause. »Ein solcher Schulhof wäre dort vollkommen undenkbar!«

Es dauert nicht lange, bis mich einige Kids entdeckt haben und schreiend auf uns zulaufen. Wie früher drängeln sie sich in einer Traube um uns herum und plappern wild durcheinander.

»Züüüsch, Herr Mülla, wo warst du so lange – krank?«

»Herr Mülla, dein Tochter, sie is iiieeeberniedlisch!«

»Aboooo, kannst du mit Gitarre wieder Türkei spielen? Bittebittebitte!«

Ein Mädchen, das inzwischen die vierte Klasse beendet haben müsste, wendet sich direkt an Sarah. »Frau Müllа, bist du Herr Müllas Frau?«

Wir lächeln uns kurz an und zucken mit den Schultern.

»Ja, bin ich«, antwortet Sarah. »Und wie heißt du?«

»Sch'eisse Cassandra.« Sie schirmt die Augen gegen

die Sonne ab und blinzelt. »Kannst du mein Lehrerin sein? Ja, kannst du?«

Ein paar andere Jungs und Mädels kümmern sich schnell um Klara, die über beide Ohren grinst, als die Kids Grimassen schneiden und mich fragen, ob sie mit ihr ein bisschen buddeln gehen dürfen. Ich nicke und übergebe mein strahlendes Töchterchen an meine ehemaligen Schüler. Es ist ein ungewohntes Bild, sie an den Händen dieser Kids zu sehen. Und ein unerwartet schönes, dennoch begleitet Sarah die Meute sicherheitshalber.

»Krass, sind die groß geworden!«, murmele ich vor mich hin, werde dann aber von hinten angepöbelt.

»Na samma – klingst ja schon wie 'n alter Oppa!« Geierchen schlägt mir auf die Schulter, dass die Knochen knacken, und nimmt mich dann fest in den Arm. »Schön, dich zu sehen, Herr Mülla! Haste endlich 'n Job jefunden?«

Ich nicke, bevor ich antworte. »Ja, hab ich. Keine Festanstellung im eigentlichen Sinne, keine festen Bürozeiten und kein festes Gehalt – aber ich mach was Sinnvolles, kann davon leben und bin dabei echt happy!«

»Wat soll'n dit schon wieder heißen?« Er zieht eine Augenbraue hoch und schaut mich von der Seite an. »Biste jetzt Krankenhausclown, oder wat?«

Grinsend schüttele ich den Kopf.

»Ja, du lachst – abba bei dir weeß man nie! Also?«

»Ich bin Pressereferent einer Stiftung für Humanismus und Aufklärung.«

Er runzelt die Stirn und stemmt die Hände in die Hüften. »Willste mich vaarschen? Dit is doch keen Beruf!«

»Doch, wirklich!« Ich warte ab, bis er sich von seinem Lachanfall erholt hat. »Ich hab 'n Büro, 'n Telefon, Computer, Kollegen ... Ganz normal. Quasi.«

»Normal?« Wieder mal schaut er mich mit zusammengekniffenen Augen an. »Wat ha'ick dir über diesen Begriff jesacht, Mensch? Lernst du den janüscht?« Lachend kloppt er mir wieder auf die Schulter. »Aber is doch jut so – normale Leute sind mir eh suspekt! Ick hab schon immer jewusst, dass de eena von uns bist. Komm, wir essen 'ne Wurst!«

Ohne auf eine Reaktion von mir zu warten, stampft er in Richtung der Stände los, die die Eltern zum Schulfest traditionell aufbauen. Dort angekommen, vertieft er sich schnell ins nächste Gespräch, also lasse ich mir von einer Mutter einen Maiskolben geben und entdecke dann Chrissi. Wie immer umarmt auch sie mich herzlich, beglückwünscht mich dann zu meiner neuen Tätigkeit und lässt sich von mir lang und breit erklären, was ich dort tue.

»Toll!«, sagt sie schließlich und legt mir die Hand an den Oberarm. »Sieht man dich dann etwa auch mal im Fernsehen?«

Ich zucke mit den Schultern. »Erstmal nur auf YouTube, alles andere lass ich jetzt mal auf mich zukommen …«

In Zeitlupe läuft Frau Herrmann an uns vorbei und lächelt erst meinen Maiskolben, dann mich an. »Hast du abgenommen?«, will sie wissen.

»Seit Weihnachten fast zehn Kilo!«

Kommentarlos zieht sie weiter, dann steht Geierchen mit einer triefenden Bratwurst vor mir. »Hier, für dich. Wurde jestern uff'n Biohof jeschlachtet, dit Viech.« Schmatzend hält er mir das krumme Fleischding vor die Nase. »Schmeckt tierisch leck…« Als er meinen Maiskolben sieht, hört er auf zu kauen und schluckt schnell herunter. »Sag bloß, du bist …«

Ich nicke.

»Komplett?«

Wieder nicke ich, dann reißt Geierchen die Augen auf und schiebt den Unterkiefer vor. »Die Herrmann war't jewesen, wa?«

»Hauptsächlich, ja.«

Er überlegt einen Moment und schaut die zweite Wurst in seiner Hand an. »Einklich habta ja recht, aber … Aber, ick glaube, ick bin schon freaky jenuch!« Dann beißt er genüsslich den Wurstzipfel ab und spricht mit vollem Mund weiter: »Wenn ick jetzt noch Pflanzenfresser werde, denn nimmt mich keena mehr ernst!«

Auf unserem gemeinsamen Weg zur Bühne spreche ich Geierchen kurz auf das Reformschulprojekt an, doch der winkt sofort ab. »Ach Möller, nu jeh mir doch nich schon wieder damit uff'n Keks!« Er bleibt stehen und kündigt mit seinem Zeigefinger mal wieder eine seiner Lektionen fürs Leben an. »Ick sach dir jetzt ma wat!«

»Ja, Geierchen, bitte: sachet mir!«

»Du musst een Thema och ma loslassen können. Ick meine, klar: Wat hier los is, is wahrscheinlich filmreif – aber damit hast du jetzt nüscht mehr zu tun!«

Ich zucke mit den Schultern und nicke widerwillig.

»Darauf hol ick uns jetzt 'n Kaffee«, beschließt Geierchen.

Als er weg ist, will ich mich auf den Weg zu Sarah und Klara begeben, da stellt sich mir plötzlich ein grinsender Junge mit Skateboard unterm Arm in den Weg. Im ersten Moment sagen Khalim und ich gar nichts, stattdessen nicken wir uns nur lächelnd zu. Zwei Jahre haben wir als Schüler und Lehrer miteinander verbracht, und obwohl die Zeit mit ihm nicht immer einfach war, unterhielten wir uns damals schon oft in den Pausen oder nach dem Unterricht.

»Abboh, Herr Mülla!«, sagt Khalim und reißt mich aus meinen Erinnerungen. Dann streckt er sein Kinn vor und reicht mir seine Hand. »S'machst du, wie geht's dir?«

Müde sieht er aus, der liebe Khalim. Müde und älter. Sein Lächeln wirkt weniger frech, vielleicht reifer, und ja: erwachsener.

»Gut geht's mir, danke! Komm, wir setzen uns und plaudern ein bisschen.«

In den folgenden Minuten erzählt er mir ausführlich vom letzten Schuljahr, das er als Sitzenbleiber in der nachgerückten Sechsten verbringen musste. Von zwei Tadeln, die er bekommen hat, von der doofen Klassenlehrerin und von seinem Onkel, der diesen Winter einer schweren Krankheit erlegen ist.

»Und? Vermisst du deinen Onkel?«

Khalim schüttelt den Kopf. »Aber mein Mutter, sie vermisst ihn. Sie heult immer.«

»Freuste dich auf die Oberschule?«, will ich nach einem Moment wissen, woraufhin er strahlend lächelt.

»Ja, züscho, Herr Mülla! Endlisch weg von diesen Mist hier. Sch'kann sie nisch mehr sehen, ja? Diese Opferkinder, die Lehrer. Sie sind alle kaputt ...« Er legt seine Hand aufs Herz und schaut mich von unten an. »Du hast rischtisch gemacht, Herr Mülla, wirklisch, glaub mir! Wie war dein Jahr gewesen? Erzähl mal!«

»Ach, crazy war's, Khalim«, antworte ich. »Du glaubst ja gar nicht, was dich da draußen alles erwartet!«

Dann berichte ich ihm im Schnelldurchlauf von meinem schnöden Job als Callcenterboy, dem Besuch auf der Esoterik-Messe, dem Weihnachtsessen mit den Lehrern, meinem Besuch in der Burschenschaft und dem großen Finale in der ehemaligen Kirche. Gespannt hört er mir zu, saugt jede der Geschichten nickend auf. Als ich schließlich vom Fitnessstudio erzähle und die Pumper imitiere, denen beim Gewichtheben fast die Augen aus dem Kopf treten, unterbricht er mich.

»Sch'weiß, was du meinst, Herr Mülla! Mein Trainer, er's auch Psüscho, schwör'ma. Er macht nuuuuur Sport, ja?«

»Und du? Willste auch mal Boxer werden?«

Spontan lacht er los, dann tippt er sich mit dem Zeigefinger an die Stirn. »Isch? Boxer?« Er dreht den Kopf zu mir und reißt die dunklen Augen weit auf: »Bin isch Freak, oda was?!«

»Warum eigentlich nicht?« Ich zucke mit den Schultern und lächele ihn an. »Ich bin auch einer – und das ist auch gut so!«

NACHWORT

Liebe Leserin, lieber Leser,

während meiner Zeit als Lehrer habe ich mich oft gefragt, wie die elementare Schulbildung in unserem Land so sträflich vernachlässigt werden kann, dass ganze Kohorten der nächsten Generationen als Verlierer ins Erwachsenenleben starten werden. Und das, obwohl es uns weder an finanziellen Mitteln noch an Know-how für ein funktionierendes *und* gerechtes Schulsystem mangelt. Je länger ich dabei zusah, desto mehr wuchs in mir der Wunsch, meinen Teil zur Verbesserung dieser Situation beizutragen. Das Ergebnis können Sie in meinem ersten Buch *Isch geh Schulhof* lesen, das die fortgeschrittene Bildungsmisere in Deutschland ungeschminkt schildert.

Mein geschätzter Kollege Rolf Geier war es schließlich, der den Zustand dieser Institutionen als systemisch bezeichnete: Schule, sagte er, sei immer ein Abbild der Gesellschaft. Was im ersten Moment nach einer banalen Erkenntnis klingen mag, wurde für mich zum Anstoß für das nun vorliegende Buch. Es handelt von den Marotten und Macken der Menschen außerhalb der Schulmauern – und davon gibt es jede Menge! Ich wollte wissen, was für eine Gesellschaft das ist, aus der ein solches Schulsystem hervorgeht.

Dabei ist dieser kleine Streifzug durch die Republik der Durchgeknallten entstanden, den Sie gerade gelesen haben. Natürlich ist das Spektrum des Sonderbaren noch viel breiter, doch weil ich mich auf einige beispielhafte Freaks beschränken musste, haben es andere nicht in den Text geschafft: die Autotuner, die Gothics, CB-Funker, Brieftaubenzüchter, Verschwörungstheoretiker, Cosplayer, Urban Gardener, Vereinsmeier, Philatelisten, Gourmets, Modellbauer, Kneipensportler, Gamer, Ornithologen, Sexfreaks jeglicher Spielart, Messies, Traveller, Sommeliers, Ostalgiker, Schrebergärtner, Aquaristen … Die Liste der Paradiesvögel, die durch unsere Lande flattern, ließe sich wahrscheinlich noch lange fortsetzen – und genau dazu möchte ich Sie herzlich einladen! Kommen Sie zu mir in die Freak-Republik: Unter www.freak-republik.de können Sie von Ihrem ganz persönlichen Lieblingsfreak erzählen. (Auf der Seite erwarten Sie übrigens noch ein paar multimediale Schmankerl, ein Fragebogen, mit dem Sie Ihren eigenen Freakfaktor herausfinden können, und natürlich: Quellenangaben zu meinen Statements!)

Doch woran erkennen wir überhaupt, wer ein Freak ist? Und was soll daran eigentlich so schlimm sein? Warum werden Freaks manchmal als Ärgernis oder als Bedrohung wahrgenommen? Und wann sind sie das wirklich?

Eins nach dem anderen: Um einen Freak zu erkennen, reicht es, zwei Aspekte zu überprüfen. Einerseits gelten wohl diejenigen als Freaks, die durch ihr Äußeres oder ihr Verhalten aus der Masse hervorstechen. Es ist also eine Frage des Umfeldes, wer als normal und wer als freaky eingestuft wird. Jemanden einen Freak zu nennen ist in diesem Zusammenhang meist kein Kompliment, sondern eher die Möglichkeit, Außenseiter zu belächeln, zu beschimpfen oder gar abzuwerten – üblicherweise geschieht dies durch ein Mitglied des Mainstreams, also der Mehrheitsgesellschaft.

Andererseits kann ein Freak in unserem Sprachgebrauch aber auch jemand sein, der für ein ganz bestimmtes Thema eine außerordentliche Begeisterung aufbringt. Fast alle Menschen, die große Entdeckungen zu verzeichnen haben, gelten nach dieser Definition als Freaks, denn nur, wer es schafft, sich intensiv mit einer einzigen Thematik zu beschäftigen, dem wird es auch gelingen, diese zu durchdringen und bestimmte Probleme zu lösen. Denken Sie an Menschen wie Albert Einstein, Thomas Edison, Marie Curie oder Leonardo da Vinci – sie alle waren ganz sicher Freaks. Auch große Namen der Philosophie, der Musik, der bildenden Kunst oder des Schauspiels zeichnen sich meist durch eine gewisse Exzentrik aus. Da will man doch glatt dazugehören, oder?

In beiden Fällen ist es aus meiner Perspektive tendenziell positiv, ein Freak zu sein – denn was wäre das Leben ohne all die bunten Paradiesvögel, die sich mit dem Einheitsbrei aus H&M, C&A und P&C nicht zufriedengeben? Und wie stark wäre die Innovationskraft einer Gesellschaft, wenn es nicht einige Mitglieder gäbe, die all ihre Energie einer einzigen Sache widmen?

Ich für meinen Teil bin jedenfalls froh, in bestimmten Bereichen des Lebens nicht ganz rundzulaufen. Aber wie sieht das bei Ihnen aus? Haben Sie sich schon eingeordnet, Marotten an sich festgestellt oder über sich selbst gelächelt? Ja? Gut! Freuen Sie sich doch einfach darüber, dass Sie ganz Sie selbst sind! Aber halt, eine Sache stört mich in diesem Zusammenhang noch: Sonderlinge werden nämlich ganz gern belächelt (manchmal auch von mir), wohingegen diejenigen, die mit ihrem Verhalten echten Schaden anrichten, oftmals gar nicht als Freaks gelten. Und dieser Aspekt führt mich zu der oben gestellten Frage: Wann wird der Freak zum Problem?

Um diese Frage zu beantworten, möchte ich eine andere, eine dritte Herangehensweise an das Phänomen vorschlagen: ein Ampelsystem, das deutlich machen soll, wann freakige Ideen und Verhaltensweisen gefährlich werden können. Es beruht maßgeblich auf dem Prinzip der Selbstbestimmung, des persönlichen Glücks und der Einsicht, die in *Bin isch Freak, oda was?!* (und natürlich von vielen anderen Menschen vor mir) bereits mehrfach formuliert wurde: *Die Freiheit des einen endet dort, wo die des anderen beginnt.* Natürlich erhebe ich mit dem folgenden Ampelsystem – so wie mit dem gesamten Buch – keinen Anspruch auf sozialwissenschaftliche Gültigkeit, aber dennoch ist es erfahrungsgemäß eine ganz gute Technik, sich selbst und andere im breiten Freakspektrum zu verorten.

Fangen wir an mit der *Freakstufe grün*. Darunter fallen alle Verhaltensweisen, die zwar eigenartig, schräg oder verwunderlich sein mögen, aber *weder den Freaks selbst noch ihrer Umwelt schaden*. In vielen Fällen tragen diese Dinge sogar zum Wohlbefinden aller bei – sei es, weil sie das Leben bunt und vielfältig machen, oder weil aus ihnen positive Konsequenzen für andere erwachsen. Fallen Sie beispielsweise durch einen exotischen Kleidungsstil auf? Schmeißen Sie sich jedes Jahr zur Leipziger Buchmesse in ein wildes Mangakostüm und treffen sich dort mit Hunderten Gleichgesinnten? Hören Sie vielleicht Musik, bei denen anderen die Haare zu Berge stehen? Kein Problem, denn solange Sie niemand anderen mit Ihrer Musik beschallen oder dazu zwingen, Ihre Klamotten zu tragen, ist es schließlich Ihre Sache. Stürzen Sie sich eventuell Hals über Kopf in sonderbare Hobbys wie Luftgitarrenspiel, Live-Action-Role-Play oder bauen sich zu Hause in mehreren Tausend Arbeitsstunden ein originalgetreues Cockpit einer Boeing 737 nach, mit dem Sie Langstreckenflüge simulieren? Gehören Sie eventuell zu den Menschen, für die es an einem wunderschönen Sommertag nichts Besseres gibt, als die Jalousien herunterzulassen und sich mit einem Physikbuch in die geliebte Leseecke zu verkriechen? Super, denn schließlich verdanken wir Nerds wie

Ihnen so ziemlich alle großen Entdeckungen der Menschheitsgeschichte.

Die zweite *Freakstufe* ist *gelb*. Wie auf einer Verkehrsampel stellt sie den Übergang vom unproblematischen Freak zum problematischen dar. Hier sind Überzeugungen und Handlungen zu verorten, *die zumindest das Potenzial besitzen, den Freak selbst unglücklich zu machen oder seine Umwelt damit negativ zu beeinflussen*. Geben Sie beispielsweise Geld für astrologische Beratungen aus? Das muss noch lange kein Problem darstellen, denn es ist schließlich Ihr Leben, aber dennoch erscheint es mir fragwürdig, auf derlei Angebote hereinzufallen. Sind Sie vielleicht ein Freund satter Motorengeräusche und haben den Auspuff Ihres Fahrzeugs entsprechend umgebaut? Auch dann ist Freakstufe gelb erreicht: Sie schaden zwar noch niemandem massiv, aber gehen Ihrer Umwelt – je nach Umgebung und Uhrzeit – schon mächtig auf den Keks. Oder sind Sie vielleicht Raucher? Auch dann fallen Sie in diese Kategorie, denn solange Sie Ihre Glimmstängel nur in gekennzeichneten Raucherbars oder im Freien genießen, schaden Sie damit lediglich sich selbst, nicht aber Unbeteiligten.

Spätestens aber, wenn *Freakstufe rot* erreicht ist, ist Schluss mit lustig. Dazu zählen alle freakigen Überzeugung oder Verhaltensweisen, *die massiv in das Leben anderer eingreifen oder deren Interessen und Rechte verletzen*. Rauchen Sie beispielsweise regelmäßig in Wohnräumen und zwingen andere damit zum Passivrauchen? Mutieren Sie hinterm Steuer Ihres Autos vielleicht zum aggressiven Hobby-Rennfahrer? Dann gefährden Sie das Leben anderer und sollten Ihr Verhalten gründlich überdenken.

Freaks auf diese Weise einzugruppieren, soll also nicht ermitteln, *wer aus der Reihe tanzt* (denn ein bisschen freaky sind wir schließlich alle), sondern *was er mit seinem Verhalten anrichtet*. Die Antwort auf die Frage, wann ein

Freak zum Problem wird, richtet sich also danach, in welchem Bereich dieser Ampelskala er sich befindet. Natürlich hat unser Verhalten immer Einfluss auf andere, aber es schränkt nicht notwendigerweise deren Rechte oder Freiheiten ein. Und auch, wenn wir damit zunächst einmal nicht rechnen: Es gibt leider zahlreiche Fälle, in denen das Einschränken der Freiheit eines anderen gesellschaftlich vollkommen akzeptiert ist – und in Gesetzen ausdrücklich erlaubt oder eben nicht verboten wird. Schauen wir uns doch am besten drei Beispiele an, die uns alle betreffen: Ernährung, Fortbewegung und Weltanschauung.

Nach der klassischen Definition gilt ein Veganer ganz klar als Freak: Er unterscheidet sich mit seinen Ernährungsgewohnheiten eindeutig vom Mainstream, und weil diese einer Überzeugung entspringen, beschäftigen sich die meisten Veganer sehr intensiv damit. Im Ampelsystem wären solche Foodfreaks ganz klar im grünen Bereich zu verorten: Mit ihrem Verhalten schränken sie an keiner Stelle die Rechte oder Interessen anderer ein, daher gibt es auch keinen Interessenkonflikt, der zu lösen wäre. Bei Fleischkonsum dagegen, also dem gesellschaftlich mehrheitlich akzeptierten Verhalten, gibt es diesen Konflikt sehr wohl. Mit ihren Ernährungsgewohnheiten greifen Fleischesser massiv in das Leben anderer ein; für sie werden Lebewesen getötet, und als Folge der Nutztierhaltung entsteht eine massive Umweltverschmutzung, die letztlich unser aller Lebensraum zerstört. Auf der Freakampel würde hier also das rote Licht aufleuchten – klingt vielleicht komisch, ist aber so.

Ich bin mir natürlich darüber im Klaren, dass auf diese Weise ein Großteil unserer Bevölkerung (bis vor Kurzem auch ich und unter Umständen auch Sie!) als Problemfreaks gelten würden. Und genau das ist auch Sinn und Zweck dieses Ampelsystems: Es soll, wie in dem Zitat von Georg Bernard Shaw, das ich diesem Buch vorangestellt habe, die Einordnung in *normal* und *verrückt* hinterfragen. Es soll den gewohnten Blick verändern, soll neue Perspektiven schaffen und zum Nachdenken darüber anregen, wessen Verhalten – ganz unabhängig von Gewohnheiten oder Traditionen – einen Interessenkonflikt erzeugt und somit ein Problem darstellt. Beim Fleischkonsum liegt dieser Interessenkonflikt auf der Hand: Der Konsument hat ein Interesse daran, das Fleisch zu genießen, das Tier dagegen hat ein Interesse daran, nicht getötet zu werden. Fragen Sie sich selbst, welches Interesse höher bewertet werden sollte: Das Interesse am Genuss oder das Interesse des Tieres am Leben? Was ist von außen betrachtet gewichtiger: Die Lust auf Milchprodukte oder die Gesundheit und Lebenserwartung einer Hochleistungsmilchkuh? Die Freude am Steak oder die Rettung des tropischen Regenwalds, der täglich für neue Weideflächen oder Nutztierfutteranbau gerodet wird? Und mal ganz ehrlich: Wer von Ihnen bezeichnet sich als Tierfreund, verspeist seine Freunde aber trotzdem regelmäßig? Und mit welcher Begründung sprechen wir »Nutztieren«, die wie wir ein Interesse am (Über)Leben haben, das Recht auf ein (schmerzfreies) Leben ab, schreiben es aber Haustieren und natürlich uns selbst zu?

Ich weiß aus eigener Erfahrung, dass es furchtbar leicht ist, diesen Fragen auszuweichen, und furchtbar schwer erscheint, die richtige Konsequenz aus den Antworten zu ziehen. Aber bevor Sie bei der Meinung bleiben, Ihre Ernährungsform sei Ihre ganz persönliche Angelegenheit, sollten Sie eine ehrliche Antwort auf diese Fragen finden.

Gehen wir ein anderes Beispiel durch: die Fortbewegung mit dicken Autos. Sports Utility Vehicles (SUV) wiegen meist deutlich über zwei Tonnen, verschwenden daher massiv Treibstoff und stoßen unfassbar viele Schadstoffe aus. Dennoch sind sie für viele ein schickes Statussymbol:

Sie haben inzwischen einen Marktanteil von 15 Prozent, Tendenz steigend. Von der Gesellschaft wird die Anschaffung eines solchen Gefährts weder geächtet noch verlacht, weshalb die Nutzung eines SUV nach der klassischen Definition nicht als freaky gilt. Sobald diese Giganten aber auf die Freakampel zurollen, springt sie auf Rot um. Während nämlich die halbe Nation über Klimawandel und Energiewende spricht, haben manche Einwohner unserer Freak-Republik nichts Besseres zu tun, als in Geländewagen durch die Stadt zu gurken. Nun sind SUVs nicht die einzigen Autos, die aus ökologischer Perspektive saublöd sind, aber sie sind noch aus anderem Grund höchst problematisch: Bei einem Unfall mit einem SUV ist das Risiko einer tödlichen Verletzung um ein Vielfaches höher – und zwar für die Fahrer normaler Autos, für Zweiradfahrer, für Fußgänger und insbesondere für Kinder.

Und nun zum letzten Thema: der Weltanschauung, beziehungsweise der Religion, die vielleicht besser als Himmelsanschauung bezeichnet werden sollte. Das Recht auf Religions- und Glaubensfreiheit ist sicher eine der größten Errungenschaften der Aufklärung, und auch wenn ich selbst nicht religiös bin, würde ich mich jederzeit dafür einsetzen, dass dieses Recht uneingeschränkt und für jeden gilt. Die meisten Menschen, die sich selbst als religiös bezeichnen (obwohl sie es faktisch gar nicht sind, weil sie zum Beispiel als Christen einen Großteil des apostolischen Glaubensbekenntnisses nicht für wahr halten), lassen sich auf der *Freakstufe grün* verorten: Ja, es ist schräg, an einen Geist zu glauben (auch wenn er angeblich heilig ist), aber meist hat dies weder für die Gläubigen noch für ihre Umwelt negative Konsequenzen. Manche dieser Glaubensfreaks meinen sogar, dass allein die Aussagen ihres Heilands sie dazu verleiten, Gutes tun zu wollen, aber das glaube ich ihnen nicht. *Freakstufe gelb* wäre erreicht, wenn Gläubige zum Beispiel wirklich davon ausgehen, dass es ein Leben nach dem Tod gibt und daher vor dem Tod nicht nach Glück streben oder sich sogar mit Schuldvorwürfen geißeln und sich Strafen für ihre angeblichen Sünden auferlegen oder auferlegen lassen. *Freakstufe rot* ist angesagt, wenn die oben genannte Religionsfreiheit als Narrenfreiheit missverstanden wird, andere zu bevormunden, zu diskriminieren oder sich rücksichtslos zu verhalten – auch wenn dies über viele dunkle Jahrhunderte als vollkommen *normal* galt und in vielen anderen Regionen der Welt noch heute so ist. Doch auch im Deutschland des 21. Jahrhunderts ist das Christentum immer noch sehr eng mit dem Staat verwoben, und so hat Religion leider massive Auswirkungen auf Unbeteiligte: Allgemeine Steuergelder werden verwendet, um Kirchengebäude sowie Bischofsgehälter zu zahlen, und fehlen dann an anderen Stellen; Gesetze, vor allem solche, die medizinethische Aspekte beinhalten, werden auf Basis christlicher Überzeugungen formuliert, gelten aber auch für Religionsfreie; Kinder werden lange vor dem Erreichen der Religionsmündigkeit durch christliche Kindergärten und Religionsunterricht geschleust, in denen sie nicht einfach nur über Religion informiert, sondern bekenntnisgebunden religiös unterwiesen werden; und nicht zuletzt wäre da noch das sonntägliche Läuten der Kirchenglocken, das auch den Religionsfreien das Ausschlafen vermasselt. Wirklich schlimm wird es aber in den Fällen, in denen religiöse Überzeugungen sogar Handlungen nach sich ziehen, die den Tatbestand der unterlassenen Hilfeleistung erfüllen – so geschehen im Falle einer jungen Frau, der nach einer Vergewaltigung in einem christlich geführten (und öffentlich finanzierten!) Krankenhaus die »Pille danach« verweigert wurde. Oder wenn medizinisch unnötige Vorhautamputationen an Kindern vollzogen werden, obwohl diese weder religionsmündig noch fähig sind, diesem unwiderruflichen Einsatz zuzustimmen.

Die gesellschaftlich weitgehend akzeptierten Verhaltensweisen dieser drei Beispiele aus den Bereichen Ernährung, Fortbewegung und Weltanschauung haben eines gemeinsam: Sie beeinflussen das Leben anderer in negativer Weise. Dagegen sind ein Sammelfreak, jemand, der die Bahnfahrzeiten aller Züge deutschlandweit auswendig lernt, ein Trekkie oder der Besucher eines Mittelalterfests vollkommen harmlos.

Und nur für den Fall, dass Sie meine Position als elitär oder gar moralinsauer verstehen: Ich bin bekennender Hedonist, und als solcher halte ich die Freude, die Befriedigung von Bedürfnissen und das Erfüllen von Interessen für den Sinn des Lebens. Also bitte: Tun Sie, was Sie wollen. Haben Sie Spaß – so viel wie möglich! –, aber wenn dieser Spaß zulasten anderer geht, dann wird aus Lebensfreude reine Rücksichtslosigkeit. Mein Wunsch, für die Giordano-Bruno-Stiftung zu arbeiten, von dem Sie in diesem Buch gelesen haben, hat nicht allein damit zu tun, dass ich die Privilegien der Kirchen für unangemessen halte. Er hat viel mehr mit der Überzeugung zu tun, dass es nicht nur möglich, sondern auch nötig ist, die Lebensverhältnisse auf diesem Planeten zu verbessern.

Diese letzten Überlegungen führen mich zurück zu meinen Schülern, die in unserer Gesellschaft aufwachsen und in ihr sozialisiert werden – einer Gesellschaft, in der harmlose Freaks teilweise belächelt werden, aber das Verhalten derer weitgehend akzeptiert wird, die die Interessen anderer Lebewesen systematisch verletzen. Meines Erachtens versperrt dieser falsche Fokus den Blick auf die eigentlichen Herausforderungen unserer Zeit – und dazu gehört die sofortige Rettung unseres Bildungswesens. Angesichts dieses gravierenden Systemfehlers wundert es mich kaum noch, dass unsere Kinder (vor allem die Kinder sozial benachteiligter Menschen) eine mangelhafte Schulbildung erhalten. Damit haben vor allem meine ehemaligen Schüler gute Chancen darauf, später einmal zur ersten Kategorie der Freaks zu zählen: der belächelten, verspotteten und ausgegrenzten. Mit hoher Wahrscheinlichkeit werden sie damit eher unglücklich sein, und mit derselben Wahrscheinlichkeit werden sie der Gesellschaft, also uns allen, genau dieses Gefühl zurückgeben.

Bevor wir also jemanden abwertend als Freak bezeichnen, weil er nicht der Norm entspricht, wäre die Frage angebrachter, ob mit dieser Norm etwas nicht stimmt. Und vielleicht ist es auch angebracht, sich selbst auf der Freakampel zu verorten und sich ganz ehrlich zu fragen:

»Bin ich ein Freak, und wenn ja, was für einer?!«

DANKE

Bevor ich den Personen meinen Dank ausspreche, die mich bei der Arbeit an diesem Buch unterstützt haben, möchte ich mich zuerst an jene wenden, die den Erfolg von *Isch geh Schulhof* ermöglicht haben. Also, liebe Leserinnen und Leser: Ein ganz großes Dankeschön mit (Soja-) Sahnehaube und (Rohr-)Zucker obendrauf – nicht in meinen allerkühnsten Träumen habe ich mit einem derartigen Interesse an meinen Erfahrungen als Lehrer gerechnet!

Was ich schon im letzten Dankwort geschrieben habe, gilt nun auch für diese Zeilen: Ein Kopf denkt nie allein, und so ist auch dieses Manuskript durchaus nicht nur durch das Zusammenspiel des blumenkohlartigen Organs in meinem Kopf und meiner zehn Finger entstanden.

Ein ganz aufrichtiger Dank für die großartige Unterstützung und das Vertrauen in meine Arbeit geht an die Mitarbeiter des Bastei Lübbe Verlags: insbesondere natürlich an meine Lektorin Mareike Neukam, deren Arbeit von unschätzbarem Wert ist, an Lisa Bitzer, die meine Texte stets mit einem jungen Auge gelesen und mit dem anderen kritisch durchleuchtet hat, aber auch an die Geschäftsführung, die Mitarbeiterinnen und Mitarbeiter aus dem Marketing und dem Vertrieb und – last, but not least – an die Vertreterinnen und Vertreter.

Einer Person gilt ein ganz besonderer Dank: Ann-Kathrin Schwarz. Sie ist nicht nur Großmeisterin des Euphemismus, bekennender Taubenfreak und Initialzünderin für meine Arbeit als Autor, sondern bis heute meine zuverlässige kreative Beraterin, Gesprächspartnerin für schier endlose Telefonate – doch in erster Linie eine verdammt gute Freundin!

Meiner liebevollen, wunderbaren und vor allem nervenstarken Frau verdanke ich vieles, vor allem aber danke ich ihr dafür, dass sie mir – speziell in den letzten Wochen vor Abgabe des Manuskripts! – bedingungslos den Rücken frei gehalten hat. Wer einmal jemanden erlebt hat, auf den die Deadline eines großen Projekts unaufhaltsam zurollt, der weiß wohl, wie hoch die Höhen und wie tief die Tiefen der Laune eines einzigen Menschen sein können. Meiner Tochter zu danken, die in dieser Zeit so manches Mal erfolglos nach mir gefragt hat, scheint möglicherweise etwas merkwürdig, dennoch sei dir, mein kleiner Sonnenschein, für jedes ungetrübte Lächeln gedankt, für jedes neue Wort, das du mir präsentiert hast, und für jede Geste, mit der du es geschafft hast, mich aus dem dauerhaften Nachdenken über die Freakrepublik zu holen. Da ich in dieser Zeit außer meinem Büroarbeitsplatz, meinem Bett und dem Fahrradweg zwischen diesen beiden Orten recht wenig gesehen habe, wurden die meisten meiner geliebten und geschätzten Familienmitglieder und Freunde weitgehend von mir verschont, doch auch ihnen möchte ich für den Rückhalt, für ihr Verständnis und das Gefühl danken, noch ein Leben abseits der Tastatur zu haben.

Ein weiterer Dank geht an meinen Lieblingsnerd Oliver-Martin Rapsch: verantwortlich für Recherchen und Archiv, notorischer Erbsenzähler, unerschrockener Verfechter der Naturgesetze, leidenschaftlicher Flugsimulant und stolzer Besitzer eines Jugendzimmers, das er eigens für sich selbst eingerichtet hat.

Meinen Freund(inn)en und Kolleg(inn)en aus der Giordano-Bruno-Stiftung danke ich erneut für die Unterstützung bei all meinem Wirken, für den thematischen Input und die Möglichkeit, mich beruflich zu verwirklichen: vor allem Michael Schmidt-Salomon und Elke Held sowie Herbert Steffen und Bibi Binot, die gemeinsam hinter mir stehen, mir unter die Arme greifen, wo sie können, und – wenn ich das als ausgewiesener Skeptiker mal so schreiben darf – immer an mich glauben; Fiona Lorenz, die stets ein offenes Ohr für meine Gedanken und zwei offene Augen für meine Texte hat und die wichtige Beiträge zum vorliegenden Buch geliefert hat; Carsten und Evelin Frerk sowie Peder Iblher, die die Buskampagne ins Leben gerufen und mich zu deren Pressesprecher ernannt haben; und vielen weiteren Menschen, die mir im Rahmen meiner Arbeit für die gbs begegnet sind.

Ein ganz besonderer Dank richtet sich außerdem an den fantastischen, einzigartigen und unverwechselbaren Rolf Geier aka Geierchen: Deine erfrischende Art, deine spontan formulierten Gedanken und dein schonungsloser Humor ziehen sich nun schon durch mein zweites Werk – danke!

Abschließend sei all denen gedankt, die mir (weitgehend unfreiwillig) Stoff für dieses Buch geliefert haben: Auch wenn manche von euch nicht ganz so gut dabei wegkommen, sei auch euch mein gebührender Dank ausgesprochen – denn wo wären wir ohne euch?

Ein Muss für alle,
deren Kinder nestflüchtig werden

Lotte Kühn
MUTTI ALLEIN ZUHAUS
Vom Leben mit
nestflüchtigen Kindern
256 Seiten
ISBN 978-3-404-60769-3

Jede Mutter weiß das: Kinder kriegt man nicht, um sie zu behalten, sondern um sie eines Tages am Flughafen, an Bahnsteigen oder in klapprigen Autos in ihr eigenes Leben zu entlassen. Und zwar zuversichtlich und mit einem Lächeln! Doch das ist leichter gesagt als getan. Intelligent und witzig, voller Selbstironie und Situationskomik erzählt Lotte Kühn davon wie es ist, wenn Mütter sich durch jahrelangen Einsatz selbst überflüssig gemacht haben und versuchen, jetzt mit den Folgen zu klarzukommen. Ein neues, ungewohntes, freies Leben beginnt…

Bastei Lübbe

»Wir wollen doch in die Oberstufe!«

Unbekannte Mutter

Tanja Janz
DER IST JA NICHT DOOF, NUR IRGENDWIE HOCHBEGABT
Unkorrigierte Geschichten aus der Nachhilfestunde
272 Seiten
ISBN 978-3-404-60750-1

Tanja Janz tritt immer dann in Aktion, wenn andere schon aufgegeben haben: Schulen, die nur die nächste Pisa-Prüfung und das Zentral-Abitur interessiert, und Eltern, die am Ende ihrer Kräfte sind, weil sie schon seit der fünften Klasse mitpauken – Janz erlebt jede Menge Erziehungssünden und die Auswüchse der Schulmisere hautnah. Doch während sie die Versetzungsprobleme anderer Leute beseitigt, erlebt sie auch die verrücktesten Dinge und weiß heute, warum ein Nachhilfelehrer oftmals auch Therapeut, Koch, Chauffeur, Putzfrau oder Eheberater sein muss.

Bastei Lübbe Taschenbuch

Wo die Liebe hinfällt ...

Cynthia Ceilan
SCHRÄG VERLIEBT
Skurrile Liebesgeschichten
mit Happy End
Aus dem amerikanischen
Englisch von Petra Trinkaus
256 Seiten
ISBN 978-3-404-60766-2

In der Liebe ist nichts unmöglich: Hätten Sie gedacht, dass man sich bei der eigenen Hochzeit vertreten lassen kann? Dass es möglich ist, sich nach dem Tod in den schicken Klunker seiner Frau einarbeiten zu lassen? Oder, dass man einen Dating Service für Tiere beauftragen kann?

Es gibt nichts, was es nicht gibt. Dies zeigt Bestsellerautorin Cynthia Ceilán in ihrem neusten Buch mit vielen ungewöhnlichen, skurrilen und komischen Geschichten rund um das Thema Liebe.

Bastei Lübbe Taschenbuch

Jetzt anmelden!

VOM LESER ZUM SCHRIFTSTELLER!

WEITERE INFORMATIONEN UNTER:
www.bastei-luebbe-academy.de

BASTEI LÜBBE ACADEMY
www.bastei-luebbe-academy.de